미스터리 한국전쟁

6월의 폭풍

이용우 다큐멘터리 대하소설

미스터리 한국전쟁

6월의 폭풍

제1부
하늘도 울고 땅도 울었다

지우출판

미스터리 한국전쟁

6월의 폭풍

제1부 하늘도 울고 땅도 울었다

인쇄 / 2024. 7. 20.

발행 / 2024. 7. 30.

지은이 _ 이용우

발행인 _ 김용성

발행처 _ **지우출판**

출판등록 _ 2003년 8월 19일

서울시 동대문구 휘경로 2길3. 4층

TEL: 02-962-9154 / FAX: 02-962-9156

ISBN 979-11-94120-04-9   04810

ISBN 979-11-94120-03-2   04810 세트 전3권

lawnbook@hanmail.net

값 23,000원

1945년 8·15 광복을 전후해 이른바 '해방군'으로 북한에 진주한 소련군이 군정을 실시하면서 맨 먼저 착수한 시책이 '인민위원회'라는 세포망 설치. 각 시·도 행정구역 마을 단위까지 북한 전역에 소련식 공산주의 사상을 뿌리내리기 위한 사회개혁 운동이었다. 그 무렵 북한 주민들 사이에 급진적인 인민위원회 설치를 가리켜 "거미줄을 친다"는 소문이 파다하게 나돌았다.

거미는 식욕이 왕성한 절지折枝동물. 접착력이 강한 거미줄을 촘촘이 쳐두고 자유롭게 날아다니던 잠자리나 나비가 걸려들면 지체없이 잡아먹는 습성이 있다. 그런 생존비법으로 날벌레를 포식하고 성체成體가 되기까지 적게는 10여 차례, 많게는 20여 차례나 탈피脫皮하며 자신의 정체를 숨긴 채 알을 슬고 번식한다. 절대다수 민중을 '인민위원회'라는 세포 망으로 거미줄을 치고 먹이사슬로 삼는 공산주의 특유의 속성을 비유한 말이다.

그런 의미에서 본다면 1950년 6월 25일 발발한 북한 공산집단의 남침 전쟁은 소련의 스탈린, 중국의 마오쩌둥, 북한의 김일성 등 왕거미 3인방이 자유와 평화를 수호하는 대한민국에 거대한 거미줄을 친 적화야욕 전략이었다. 그 당시 전광석화처럼 남한을 침략한 공산집단은 점령지마다 각 시·군·면과 이·동에 이르기까지 곳곳에 인민위원회를 설치하고 양민학살과 약탈 등 온갖 만행을 자행했다. 비록 3개월여 짧은 기간이었지만 우리 국민은 그 거미줄에 걸려 이른바 '인공(인민공화국) 시대'의 엄청난 수난을 겪었다.

그래서일까, 전쟁의 호칭부터가 다양하다. 선전포고도 없이 일방적으로 침략을 당한 우리는 흔히 '6 · 25 동란'으로 기억하고 있지만, 적화통일을 위해 무력침공한 공산집단은 뻔뻔스럽게도 '조국해방전쟁'이라고 주장한다. 그러나 미국을 비롯한 유엔 참전국은 '한국전쟁'으로 부른다. 국제사회의 공통된 용어이기도 하다. 북한 공산집단의 배후에서 남침전략을 사주한 소련은 한국의 내전이라 주장하고 100만 병력을 동원해 인해전술로 한반도를 초토화시킨 중국은 항미원조抗美援助전쟁이라고 했다.

전쟁 당사국인 남과 북은 이를 두고 그동안 이데올로기 프레임에 갇혀 편협된 평설評說과 사관史觀으로 역사적 진실처럼 포장해 왔다. 그중에는 아전인수我田引水 격 승전고勝戰鼓로 날조해 이념 갈등을 부추긴 가짜 기록물도 많다. 북한이 군사정전협정일인 1953년 7월 27일을 전쟁에서 승리한 '전승절'로 기념하는 것이 대표적인 사례다.

그러나 1993년 공산 종주국 소련이 붕괴되고 러시아공화국으로 탈바꿈할 무렵 미 국무부가 기밀문서로 분류해 왔던 대외관계 기록물(1 · 2급 비밀문건)을 부분적으로 공개하기 시작했다. 이 자료는 전쟁 발발 43년 동안 미스터리로 가려져 왔던 한국전쟁의 매듭을 풀어주는 중요한 열쇠가 되었다.

이 기록물에 따르면 한국전쟁을 일으킨 전쟁범죄자는 이미 알려진 대로 스탈린 · 마오쩌둥 · 김일성 등 3인방이었고 그들은 2차 세계대전 종전 직후부터 한반도 적화통일의 야욕을 불태워 왔다. 이후 러시아와 중국에서도 이런 사실을 입증하는 기밀문서가 비공식적으로 흘러나와 6 · 25 전쟁의 팩트를 뒷받침했다.

　이 전쟁에 깊숙이 관여한 인물은 이들 공산 지도자 외에도 공산군 수뇌부와 비밀공작원 상당수가 포함돼 있다. 3년여 전쟁 기간에 발생한 인명 피해만 전쟁 당사국인 한국을 포함한 유엔군 전사자가 18만여 명이나 되고 공산군은 북한 52만여 명, 중국 90만여 명 등 무려 142만여 명에 달한다. 그러나 한국군 실종자 수가 휴전 후에도 돌아오지 못한 전쟁포로 5만여 명을 포함, 총 13만3000여 명에 이르고 있다. 이들은 대부분 고인이 되었거나 일부 생존자는 아직도 남북분단의 상징처럼 북한에 억류돼 있다.

　전투병력이 아닌 순수한 민간인은 사망자가 37만4000여 명, 부상자 23만여 명에 납북자 · 실종자 · 징발 의용군 78만8000여 명을 포함하면 총 139만여 명이나 되고 남북 이산가족이 줄잡아 1000만 명에 이른다. 그리고 한반도는 또다시 38선이 아닌 155마일 군사분계선으로 남북을 갈라놨다. 얻은 것은 아무것도 없고 잃은 것만 부지기수다.

　그로부터 74년의 세월이 흘렀지만, 전쟁은 아직도 끝나지 않은 채 군사정전停戰이라는 명분 하나만으로 일촉즉발의 냉전체제가 계속 이어지고 있을 뿐이다. 이런 가운데 북한 공산집단은 가공할 핵무기까지 개발해 끊임없이 남침야욕을 불태우고 있다. 그럼에도 우리는 한때 북한의 거짓 선동에 현혹돼 스스로 무장해제하고 안방 문까지 열어 주었다. 이것이 세계 유일의 분단국가 현실이다.

　작금의 상황은 6 · 25 남침 전쟁 발발 직전보다 더 심각하고 불안한 공포에 휩싸여 있다. 그 당시는 북한 공산집단이 불법 남침 사흘 만에 서울을 점령했지만, 지금은 탄도미사일 단 한 발이면 순식간에 서울·수도권을 불바다로 만들어 버릴 강력한 무력을 축적하고 있다. 시도 때도 없이 탄도미사일과 장사정포를 쏴대는 북한 공산집단의 위협에 직면한 우리가 핵을 머리에 이고 불안하게 살아가는 이유다.

6·25 전쟁범죄자들은 이제 이 세상에 존재하고 있지 않다. 이미 이승을 떴기 때문이다. 너무 오랜 세월이 흘러 전쟁의 명확한 진상 규명조차 어렵게 되었다. 죽은 자는 말이 없다. 그러나 북에는 3대째 호시탐탐 남침의 기회를 노리며 심지어 저급한 오물풍선까지 날려 보내고 있다. 우리가 진정한 자유와 평화를 지키기 위해 6·25 남침 전쟁을 기억하고 재조명하는 이유가 여기에 있다.

언론인으로 평생을 보낸 필자는 미 국무부가 비밀문건을 해제하기 훨씬 이전인 1970년대 중반 일선 기자 시절 6·25 남침 전쟁의 선봉에 섰던 북한 공산군 고위군관 출신 한 인사와 인터뷰할 기회가 있었다. 그 과정에서 북한 측이 바라본 6·25 남침 전쟁의 충격적인 비사祕史를 접하고 자료 발굴에 관심을 기울이기 시작했다. 이후 미 국무부가 부분적으로 공개한 전쟁 기록물(1·2급 비밀문건)과 러시아, 중국 등의 관련 자료 수집에 거의 반생(40년)을 보내고 다큐멘터리 집필에 들어가 마침내 방대한 퇴고본推敲本을 완성했다.

미스터리로 점철된 6·25의 진실을 밝혀내기 위한 필생의 작업으로 집념을 불태워 온 기나긴 여정이었다. 개인적으론 11세의 어린 나이에 처참한 전쟁을 체험했고 성장해서는 '신문기자'라는 직업의식에서 역사의 진실을 재조명해야겠다는 사명감을 외면할 수 없었기 때문이다.

그 결과 지금까지 알려진 전쟁의 평설評說은 허구가 너무 많다는 사실을 새삼 확인할 수 있었다. 하여 북한 출신 작중 주인공들의 생생한 증언을 통해 6·25 남침 전쟁의 진실과 핵심은 무엇인가에 퍼즐을 맞추며 취재를 반복한 것이, 이 작품의 효시嚆矢가 되었다.

북괴군의 남침 암호명 '폭풍'은 스탈린이 2차 세계대전 종전 무렵 대일對日 선전포고를 할 때 직접 명명한 '8월의 폭풍'에서 김일성이 D-day만 6월로 바꿔 그대로 사용한 것이다. 38선 북방한계선에서 공격신호 "폭풍!"을 최초로 외친 김일성의 심열성복心悅誠服 리학구는 낙동강 전선에서 쫓기던 중 유엔군에 귀순했지만, 전쟁범죄자로 포로수용소에 억류돼 있다가 휴전 직후 북한으로 돌아갔다. 하지만 그는 패전의 책임을 지고 반역의 이름으로 숙청되고 말았다.

이 이야기는 그들이 남긴 처절한 이데올로기 투쟁사와 적의 침략에 맞섰던 한국군과 유엔군의 참전기록을 다큐멘터리 형식으로 재조명한 것이다. 그러나 아예 인간이기를 거부한 공산집단의 천인공노할 만행을 일일이 열거하지 못한 아쉬움이 남아 있다. 본의 아니게 전쟁의 소용돌이에 휩쓸려 처참한 죽음의 나락으로 떨어진 맑은 영혼들에게 이 책을 바친다.

2024년 6·25 남침전쟁 74주년을 맞아

著者 이용우

차 례

1. 스탈린의 탐욕

제2차 세계대전이 질풍노도처럼 연합국의 승리로 치닫던 1945년 2월 4일. 전쟁을 일으킨 파시스트 3국 동맹 중 이탈리아가 먼저 항복하고 나치 독일과 군국주의 일본의 패색이 짙어가고 있었다.

그 무렵 소련연방 우크라이나 공화국 크림반도의 휴양도시 얄타항港 유스포프 궁전에서는 미·영·소 연합국의 3국 수뇌가 모여 전후戰後 처리 문제를 논의하기 위한 정상회담을 열었다. 이른바 얄타회담! 크림반도는 그 당시 소련연방 영토였다. 크림반도를 둘러싼 러시아·우크라이나 영토전쟁은 지금도 계속되고 있는 비극의 땅이다.

이 회담을 주재한 인물은 이오시프 스탈린Joseph Stalin. 그의 공식 직함은 소비에트 사회주의공화국연방(소련)USSR공산당 제1서기장 및 국방위원회의장 겸 내각수상이며 군사계급은 대원수로 붉은군대赤軍 최고사령관이었다.

그가 미국의 프랭클린 루스벨트 대통령과 영국의 윈스턴 처칠 수상을 초청해 얄타회담을 주재하면서 일주일 동안 머물렀던 유스포프 궁전은 러시아 로마노프 왕조의 마지막 차르Tsar(황제)인 니콜라이 2세의 여름 별장으로 알려져 있었다. 아름다운 흑해의 풍광과 유서깊은 와이너리(포도농장)로 유명한 곳이다.

하지만 이 궁전은 부서지는 파도가 악마의 혓바닥처럼 넘실거리는 흑해 연안의 깎아지른 절벽 위에 세워져 있는 음산하기 그지없는 고성

古城이었다. 때문에 승전의 기쁨에 들떠 있는 연합국 3국 정상의 회담 장소로는 전혀 격에 맞지 않았다. 게다가 볼셰비키 혁명 당시 러시아의 화려했던 로마노프 왕조를 처참하게 무너뜨린 이후 제대로 관리되지 않아 크림반도 연안의 주민들은 이 궁전을 가리켜 죽음에 이르는 '사자死者의 성城'이라고 불러왔다.

그런데 스탈린은 왜 하필이면 이런 으스스한 곳을 연합국의 3국 정상이 회동하는 장소로 선택했을까? 그것은 스탈린 자신이 주도권을 쥐고 전후처리 문제를 유리하게 이끌어가기 위한 이른바 '땅 따먹기' 술책이었다. 그래서 회담은 처음부터 기선을 잡은 스탈린의 의도 대로 순조롭게 진행되었다.

그 무렵 루스벨트와 처칠은 비록 이탈리아가 항복했다고는 하지만 연합국의 전력이 거의 소진된 상태인 데다 태평양과 만주전선에서 최후의 발악을 꾀하고 있는 군국주의 일본을 패퇴시키는 데 지정학적으로 소련 군사력의 지원이 절실하던 터였다.

스탈린은 그 무렵 게르만 민족과 슬라브 민족의 자존심을 건 독·소獨蘇전쟁에서 피아간에 3000만 명 이상의 사상자를 내고 마침내 승리를 거두며 제2전선 구축으로 세계대전의 승기를 잡아가고 있었다. 그러한 그가 기고만장해 음산한 분위기에 휩싸인 얄타에서 전후처리를 위한 승전국 정상회담을 제의한 것이다. 때문에 독·소전쟁 이후 은근히 스탈린의 위세를 두려워하던 미·영 수뇌는 이 회담을 순순히 받아들이지 않을 수 없었다. 음흉한 스탈린의 마각馬脚이 드러나는 시점이었다.

스탈린은 이 회담에서 "패전 독일을 미·영·소·프랑스 등 4개국이 분할점령하자"는 루스벨트와 처칠의 제안에 기꺼이 동의하고 대일對日 참전까지 약속한다. 그가 연합국 두 정상의 제안을 순순히 받아들인 것은 더 큰 것을 노린 미끼에 불과했다. 그것은 KGB(소련비밀경찰)가 극비에 입수한 두 정상의 건강 문제와 깊은 관련이 있는 데다 이를 백분 활용해 회담을 유리하게 이끌어갈 수 있다고 판단했기 때문이다.

그 당시 62세이던 루스벨트는 고혈압과 심장병으로 고통을 겪고 있었고 71세인 처칠은 세 차례나 뇌졸중을 겪은 병력이 있었다. 게다가 이들 두 정상은 가벼운 치매 현상을 보일 만큼 뇌혈관 장애까지 앓고 있었다. 물론 66세인 스탈린도 건강상태가 별로 좋지 않았다. 그도 역시 뇌혈관 장애로 후일 뇌출혈까지 겪게 되지만 그 당시엔 루스벨트나 처칠보다 가벼운 증세로 비교적 건강한 편이었다.

이 때문에 스탈린이 처음부터 회담을 주도했으며 인지認知능력이 다소 떨어진 루스벨트와 처칠은 전후 세계 역사의 향방을 결정할 중요한 회담에서 평소의 정치력을 제대로 보여주지 못했다. 스탈린은 처음부터 의도적으로 루스벨트와 처칠의 건강상 약점을 이용해 마치 부동산 투기꾼처럼 전후처리 문제를 유리하게 이끌어가기 위한 술책으로 일관했고 회담은 주도권을 잡은 그의 의도대로 순조롭게 진행되었다.

그 결과 스탈린은 대일對日 참전을 수락하는 조건으로 러·일전쟁 당시 잃었던 만추리아(만주)의 영토 지배권과 극동에서의 모든 권리 회복에 대한 약속을 받아낼 수 있었다. 스탈린에게는 무엇보다 러·일전쟁 이전에 극동에서 누렸던 패권을 되찾고 장차 만추리아의 소비에트화化를 회복하는 것이 급선무였다. 이와 함께 한반도의 소비에트화도 함께 이루어야 한다는 이른바 '프롤레타리아 국제주의' 확산을 위한 야망을 품고 있었다. 한반도 분단에 대한 비극의 씨앗은 이렇게 잉태된 것이었다.

그 당시 스탈린이 주창한 '프롤레타리아 국제주의'란 한마디로 마르크스와 엥겔스가 제시한 공산당 선언을 말한다. 제국주의를 반대하고 공산주의의 승리를 위한 투쟁에서 국제노동계급이 서로 지지 성원하고 단결을 도모하는 사상과 원칙이다. 종국적으로 노동계급이 국가 주권을 가지고 공산주의의 승리를 이루자면 주체적 혁명역량을 강화하는 것과 동시에 세계 혁명역량과의 연대성을 강화해야 한다는 논리다. 스탈린이 국제공산주의 제국 건설을 목표로 두고 있는 이른바 '스탈린주의'이기도 하다.

그가 '프롤레타리아 국제주의'를 주창하며 한반도를 노린 것은 태평양과 인도양으로 진출 할 수 있는 길목인 부동항不凍港 때문이다. 그 얼지 않는 항구가 바로 한반도의 남쪽 끝에 있는 부산항이었다. 소련이 한반도의 부동항에 군침을 삼키기 시작한 것은 볼셰비키 혁명 훨씬 이전인 제정帝政 러시아 때부터 숙원으로 이어져 온 남진정책의 일환이었다.

한반도의 허리를 갈라놓은 38도선은 따지고 보면 대한제국 말기 고종 황제의 아관파천과 함께 19세기 초입부터 약육강식의 먹이사슬로 덧씌워진 비극적인 역사의 경계선이기도 했다. 러시아 제국의 남진정책은 1806년 청나라의 북만주를 무단점령하면서 두만강을 사이에 두고 한반도를 위협하기 시작한 데서 비롯되었다. 열강의 틈바구니에서 조선왕조 국운이 점차 기울어가던 1884년 마침내 러시아는 '한·러 수호조약'을 체결하고 남진정책의 디딤돌로 삼았다. 이후 12년만인 1896년 한반도의 강제합병을 노리는 일본이 38도선을 경계로 남북을 분할 점령하는 식민지배를 러시아에 제안하면서 비극적인 운명이 싹트기 시작했다.

그러나 러시아는 일본의 제안을 거부하고 재빠르게 한반도 남쪽 부동항인 마산항을 조차租借(영토의 일부를 빌려 일정기간 통치하는 행위) 점령한

다. 이어 1903년 4월에는 조·만朝滿(조선과 만주) 국경의 요충지인 용암
포龍岩浦마저 무단점령하고 군사시설을 확충하는 한편 38도선 이북에
대한 러시아 세력권을 확장하기에 이른다. 한반도의 소비에트화를 위
한 서곡이었다.

그 무렵 중국대륙에서는 아편전쟁 이후 무너져가는 청나라의 국권을
회복하기 위해 '부청멸양扶淸滅洋'의 기치를 내걸고 대대적인 농민운동
이 일어난다. 이른바 '의화단義和團' 사건이다. 이때 러시아의 코사크 기
병대가 발 빠르게 진압에 나서면서 만주는 일본과의 각축장으로 변한
다. 러시아는 코사크 기병대의 무자비한 진압으로 의화단 사건이 일단
락되자 애초 일본과 약속한 철병撤兵을 미루며 만주에 대한 독립적 지
배와 한반도 진출의 야욕을 드러내기 시작했다.

이는 결국 러·일전쟁의 빌미가 돼 1904년 2월 러시아 극동함대가
쓰시마對馬島 해협에서 일본의 기습으로 패퇴하면서 좌절되고 만다.
러·일전쟁에서 승리한 군국주의 일본은 뤼순旅順과 펑톈奉天 등 만주
의 전략적 요충지를 점령하고 마침내 러시아군을 철군시킨 뒤 특수권
익을 누리게 된다.

그러나 일본은 이에 그치지 않고 중국의 국권회복 운동에 자극받아
만주사변을 일으켜 대륙침략의 야욕마저 드러낸다. 1931년 9월 18일
고의적으로 만주철도를 폭파한 류탸오거우柳條溝 사건! 관동군의 이시
하라石原 중좌가 이마타今田 대위를 시켜 일으킨 이 사건을 두고 일본
정부는 중국군의 소행이라며 일방적으로 만주 전역을 점령하고 괴뢰국
가인 만주국을 세운 다음 병참기지로 삼았다. 중·일전쟁을 일으켜 중
국대륙을 침략하기 위한 관동군의 조작극이었다. 이때 러·일 간에 불
가침조약이 맺어졌다. 스탈린이 러·일전쟁 당시 잃었던 만주의 영토

지배권과 극동에서의 모든 권리회복에 한이 맺힌 이유다.

알타회담이 순조롭게 끝난 2월 12일 오후. 스탈린은 루스벨트와 처칠 등 양국 정상에게 독일 포츠담에서 다시 만나 최종적인 전후처리를 약속하며 러시아 특유의 인사법인 포옹과 볼 키스로 작별인사를 나누고 헤어졌다. 그리고 자신은 우크라이나 공산당 중앙위원회 제1서기장이자 크렘린 정치국 정치위원인 후르쇼프의 안내를 받아 모스크바행 전용기에 올랐다.

평소 갈색의 붉은군대 대원수 복장에다 붉은 태를 굵게 두른 군모軍帽를 즐겨 쓰며 냉정하고 과묵한 태도로 위엄을 과시하던 그는 전용기가 우크라이나 영공을 벗어나 러시아 영공으로 접어들면서 "30분 후면 모스크바 공항에 착륙한다"는 조종사의 안내방송을 듣고서야 비로소 회심의 미소를 띠며 파이프 담배를 입에 물었다. 그리고는 혼잣말처럼 무거운 입을 열었다.

"으음, 이제야 긴장이 풀리는구먼."

"서기장 동지! 감축드립니다. 이번 회담이 성공적으로 이루어진 것은 전적으로 서기장 동지의 탁월한 영도력 때문입니다."

때를 놓칠세라 시종일관 정중한 태도로 주군主君을 보필하며 수행 중이던 후르쇼프가 조심스럽게 응대했다.

"암, 그렇다마다. 기나긴 전쟁 탓인지 루스벨트와 처칠은 내가 예상했던 거와는 달리 진이 다 빠져버렸어. 게다가 우리 KGB가 입수한 첩보처럼 병색病色이 완연하더군. 특히 그들은 스탈린그라드 전투에서 나치 독일군 22만 명을 꽁꽁 얼어붙은 볼가강에 생매장해버린 나를 두려워하는 눈치였어. 하하."

"아아, 루스벨트와 처칠의 코를 납작하게 꺾어 놓으셨군요. 정말 위대하십니다. 서기장 동지!"

"글쎄, 만찬 중에 그들이 제안한 패전 독일의 공동분할 원칙을 흔쾌히 수락해주니까 잔뜩 고무된 나머지 로열 보드카를 들이켜며 내가 제안하는 중대한 사항을 거의 다 받아들이더라니까. 따지고 보면 독일을 굴복시킨 주인공은 나, 이 스탈린 대원수가 아닌가 말이야. 승자의 아량으로 그들의 제안을 흔쾌히 받아들였지. 하지만 난 이미 그들이 손쓸 틈도 없이 동유럽 제국을 송두리째 전리품으로 챙겼단 말이지. 하하."

스탈린은 마침내 근엄한 표정을 풀며 호탕하게 웃음을 터뜨렸다. 아마도 후르쇼프가 기억하기엔 1918년 볼셰비키 혁명 때 스탈린을 만난 이후 그런 만족한 표정과 호탕한 웃음을 처음 보는 것 같았다.

"이번에 내가 차지한 수확은 무엇보다 러 · 일전쟁 당시 잃었던 만추리아의 영토 지배권과 극동에서의 모든 권리회복에 대한 약속을 받아낸 거란 말이지. 거기에다 한반도의 북반부도 우리 몫으로 돌아온 거라네. 비록 38도선 이북 반쪽 영토에 불과하나 나머지 반쪽을 차지하는 것은 시간문제일 뿐이야. 극동의 교두보인 한반도를 내 손에 넣는다면 동북아와 동남아는 물론 서남아의 인도차이나반도까지 아시아 전역에 대한 소비에트화는 말할 것도 없지만 종국에는 저 멀리 미국의 코앞에도 공산혁명기지를 건설할 수 있게 될 거야. 어리석은 루스벨트!"

"네네, 감축드립니다. 대단한 성과를 거두셨습니다. 대원수 동지!"

후르쇼프는 쉴새 없이 두 손을 싹싹 비비며 서기장과 대원수라는 극존칭으로 맞장구를 쳐주었다.

"어디 그뿐인가. 폴란드, 헝가리, 체코 · 슬로바키아, 크로아티아, 루마니아 등 한때 나치 독일의 치하에 있던 동유럽 제국은 지금 국제공산주의 소비에트화가 착착 진행되고 있지 않은가. 그렇다면 내 생애에 적어도 세계의 절반 이상은 국제공산주의로 붉게 물들이게 될 거란 말일세."

오랜만에 무거운 말문이 열리자 그의 속내가 청산유수처럼 줄줄 쏟아졌다.

"위대한 소비에트사회주의공화국연방 공산당 제1서기장이시자 국방위원회의장이시고 내각수상이시며 붉은군대 최고사령관이신 스탈린 대원수 동지의 영원한 치세가 역사에 길이 빛날 것입니다. 감히 대원수 동지의 만수무강을 우러러 기원드립니다."

아부 아첨이 극에 달한 후르쇼프의 스탈린을 향한 칭송은 가히 하늘을 찌르고도 남았다. 극악무도한 살인마 스탈린 치하에서는 그래야만 살아남을 수 있고 무탈하게 출세 가도를 달릴 수 있다. 그것이 공산주의자들의 생리본능이다.

아니나 다를까, 그로부터 2개월 후(4월 12일) 스탈린이 예측했던 대로 병마에 시달리던 루스벨트가 사망하고 미 해병대가 격렬한 상륙작전 끝에 일본 최후의 보루이던 오키나와를 점령한다. 미국은 이어 일본 열도에 대한 무제한 공격을 감행했다. 크렘린궁에서 이 소식을 접한 스탈린은 묵묵히 고개를 끄덕이며 회심의 미소를 지었다. 손 안 대고 코를 풀 기회가 찾아 왔기 때문이다.

그러나 연합국의 승전고에 고무된 우리 한민족은 어리석게도 스탈린의 음흉한 계략을 전혀 눈치채지 못한 채 조만간 일본의 패망과 더불어 조국 광복과 독립국가 건국의 꿈이 이루어질 거라는 기대에 한껏 부풀기 시작했다.

스탈린은 누구인가? 1879년 12월 18일 러시아제국 조지아(그루지야)

의 시골마을 고리에서 구두 수선공 비사리온 주가시빌리의 외아들로 태어난 그의 본명은 이오시프 주가시빌리이다. 어린 시절 불우하게 성장한 것으로 알려져 있다. 원래 발가락이 기형인 데다 천연두를 앓아 얼굴에는 곰보 자국이 뚜렷했고 키도 또래보다 작아 항상 친구들의 놀림감이 되었다고 전해진다.

가부장적이고 폭력적인 아버지 주가시빌리는 알코올 중독자로 독한 보드카를 병째 마시기를 즐겼고 걸핏하면 가정폭력을 일삼았다. 이오시프도 아버지의 매를 맞아가며 자랐다. 그러던 중 그가 11세 되던 해(1890년) 아버지 주가시빌리는 술주정을 부리며 이웃 주민과 다투다가 칼에 찔려 숨지고 말았다.

부전자전父傳子傳이라던가. 피는 못 속인다고 이오시프 역시 26세 때 바쿠(현 아제르바이잔의 수도) 출신 예카테리나 스바드나제를 아내로 맞이했으나 신혼 때부터 술만 마셨다면 습관처럼 폭력을 행사했다. 그러다가 결혼생활 2년 만에 아내가 티푸스에 걸려 숨지자 "내게 마지막 남아 있던 인간적인 감정도 사라지고 말았다"고 통곡했다는 일화가 전해질 만큼 그는 피도, 눈물도 말라버린 잔혹한 성격의 인간백정으로 변해갔다.

그러나 남달리 자애로운 어머니는 그가 15세 되던 해 외아들을 정서적으로 키우기 위해 트빌리시의 신학교에 입학시켰다. 하지만 그는 엄격한 종교적 학교 분위기와 상류층 학생들의 멸시에 견디다 못해 자퇴하고 사회주의 비밀조직에 가담, 직업혁명가의 길로 나선다. 그런 그가 볼셰비키 혁명의 아버지로 불리는 니콜라이 레닌과 인연을 맺은 것은 24세 때인 1903년. 레닌의 본명은 블라디미르 일리치 울리아노프다. 레닌이란 이름은 마르크스 · 엥겔스에 심취해 한창 이념적인 이론서를 집필 중이던 1902년부터 사용해온 필명이다.

그 당시 유럽에 망명 중이던 레닌은 영국 런던에서 러시아 사회민주노동당대회를 열고 운집한 노동자·농민들을 향해 '다수多數'라는 뜻의 "볼셰비키!"를 외치며 "마르크스의 기본 노선에 따라 봉건왕조와 지배계급에 맞서 폭력혁명으로 노동자·농민의 자치기구인 소비에트공화국을 건설하자"고 결의하게 된다.

이를 계기로 레닌의 폭력혁명론에 심취한 이오시프는 볼셰비키가 돼 1905년 카프카스에서 러시아혁명의 출발점이 되는 이른바 '피의 일요일'에 약탈과 살인으로 민중봉기를 일으키고 카프카스 볼셰비키 대표가 돼 레닌을 만난다. 이때 그의 남다른 폭력투쟁을 인정한 레닌은 강철같은 혁명투사라는 뜻으로 '스탈린'이란 별명을 붙여준 것이다.

레닌은 1917년 마침내 로마노프 왕조의 차르 체제를 무너뜨리고 무장봉기로 임시정부까지 전복시켰으나 이미 회생 불능의 병마에 시달리고 있었다. 스탈린에게 권력을 쟁취할 기회가 찾아오기 시작한 것이다. 그로부터 5년 후인 1922년 5월 레닌이 뇌졸중으로 쓰러지자 스탈린은 이때를 놓칠세라 재빨리 권력을 장악하고 '일국一國사회주의'를 주창하며 무자비한 인종청소에 나선다.

그는 쿨락(부농富農)을 계급투쟁의 대상으로 삼아 재산을 몰수하고 시베리아 강제수용소로 유배시켜 농업을 집단화하는 한편 국가경제 규모를 키워 군사력을 확충했다. 엄청난 변혁이었다. 이 같은 급격한 농업체제 개편의 와중에 무려 1000만 명 이상의 농민이 굶어 죽고 3000만 명 이상이 시베리아나 중앙아시아로 강제이주 당하는 수난을 겪었다. 게다가 이들 강제 이주민들마저 절반 이상이 기아와 질병으로 목숨을 잃었다. 레닌 사후 스탈린은 타고난 인간백정처럼 극악무도한 폭정으로 수많은 인민의 피를 강요하며 '강철공산제국'을 건설해온 연유다.

또 한 사람, 스탈린을 극진히 보필해온 우크라이나 공화국 공산당 중앙위원회 제1서기장 겸 모스크바 크렘린 정치국 위원인 후르쇼프. 그의 본명은 원래 러시아어로 니키타 세르게예비치 흐루시쵸프다. 스탈린보다 15세 아래인 그는 1894년 러시아제국 쿠르스크주州 칼리놉카에서 광부의 아들로 태어나 초등학교 2학년 때 우크라이나 도네츠크로 이주해 성장한 뒤 광산노동자로 생활하던 중 볼셰비키 혁명에 참여했다.

이후 스탈린의 눈에 들어 소비에트사회주의연방 공산당위원회 간사를 거쳐 모스크바에까지 진출하고 독·소전쟁 때는 스탈린그라드를 사수하기 위해 붉은군대 중장 계급을 단 정치위원으로 활동하는 등 혁혁한 공훈을 세워 스탈린의 심복이 된다.

1953년 스탈린 사후死後에는 그런 후광後光으로 집단지도체제로 출범한 소비에트사회주의공화국연방 국가평의회 의장으로 선출되면서 국가원수 및 공산당 서기장, 내각수상을 겸임했다. 그러나 미국을 비롯한 서방국가와의 공존을 모색하던 중 스탈린주의를 비판하고 스탈린 격하 운동을 벌이다가 집권 10여 년 만인 1964년 숙청당하고 만다. 공산주의 체제에서 반복되는 냉혹한 이념투쟁과 권력투쟁이었다.

볼셰비키 혁명 이후 전권을 장악한 스탈린은 생전에 정적을 절대 용서치 않고 과감히 숙청했으며 베일에 가려진 엄혹한 일인一人독재를 공고히 했다. 그러던 그가 국운을 건 나치 독일과의 전쟁에서 대승을 거두고 연합국 지도자의 일원으로 클로즈업되면서 서방세계에 널리 알려지기 시작한 것이다.

얄타회담에서 예상외의 성과를 거둔 지 3개월 만인 1945년 5월 8일 마침내 나치 독일이 항복하고 군국주의 일본만 결사 항전으로 버티고 있었다. 그러나 일본의 패망은 시간문제였다. 그로부터 2개월이 지난 7월 17일, 미·영·소 등 3국 정상들이 패전 독일 베를린의 포츠담 체칠리엔호프 궁전에 모여 전후처리 문제를 위한 '포츠담 선언'을 발표한다. 이때 스탈린은 얄타회담 당시 약속했던 대로 전후 한반도에 대한 분할 점령권을 공개적으로 주장했다. 3국 정상의 회동 장소인 포츠담은 바로 소련군의 점령지였다.

그래서 회담 준비를 자청한 소련 당국은 애초부터 미·영 정상의 기를 꺾어 놓기 위해 체칠리엔호프 궁전 중앙정원에 스탈린을 상징하는 커다란 붉은 별 모양의 꽃으로 장식하는 추태를 연출하기도 했다. 이 회동에는 얄타회담에 참석했던 미국의 루스벨트 대통령이 귀국한 지 두 달 만에 사망하고 전시 외교 경험이 부족한 부통령 해리 트루먼이 대통령직을 이어받아 처음으로 참석했다.

이 회동의 주 의제는 일본이 패망한 이후 적당한 시기를 거쳐 한반도를 자유 독립국가로 인정한다는 내용을 공식 문서화 한 카이로 선언(1943년 12월 1일)을 재확인하는 자리이기도 했다. 3국 정상이 포츠담회담에서 "파시스트 소탕전을 끝내고 아시아의 침략자 일본을 공략하자"는 데 의견일치를 보게 되자 스탈린은 자연스럽게 만주와 한반도 침공의 문이 열리게 된다는 사실에 고무되기 시작했다. 그 무렵 사실상 2차 세계대전 종전을 주도해온 미국과 영국 등 두 연합국은 이미 태평양전쟁에서 전력이 바닥난 일본이 시한부 생명처럼 패주일로를 치닫고 있다는 사실을 훤히 꿰고 있었다. 여기에다 미국이 원자폭탄까지 개발해 이 원폭 한 발을 일본 열도에 터뜨린다면 일본은 꼼짝없이 백기를 들 것이라는 예측을 하면서도 뒤늦게 소련을 연합국으로 끌어들여 스탈린의 야욕을 부추긴 결과를 빚고 말았다.

2차 대전을 통해 산전수전을 다 겪은 루스벨트와 처칠 등 두 연합국 정상이 왜 그런 오판을 했을까? 그것은 종전 80년을 맞는 지금까지도 역사의 미스터리로 남아 있다.

1945년 8월 9일 모스크바 크렘린 궁宮

러·일 전쟁 패전 이후 치욕의 역사를 잊지 않고 절치부심하던 스탈린에게 마침내 행운의 여신이 손짓하는 기회가 찾아온다. 이미 예측했던 대로 8월 6일 일본 히로시마廣島에 미국의 원자폭탄이 투하되고 이어 사흘 만에 나가사키長崎에도 원폭 세례가 이어졌기 때문이다.

스탈린은 히로시마와 나가사키가 잇따라 하루아침에 잿더미로 변하자 기다렸다는 듯이 러·일전쟁 이후 일본과 맺었던 불가침조약을 일방적으로 파기하고 대일對日 선전포고와 함께 본격적으로 연합국의 전열戰列에 합류한다. 일본이 무조건 항복하기 불과 6일 전이었다.

이때 기회를 노리던 스탈린은 음흉한 야욕을 노골적으로 드러내기 시작했다. 그는 중국 공산당 주석 마오쩌둥毛澤東의 인민해방군이 항일전쟁을 전개 중인 만주 침공보다 우선 러·일 전쟁 당시 일본에 빼앗겼던 사할린섬에 상륙하기 위해 즉각 붉은군대 극동군 제25군에 '8월의 폭풍'이라는 작전명령을 내리고 예하 별동부대인 88국제정찰여단은 출동대기 태세에 돌입한다. 사할린을 기습공격한 뒤 내처 코앞에 있는 일본 열도로 침공할 심산이었다. 전후 미국을 상대로 기득권을 행사하기 위한 스탈린의 술책이었다.

그것은 어쩌면 나치 독일의 공략에 녹아나 지칠 대로 지쳐버린 소련에 새로운 활로를 터주는 절호의 기회인지도 몰랐다. 어쩌면 도약력이 강한 시베리아 호랑이가 기지개를 켜듯 다시 한번 세계를 향해 포효하게 된 기회였으리라. '8월의 폭풍'이라는 작전명은 공교롭게도 그로부터 5년 후 한반도에서 벌어진 6·25 남침전쟁 '6월의 폭풍'으로 바뀌게 된다.

그러나 아쉽게도 일본이 무조건 항복하는 바람에 일본 열도 진공의 기회를 놓치고 말았다. 하지만 꿩 아니면 닭이라는 말이 있지 않은가. 아무런 희생도 치르지 않고 대일 선전포고 한마디로 일본의 괴뢰정부가 있던 만주국의 지배권을 한 손에 틀어쥘 수 있었다. 게다가 한반도 북반부마저 점령하는 엄청난 전리품을 챙길 수 있었다. 얄타회담에서 미·영 정상과 약속했던 대로 러·일 전쟁 이전의 권리 회복을 위한 스탈린의 일방적인 행동이었다.

애초 연합국은 순수한 군사적 조치로 한반도에 38도선을 설정, 그 이남지역은 미군이, 이북지역은 소련군이 진주해 파시스트 일본군에 대한 항복을 받아내고 무장해제를 담당하도록 했다. 이처럼 연합국의 방침은 애초부터 한반도를 남북으로 분단하기 위한 정치적인 의도가 전혀 내포되지 않은 군사적 조치만 취한 뒤 민주적인 절차를 거쳐 자유독립국가를 건설하기로 합의한 것이다. 하지만 스탈린은 전후 연합국의 군사적 조치가 저절로 굴러들어온 떡으로 판단했다.

그는 지체 없이 붉은군대 극동군 총사령관 말리노프스키 원수 휘하의 치스치아코프 대장이 지휘하는 제25군으로 하여금 만주와 한반도 북반부를 점령하기 위한 진격명령을 내린다. 하여 붉은군대는 일본이 미처 항복하기 이틀 전인 8월 13일 만주를 거쳐 서둘러 해방군이라는 명목으로 한반도 북반부의 청진과 원산에 각각 상륙한다. 이어 종전 일주일 만인 8월 22일에는 평양으로 진주하고 8월 말에는 38도선 이북을 완전히 점령하기에 이른다.

스탈린은 무엇보다 우선 한반도 북반부에 괴뢰정권을 수립하는 것이 시급했다. 그의 야욕은 이미 2차 대전 말부터 점령해온 동유럽에 이어 아시아권의 적화赤化에 눈독을 들이고 있었다. 태평양을 사이에 두고 자유진영의 맹주로 급부상한 미국을 견제하기 위한 음모였다. 그 첫 번째 목표로 아시아 제국을 소련의 위성국가로 만들기 위한 교두보 확보가 시급했다. 그래서 그는 한반도의 허리를 가르는 북위 38도선으로 연합국의 군사적 조치가 취해지자 해방군이라는 명분을 앞세워 재빨리 한반도 북반부에 붉은군대를 투입하게 된 것이다.

스탈린의 야욕은 우선 한반도의 북반부를 차지하고 나서 궁극적으로 남반부를 공략하여 한반도 전체를 공산화하는 것이었다. 이렇듯 스탈린의 숙원이던 한반도의 소비에트화化는 점차 현실이 되어가고 있었다. 세계공산주의 블록의 맹주를 자처하는 스탈린의 입장에서는 한반도가 '프롤레타리아 국제주의'의 진출을 위한 교두보로써 전략적 가치가 너무도 크기 때문이었다.

하여 그는 얄타회담과 포츠담선언 당시 미 · 영 · 소 3국 수뇌회담에서 음흉하게도 "미국이 일본을 지배하는 조건으로 소련은 한반도 전체를 지배하겠다"고 제안한 것이다. 그러나 그의 터무니없는 제안은 미 · 영 정상에 의해 공식합의에 채택되지 못했다. 다만 한반도의 신탁통치안에 대한 언급이 있긴 했으나 역시 아무런 합의나 깊은 논의가 없었다는 것이 공식적인 견해였다.

2. 토종 사냥개

스탈린이 일본의 무조건 항복 직전에 그렇게 빨리 손을 썼음에도 불구하고 붉은군대가 청진과 원산에 상륙하던 바로 그 시점에 한반도의 북반부에서는 이미 자생적인 '조선건국준비위원회'가 설립돼 있었다. 이 건국준비위원회는 일제강점기에 북반부 인민들이 은연중 추앙해온 독립운동가이자 민족주의자인 고당古堂 조만식曹晩植을 지도자로 옹립했다.

　여기에다 국내 사회주의운동의 창시자로 마르크스주의를 신봉하면서도 자본 계급성 민주주의 혁명을 표방해온 현준혁玄俊爀을 비롯한 민족진영과 공산진영을 망라해 명실상부한 한반도 북반부 인민의 대표기관임을 천명했다. 그 당시 조만식은 널리 알려진 대로 인도의 독립운동가 마하트마 간디의 무저항주의를 표방하여 독립운동의 거울로 삼았던 인물이다.

　그는 1943년 조선총독부에 의해 지원병제도가 실시되자 극렬반대하며 조선인의 민족주의운동을 앞장서 지도한 정치가이자 교육자이며 기독교인이었다. 또한 현준혁은 사회주의자이면서도 당시 급진적 민족주의자들이나 진보적 지식인들에게 두루 신망이 두터워 포용력이 남달랐다. 하여 조선건국준비위원회는 현준혁이 중심이 돼 진보적 민족진영과 함께 조만식을 한반도 북반부의 새로운 지도자로 옹립하여 국내 민족주의 세력을 포진해 놓고 있었다. 게다가 광복 이후 우후죽순처럼 생겨나기 시작한 각 사회단체에서도 하나같이 조만식을 민족지도자로 추대하자는 슬로건을 내걸었다.

스탈린은 크렘린궁에서 이 같은 북조선의 정세보고를 받고 버럭, 화를 내며 읽다 만 보고서를 홱, 집어던졌다. 북조선의 건국준비위원회가 민족진영 인사들이 중심세력을 형성하고 있는 데다 조만식이 인민 대중의 절대적인 지지를 받고 있다는 점에서 당장 거부감을 느꼈기 때문이다.

한편 남반부에서는 '조선공산주의'를 창시(1925년)한 박헌영이 민족주의를 표방한 자생적 좌익 지도자인 여운형과 연합세력을 구축하고 있었다. 자칫하다간 이들 민족주의자들에 의해 스탈린의 한반도 소비에트화에 대한 야망이 수포가 될지도 몰랐다.

"아뿔싸! 진즉에 그걸 염두에 두었어야 했는데…."

스탈린은 뒤늦게 자신의 실수를 뉘우치며 깊은 고뇌에 빠지기 시작했다. 자신의 사냥개와 다름없는 북조선의 지도자를 미처 양성해 놓지 못한 실수를 개탄한 것이다. 그가 위기를 느낄 때마다 흔히 써먹던 수법대로 우선 고도의 정치공작이 시급했다.

'세계공산주의 혁명의 아버지 블라디미르 일리치 울리야노프(레닌의 본명)와 함께 볼셰비키 혁명을 성공시킨 이오시프 스탈린이 조그만 땅덩어리, 한반도 문제를 두고 고민하다니 한마디로 웃기는 일이 아닌가.'

스탈린은 그렇게 생각했다.

"그렇다면 여우사냥에 나서야지."

여우사냥에는 반드시 충직한 사냥개가 필요했다. 한반도 적화를 이끌어갈 훌륭한 사냥개를 미리 키워 놨어야 했지만 사실 그동안 그런 생각을 할 겨를이 없었다고 해도 과언이 아니었다. 순전히 자신의 실수였다는 것을 거듭 통감했다.

그 무렵 스탈린은 독 · 소 전쟁 당시 스탈린그라드까지 쳐들어온 33만의 나치 독일군을 맞아 대독 항전을 벌이느라고 정신을 앗기는 바람에 전쟁 막바지에는 심신이 몹시 피로해 있었다. 1942년 여름부터 이듬해 봄까지 이어진 스탈린그라드 전투는 소련의 국운을 좌우할 만큼 치열한 공방전을 벌인 끝에 결국 22만 명의 독일군을 궤멸시키고 승리했다. 이로써 연합국에서 차지하는 스탈린의 위상도 미국이나 영국의 정상들과 어깨를 겨룰 만큼 높아질 수 있었다.

솔직히 말해 그런 와중에서도 스탈린은 러 · 일 전쟁 이후 일본으로부터 수모를 당해온 만주의 권리회복에만 신경을 썼지 한반도 북반부가 저절로 굴러들어온다는 사실에 대해서는 별반 깊은 생각을 하지 않았다. 그래서 사냥개를 미리 키워 놓지 못한 것이다. 그는 가끔 한반도에 관한 관심을 기울일 때면 장차 위성국가를 이끌어갈 사냥개로는 소비에트사회주의공화국연방에 귀화한 이른바 카레이스키(고려인) 중에서 스탈린주의 사상이 투철한 몇몇 사람을 골라 쓰면 될 것이라는 막연한 생각만 해왔을 뿐이다.

그러나 그는 카레이스키들에게 지은 죄가 컸다. 무엇보다 1937년 카레이스키 17만여 명 중 인텔리겐치아 2500여 명을 총살하고 나머지는 모두 중앙아시아로 강제이주시킨 전력이 있다. 사실상 반동으로 몰아 러시아에서 추방한 것이나 다름이 없었다. 그것이 꺼림칙했다. 고려인의 가슴에 지울 수 없는 한을 품게 했기 때문이다.

하여 장차 한반도의 북반부에 괴뢰정권을 수립하고 이끌어가자면 고려인들을 밑거름으로 활용할 가치는 있어도 충직한 사냥개로 키우기엔 미심쩍은 데가 많았다. 그들은 일제 식민지 치하에서 독립운동을 위해 러시아로 망명한 부류들이나 그 후손들이 대부분이었다. 자칫 민족주의가 강한 그들을 북반부로 보내 지도부를 형성할 경우 남반부와 합세하여 자주독립국가 임을 주창한다면 한반도의 소비에트화는커녕 '프롤레타리아 국제주의' 등 모든 일을 그르칠지도 몰랐다. 의심이 많은 스탈린다운 판단이었다.

그래서 그는 무엇보다 한반도 북반부 출신 공산주의자들 중 순수한 토종 사냥개를 찾는 일이 시급하다는 생각에 미치자 지체 없이 자신의 복심이자 소비에트사회주의공화국연방 보안상 겸 비밀경찰KGB 두목인 라브렌티 파블로비치 베리아를 불러 극비의 지령을 내린다.

"여우 사냥을 위해 사냥개가 필요하다. 그것도 순수한 토종 사냥개를 찾아야 할 것이다."

여우란 바로 한반도의 민족지도자들을 지칭함이며 사냥개는 장차 소련의 위성국가로 수립될 북한공산집단의 수괴를 의미한다. 다시 말해 소련의 괴뢰정권인 북한을 이끌어갈 지도자를 간택하는 일이었다. 철의 장막에 가려진 크렘린궁에서 베리아와 마주 앉은 스탈린은 평소의 냉엄한 태도와는 달리 초조하고 심각한 표정을 감추지 않았다.

"동무가 제공한 극비의 정보로 얄타회담에서 루스벨트와 처칠을 굴복시켰지만 그 전에 미리 북조선의 지도자를 키워 놨어야 했다네."

"넷, 모든 것이 저의 불찰입니다. 서기장 동지!"

베리아는 이유불문하고 머리부터 조아렸다.

"굴러들어온 떡을 무턱대고 급하게 먹으려다 체한 꼴이 되고 말았지 뭔가. 지금은 무엇보다 한반도 북반부에 우리 소비에트사회주의공화국의 연방국을 담당할 충직한 사냥개가 필요할 때가 아닌가."

"넷, 서둘러 조치하겠습니다. 서기장 동지!"

"나는 내 명령에 절대복종하고 고분고분 말 잘 듣는 충직한 한반도의 토종 사냥개가 필요하다네."

"넷, 위대한 소비에트사회주의공화국연방 공산당 제1서기장이시자 국방위원회 의장이시며 붉은군대 최고사령관이신 이오시프 스탈린 대원수 동지의 마음에 흡족한 한반도 토종 사냥개를 찾아 올리겠습니다."

이렇게 다짐하고 물러난 베리아는 즉각 자신의 심복인 붉은군대 극동군 산하 제25군 정치사령관 안드레이 알렉세예비치 로마넨코 소장을 크렘린궁으로 불러들여 장차 북한의 공산지도자로 내세울 만한 인물을 물색하라는 지령을 내린다.

전형적인 코사크의 후예처럼 포동포동하게 살이 오르고 유달리 혈색이 좋아 얼굴에 개기름이 번질번질한 로마넨코는 평소 자신의 파일 속에 들어 있는 88국제정찰여단 조선인 초급지휘관인 까피탄 니첸 킴(김성주金成柱)이 생각났다. 니첸 킴의 파일을 작성해 보고한 사람은 그의 심복인 이그나치예프 대좌(대령)로 평소 니첸 킴을 담당해 사상검토를 해 온 인물이었다.

비록 계급은 비정규 까피탄(대위)에 불과하지만 비곗살이 통통하게 올라 유달리 배가 튀어나온 니첸 킴이야말로 스탈린이 목마르게 찾고 있는 한반도의 토종 사냥개가 아닌가. 실제로 니첸 킴은 돼지 비곗살을 그럴 수 없이 좋아하는 식성食性이었다고 했다. 비적匪賊 시절 일본인 푸줏간을 약탈할 때도 값비싼 쇠고기보다 돼지고기, 그것도 비곗살을 애써 챙기곤 했다. 한겨울 시베리아 특유의 혹한을 이겨내는 데는 허연 돼지 비곗살로 끓인 육개장이 최고였기 때문이다.

로마넨코는 그런 니첸 킴이 철저한 공산주의자인 데다 그동안의 항일 무장투쟁 경력이며 호전적인 성품이 마음에 쏙 든다는 보고서를 이그나치예프를 통해 여러 차례 접수한 기억이 떠올랐다. 어쩌면 인간백정 베리아를 빼닮은 충직한 사냥개가 될지도 몰랐다.

로마넨코는 그런 기대감에서 우선 이그나치예프를 88국제정찰여단에 보내 중국공산당원 출신 여단장 저우바오중周保中 대좌를 자신의 캠프로 은밀히 불러들였다. 저우바오중이 동북만주 빨치산 시절부터 인연을 맺어 부하로 데리고 있는 니첸 킴을 누구보다 잘 알고 있었기 때문이다. 로마넨코는 이그나치예프의 안내로 즉각 달려온 저우바오중이 숨돌릴 사이도 없이 단도직입적으로 말문을 열었다.

"까피탄 니첸 킴이라는 조선인 지휘관이 어떤 사람이오?"

"아, 김성주 말씀이시군요. 그 자에게 무슨 일이라도…?"

"아니, 그냥 한 번 알아보는 거외다."

"출신성분이나 혁명사상은 의문의 여지가 없습니다."

"그것보다 지도자로서의 역량은?"

로마넨코가 알고 싶은 것은 무엇보다 국가지도자는 리더십이 중요한 덕목이기 때문이었다.

"자신과 생사고락을 함께해 온 조선인 빨치산들을 중심으로 조직된 제1령장營長(병영장兵營長)으로 현재 중대 병력 규모를 지휘하고 있긴 합니다만 원래 성격이 포악하고 곧잘 탐욕을 부려 부하 전사들의 반발이 심한 편이지요. 몇 차례 불러서 주의를 주었으나 워낙 불같은 성격이라 잘 고쳐지지 않고 있습니다. 때문에, 최용건 소좌와 김책·안길·강건 대위 등 현재 88국제정찰여단에 배속되어 있는 조선인 선배와 동료들 간에도 소원한 인물로 알려져 있습니다."

이 말에 로마넨코는 어떤 실망감보다 기대감에서 되레 회심의 미소를 지었다. 어쩌면 성격이 포악한 김성주가 베리아의 마음에 쏙 들지도 몰랐다. 대독 항전에서 '프롤레타리아 국제주의'로 승리한 동유럽처럼 소련의 위성국가를 수립하는 과정에서 공산주의 이론을 뒷받침하고 실행하기 위해서는 가차 없이 피바람을 불러일으켜야 했다. 그것이 반드시 피를 보고야 마는 베리아식 숙청방법이었다.

'정권을 장악해가는 과정에서 과감히 정적을 숙청하고 절대다수 노동계급의 단결을 강화하기 위해서는 곧잘 공포 분위기를 조성하는 포악한 사냥개가 필요하다.'

이렇게 판단한 로마넨코는 일종의 자신감이 넘쳐 한발 앞서 나가기 시작했다.

"단도직입적으로 말해서 까피탄 니첸 킴을 장차 조선(북한)의 지도자로 옹립하려는데 귀관의 생각은 어떻소?"

로마넨코가 가슴 속에 담아뒀던 말을 불쑥 꺼내자 저우바오중은 적이 당황하는 표정이었다. 하지만 그는 곧 냉정을 회복했다.

"하필이면 왜 니첸 킴입니까. 현재 88국제정찰여단 조선인 부참모장인 최용건 소좌는 비록 온건파이긴 하지만 니첸 킴보다 열두 살이나 나이가 많고 군사경력도 풍부해 조선 인민들의 신뢰도가 상당히 높은 것으로 알려져 있습니다만….."

이 말에 로마넨코의 눈치를 살피고 있던 이그나치예프가 저우바오중의 얘기를 중간에 자르듯 성급하게 말했다.

"실은 최용건 소좌를 검토해 봤으나 성격이 우유부단한 데다 민족주의의 정신이 강해 러시아식 개명改名도 거부하고 자칫 스탈린 대원수 동지의 일국사회주의一國社會主義 노선에 반기를 들지도 모른다는 판단에서 아예 제외시켰습니다."

"글쎄요, 시베리아산産 호랑이는 새끼를 잘못 키우면 어미를 문다는 말이 있지 않습니까. 최용건이가 그렇다면 니첸 킴도 신중을 기해 생각해봐야겠지요."

"시베리아산 호랑이 새끼를 잘못 키우면 어미를 문다? 그렇다면 우리의 도움으로 권좌에 오르고 나서 배신할지도 모른다는 뜻인가?"

"글쎄요, 그건 먼 훗날의 숙제로 남겨두고 지도자는 우선 사심없는 포용력이 중요한 덕목이라고 생각합니다. 그런 의미에서 본다면 김성주는 지나칠 정도로 욕심이 많고 한 번 눈 밖에 난 사람은 아예 거들떠보지도 않는 외곬 성격이 강한 편이지요. 그런 성격으로는 지금처럼 소규모의 빨치산을 이끌 수는 있어도 국가지도자로서 인민의 피만 강요할 뿐 절대적인 지지를 받기 어렵다는 얘깁니다. 마오쩌둥 동지의 수어이론水魚理論부터 먼저 가르쳐야겠지요."

"수어이론! 물이 없으면 물고기가 살 수 없다. 그건 나도 잘 알아. 하지만 그건 5억 인민을 거느린 광활한 중국대륙에 적합한 이론이지 조그만 나라, 인구 1천만에 불과한 북조선에서는 오히려 인민의 피를 강요하는 니첸 킴 같은 인물이 필요하지 않을까?"

저우바오중의 신중론도 일리가 있지만 그렇다고 한시가 급한 상황에서 김성주를 대신할 인물을 찾기도 그리 쉬운 일은 아니었다. 로마넨코는 선택의 여지가 없다고 판단했다.

사회주의국가에서 지도자는 원래 인민 근로대중을 상대로 선전·선동에 의해 만들어지는 것 아닌가. 그것은 로마넨코 자신의 탁월한 각본에 따라 손쉽게 이루어질 수도 있는 일이었다. 그런 인물로는 정치적으로 닳고 닳아 입만 나부랭거리며 인민을 기만하고 분파의 이익만 노리는 종파주의자나 수정주의자보다 가차 없이 탐욕을 드러내고 손에 피를 묻힐 줄 아는 김성주 같은 자가 더 적합할지도 몰랐다.

특히 조만간에 창건할 조선인민군대를 무장시키는 데도 김성주가 안성맞춤이었다. 호전적인 김성주라면 사람 보는 안목이 깊은 베리아의 눈에도 쏙 들 것이다. 성격이나 행동거지가 베리아를 너무도 닮았기 때문이다. 이렇게 판단한 로마넨코는 지체 없이 김성주를 데리고 크렘린궁으로 찾아갔다.

김성주는 우연히도 이를 계기로 베리아를 알게 되었고 감히 스탈린과 마주 앉아 장차 한반도의 소비에트화에 따른 문제를 협의하는 크나큰 영광을 누리게 된다. 스탈린으로서도 한반도의 적화통일을 위해 김성주 같은 젊고 충직한 사냥개 아니, 꼭두각시가 절실히 필요하던 터였다.

비곗살을 워낙 좋아해 '살찐 돼지'라는 별명까지 붙은 김성주는 그 당시 제88국제정찰여단에 복무하면서 사상검토를 위해 가끔 들르던 로마넨코 정치사령관이나 이그나치예프 대좌와는 그저 안면 정도를 트고 지내던 사이에 불과했다. 소련 정규군 장성 또는 좌급(영관급) 고급장교와 위관급 임시계급장을 달고 있는 빨치산 출신 하급장교의 사이. 계급과 신분으로 따지자면 하늘과 땅 차이였다.

그러나 러시아어 통역관인 카레이스키(고려인) 출신 까피탄 류성철柳成哲이 그들을 수행하면서 밀착 통역을 잘해준 덕분에 신뢰를 쌓아갈 수 있었다. 고려인 3세로 모스크바 군사학교를 졸업한 류성철은 임관과 동시에 KGB 조선어 통역관으로 발탁돼 고려인들이 많이 사는 연해주의 극동군 산하 제25군 내무인민위원회에서 활동하던 중 만주 침공을 위해 중국 공산당원들과 조선공산당원들을 주축으로 신설한 88국제정찰여단에 배속되었다.

그는 주로 88정찰여단의 정치사찰을 담당하고 있던 이그나치예프 대좌를 보좌했다. 그러던 중 일본 관동군의 토벌 작전에 쫓겨 비야츠크 밀영으로 찾아온 김성주와 그의 빨치산 대원들을 우연히 만나 동포애로 인연을 맺었다. 그는 88국제정찰여단의 정치사찰을 담당하고 있던 이그나치예프에게 김성주를 소개했고 니첸 킴(김성주)에 대한 정치보고서에 좋은 평가를 해주는 등 후원자 역할도 자임했다.

그런 인연으로 비정규 까피탄에 임명된 니첸 킴은 가끔 로마넨코나 이그나치예프가 국제정찰여단에 나타났다면 우스꽝스럽게도 뚱뚱한 몸을 뒤뚱거리면서 지체 없이 달려가 부동자세를 취하며 거수경례부터 올려붙이는 등 정중한 예를 갖추는 것이 몸에 배어 있었다. 그러한 그가 류성철을 연결고리로 로마넨코와 이그나치예프의 신뢰를 얻어 뜻밖에도 말로만 듣던 베리아를 만나고 이어 스탈린과 마주 앉아 동지적 인연을 맺게되다니 실로 엄청난 영광이 아닐 수 없었다.

이후 거침없이 북한의 절대권력을 한 손에 틀어쥐게 되었으니 그 이상 뭘 더 바라겠는가? 이 과정에서 류성철은 김성주를 그림자처럼 수행하며 밀착 통역을 전담하게 된다. 그것 또한 러시아어를 한마디도 모르는 무식한 김성주에게 찾아온 크나큰 행운이기도 했다.

베리아가 누구인가. 김성주는 베리아의 이름만 들어도 가슴이 설레었다. 언제나 우러러보고 싶은 권력의 화신이자 공포의 대상이 아니던가. 김성주가 평소 흠모하며 닮고 싶어했던 인물! 그런 베리아와 마주 앉아 장차 성립될 조선민주주의인민공화국의 국정을 논하고 일국사회주의 이론을 학습받게 되다니 그야말로 상상도 하지 못했던 일이었다. 그는 마치 구름을 타고 하늘을 둥둥 떠다니는 기분이었다.

김성주가 크렘린궁에서 베리아로부터 국가지도자 학습을 받기 위해 국제정찰여단을 떠날 때 그동안 지켜왔던 제1영장의 자리를 정치위원인 안길安吉에게 넘겨주었다. 이때 김성주가 조만간 성립될 조선민주주의인민공화국 내각수반으로 스탈린의 간택을 받았다는 사실을 처음으로 알게 된 안길은 큰 충격에 빠졌다.

김성주보다 다섯 살이나 위인 안길은 함경북도 경원 출신으로 어릴 때 부모를 따라 동만주로 이주, 훈춘琿春에서 성장해 사회주의운동에 뛰어들었다가 동북항일연군에 입대하면서 김성주를 알게 되었다. 동북항일연군이란 1935년 만주지역에 난립한 중국인과 조선인 공산주의자들의 항일무장단체를 연합하여 3개 로군路軍 11개 군軍으로 조직한 이른바 중·조中朝항일무장단체였다. 훗날 이를 모태로 소련 극동군 산하 88국제정찰여단이 창설되었지만 그 당시 정치위원이던 안길은 김성주의 제1영營을 감독하는 위치에서 군림하고 있었다.

또 한 사람, 안길과는 달리 제1영의 당서기로 서열상 1위이던 박덕산朴德山은 김성주보다 두 살 위로 서열도 두 단계나 높았지만, 항일연군 시절부터 김성주와 절친하게 지내온 후원자이기도 했다. 그는 1938년 항일연군 산하 제1로군이 개편되면서 김성주가 신설된 제2방면군方面軍의 지휘를 맡게 되자 감독관인 정치위원이 된다. 이때부터 그는 우호적인 정치사찰로 김성주와 신뢰를 쌓았다.

로군路軍이란 집단군의 별칭이며 1개 로군은 대개 1만5000명 규모의 플러스 사단 병력을 보유하고 있고 1개 군軍은 연대급 규모로 병력이 1000명 안팎이다. 동북항일연군의 편제상 군 아래 대대급(병력 300명) 규모인 사師가 있고 사 아래 중대급(병력 100명) 규모의 단團이 있었다.

김성주가 제1로군 2군 6사장師長(대대장)으로 승진했을 때 정치위원 박덕산의 도움을 많이 받았다고 했다. 그런 인연으로 훗날 김성주가 김일성으로 둔갑하여 조선민주주의인민공화국 수령이 되자 그에게 "박덕산 동무의 본명은 나밖에 모른다"는 뜻으로 김일金一이라는 이름을 하사하여 장령將領(장성)으로 임명했고 불과 1년여 만에 큰 별 네 개 (대성사大星四 · 대장)까지 달아 주었다.

김성주가 스탈린의 간택되어 장차 북조선의 수령이 된다는 충격적인 소문이 국제정찰여단 영내에 삽시간에 퍼져나가자 대선배인 최용건崔庸健이 먼저 달려와 와락 껴안으며 등 짝을 토닥여주다가 거수경례까지 바치며 축하했다.

"야, 뚱땡이 성두(성주)! 내래 처음부터 널 범상치 않은 인물로 봤시야. 축하해, 암, 이런 경사가 또 어디 있갔어. 니첸 킴 동지! 하하."

그 당시 그는 열두 살이나 아래인 김성주를 막냇동생처럼 만만하게 하대下待하며 평소 비곗살 '뚱뚱이'라는 애칭으로 막역하게 지내왔고 김성주 역시 그를 맏형처럼 받들던 처지였다.

"아, 이거래 다 성님(형님) 덕분이 아니갔시오. 앞으로 잘 좀 도와주시구레. 내레 성님만 믿갔수다. 하하."

"암, 내레 수령 동지를 앞으로 잘 받들어 모셔야디."

뒤이어 소식을 듣고 달려온 김책金策과 강건姜健도 김성주를 얼싸안으며 양볼을 번갈아 맞대는 러시아식 축하 인사를 건넸다.

"니첸 동무! 축하하오. 인차(이제) 해방이 되었으니까니 서둘러 조국으로 돌아가설라무네 우리 니첸 동지와 함께 공화국 건설에 앞장서야디 않갔슴."

"고맙수다레. 김택(김책) 동무! 그리구설라무네 강건 동무레 그동안 신세 많이 졌시다. 어전(이젠) 동무들만 믿을 터이니까니 우리 조선의 조국 건설에 가일층 분발해 주시구레. 하하."

"아, 그야 여부가 있슴. 니첸 동지 만세!"

김성주는 그렇게 열광하는 동료들의 배웅을 받으며 88국제정찰여단을 떠나 크렘린궁에 새 둥지를 틀었다.

국제정찰여단장 저우바오중 대좌가 조선의 지도자로 천거했던 최용건은 로마넨코에 의해 보기 좋게 딱지를 맞았지만 후일 북반부에서 서열 2위인 조선민주주의인민공화국 초대 민족보위상(국방부장관)으로 임명돼 인민군 창설의 주역이 된다.

그는 1900년생으로 21세 때 졸업을 앞둔 오산중학교를 중퇴하고 중국으로 건너가 마오쩌둥이 설립한 윈난雲南군관학교를 졸업한 뒤 잠시 황푸黃浦군관학교 교관을 지내다 1926년부터 북만주에서 항일 빨치산으로 투신하게 된다. 이른바 빨치산의 원조인 셈이다.

1927년에는 광둥성廣東省에서 일어난 공산주의 폭동에 가담하고 점차 군사경력을 쌓아 1935년엔 중국인과 조선인 빨치산의 연합조직인 동북항일연군 제7군단장을 거쳐 제2로군路軍 참모장을 지내다 1940년 초 일본 관동군 토벌대에 쫓겨 러시아 하바롭스크 인근 비야츠크에 주둔 중이던 저우바오중의 극동군 산하 제25군 별동부대인 88국제정찰여단 부참모장을 지냈다.

또 한 사람, 김성주가 인간적인 면에서 가장 존경한다는 김책은 1903년생으로 김성주보다 아홉 살이나 위지만 계급은 같은 까피탄이었다. 하지만 김책은 소련 정규군 까피탄인데 비해 김성주는 비정규군 까피탄으로 엄연한 차이가 있었고 빨치산 선배로서 동북항일연군에서나 소련군 밀영密營에서의 보직도 단순한 군사군관인 김성주보다 높은 정치군관이었다. 그럼에도 둘은 의기투합해 인간적인 관계가 남달리 두터웠다고 했다.

김책은 어릴 때 부모를 따라 북만주로 이주한 후 옌지延吉에서 유년

시절을 보내고 지린성吉林省 둥흥東興중학교 재학시절부터 항일지하단체에서 공산주의자로 활동하다가 여러 차례 투옥되기도 했다. 그런 그가 1940년대 초반 동북항일연군에서 김성주와 함께 빨치산 활동을 하다가 일본 관동군 토벌대에 쫓겨 국제정찰여단의 최용건 휘하에 들어간 것이었다.

이에 비해 김성주보다 여섯 살이나 아래인 강건은 여느 군관들과는 달리 남조선 출신으로 경북 상주에서 태어나 어릴 때 부모를 따라 지린성으로 이주해 성장기를 보내고 러시아군사학교를 졸업한 소련 정규군 출신이다. 러시아어에 능통하고 게릴라전술에 뛰어난 전략가로 저우바오중의 눈에 띄어 보기 드물게 까피탄까지 승진했다. 특히 그는 보천보 전투 때 김성주를 만나 국제정찰여단에서도 남달리 깊은 우정을 쌓은 인연으로 6·25 남침 전쟁 때에는 조선인민군 총참모장(남한의 합참의장)에 발탁되고 영웅 칭호까지 받게 된다.

이들 외에도 비야츠크 밀영에는 훗날 국가부주석에 오른 서철을 비롯해 김성주 밑에서 중대장, 소대장을 지낸 최용진, 최현, 박길남, 류경수, 리청송, 오진우, 림춘추 등 이른바 항일 빨치산 출신 핵심 요원들이 43명에 달했다.

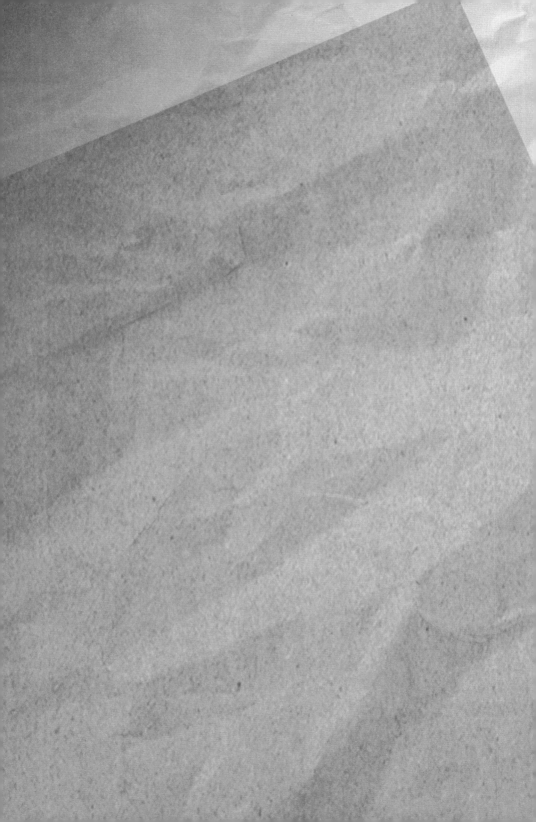

3. 김성주·니첸킴·김일성

미구에 조선인민공화국 정권 창출과 조선인민군 창군에 주역이 될 이른바 토종 사냥개들이 들뜬 기분으로 김성주를 에워싸며 한창 눈도장을 찍고 있을 때 뒤편에 떨어져 말없이 감격의 눈물을 삼키는 소련군 특무전사(부사관급 상사)가 있었다. 88국제정찰여단 제1령營(대대급) 령장營長이던 김성주의 복무원(당번병) 리학구李學九였다.

　그는 빨치산 생활이 격에 어울리지 않을 만큼 보기 드문 인텔리겐치아로 알려져 무식한 김성주의 가정교사 역할도 전담하고 있었다. 1921년 북만주 헤이룽장성黑龍江省 무단장牧丹江 닝안寧安에서 조선족 2세로 태어난 그는 무단장사범학교(5년제)를 졸업하고 닝안보통학교(초등학교) 훈도訓導(교사)로 사회에 첫발을 내디뎠으나 그 무렵 만주에서 움튼 공산주의 이념에 물들기 시작했다. 그러다가 1940년 북만주의 대다수 조선인 청년들이 그랬던 것처럼 일본 관동군을 만주에서 쫓아내야 한다는 일념으로 동북항일연군에 자원입대하게 된다.

　하지만 그 당시 동북항일연군은 중공(중국 공산당)의 동북 인민해방군이 모태가 된 탓으로 사실상 마오쩌둥 휘하 인민해방군이 지휘권을 행사하고 있었다. 이 때문에 민족의식과 독립심이 강한 조선인 청년들은 대부분 제1로군을 따로 편성해 독자적인 항일투쟁에 나서게 되지만 동북항일연군에 갓 입대한 그는 떠도는 소문만 듣고 김성주의 조선인 빨치산부대를 은근히 동경하게 된다. 그리고 얼마 지나지 않아 마침내 동북항일연군에서 독립해 나간 김성주의 반일인민유격대 복무원으로 포섭돼 갔다.

그가 김성주의 수하로 들어간 것은 어쩌면 민족주의를 표방한 조선 공산주의의 이념 때문인지도 모른다. 평소 남달리 민족의식이 강했던 그는 비록 소규모이긴 했으나 순수한 조선인들로 뭉친 김성주의 빨갱이 집단을 동경해 왔었고 자원해서 김성주의 수족이 된 것이다.

그 무렵 김성주는 사실상 내연관계에 있던 빨치산 여성 대원 김정숙을 자신의 복무원으로 두고 있었다. 키가 자그만 하고 펑퍼짐한 엉덩이가 암팡지게 드러난 김정숙은 얼핏 보아 빨치산 대원이라기보다 억척스런 살림꾼을 연상케 했다. 그래서인지 실제 그녀는 당시 김성주의 복무원으로 있으면서 부대원들에게 밥이며 빨래도 해주고 옷 수선 등 재봉사 역할까지 도맡아 챙기는 부대 살림꾼이었다. 때문에, 사실상 복무원의 임무를 제대로 수행할 수 없었기에 김성주는 진작부터 자신의 레포(연락병) 겸 수발을 들어줄 남성 복무원을 물색하던 중 마침내 인텔리겐치아 출신인 리학구를 발탁하게 된 것이다.

김성주의 내연녀 김정숙은 김책의 친인척으로 1919년 함경북도 회령의 빈농에서 태어나 동만주 지린성 옌지에서 성장했다. 그녀는 김성주보다 일곱 살이나 아래였으나 불과 14세의 어린 나이에 공청(공산청년단)에 가입하고 16세에 동북항일연군에 입대할 만큼 당찬 빨갱이였다. 1939년 김성주가 1로군路軍 6사장師長(대대장)으로 승진할 즈음에 그녀는 뜻밖에도 김성주의 복무원으로 발탁되고 속옷까지 챙겨주며 수발을 들다가 자연스럽게 눈이 맞아 내연관계로 발전했다는 것이 대체적인 팩트다. 그 당시 그녀의 나이 20세. 이후 비야츠크 밀영까지 고난의 행군을 함께 했다.

조선인 빨치산들은 김성주가 스탈린의 간택을 받고 크렘린궁으로 떠나자 해방된 조국의 군신君臣 관계로 의기투합했다. 그들은 김성주를 새로운 공화국의 수령으로 결사옹위하기 위한 이른바 해방사업을 추진할 '조선공작단'을 결성하고 서둘러 귀국길에 올랐다. 해방된 지 불과 2주일여 만인 1945년 9월 초순이었다.

크렘린궁에서 김성주에게 냉혹한 지도자 학습과 공산주의 이론을 지도하고 있는 독선생獨先生은 베리아. 그는 1917년 불과 18세의 어린 나이에 러시아 공산당에 입당한 뒤 약관 20세에 KGB(국가보안위원회)의 비밀경찰 요원이 된 대표적인 인간백정이었다. KGB에서 잔뼈가 굵은 그는 타고난 잔인성으로 스탈린의 눈에 들어 '피의 대숙청'을 진두지휘해온 살인마이기도 했다. 그런 무시무시한 관록 때문에 크렘린의 동지들도 감히 그의 눈치를 보며 공포에 떨어야 했다.

볼셰비키 혁명의 아버지로 불리던 레닌이 죽은 뒤 불과 2년 만인 1924년부터 레닌의 후계자를 자임한 스탈린이 트로츠키, 부하린 등 좌우파에 관계없이 정적들을 무자비하게 숙청할 당시 베리아는 타고난 잔인성 하나로 엄혹한 숙청작업의 선봉에 섰다. 이후 일국사회주의 노선과 개인숭배를 위해 스탈린이 직접 제정한 이른바 스탈린 헌법(소비에트연방 헌법)에 비판적인 정적들을 가차 없이 처단해 버렸다. 1938년까지 계속된 숙청 과정에서 정치인과 학자·문화인·노동자·농민 등 각계각층의 반대파 1000만 명 이상이 체포돼 시베리아 강제수용소로 끌려가거나 처형되었다. 이 공로로 그는 스탈린의 절대적인 신임을 받게 되고 비밀경찰 두목에까지 올랐다.

그러한 베리아가 만주벌판에서 탐욕스런 비적으로 잔뼈가 굵은 김성주에게 손을 내밀고 장차 한반도의 일국사회주의 건설을 위한 지도권을 약속했으니 김성주로서는 생전 꿈도 꿔보지 못했던 크나큰 영광이 아닐 수 없었다. 하여 그는 베리아의 천거에 의해 스탈린으로부터 조선의 새로운 지도자로 낙점을 받고 철저한 공산주의 지도자 학습에 들어가게 된 것이다. 베리아가 김성주에게 집중적으로 주입한 학습은 스탈린주의의 신조와 다름없는 프롤레타리아 국제주의였다.

그 첫째는 사회주의국가 인민들과의 관계를 강화하는 것. 이른바 통일단결을 말한다. 세계적 범위에서 사회주의와 공산주의의 위업을 다그치며 제국주의, 식민주의를 반대하는 세계 혁명적 국가들의 투쟁을 승리로 전진시키는 데 중요한 의의가 있다고 했다.

둘째, 반제反帝 민족해방투쟁을 적극적으로 지지하는 것. 제국주의 침략을 반대하고 민족적 독립을 위해 싸우는 국가 인민들과의 연대성을 강화하며 그들의 정의의 투쟁을 적극적으로 지원한다. 이는 공산주의자들과 노동계급의 국제주의적 의무이기도 하다.

셋째, 자본의 억압과 착취를 반대하며 생존의 권리와 사회주의를 위해 투쟁하는 자본주의국가 노동계급과 근로자들을 적극 지지하고 성원해야 한다는 것이다. 이는 자주성의 원칙과 모순되지 않고 오히려 프롤레타리아 국제주의의 기초가 될 수 있기 때문이었다.

베리아는 "국제노동계급의 혁명투쟁이 바로 근로인민대중의 자주성을 실현하기 위한 투쟁이므로 노동계급이 자주성을 지켜야 혁명을 일으킬 수 있고 그 길을 통해서만 노동계급의 국제적 위업에 이바지할 수 있다"고 강조했다. 제법 그럴싸한 설득력을 내포하고 있는 실제 공산 독재의 통치 수단이었다.

프롤레타리아 국제주의는 사회주의적 애국주의와도 밀접한 연관성을 지니고 있다고 했다. 자기 조국을 사랑하지 않고서는 국제주의에 충실할 수 없으며 국제주의에 충실하지 못한 사람은 자기 조국과 인민

에 충실할 수 없다는 것이 베리아의 지론이었다. 요컨대 "참다운 애국
주의자는 곧 국제주의자이며 참다운 국제주의자는 곧 애국주의자"라
는 뜻이다.

만주는 러·일 전쟁을 전후로 러시아와 일본이 지배권을 둘러싸고
각축장을 벌여온 지역으로 한민족의 역사와도 깊은 관계가 있다. '만
주'라는 지명 자체가 예부터 우리 한민족에게 익숙한 이름으로 각인 돼
왔다. 만주는 원래 여진족의 지명이었고 그들이 살던 땅이라는 뜻에서
'만추리아'로 불렀다고 한다. 오늘날 중국의 랴오닝遼寧 · 지린吉林 · 헤
이룽장黑龍江 등 동북3성省과 네이멍구內蒙古 일부지역을 말한다.

북서쪽으로 대흥안령大興安嶺, 남동쪽으론 장백산맥長白山脈이 뻗어
있고 그 사이에 드넓은 동북평원이 펼쳐져 있다. 2000여 년 전(BC 37년)
고구려 개국 초기, 작금의 랴오닝성인 랴오둥반도遼東半島가 우리 영토
였고 699년 고구려 유민들이 발해국渤海國을 건국할 당시에는 두만강
상류 지린성 둔화현敦化縣을 도읍지로 삼았다. 그리고 저 멀리 러시아
의 동해 연안인 연해주의 블라디보스토크까지 영토를 넓혔다는 사실이
역사에 전해지고 있다. 두만강 상류인 둔화현을 중심으로 무단장牧丹
江과 쑹화장松花江 유역의 룽징龍井, 허룽和龍 일대가 바로 우리 한민족
이 뿌리내린 조선족 자치주 옌벤延邊이다.

일본은 1905년 을사늑약에 이어 1910년 한일합병이 체결되자 마침
내 한반도를 중국대륙 침략의 발판으로 삼기 위해 역사상 유례없는 가
혹한 식민통치를 강행하기 시작했다. 때문에, 우리 한민족은 식민지
조선에 대한 일본의 수탈정책으로 대물린 문전옥답까지 다 빼앗기고
살길이 막막해지자 귀소본능이랄까, 남부여대하고 무작정 두만강을

건너 고토古土인 간도間島와 북만주, 동만주로 망명길에 오른다. 이른바 한민족의 비극적인 디아스포라Diaspora가 시작된 것이다.

그러나 간교한 조선총독부는 1930년대 중반 중·일 전쟁을 앞두고 조선인들의 망명 붐에 편승해 강제이주정책에 나선다. 하여 식민지 수탈정책의 앞잡이인 동양척식과 만선滿鮮(만주와 조선의 약칭)척식을 내세워 5만여 명의 조선인들을 만주로 강제이주시켰다. 그들 중에는 한반도의 곡창지대이던 영호남 지역에 대홍수가 나 집과 농토를 모두 잃어버린 1500여 가구 주민 7000여 명도 포함돼 있었다. 낙동강변인 경북 상주 출신으로 6·25 남침전쟁 초기 조선인민군 총참모장을 지낸 강건이 부모를 따라 만주로 이주한 것도 이 범주에 속했다.

그들 중 일부 이주민들은 조선총독부의 강제이주정책에 따라 다롄大連항을 거쳐 잉커우營口에 터를 잡았다. 일본의 조선인 이주정책은 전면적인 중국대륙 침략을 앞두고 인력 조달을 위한 사전 포석이었다. 그 당시 강제 이주된 조선인들이 바로 오늘날 중국의 동북 3성에 뿌리내린 조선족의 선조先祖이다.

조선인 유민流民들은 타고난 근면성으로 드넓은 동북평원의 척박한 땅을 갈아 옥토로 일구며 안전농장을 개간하는 등 새로운 삶을 개척했다. 그러다가 입에 풀칠이나마 할 수 있게 되자 조선 독립을 위한 항일정신이 움트기 시작했다. 만주는 나라 잃은 조선인들에게는 기회의 땅이기도 했다. 조선인이 한 네댓 명만 모여도 독립운동을 모의했고 최소 기십 명에서 최대 기천 명에 이르는 항일독립운동단체가 우후죽순처럼 생겨났다.

그 대표적인 단체가 닝안에 밀영을 둔 김좌진 장군과 홍범도, 이범석 장군의 조선독립군이었다. 이를 계기로 드넓은 만주벌판 곳곳에서 항일무장투쟁이 요원의 불길처럼 퍼져나갔다. 일제강점기 만주가 우리나라 독립운동의 요람지가 된 연유다.

그 무렵 두만강 상류 지린성의 안투현安圖縣 량장진兩江津 푸쑹撫松에서 조선인 노동자·농민들을 대상으로 구료救療사업을 펴면서 항일운동에 투신해온 것으로 알려진 김형직金亨稷(1894~1926)이라는 사람이 있었다. 그는 1917년 평양에서 항일독립운동단체인 '조선국민회'를 결성해 활동하다가 일본 경찰에 붙잡혀 옥고를 치른 뒤 '3·1 만세운동'이 일어나던 해인 1919년 식솔을 거느리고 만주로 망명했다고 전해진다.

그런 그가 그 당시에는 보기 드문 양의洋醫 또는 기독교 목사였다는 설도 있으나 객관적으로 확인된 기록은 없다. 다만 그의 아내 강반석康盤石(1892~1932)은 일찍이 개화한 장로교 목사 강돈욱의 딸로 태어나 한때 기독교적 사회운동가로 활동해 왔다는 얘기가 전해질 뿐이다. 그래서일까, 그의 이름도 바이블 '하나님의 말씀'에 나오는 '반석'을 따온 것으로 알려져 있다. 로마 바티칸의 성 베드로 성당 무덤에 〈너는 반석이며 이 반석 위에 성당을 세우고 너에게 천국의 열쇠를 주노라〉는 구약성서의 한 대목이 새겨져 있다. 이런 점으로 미뤄 볼 때 우리나라 기독교 초창기에 감히 여식(딸)의 이름을 '반석'이라고 지을 만큼 강돈욱은 독실한 기독교인으로 짐작된다.

어쨌든 그 당시 김형직·강반석 부부가 프롤레타리아 인텔리겐치아였고 슬하의 장남이 바로 민족의 반역자이자 누대累代에 걸쳐 희대의 공산독재 왕조를 세습한 김성주이다. 8·15 광복 이후 느닷없이 전설적인 항일독립투사 '김일성' 장군으로 둔갑하여 피바람을 일으킨 조선민주주의인민공화국 초대 내각수상 겸 조선인민군 최고사령관 김일성을 말한다.

1912년 평양 북방 대동군 고평면 남리에서 태어난 김성주는 7세의 어린 나이에 부모를 따라 북만주로 이주했다. 이후 그곳에서 어린 시절을 보내다가 혼자 평양으로 돌아가 창덕昌德보통학교(초등학교)를 졸업할 즈음인 14세 되던 해 아버지를 여의고 1927년 15세 때 지린성의 쑹화장변松花江邊 위원毓文초급중학교에 진학했으나 2학년 과정을 마치고 중퇴했다.

그의 아버지 김형직이 32세의 한창 젊은 나이에 일찍 세상을 뜬 이유에 대해서는 구구한 설이 많았다. 그중에서도 원래 병약한 데다 '조선국민회' 사건으로 일본 경찰에 붙잡혀 옥살이할 때 악명높은 고등계의 고문 후유증이 도졌다는 설이 가장 유력하다.

어쨌든 창졸간에 아버지를 여읜 김성주는 다시 북만주로 건너와 위원 초급중학교를 중퇴하고 2년이 지난 1932년 4월 어릴 때부터 뜻을 같이해온 또래들과 소규모의 '반일인민유격대'를 결성한다. 아버지의 죽음이 큰 영향을 끼쳤다고 했다. 그 당시 그의 나이 만 20세. 민족의식이 특별히 남달랐다기보다 그 당시 만주에서는 10대 후반부터 20대 초반의 청년이라면 누구나 마음속에서 우러나는 피압박 민족의 울분 때문인지도 모른다. 어쩌면 아버지의 죽음이 억울했고 만주 바닥에 울리는 일본인들의 게다짝 소리에 반일감정이 싹텄다는 것이 옳은 표현인지도 모른다.

그 당시 우리 유민들의 반일감정은 누구나 한결같았고 크고 작은 항일독립운동단체가 난립할 때였으니까 그런 영향도 결코 무시할 수 없었을 것이다. 김성주의 '반일인민유격대'는 일본군 겐페이(헌병憲兵) 주재소를 습격하거나 토벌대와의 전투에서 여러 차례 승리한 것으로 알려져 있다. 하지만 그것은 주로 일본인 거류민들을 상대로 살인과 약탈을 일삼다 신고를 받고 출동한 일본군 헌병이나 경찰과 맞닥뜨려 싸운 전투경력에 불과했다.

그러니까 순수한 독립운동인 항일투쟁이 아니라 일종의 비적匪賊 활동과 다름 없었다. 따지고 보면 김성주는 타고난 공비였다. 그런 경험 탓인지 그는 6·25 남침전쟁 때에도 유엔군의 인천상륙작전과 낙동강 전선 대반격작전으로 북괴군이 지리멸렬의 위기에 놓이자 잔존병력을 남한 전역의 공비로 만들었고 이들은 식량 조달을 위해 양민들을 학살하고 약탈을 일삼았다.

김성주가 일제강점기 전설적인 독립투쟁의 영웅이던 김일성 장군으로 둔갑하여 이른바 조선민주주의인민공화국을 수립하고 정권을 장악한 뒤 가끔 과거 만주에서의 빨치산 생활을 회상할 때마다 입에 발린 듯 떠올리며 자화자찬하던 과거사가 남아 있다. 소련 극동군(제25군) 산하 88국제정찰여단장 저우바오중周保中의 빨치산부대와 연합으로 치른 보천보普天堡 전투이다.

1937년 6월 만주령인 창바이산長白山(백두산의 중국명) 동북지방을 중심으로 활동하던 저우바오중의 '동북항일유격대' 일부 병력과 김성주의 '반일인민유격대'가 연합해 함경북도 갑산군 혜산진의 보천보 일대를 잠시 점령했던 사건을 말한다. 저우바오중의 동북항일유격대 예하 제1군 일부 병력이 두만강을 건너 보천보를 습격할 때 김성주는 혜산진 출신으로 그곳 지리에 밝았던 빨치산 동료 최현과 유격대원 50여 명을 배속시켜 이른바 항일연군抗日聯軍을 편성했다.

이 전투에서 일본 관동군 경비대를 섬멸하고 관공서를 비롯한 일본인 거류민들의 건물에 불을 질러 잿더미로 만든 뒤 포고문과 격문을 살포했다. 만주에서 관동군의 탄압이 극심했던 시기에 일어난 사건으로 그 무렵 비로소 저우바오중과 김성주라는 이름이 만주 일대에 널리 알려지기 시작했다. 하지만 유격대원을 지휘하고 전공을 거둔 사실상의 일등공신은 김성주가 아닌 최현이었다. 그의 아들이 현재 북한 김정은 정권의 명목상 서열 2위인 최고인민위원회 의장 최룡해이다.

그 당시 최현은 빨치산 두목인 김성주의 그늘에 가려 별로 빛을 보지 못했지만 현상금 1만 엔이 걸린 관동군의 수배대상에 올라 있었다. 그는 보천보 전투 이후 관동군에게 쫓겨 소련 블라디보스토크로 피신한 뒤 일자무식꾼인 데도 용케 러시아군관학교 3개월 단기과정을 거쳐 중위로 임관되고 이어 저우바오중의 국제정찰여단 창설멤버가 된다. 갑산군과 혜산진 일대의 북한 주민들은 그런 최현의 이력을 어느 정도 알고 있었으나 뒷전에 처져 있던 김성주가 '백마 탄 김일성 장군'으로 둔갑한 줄은 꿈에도 알지 못했다.

어쨌든 만주에서 비적으로 떠돌던 김성주가 보천보 습격사건을 계기로 우연히 저우바오중을 만난 것은 큰 행운이 아닐 수 없었다. 저우바오중과의 인연이 아니었다면 훗날 세계 공산당 맹주인 스탈린을 만날 기회도 없었을 테니까 말이다. 그는 우연찮게 저우바오중을 만나 보천보 전투를 치르고 난 뒤 항일투쟁이라는 명분으로 피비린내를 풍기며 노략질을 일삼다가 1939년 말부터 일본 관동군의 대대적인 토벌작전에 쫓기는 신세가 되고 만다.

1941년 초에는 만주의 창바이 산 자락에 세워두었던 밀영이 관동군 토벌대에 의해 발각되고 자신의 유격대원들과 함께 무한정 쫓기게 된다. 그리고는 마침내 소련의 하바롭스크까지 달아나 소비에트 극동군 영내로 피신하게 되지만 그 당시 그가 거느린 유격대원은 80여 명에 불과했다.

게다가 내연관계이던 김정숙은 만삭의 몸으로 하바롭스크 극동군 영내 텐트에서 첫 아들을 낳았다. 1942년 2월 16일. 그 아들에게 붙여 준 러시아식 이름이 유라 일세노비치, 즉 김정일金正日이다. 정일이란 이름도 일본식으로 마사이치다. 그러니 김정일이 백두산 밀영에서 태어났다는 이른바 '백두혈통' 이란 말은 백두산 근처에 가보지도 않고 날조된 허구일 수밖에 없다.

그 무렵 심신이 지칠대로 지친 김성주는 4년 전 보천보 전투 당시 만났던 저우바오중이 하바롭스크 인근 비야츠크의 극동군 밀영에 와 있다는 소식을 전해 듣고 도움을 요청하기 위해 찾아갔다고 했다. 그 당시 저우바오중은 여단 병력 규모인 자신의 '동북항일유격대'를 이끌고 붉은군대의 이반 치스치아코프 대장 휘하 제25군에 배속돼 있었다. 여기에는 조선인 빨치산의 대부로 알려진 최용건이 보천보 전투의 영웅 최현과 김책, 안길, 강건 등을 휘하에 두고 저우바오중의 부참모장을 맡고 있었다. 김성주는 이때 조선인 빨치산 출신 선배, 동료들을 만나 붉은 군대와 인연을 맺게 된 것이다.

연합국의 카이로 선언 1년 전인 1942년 스탈린이 저우바오중의 동북항일유격대를 개편해 88국제정찰여단을 창설할 무렵 물 위의 기름처럼 떠돌던 김성주에게 그동안 자신이 독립적으로 지휘해온 반일인민유격대가 국제정찰여단에 배속되는 행운이 찾아온다. 이 역시 붉은군대의 대좌大佐(대령)로 국제정찰여단장이 된 저우바오중의 배려가 아니었다면 도저히 이루어질 수 없는 일이었다.

신설된 국제정찰여단은 애초 스탈린이 러·일 전쟁 이후 지배권을 빼앗긴 일본의 점령지 만주를 평정하기 위해 저우바오중의 동북항일유격대를 모체로 중국 및 조선공산당원들을 모아 조직한 소련 극동군의 별동부대였다. 이때 김성주는 비로소 소련군의 작은 별 세 개인 소성삼小星三 까피탄(대위)으로 특임되고 이름도 소련식인 '니첸 킴'으로 개명한 뒤 자신의 항일유격대원들을 포함한 300여 명으로 조직된 대대급 규모의 게릴라부대를 지휘하게 된 것이다.

이후 그는 비록 붉은 군대의 야전 텐트로 이루어진 막사 생활이었지만 아들 유라를 낳아준 내연녀 김정숙과 공개적으로 동거생활에 들어갔다. 이어 1944년 6월에는 둘째 아들 슈라가 태어났다. 김정일의 동생 만일萬日이다.

4. 수령의 탄생

소련 제25군 정치사령관 안드레이 알렉세예비치 로마넨코 소장은 조선인의 전형적인 빨치산으로 알려진 김성주를 해방된 조선의 지도자로 천거한 공로를 인정받아 중장으로 승진한 데 이어 북한 주재 소련 군정사령부 군정장관으로 임명된다.

그는 김성주가 크렘린궁에서 베리아의 본격적인 공산독재 학습을 받는 동안 일찌감치 소련 진주군과 함께 북한으로 들어와 위성국가로서 토대를 마련하기 위한 군정을 실시하면서 혁명과업을 서둘렀다. 스탈린과 베리아가 사전에 짠 각본에 따른 북한의 괴뢰정권 수립이 목적이었다.

하여 북한에서는 광복의 환희가 채 가라앉기도 전인 1945년 8월 24일부터 불과 사흘 만에 경의선京義線과 경원선京元線을 비롯한 남북을 잇는 주요 간선철도가 폐쇄되고 38도선 이남으로의 교통·통신을 제한하거나 봉쇄하는 이른바 철의 장막을 치기 시작했다. 38도선 이남과 단절시키기 위한 소련 점령군의 군정정책이었다.

그런 다음 정치적 조치로 조선인민위원회를 설치하고 북한 전역의 정치, 경제, 사회 등 전반적인 제도개혁에 들어갔다. 이는 당초 미국을 비롯한 연합국과 체결한 포츠담선언을 철저히 저버린 소련 군정의 일방적인 정치행위인 것이었다. 붉은 군대가 38도선 이북에 진주한 것은 어디까지나 일본 주둔군의 항복을 받아내고 무장해제 등 전후처리를 위한 군사적 목적을 수행하는 것일 뿐 정치적인 행위는 일절 금지되어 있는 것이 얄타회담과 포츠담선언의 합의사항이었다.

그러나 소련이 이 협약을 스스로 깨고 말았다. 처음부터 계획된 스탈린의 음흉한 속셈이 거기 있었다. 그래서 소련군은 해방군이라는 명목으로 재빨리 북한으로 진주해 북한 전역을 소비에트화하기 위한 급진적인 소련식 제도개혁에 나선 것이다.

소련 군정이 실시되면서 전격적으로 단행한 것이 사회개조사업이었다. '낡은 사회제도를 뒤집고 누구나 자주적(?)인 생활을 누릴 수 있는 새로운 제도를 마련하기 위한 혁명투쟁으로 근로인민대중이 사회의 주인이 되는 세상을 만든다'는 슬로건으로 북한 인민들을 현혹했다. 볼셰비키 혁명 이후 전격 단행된 소련식 사회개조사업을 그대로 이식移植하는 데 목적을 두고 있었다.

무엇보다 일제강점기부터 억압받고 착취당해온 인민들의 환심을 사는 일이 시급했다. 이를 위해 내건 소련 군정사령부의 슬로건이 "하나는 전체를 위하여, 전체는 하나를 위하여!"라는 공산주의 원칙론이었다. 미처 이데올로기의 의식에 눈뜨지 못한 북한 인민대중의 귀에 솔깃해지는 무산계급사회, 즉 프롤레타리아(평등사회)를 말하는 것이다.

그동안 사회적 예속의 형태를 지속해 왔던 계급적 지배와 압박, 이른바 주종主從관계를 근본적으로 청산하고 지식인, 노동자, 농민들의 정신적, 육체적 노동의 차이도 없고 사회의 모든 구성원이 능력에 따라 일하고 수요에 따라 분배를 받을 수 있는 사회주의 및 공산주의 사회를 건설한다는 혁명적 발상이었다. 이를 위한 조건으로 우선 일제강점기 이래 북한 사회를 지배해온 자본주의를 청산하고 자주성에 대한 인민대중의 지향과 욕구를 억누르는 착취계급을 청산해야 한다는 것이었다.

이는 모든 북한 인민이 공산주의 사상으로 완전히 무장하고 노동계급화 해 노동에 대한 공산주의적 혁명이 확립된 사회를 말하는 것으로 사회의 주인의식을 가진 근로대중의 자주적이며 창조적인 활동에 의해서만 이루어질 수 있다고 했다. 근로대중을 공산주의자로 개조하여야만 사회주의 제도의 본질적인 우월성을 남김없이 발휘할 수 있었기 때문이다.

사회주의국가는 오로지 근로대중 속에서 사상혁명을 일으켜 그들의 정치사상에 대한 의식 수준을 높임으로써 착취와 억압에서 해방된다는 것이 소련 군정이 제시한 사회개혁론이었다. 그러기 위해서는 모든 근로대중이 동지적 관계로 단결하고 긴밀하게 협조하며 공동의 목적과 이익을 창의창발創意創發함으로써 자각적 열성과 사회주의의 본질적 우월성을 나타낼 수 있다고 했다. 실로 어마어마한 스탈린식 사상혁명이자 급진적인 인간 개조사업이 아닐 수 없다.

로마넨코에 의해 완전히 폐쇄된 사회로 변해버린 북한은 그 당시 남한에서 볼 때 한 번 가면 두 번 다시 돌아올 수 없는 엄혹한 땅이 되고 말았다. 그나마도 간간이 이어져 오던 남북 간의 물물교환이나 인적 왕래도 완전히 끊겨 38선은 철의 장막처럼 삼엄한 경계망과 장벽으로 드높아질 수밖에 없었다.

우리나라, 우리 땅이면서도 자유롭게 왕래할 수 없게 된 한반도, 강대국에 의한 남북분단과 민족분열로 대한민국이라는 국가의 존재의의마저 불투명해지고 말았다. 그러나 피는 물보다 진하다고 했다. 남북한 국민은 그러한 악조건에서도 돌아올 수 없는 그 위험한 길을 부모형제와 자유를 찾아 목숨을 걸고 넘나들었다.

드높은 철의 장막을 뚫고 한동안 그런 탈북의 모험이 계속 이어졌다. 어떤 때에는 그 위험한 모험을 감행하는 사람들이 하루 평균 1000여 명에 달했다고 했다. 북한 전역을 빨갛게 물들이는 급진적이고 혁명적인 제도개혁에 진저리가 났고 난폭한 붉은군대의 약탈이 두려웠기 때문이다.

"스토오잇!(거기 서랏!)"

"다와이! 후잇 비즈다 예비오!(빨리 내놧! 안 내면 죽여버릴 테다!)"

그 무렵 북한에서는 붉은군대에 의한 강간·약탈·불법감금·고문이 다반사로 자행되고 있었다. 걸핏하면 길가는 행인들을 불러세우고는 AK자동소총 개머리판으로 후려갈기거나 총구로 가슴팍을 쿡쿡 찌르며 소지품을 마구 뒤지고 귀중품을 약탈하기 일쑤였다.

특히 부녀자들은 전전긍긍하지 않을 수 없었다. 집 안에 틀어박혀 있어도 안전하지 못했다. 총검을 들이대며 예사로 가택수색을 벌이고 마구 겁탈한 뒤 혼이 나가버린 부녀자들의 금비녀며 금반지까지 빼앗아 가곤 했다. 어이없게도 "강간과 약탈은 전쟁 도구에 불과하다"는 스탈린의 명령을 성실히 수행한다는 명분이었다.

게다가 공산주의 집단은 사유재산을 몰수해 모조리 국유화 해버렸다. 저항하면 반동으로 몰아 인민재판을 열고 공개 처형했다. 그야말로 암흑천지였고 공포의 도가니였다. 그래서 모진 목숨 살아남기 위해 궁여지책으로 생각해낸 것이 고향을 등지고 탈북하는 길밖에 없었다. "대물려 살아온 고향산천을 버릴 수 없다"며 그대로 눌러앉아 있다간 무슨 봉변을 당할지도 몰랐기 때문이다.

소련에서는 볼셰비키혁명 이후 스탈린을 반대하던 사람들이 1000만 명 이상 처형당하고 특히 카레이스키(러시아에 망명한 조선인 동포)들은 중앙아시아로 강제이주까지 당했다. 대다수 북한 인민들은 그런 소련의 엄혹한 역사를 소문으로 들어 이미 알고 있었다. 스탈린의 이름만 들어도 온몸에 소름이 끼쳤다. 개똥모자(레닌모)와 로스케의 갈색 군복만 봐도 가슴이 철렁 내려앉았다.

때문에, 날이면 날마다 어둠을 타고 남으로 향하는 탈북 인파가 줄을 이었다. 이미 38선은 막혀버렸지만, 돈을 받고 삼엄한 경계망을 피해 월경越境을 안내하는 이른바 길잡이(브로커)들이 우글거렸다. 그것이 목숨을 건 그들의 생업이기도 했다. 쌈짓돈까지 털어가며 월남하는 주민들이 대부분이었다. 그렇게 남부여대하고 남으로, 남으로 밀려드는 탈북 행렬이 거의 1년 동안 이어졌다.

그러나 적도赤都 평양에서는 소련 군정사령부가 마련한 각본대로 조선민주주의인민공화국 건국의 토대를 마련하기 위한 사회개조·인간개조 사업이 착착 진행되고 있었다. 그들이 주장하는 소련식 사회주의를 뿌리내리기 위한 급진적인 혁명과업이었다. 정부가 국가와 사회의 주인인 노동자·농민을 비롯한 근로인민대중의 의사에 따라 정책을 수립하고 참다운 자유와 권리, 행복한 생활을 실질적으로 보장해주는 것이 사회주의적 민주주의라고 정의했다.

귀에 솔깃해지는 얘기지만 그것은 황당하게도 스탈린의 사냥개 김성주를 장차 일당일인一黨一人 독재자로 만들기 위한 사전 포석에 불과할 뿐이었다. 그런 와중에 소련 군정장관 로마넨코는 조만식의 '조선건국준비위원회'가 스탈린의 비위를 거슬렀다는 이유로 군정사령부의 포고령을 발동해 강제해산하고 말았다. 그 대신 그는 철권정치로 '임시정치위원회'라는 새로운 정치조직을 발족했다. 소련의 괴뢰정권 수립을 위한 정치공작이었다. 이미 설립된 '건국준비위원회'를 그대로 둔다면 김성주가 귀국하면 인민들을 선동하여 반기를 들 게 불을 보듯 뻔한 일이었기 때문이다.

로마넨코는 "국내 민족진영이 설립한 건국준비위원회를 임시정치위원회로 명칭만 바꿨을 뿐 설립목적이나 취지에 민족진영의 이념과 별 차이가 없는 정치기구"라며 조만식을 비롯한 중심세력의 설득에 나섰다. 그래서 임시정치위원회 위원장에 민족진영 대표인 '건국준비위원회'의 조만식 위원장을 그대로 앉히고 부위원장에는 공산당 대표로 현준혁을 임명했다. 다분히 북한 인민들의 반발을 무마하면서 조만간에 귀국하게 될 김성주를 새로운 공화국 수반으로 추대하기 위한 노림수였다.

그러나 김성주 추대에 앞장서야 할 현준혁은 임시정치위원회에서도 새로운 건국 지도자로 조만식을 추대할 움직임을 보이고 있었다. 민족진영은 말할 것도 없지만 국내 공산주의 단체들도 민족의 자주권을 주장하며 소련 군정의 정책을 정면으로 비판하고 나섰다. 뜻밖에도 일이 이렇게 돌아가자 난감해진 로마넨코는 자신의 휘하에 있는 군정사령부 정치군관들을 풀어 맹렬한 정치공작에 나서게 된다. 고육지책이었다.

우선 무엇보다 정체성이 모호한 분파주의자 현준혁의 주변 조직부터 분열, 와해시켜 나가야 했다. 북한 각 지역에 난립해 있는 조선공산주의 단체들과 적극적인 접촉을 벌이며 조만간에 귀국하게 될 김성주를 공산당 수령으로 추대하기 위한 매수공작도 병행했다. 이 과정에서 최용건과 함께 조기 귀국한 김책은 비야츠크에서 결성한 조선공작단을 이끌며 김성주 추대공작의 국내 총책을 맡았다.

그는 군정사령부 정치군관들과 함께 애초 현준혁과 같은 노선을 걸었던 국내파 공산당 간부들을 포섭하여 사상논쟁을 유도하고 현준혁을 공개적으로 비판하기 위한 공작을 추진한다. 그러고는 마침내 현준혁이 평소 자본계급성 민주주의 혁명을 주창해온 것을 빌미로 "공산주의의 탈을 쓴 수정주의자이자 교조주의자, 민족분열주의자" 등으로 몰아 처형대상으로 삼았다.

그들이 주장하는 반박 논리는 현준혁의 자본계급성 민주주의가 "마르크스·레닌주의의 혁명적 본질에서 완전히 벗어난 데다 노동계급의 혁명이론을 부정하고 우경右傾기회주의, 우경투항右傾投降주의로 반동적 사상 조류에 편승하고 있다"는 것이었다. 게다가 그들은 현준혁이 조만식을 옹립하려는 움직임에 대해서도 "낡은 봉건사회에서 사대주의에 물든 반동 통치배들에 아부, 굴종하는 악습을 버리지 않았다"고 규탄했다.

소련파의 대표적 인물인 김책은 정치공작이 순조롭게 무르익어가자 현준혁을 공산주의의 탈을 쓴 민족분열자로 낙인찍어 아예 설복대상에서 제외시켜 버렸다. 그러고는 현준혁과 라이벌 관계에 있던 북조선노동당 평남도당 사법국장인 장시우를 포섭해 현준혁을 처단하도록 은밀한 지령을 내린다. 장시우는 무장한 노농적위대까지 거느린 전형적인 테러리스트였다.

1945년 9월 18일 정오. 현준혁은 로마넨코가 평양시청에서 주재한 임시정치위원회의에 참석하고 나오다가 장시우가 조직한 테러조직 대동단大同團의 극렬분자인 백관옥이 쏜 흉탄에 쓰러지고 만다. 소련 군정사령부의 묵인하에 이루어진 북한 최초의 백주 테러 사건으로 일순간에 평양을 공포의 도가니로 몰아넣은 공산당 숙청의 효시였다.

로마넨코는 현준혁이 암살당했다는 정치군관의 보고를 접한 즉시 평양시청 앞 주변의 교통을 차단하고 언론 보도를 일절 금지하게 했다. 그가 김성주를 북한공산당의 수령으로 추대하기 위해 수단과 방법을 가리지 않고 광분하고 있다는 것을 보여준 사례였다.

현준혁이 암살당한 바로 그 이튿날인 9월 19일. 크렘린궁에서 베리아로부터 지도자 학습을 받아오던 김성주는 붉은군대 25군 산하 조선해방군사령관으로 임명된 스티코프 대장을 비롯한 진주군 지휘부와 함께 블라디보스토크항港에서 구축함 푸가초프호號에 오른다. 그때까지만 해도 그는 붉은군대 군관복인 푸른색 제복에다 양쪽 어깻죽지에 까피탄 계급장을 단 추레한 하급군사군관(보병장교) '니첸 킴'에 불과했다. 수행원이라곤 무거운 배낭과 양손에 가방을 힘겹게 든 복무원 리학구 특무전사 한 사람밖에 없었다.

그러나 김성주가 원산에 상륙해 북한에 들어온 지 한 달이 채 못 돼 인민대중 앞에 나타났을 때는 전혀 다른 모습으로 일변해 있었다. 만사가 로마넨코의 각본대로 척척 맞아떨어지고 있었다. 로마넨코는 이를 계기로 현준혁을 비롯한 일부 정적을 숙청하는 과정에서 다소 피바람을 불러일으키긴 했으나 비교적 순조롭게 자신의 정치적 목적을 달성할 수 있었다.

현준혁을 암살한 테러리스트 백관옥의 배후인물인 장시우는 이 공로로 훗날 조선민주주의인민공화국 수립과 동시에 내각 상업상(남한의 상공부 장관격)에 오른다. 김성주가 인간 백정 베리아에게서 학습한 수법을 그대로 써먹은 첫 케이스였다.

같은 해 10월 14일 평양 시내 기림리 공설운동장에서 붉은군대를 환영하는 평양시 군중대회가 열렸다. 이 자리에 김성주는 양쪽 어깻죽지에 까피탄이 아닌 커다란 왕별을 단 황금빛 찬란한 원수 계급장에다 양쪽 가슴에는 소련의 1급 적기훈장과 적성훈장이 반짝이는 당당한 모습으로 나타났다.

그는 진주군사령관 스티코프 대장의 소개로 일제강점기의 전설적인 항일무장 독립운동가 '김일성 장군'으로 둔갑했다. 그러니까 이 군중대회는 북한에 진주한 붉은군대의 환영대회가 아니라 가짜 '김일성 장군 추대모임'이었던 것이다. 그때 김성주의 나이 만 33세. 새파란 김성주가 일제강점기부터 국내외에서 활동해온 쟁쟁한 민족진영의 원로들을 제치고 일약 김일성 장군으로 둔갑해 북한의 최고 권력자로 등장할 수 있었던 것은 군정장관 로마넨코의 절대적인 정치공작 덕분이었다. 이른바 여우사냥!

그는 소련의 비밀경찰 두목으로 스탈린을 대신해 막강한 권력을 행사하고 있는 라브렌티 베리아의 아바타이기도 했다. 그러나 그들의 황당한 각본은 북한 인민들에게 쉽사리 먹혀들지 않았다. 단박에 가짜 김일성 장군으로 드러났기 때문이다. 북한 인민들에게 각인된 전설적인 항일 독립투사 김일성 장군으로 보기엔 너무도 젊고 품위가 없었다. 여기에다 그의 본명이 '김성주'라는 사실이 널리 알려진 것도 불신의 요인이었다.

그 당시 조만식을 비롯한 민족지도자들은 물론 대부분 지식층은 백마 탄 전설적인 김일성 장군의 실체를 훤히 꿰고 있었다. 김일성 장군은 함경남도 북청 출신으로 일본 관동군도 벌벌 떨던 항일 영웅 김경천金擎天(본명 김광서金光瑞 · 1888~1942) 장군의 별명이었기 때문이다.

백두산의 중국식 이름인 '창바이산長白山의 김일성 장군'으로 알려진 김경천은 김성주가 태어나기 2년 전인 1910년 일본 육사를 나와 기병대 중위로 근무하던 중 1919년 3 · 1 독립운동이 일어나자 소련령 연해주로 망명, 백마를 타고 '김일성'이라는 가명으로 항일 무장투쟁을 이끌었다.

김성주가 겨우 여덟 살이던 1920년대에는 김좌진 · 홍범도 · 지청천 장군과 함께 연해주와 만주 일대에서 일본 관동군과 중국 마적단, 러시아 백군과 싸워 연전연승하면서 '백마 탄 김일성 장군'이라는 신화를 남겼다. 그러다가 1936년 스탈린에 의해 소수민족이 중앙아시아로 강제추방되기 한 해 전 소련군으로부터 무장해제를 당하고 정치범으로 몰려 강제수용소에 끌려가 노역에 시달렸다. 그러던 중 광복 3년 전인 1942년 54세를 일기로 파란만장한 생을 마감했다.

로마넨코는 왜 하필이면 새파란 김성주를 전설적인 노련한 항일영웅 김일성 장군으로 둔갑시키는 우를 범했을까? 앞에서도 언급한 바 있지만, 한반도의 소비에트화를 위해서는 스탈린의 마음을 제대로 읽고 면전복배하며 수행하는 하수인은 김성주밖에 없다는 것이 로마넨코의 판단이었고 김성주를 전적으로 신뢰하는 베리아의 결심이기도 했다. 하여 로마넨코는 김성주가 가짜 김일성이라는 여론에 대해서는 대수롭지 않게 여겼다.

그것은 공산주의 이론으로 비춰 볼 때 북조선 인민들에 대한 선전 선동이 부족했던 탓이었다. 급히 서둘다가 보니 '김성주가 바로 전설적인 인물 김일성'이라는 이미지 메이킹에 소홀한 것이다. 이 문제는 앞으로 정치군관들을 풀어 선전 · 선동을 강화하면 능히 쉽게 가라앉을 것으로 판단했다. 거짓말도 자주 반복하면 진짜처럼 되기 마련인 것처럼.

애초 스탈린은 붉은 공화국연방의 괴뢰정권을 출범시키기 위해선 무엇보다 북조선 인민들의 절대적인 지지 성원을 받을 수 있는 인물로 포장할 필요가 있었다. 그런 인물이 바로 '김일성 장군'이었으나 진짜 김일성은 이미 유명을 달리하고 인민들의 기억 속에 전설적인 항일 독립투사로만 각인돼 있을 뿐이었다. 때문에, 궁여지책으로 베리아가 로마넨코에게 지령을 내려 각색한 인물이 가짜 김일성 장군이었다.

그렇지만 한낱 비적 출신인 김성주를 가짜 김일성 장군으로 둔갑시키기엔 나이가 너무 젊고 흠집이 많았다. 김성주는 백두산과 북만주 일대에서 항일유격전을 전개하며 일본군의 간담을 서늘하게 했던 노련한 독립투사 김일성 장군과는 거리가 멀어도 한참 멀었기 때문이다. 동북항일연군 시절부터 김성주를 너무도 잘 아는 저우바오중은 사실 경망스런 김성주의 품위를 우려해 최용건을 추천한 것이다. 그러나 로마넨코는 저우바오중의 충고를 무시한 채 냉혹하고 미련한 북극곰처럼 살찐돼지 김성주를 '김일성'으로 밀어붙이고 말았다.

어느 날 하루아침에 새파란 김일성 장군이 나타났으니 군중대회에 참석한 인민들이 듣도 보도 못한 그를 순순히 받아들일 수 없었던 것은 어쩌면 당연한 일인지도 몰랐다. 때문에, 북한에서는 한동안 새로이 등장한 김일성이 가짜라는 소문이 파다하게 퍼지기도 했었다.

그러나 스탈린과 베리아는 로마넨코를 전적으로 신뢰했다. 그들에게는 그동안 그들 스스로가 소비에트사회주의공화국연방에서 해왔던 것처럼 무자비하게 피바람을 일으키는 한이 있어도 김성주와 같은 충직한 사냥개가 절대적으로 필요했다. 볼셰비키 혁명 이후 레닌 시대에도 그랬고 스탈린 시대에도 그랬다. 프롤레타리아 혁명을 위한 공산주의의 역사가 피비린내를 풍기는 숙청의 역사를 반복해온 이유이기도 하다.

일국일당일인一國一黨一人의 독재체제를 확립하기 위해서는 처절한 살육과 테러를 자행하는 것이 스탈린의 철학이었고 그 대표적인 하수인이 베리아였다. 그리고 또한 베리아의 하수인이 로마넨코가 아닌가. 공산독재의 유일화와 신격화를 위해 반대세력은 물론 서로 믿고 의지하며 머리를 맞대고 생사고락을 같이하던 동지들까지도 비위에 거슬리면 가차 없이 인민의 적으로 몰아 잔혹하게 처형해버리는 것이 공산주의 권력의 속성이다.

가짜 김일성 장군, 김성주는 이미 타고난 인간백정인데다 비록 짧은 기간이지만 크렘린의 도살자 베리아로부터 철저하게 그런 학습을 받았다. 스탈린 대원수의 충직한 사냥개가 되기 위해서는 무엇보다 신생 공화국에서 일인독재 권력을 강화해야 하고 무자비한 숙청을 방패로 삼아야 살아남는다고 말이다. 어쨌든 청년 공산주의자 김일성은 스탈린이나 베리아를 따라가지는 못하더라도 흉내는 낼 수 있을 정도로 부쩍 커버렸다. 그래서 그의 충혈된 눈에는 언제나 살기가 넘쳐나고 있었다. 북한에서 그가 비록 가짜 김일성이라는 여론이 빗발치더라도 그런 것에 일일이 신경 쓸 필요가 없었다. 스탈린과 베리아로부터 이미 김일성 장군으로 인정받았기 때문이다.

정적들이 이를 이유로 인신공격을 가해온다면 베리아로부터 배운 정석대로 물불을 가리지 않고 모조리 숙청해버리면 그만이었다. 게다가 그의 곁에는 언제나 든든한 후원자인 진주군 사령관 스티코프 대장과 군정장관 로마넨코 중장이 버티고 있지 않은가 말이다. 특히 로마넨코야말로 김일성에게는 은인 중의 은인이었다.

그 무렵 북한에서는 자주독립을 외치는 민족진영의 인사들과 지주계급을 대상으로 대대적인 숙청작업이 이루어지고 있었다. 소련 군정이 주도한 피바람이 불어 닥친 것이다. 노동자·농민들을 선동하여 김일성의 반대파를 친일반동세력으로 몰아 인민재판을 열고 가차 없이 처단하려는데 혈안이 돼 있었다. 특히 평양은 곳곳에서 피비린내를 풍기는 인간도살장으로 변해가고 있다고 해도 과언이 아니었다.

그런 와중에 김일성이 귀국한 지 2개월여 만인 같은 해 11월 말에는 빨치산 시절 내연관계에서 혁명동지이자 정부인으로 등극한 김정숙이 유라(정일)와 슈라(만일) 등 두 아들을 데리고 블라디보스토크항을 떠나 소련 구축함 푸카초프호를 타고 함경북도 웅기(현재의 선봉)항에 모습을 드러냈다. 김일성 가족의 조용한 귀국이었다.

김일성도 귀국선으로 이용한 푸카초프호는 그 당시 소련에 머물던 북한 요인들과 전략물자를 수송하기 위해 정기적으로 소련과 북한을 운항하던 군함이었다. 그 무렵 애지중지 키우던 둘째아들 슈라는 만 4세이던 1948년 수상 관저 연못가에서 혼자 놀다가 발을 헛디뎌 물에 빠져 죽고 말았다.

5. 김일성의 량분

1945년 12월 26일 모스크바 크렘린궁.

미·영·소 등 연합국 외상들이 전후 남북이 분단된 한반도 문제를 다루기 위해 모스크바에 모였다. 이른바 모스크바 3상三相회의. 이 회동에서 '한반도 통일정부 수립을 위한 신탁통치안'이 의제로 채택되었다. 신탁통치안에는 한반도의 소비에트화를 위한 스탈린의 음흉한 계략이 숨어 있었다.

이 소식이 전해지자 일제강점기를 경험한 한반도에서는 남북에 상관없이 당파나 정치적 이념을 초월한 범국민적 신탁통치반대운동이 요원의 불길처럼 일어났다. 북한 공산집단도 현준혁의 암살 후유증에서 채 벗어나지 못한 데다 민족진영이 워낙 완강하게 나오는 바람에 처음에는 남한처럼 반탁을 주장하다가 로마넨코의 말 한마디에 친탁으로 돌아서고 만다. 북한은 사실상 로마넨코의 지배하에 있었다고 해도 과언이 아니다.

그는 북한 인민들의 반탁운동이 워낙 거세지자 이를 무마하기 위해 민족주의자들을 상대로 설득작업에 나선다.

"영어로 트러스트십이라는 말을 번역하면 신탁통치 또는 신탁관리로 표기하지만 러시아어로는 의미가 전혀 다르다. 오페카, 즉 후견제後見制라는 뜻이다. 이 후견제가 무엇인가 하면 일본 식민통치의 폐단을 청산하고 신생 공화국을 민주적 형태로 발전시키기 위해 준비기간을 갖고 완전한 독립국가로서의 조선의 건국을 지원한다는 뜻이다. 미국은 애초 10년간의 신탁통치를 주장했지만 우리 소비에트연방은 미국을 설득해 향후 5년간의 후견제를 실시하기로 합의했다. 그러니 앞으로는 신탁통치라는 말 대신에 후견제라는 말을 써야 할 것이다."

그러나 이 말은 로마넨코의 속임수에 불과했다. 오히려 남북 간 이념갈등에 불을 지피는 결과를 초래했다. 이 때문에 또다시 찬탁의 좌익세력과 반탁의 우익세력 사이에 정치적 대립이 벌어지고 마침내 생사를 건 투쟁으로 확산하여 갔다. 이런 와중에 북한 인민들의 정신적 지도자인 조만식을 비롯한 민족진영도 로마넨코의 갖은 회유와 협박에 굴하지 않고 민족 자주성을 지키기 위해 신탁통치를 절대 받아들일 수 없다고 고집했다.

조만식은 1946년 1월 1일, 새해 인사차 찾아온 로마넨코에게 강경한 태도로 자신의 정치적 신념을 강조하는 것을 잊지 않았다.

"우리 민족이 일제 36년간 갖은 수탈을 당하며 참혹한 고통을 겪고 이제 광복이 되었는데 제대로 된 나라를 우리 손으로 가꿔 보기도 전에 강대국의 신탁통치라니 이게 무슨 망발입네까. 나는 죽으면 죽었지 신탁통치를 찬성할 수 없습네다."

그러나 로마넨코 역시 강경한 태도를 굽히지 않았다. 그는 조만식에게 협박성 발언으로 마지막 경고를 하고 돌아섰다.

"조만식 동지! 모스크바 3상회의의 결정에 따라 오페카(후견제)를 지지한다면 당신은 앞으로 조선의 이오시프 스탈린이 될 것이오. 그렇지만 순수한 오페카를 신탁통치로 곡해하고 반대하는 이상 우리는 당신의 생명을 보장하기 어렵습니다."

숫제 위협적이었다. 그러나 로마넨코의 그런 언사에 굴복할 조만식이 아니었다. 일제강점기부터 이미 생사를 초월해온 그는 초지일관 흔들림 없이 소련의 신탁통치를 반대했다. 로마넨코가 아무리 회유와 협박을 해도 그의 신념은 요지부동이었다.

결국, 조만식과 로마넨코의 회담은 결렬되고 그로부터 나흘이 지난 1월 5일 소련 군정사령부의 경비대원을 가장한 정치군관들이 조만식을 강제연행해 고려호텔에 연금하고 만다. 오페카로 가장한 소련의 신탁통치를 극구 반대한다는 이유 때문이었다. 고려호텔은 일제강점기 일본 거류민이 경영하던 3층 규모의 미네료칸三根旅館으로 그 당시 소련 군정사령부가 징발해 아지트로 사용하고 있었다.

이후 조만식은 과거 일본 해군이 사용하던 건물의 깊숙한 독방으로 옮겨져 억류생활을 보내다가 6·25 남침전쟁 발발 3개월이 지난 1950년 10월 24일 백선엽 장군의 국군 1사단이 북진해 평양을 탈환할 무렵 대동강변에서 북한 정치보위부에 의해 처형당했다는 후일담이 전해지고 있다. 천추의 한을 품고 사라진 애국지사의 처참한 죽음이었다.

김일성은 최대 난적이던 현준혁이 암살당한 데 이어 민족진영의 상징적 인물이던 조만식마저 로마넨코에 의해 강제연금되자 날개를 단 격이었다. 이제 아무 거리낌이 없었다. 마치 순풍에 돛단 듯 자신의 단일지배체제가 확고히 다져지기 시작하자 1946년 2월 8일 평양에서 이른바 북조선 민주정당, 사회단체, 5도 행정국, 인민위원회 등을 총망라한 확대 회의를 소집한다.

이 회의에서 그는 "북조선에 중앙정치기구가 없어 정치·경제·문화의 계획되고 통일된 발전을 가로막고 있다"고 지적하고 "이의 해결방안으로 조국이 통일될 때까지 중앙정치기구로서 임시인민위원회 설립이 시급하다"는 결론을 내린다. 이미 로마넨코가 발족한 임시정치원원회와 명칭만 약간 다를 뿐 기능이 똑같은 조선인민위원회를 발족한 것이다. 그리고 김일성 자신이 만장일치 추대 형식으로 인민위원장에 취임한다. 어느 정도 자주성의 냄새를 풍기는 리모델링에 불과했다. 이로써 그의 단일지배체제는 더욱 강화되었다.

뒤이어 같은 해 7월 22일에는 '조선민주주의민족통일전선'이 조직된다. 그리고 8월 30일엔 이 같은 정치조직 기반 위에 어용 정당인 조선공산당 북조선 분국과 조선신민당이 합당, 조선노동당을 결성하기에 이른다. 이는 박헌영朴憲永이 창당한 최초의 조선공산당(남로당)을 중앙당으로 인정하던 종래의 이론을 배격하고 북한 단독으로 공산당이 결성된 것을 의미하는 것이었다. 물론 당수에는 김일성이 만장일치로 선출되었다. 박헌영과도 거리를 두겠다는 속셈이었다.

그러나 김일성은 남조선에 뿌리내린 박헌영을 완전히 배격할 수 없었다. 그 당시 남북공산주의자들은 대부분 박헌영을 추종하고 있었고 특히 남로당은 이른바 '전위적 혁명무력'으로 박헌영의 절대적 영향력 아래에 있었다. 그래서 김일성은 박헌영을 신설된 조선노동당 부위원장으로 추대하지 않을 수 없었다. 누가 뭐래도 박헌영은 국내 공산당 조직의 원조이었기 때문이다.

그는 김일성보다 나이가 열두 살이나 많은 최용건과 동갑내기로 1921년 경기고보를 졸업하고 중국 상하이로 건너가 소련의 바이칼호湖 이르쿠츠크파派에 속해 있던 고려공산당에 입당한 데 이어 고려공산당청년동맹 책임비서가 된다. 그 이듬해인 1922년에는 모스크바에서 열린 국제공산당 코민테른의 극동인민대표회의에 참석하고 국내 공산당을 조직하기 위해 귀국하다가 일본 경찰에 체포돼 1년 6개월간 복역한 뒤 풀려난다.

이후 조선일보와 동아일보 기자를 거쳐 1925년 서울에서 비밀리에 조직된 조선공산당 창당멤버로 고려공산청년회를 결성하여 책임비서를 맡는다. 그러다가 일본 경찰의 조선공산당과 고려청년회 간부들에 대한 검거 선풍이 일자 경기도 광주로 숨어들어 벽돌공장 인부로 위장 취업해 지내다가 8·15 광복을 맞는다.

그는 한낱 볼품없는 날품팔이에서 로이드 안경에 콧수염을 기른 신사로 일변해 상경하자마자 와해 된 공산당 조직 재건사업에 착수한다. 이른바 해방공간에서 남조선 신민당과 조선인민당을 흡수하여 남조선 노동당(남로당)을 결성하고 출판사 정판사를 인수해 위조지폐를 찍어내 피폐한 남한 경제를 더욱 혼란 속으로 몰아넣었다. 그러다가 1946년 9월 초순 그 전모가 탄로 나 미 군정의 지명수배를 받게 되자 죽은 사람으로 위장해 관속에 숨어 북한으로 도피한다. 그야말로 신출귀몰한 존재가 아닐 수 없었다.

그 이듬해인 1947년 2월 17일. 김일성은 명실상부한 인민 정부의 최고기관으로 단독정부 출범기구 격인 '조선인민위원회'를 정식으로 발족시켰다. 공식적인 공산정권 수립과 다름이 없었다. 위원장은 역시 최고권력자 김일성이 맡았다. 사실상의 국가수반이었다.

이어 1948년 2월 8일에는 정규군인 조선인민군 창설을 대내외에 선포한다. 김일성은 스탈린의 충직한 사냥개답게 미리 짜인 로마넨코의 각본대로 일을 착착 진행하였다. 그는 조선인민군을 "통일 조국의 군대"라며 섣불리 무력통일을 선언하기도 했다. 그러나 조선인민군은 이미 해방 직후인 1946년부터 최용건의 주도하에 소련의 전폭적인 지원으로 창설되기 시작했으며 2년여에 걸쳐 소련군 일색으로 군비증강이 진행되고 있는 시점이었다. 오로지 스탈린의 남진정책에 따른 한반도의 적화통일이 목표였다.

그 무렵 박헌영은 조선민주주의인민공화국 수립과 함께 내각 부수상 겸 외무상으로 북한의 제2인자가 되지만 사실상 최용건, 김책 등 소련파의 권력실세들에 밀려나 한낱 허수아비에 불과한 존재로 전락하고 말았다.

1949년 3월 17일.

김일성은 조선민주주의인민공화국 수상 겸 조선인민군 최고사령관으로 등극한 지 6개월여 만에 모스크바를 공식 방문한다. 대외적으로는 조·소朝蘇경제·문화협정을 체결하는 일종의 공화국 출범 신고식이지만 실은 스탈린과 남침전략을 구체화하기 위한 위장 행보였다. 그의 모스크바 방문에는 부수상 겸 외무상 박헌영을 비롯한 부수상 홍명희, 군부 대표 김일(본명 박덕산)대장大星四, 국가계획위원장 정준택, 상업상 장시우, 교육상 백남운, 체신상 김정주 등이 수행했다. 조·소 경제·문화협정은 양국의 관계 각료들에 의해 체결되었지만 김일성은 크렘린궁에서 스탈린과 단독회담을 열고 별도의 '비밀군사협정'을 맺게 되었기 때문이다.

이 비밀군사협정은 스탈린이 이미 북한 공산집단에 제공한 군사원조 외에 김일성의 전면 남침을 차질없이 뒷받침해주기 위해 추가 군사원조를 제공한다는 약속이었다. 협정 내용은 다음과 같다.

– 6개 보병사단을 완전무장할 수 있는 군사장비와 무기를 추가 원조한다.　　– 3개 기계화부대의 무장을 갖추기 위해 충분한 무기와 시설을 제공한다.　　– 7개 기동보안대대의 전투장비를 제공하고 현재 소련에서 교육 중인 조선인민군 조종사들의 훈련이 끝나는 대로 전투

기 100대와 폭격기 30대, 정찰기 20대를 추가 원조한다.

− 120명 규모의 붉은군대 군사고문단을 평양에 추가 파병한다.

스탈린과 김일성은 조선인민군에 이 정도 규모의 병력과 장비가 추가로 갖춰진다면 단숨에 남반부를 휩쓸고 최남단 부산에 붉은기赤旗와 인공기를 휘날릴 수 있을 것이라고 확신했다.

김일성은 그로부터 불과 2개월 만인 같은 해 5월 13일에는 중국 베이징北京을 방문, 중공의 마오쩌둥 주석을 만나 '조 · 중朝中상호방위협정'을 체결함으로써 소련을 정점으로 중공과 북한 등 삼위일체의 완벽한 남침 준비를 완료하게 된다. 중공과의 상호방위협정은 다음과 같다.

− 어떤 제국주의 세력이든 조선민주주의인민공화국 또는 중국공산당의 일방을 공격하는 경우 쌍방은 그 제국주의 세력에 대한 공동전쟁에서 공동행동을 취한다.

− 중국공산당은 1949년 7월 1일부터 8월 31일까지 각종 무기와 병력을 만주로부터 조선민주주의인민공화국에 제공한다(동북연군 산하 조선의용군 입조入朝).

− 조선민주주의인민공화국은 만주에 억류된 패전 일본인 기술자와 고용인, 전리품인 일본 군수물자의 사용에 대해 최 우선권을 갖는다.

그 무렵 중국공산당은 국공내전에서 만주와 대륙을 휩쓸고 베이징에 입성(1월 31일)한 지 불과 4개월 남짓 지났으며 공식적으로 중화인민공화국 정부가 수립되지 않은 상태였다. 그런데 왜 그렇게 '조·중상 호방위협정'을 서둘러야 했을까?

솔직히 마오쩌둥은 정식으로 중화인민공화국 정부가 출범도 하지 않은 상황에서 썩 내키지 않았으나 스탈린의 엄중한 명령을 거역할 수 없었다. 당시 그는 스탈린의 말 한마디에 면전복배面前伏拜할 수밖에 없는 수하手下의 처지에 불과했다. 국공내전 막바지에 소련과 군사동맹을 맺고 T-34 탱크 1000 대와 최신형 AK소총 30만 정, 화포 3만 문, 탄약 5억 발 등 전투장비를 무상지원 받아 낡은 구식 무기밖에 없는 150만 인민해방군을 현대화시킬 수 있었다. 그리고 이를 바탕으로 국부군을 섬멸하여 국공내전을 승리로 이끌었기 때문이다.

국공國共내전이란 1911년 청나라 왕조淸朝가 무너지고 군벌(사조직 군) 시대가 도래하면서 중국대륙 곳곳에서 벌어진 내전을 말한다. 그 당시 내전에 휩쓸렸던 장제스蔣介石의 국민당(국부군)과 마오쩌둥毛澤東의 공산당(인민해방군)이 난립한 군벌을 소탕하기 위해 1924년 이른바 제1차 국공합작으로 공동대응에 나서게 된다. 그러나 그 무렵 군벌과 국민당 정부의 탄압에 시달리던 절대다수의 노동자·농민들이 공산당 지지세력으로 돌아서며 공산세력이 피폐한 농촌지역을 중심으로 급격히 팽창한다.

이 때문에 수세에 몰린 국부군이 3년 만인 1927년부터 일방적으로 국공합작을 깨고 대대적인 토공전討共戰(공산군 토벌작전)을 벌여 농공민農工民이 폭동을 일으킨 상하이 4·12 사건을 유발하고 마침내 국·공 양대 세력의 내전으로 확산하게 된다. 그러나 그로부터 10년 후인 1937년 중·일전쟁이 발발하자 일본의 침략에 맞서 제2차 국공합작으로 항일전선을 구축한다. 그로부터 8년 만인 1945년 8월 15일 태평양전쟁에서 패전한 일본이 연합국에 항복하고 마침내 중국대륙이 해방을 맞은 것이다. 그러나 국공내전은 그것으로 끝나지 않았다.

그해 10월 10일 국민당 정부의 장제스와 공산당 정부의 마오쩌둥은 평화를 갈구하는 중국 인민의 여망에 따라 국민당 정부의 임시수도 충칭重慶에서 국공화평교섭회담을 갖는다. 이른바 제3차 국공합작이다. 이 회담에서 쌍방은 내전을 종식하고 정치협상을 통해 각 당파의 평등한 지위 승인 등에 관한 협의를 거쳐 국공 쌍방 대표회담 기록 요강, 즉 '쌍십雙十협정'을 합의해 "앞으로 어떤 일이 있어도 내전을 피하고 독립·자주·부강의 신新중화민국을 건설한다"고 공식 발표했다.

하지만 장제스의 속셈은 달랐다. 그는 일본 항복 이후 남아도는 미국의 최신형 무기를 고스란히 넘겨받는 군사원조로 재무장한 뒤 불과 10개월 만에 국부군의 군사력이 인민해방군의 4배로 압도적인 우위를 차지하자 1946년 6월 일방적으로 '쌍십협정'을 깨고 또다시 토공전討共戰(인민해방군 소탕전)을 전개하기 시작했다. 이로써 제3차 국공내전이 전면전으로 치닫게 된다.

국부군은 "동북이 없으면 중국도 없다"는 장제스의 교시에 따라 먼저 동북 3성(만주)을 치고 들어갔다. 전략적으로나 경제적으로 동북 3성이 그렇게도 중요한 요충지였기 때문이다. 러·일전쟁에서 승리한 일본이 소련으로부터 만주의 지배권을 빼앗고 친일 괴뢰정권인 만주국을 세우면서 1930년대부터 대륙침략을 위한 기반으로 획기적인 산업시설을 확충해온 곳도 바로 중국의 동북지방, 즉 만주였기 때문이었다.

중·일전쟁 말기에는 동북지방에서 생산되는 제철과 철강재가 중국 총생산량의 87%~93%나 차지하고 전력이 72%, 시멘트 66%, 철도와

석탄이 각각 50%를 차지해 가히 중국 경제의 원동력이라 해도 과언이 아니었다. 따라서 마오쩌둥도 "승리의 토대인 동북 3성을 반드시 우리 손에 넣어야 한다"고 만추리아(만주)전선에 사활을 걸었다.

그 무렵 중국대륙은 말할 것도 없지만 동북 3성에서도 노동자·농민을 착취하고 탄압해온 장제스의 국민당 정부에 민심이 떠나 있었다. 마오는 이 같은 민심의 흐름을 읽고 미국의 막대한 군사원조를 등에 업은 장제스와 맞서기 위해 소련과 군사동맹을 맺었으나 무엇보다 5억의 중국 민심을 얻는 것이 시급했다. 예부터 민심이 천심天心이라 했다. 하여 그는 공산정권 지배지역에 대한 대대적인 토지개혁으로 인민들의 정착을 도모하면서 정치·군사적 기반을 조성하고 인민민주통일전선을 구축했다. "물이 없으면 물고기가 살 수 없다"는 유명한 수어이론水魚理論이 여기서 태동한 것이다.

그는 먼저 민심을 얻은 뒤 현대 무기를 자랑하며 물량 공세로 나오는 국부군을 게릴라전으로 고립시키는 전략전술을 구사했다. 재래식 기본화기밖에 없는 인민해방군을 상대로 무작정 군사력만 자랑하던 국부군은 항일전 때처럼 게릴라전의 전략전술에 녹아나기 일쑤였다. 때문에, 전열이 흐트러진 국부군 병사들이 전의를 상실한 채 줄줄이 인민해방군 캠프로 투항해갔다. 그런 과정에서 인민해방군이 소련의 막대한 전투장비를 지원받은 데다 전리품으로 노획한 국부군의 미제 전투장비 또한 크게 늘자 1947년 말에는 중국대륙 전소 전선에 걸쳐 전세가 역전되기 시작했다.

그러나 인민해방군이 국공내전에서 결정적인 승기를 잡은 것은 1948년 10월 국부군의 14개 사단을 섬멸시킨 지린吉林·헤이룽장黑龍江·랴오닝遼寧 등 동북 3성의 만추리아전선滿洲戰線이었다. 인민해방군 제4야전군 사령관 린뱌오林彪는 중·일전쟁 종료 직후 국부군이 지배하고 있는 만주를 평정하기 위해 항일전에 투입되었던 팔로군八路軍 산하 조선의용군을 만주로 집결시키고 일제강점기 조·중항일연합군朝中聯軍을 포함 총 6만3000여 명을 기반으로 '동북인민해방군'을 창설했다.

그리고 이들 조선의용군을 주축으로 게릴라전을 전개하여 국부군을 섬멸하는 작전을 주도했다. 특히 이들 조선의용군 중 지린성吉林省 옌벤延邊 조선족 자치주에서 3만5000여 명의 조선인들이 동북의용군에 입대, 국공내전에 참전하면서 랴오선遼沈전투를 대승으로 이끌어 국부군을 와해시키는데 결정적인 공훈을 세운다. 여기에다 이제 갓 공화국으로 출범해 소련제 중무장을 갖추기 시작한 조선인민군도 한때, 국부군에 포위돼 위기에 처한 인민해방군을 지원하기 위해 만선滿鮮국경지대인 만포진과 청진, 정주 등지에 후방기지를 제공했다.

마오쩌둥은 이를 계기로 중국의 55개 소수민족 중 집단적인 조선의용군 및 조선족들의 살신성인과 충성심을 가장 높게 평가하여 조선에 대한 보은報恩의 뜻에서 선뜻 김일성이 제안한 '중·조상호방위협정'을 체결하게 된 것이다. 때문에, 마오는 국공내전이 끝나자마자 랴오선전투를 승리로 이끈 동북조선의용군과 팔로군 소속 조선의용군을 모두 북한으로 보내 조직 단계이던 조선인민군을 대폭 지원토록 했다. 보은의 군사원조인 셈이다.

그러나 따지고 보면 팔로군의 조선의용군 귀환 조치는 중·일전쟁이 끝날 시점인 1945년 8월 11일 마오가 주더朱德 인민해방군 총사령관에게 지시하여 군사명령 제6호로 이미 하달돼 있었다. 주더 총사령관이 팔로군 산하 조선의용군 사령관 무정(본명 김무정金武亭)에게 보낸

작전명령서에는 이렇게 명시돼 있다.

〈팔로군 산하 조선의용군은 만주로 진출하여 일본 관동군과 괴뢰군 (국부군)을 소멸하는 한편 해방군으로 진주한 적군赤軍(소련군)과 합동군 사작전으로 조선을 해방하는 임무를 수행하라.〉

그러나 장제스가 느닷없이 '쌍십협정'을 깨고 토공전에 나서는 바람에 배신감에 사로잡힌 마오는 만주의 평정이 시급해지자 조선의용군을 우선으로 린뱌오의 제4야전군에 배속시켰다. 그 무렵 마오와 주더는 조선공산당의 망명정부 격인 조선독립동맹 주석 김두봉金枓奉을 비롯한 조선의용군 총사령관 무정, 부사령관 박일우朴一禹, 박효삼朴孝三 등 지도부를 절대적으로 신임하고 있었다. 그들은 원래 중국공산당 출신으로 1934년 국부군에 쫓기던 마오를 따라 대장정大長征에도 참여했다. 하지만 마오는 그 무렵까지만 해도 김일성 장군으로 둔갑한 김성주의 존재를 전혀 알지 못했다.

6. 마오쩌둥의 굴욕

마오쩌둥과 주더의 명령에 따라 귀국길에 오른 김두봉은 1889년 부산 동래에서 태어나 1908년 서울 보성고보를 졸업하고 중학교 국어교사가 되면서 조선어사전인 '말모이' 편찬에 참여해온 한글학자 출신이었다.

그런 그가 1919년 3·1 만세운동에 참여한 후 일경에 쫓기자 상하이로 망명, 대한민국 임시정부 의정원議政院 의원 겸 사료편찬위원으로 활동하면서 임시정부가 세운 인성학교 교장까지 지내다 한국독립당 창당에도 참여해 비서장에 오른 인물이다.

그러나 사상적으로 마르크스·레닌주의에 심취한 그는 1931년 조선인 공산당의 본거지인 중국 산시성山西省 타이항산太行山으로 들어가 조선민족독립당을 결성하고 중앙집행위원을 지냈다. 이어 김무정이 이끌던 화베이華北조선독립동맹과 흡수 통합해 주석에 오른 후 마오의 루이진瑞金 중화인민공화국 임시정부 수립에도 참여했다.

김두봉보다 나이가 16세나 적은 김무정은 1905년 함경북도 경성에서 태어나 서울 중앙고보 2학년에 재학 중 14세의 어린 나이로 3·1 만세운동에 앞장서다가 중퇴하고 중국으로 건너가 마오가 세운 바오딩保定군관학교를 거쳐 포병군관이 된다. 1937년 대장정을 마치고 옌안延安에서 창설된 인민해방군 최초의 포병부대인 팔로군 포병단장에 임명된 그는 1942년 조선의용군 총사령관에 오른다.

항일 게릴라전에서 신출귀몰하는 작전으로 유명한 그는 특히 재중

在中 동포들 사이에 성(金)을 빼고 그냥 "무정 장군!"으로 추앙받는 항일독립운동가이자 중국인민해방군의 유일한 조선인 현역 장령將領(소장)으로 그 당시 북한에서도 널리 알려진 전설적 인물이었다. 그의 바로 아래 조선의용군 부사령관인 박일우와 박효삼 역시 인민해방군 현역 대좌(대령)급 신분으로 박일우는 중국공산당 간부양성학교 출신이며 국공합작 때엔 황푸군관학교를 나와 팔로군 산하 조선의용군 지대장을 지내며 많은 공훈을 세운 것으로 알려져 있다.

중국에서 그런 대단한 관록이 붙은 김무정 일행이 중·일전쟁이 끝나고 일본의 항복으로 소련군이 북한에 진주하자 휘하의 조선의용군을 이끌고 북만주 하얼빈에 진출한 다음 이들 병력 대부분을 린뱌오의 인민해방군 제4야전군에 배속시켰다. 그리고 자신은 조선독립동맹 김두봉 주석를 비롯한 망명 지도부와 함께 장차 조선인민군 창건에 기여할 간부대隊 300명 등 4000여 명의 병력만 이끌고 1945년 11월 말 북한으로 귀환한다.

그들이 서둘러 북한으로 귀환한 데에는 물론 마오와 주더의 명령에 따른 것이었지만 나름 그럴 만한 사연이 있었다. 그들보다 한발 앞서 북한으로 들어온 비야츠크 밀영의 조선공작단이 김일성을 수령으로 추대하고 추종세력을 규합하여 이른바 조선민주주의인민공화국 건국의 산파역을 자임하고 나섰기 때문이다. 하여 그는 이들 소련파와 맞서 권력을 쟁취하려는 정치적 야망을 품고 귀국을 서두른 것이다. 이른바 소련파와 연안파의 권력투쟁이 여기서 시작되었다.

그 무렵 조선의용군 제1지대장 김웅을 비롯한 방호산, 리상조, 리권무, 김창덕, 리익성 등 대좌, 중좌 등 좌급(영관급) 고위지휘관들은 김무정의 명령으로 만주에 남아 제3차 국공내전에 대비하고 있었다. 그들 중 방호산과 리권무, 김창덕 등은 원래 소련군사학교 출신이었으나 2차 세계대전 종전 무렵 동북항일연군에 합류했다. 특히 리권무는 스탈린그라드의 대독전선에도 참전해 잔뼈가 굵은 붉은군대의 기갑장교 출신으로 1급 국기훈장까지 받은 호전적인 인물로 알려져 있었다.

김무정이 조선독립동맹 지도부와 일단의 조선의용군 간부대隊를 인솔하여 신의주로 들어왔다. 이때 3개월 앞서 귀환한 김성주가 김일성 장군으로 둔갑해 일인천하로 날뛰는 광경을 싸늘한 눈빛으로 지켜보던 신의주 주민들이 "무정 장군!"이라며 김무정을 대대적으로 환영하는데 주저하지 않았다. 그러자 당황한 소련 군정청이 붉은군대를 보내 당장 4000여 명의 조선의용군에 대한 무장해제를 단행하고 모두 만주로 돌아갈 것을 촉구했다.

군정장관 로마넨코는 그들이 만주로 돌아간다면 붉은군대가 압수한 무기를 되돌려 주겠다고 약속하고 김두봉의 조선독립동맹과 김무정의 조선의용군 간부대는 정치군사조직이 아닌 개인 자격으로 입국을 허용하겠다고 통보해 왔다. 한마디로 굴욕이 아닐 수 없었다.

중국대륙에서 항일무장투쟁에 청춘을 다 바친 김무정으로서는 기가 막혔다. 하지만 붉은군대 천지로 변해버린 북조선에서 속수무책으로 로마넨코의 명령에 따르지 않을 수 없었다. 그래서 그는 마지 못해 개인 자격으로 귀국했다. 그런데도 북한 인민들은 중국인민해방군 장령(장군) 차림을 한 그가 지나가는 곳마다 "무정 장군!"을 소리높이 외치며 쌍수를 들어 환영했다. 그런 열광적인 인민들의 환영 행사가 평양에서 절정을 이루었다.

일개 소련군 빨치산부대 까피탄(대위) 출신인 김일성이 상대적으로 궁지에 몰릴 수밖에 없는 것은 어쩌면 당연한 일인지도 몰랐다. 김일성이 가짜라는 사실을 공화국 인민들이 다 알고 진정한 지도자의 출현을 열망하고 있었기 때문이다. 김일성이 스탈린의 전폭적인 지지를 등에 업고 한창 건국준비에 몰두하면서 스스로 만든 원수 계급장을 달고 장차 조선민주주의인민공화국 내각수반 겸 조선인민군 최고사령관에 오를 꿈에 부풀어 있을 때였다. 그런 그에게 뒤늦게 귀환한 김무정이 뜻밖에도 '장군' 칭호를 받으며 인민들의 환호성에 휩싸이자 김일성은 여간 충격적인 사건으로 받아들이지 않을 수 없었다.

그 무렵 김일성의 뇌리를 스친 것은 "물이 없으면 물고기가 살 수 없다"는 마오쩌둥의 유명한 수어이론水魚理論. 공산주의 세계에서는 인민의 절대적인 지지성원이 없으면 정권이 존립할 수 없다는 얘기다. 그가 로마넨코에 의해 북조선 지도자로 간택될 때 저우바오중이 우려하던 말이기도 했다. 그는 김무정보다 먼저 귀국해 소련 군정을 등에 업고 '전설적인 장군'으로 추대되며 대대적인 군중대회까지 열었으나 소리 소문도 없이 개인 자격으로 나타난 김무정처럼 감격적인 인민들의 환영과 지지를 받지 못했다. 오히려 그가 가짜 김일성이라는 사실이 알려지면서 인민들이 냉랭한 반응을 보이기까지 했다.

그러나 김무정은 안타깝게도 김일성보다 한발 늦었다. 이미 스탈린의 간택을 받은 김성주가 전설적인 항일투사 김일성 장군으로 둔갑해 권력을 선점하고 소련 진주군사령관 스티코프 대장과 군정장관 로마넨코 중장의 절대적인 후원으로 수령의 자리를 굳혀가고 있었기 때문이다. 이를 계기로 북조선에서 소련파와 연안파로 갈려 치열한 권력투쟁이 벌어졌으나 김무정은 인민들의 열화와 같은 지지 성원에도 불구하고 결국 김일성의 적수가 되지 못했다. 인민들의 절대적 지지의 우위에 있던 다수의 연안파가 국제공산주의 맹주 스탈린의 후원으로 공화국 건국의 주도권을 잡고 있던 소련파의 와해 공작에 무너질 수밖에 없었기 때문이다.

가짜 김일성 장군은 그런 부정적인 여론을 딛고 1948년 9월 9일 마침내 조선민주주의인민공화국이라는 소련의 괴뢰정부가 수립되면서 내각 수상에 올랐다. 그는 취임식에서 헐벗고 굶주린 인민들을 향해 "이밥(쌀밥)에 고깃국을 먹고 비단옷을 입는 지상낙원을 건설하겠다"고 호언장담했다. 이 같은 감언이설은 당장 헐벗고 굶주린 인민들의 가슴에 강력한 구원의 메시지로 받아들여졌다. 하지만 오래지 않아 그것은 달콤한 선전·선동에 불과했고 인민들은 이밥에 고깃국은커녕 여전히 초근목피로 질긴 목숨을 이어갈 수밖에 없었다.

김일성은 공화국 정권 출범 이전부터 헐벗고 굶주린 인민들에게 입혀주고 먹여주는 문제보다 자신의 집권에 걸림돌이 되는 정적들에 대한 와해 공작과 무자비한 숙청에 정신이 팔려있었다. 국내파 공산당의 우두머리이던 현준혁을 숙청한 데 이어 북한 인민들의 정신적 지주인 조만식까지 강제 연금하고 북조선 전역에 피바람을 일으켰다. 그 과정에서 자신이 공산당의 수령으로 불려지는 것보다 장군으로 불리는 것을 좋아했다. 전설적인 항일독립운동가 '김일성 장군'의 이미지 메이킹 때문이었다.

아니, 어쩌면 그보다도 일개 소련군 비정규 까피탄 출신인 자신의 장군에 대한 콤플렉스인지도 몰랐다. 하여 그는 원수元帥 계급장인 대왕별大王星을 달고 유일무이한 조선인민군 최고사령관으로서 통수권을 확립하게 된다. 물론 오랜 정규군 생활을 거쳐 단계적으로 쌓아 올린 정통 계급은 아니었지만, 그는 공화국의 절대권력자로 자신에게만 장군 칭호를 붙이도록 했다. 감히 종주국 소비에트사회주의공화국연방의 이오시프 스탈린 대원수와 어깨를 겨룰 수는 없지만 충직한 그의 수하들은 공화국에서 장군이나 원수로 불려지는 사람은 오직 '김일성' 뿐이라는 허구를 진실로 각색하며 유일 장군체제 확립에 온갖 술수를 다 부렸다.

그런데 난데없이 또 다른 한 사람이 "장군"이라며 불쑥 나타나 인민들의 메마른 가슴을 적시며 전설적인 영웅으로 받들어지다니 기가 막힐 노릇이 아닌가 말이다. 그러나 자연발생적으로 공화국 인민들의 영웅으로 받들어지던 김무정은 불행하게도 스탈린과 베리아의 절대적인 후원에다 로마넨코의 철저한 비호를 받는 김일성에 의해 무참하게 밀려나고 만다. 그가 철석같이 믿었던 김두봉이 귀국하자마자 조선신민당을 창당했으나 북조선 공산당과 합당하는 과정에서 김일성에 의해 허울뿐인 조선노동당 주석에 추대되면서 김일성에게 굴복해버렸기 때문이다.

게다가 박일우는 김일성 내각의 초대 내무상, 박효삼은 조선인민군 제1집단군(군단) 사령관이 되자 모두 기다렸다는 듯이 김무정에게 등을 돌리고 말았다. 수하들의 냉혹한 배신으로 급기야 적수공권이 된 그는 자칫 반역으로 몰려 숙청당할 위기에까지 몰리자 결국 김일성에게 무릎을 꿇고 가까스로 목숨 하나 부지하는 것으로 자위할 수밖에 없었다.

궁지에 몰린 김무정은 결과적으로 중·일전쟁 때 마오쩌둥으로부터 조선의용군 총사령관으로 임명된 현역 장령의 체통을 생각해 큰 별 두 개大星二인 중장(남한의 소장) 계급을 그대로 인정해주는 김일성에게 감지덕지하지 않을 수 없었다. 거기에다 그가 받은 보직은 지휘권도 없는 조선인민군 포병 부사령관이었다.

그 당시 최고원로는 조선인민군 창건 주역이자 민족보위상(국방장관)으로 권력서열 2위인 최용건이었다. 어쩌면 김무정의 목숨을 최용건이 살려줬다고 해도 과언이 아니었다. 최용건보다 다섯 살 아래인 김무정은 1927년 중국 광둥성 공산주의 폭동에 함께 가담한 인연으로 최용건을 친형처럼 따랐으나 이후 둘은 옌안과 북만주로 떠나는 바람에 오랫동안 헤어져 있다가 북조선에서 다시 만나게 된 것이다.

최용건은 친화력이 강해 사실상 소련파와 연안파 양쪽에서 적대감이 없는 군의 원로로 추앙받고 있었다. 북만주에서 항일 빨치산운동에 투신한 이래 광둥성 공산주의 폭동에 가담하고 동북항일연군 제7군단장, 제2로군 참모장, 소련 극동군 88국제정찰여단 부참모장 등 요직을 두루 거친 화려한 경력의 소유자였다.

마오쩌둥은 김무정이 북한에서 공화국 건국의 주역이 될 것을 은근히 기대했으나 김일성과의 권력투쟁에서 밀려나 겨우 목숨만 부지하고 있다는 소식을 전해 듣고 적이 당황했다. 그도 그럴 것이 그에게는 감히 스탈린의 간택을 받은 김일성을 제거하고 김무정을 옹립할 영향력이 없었기 때문이었다. 그래서 그는 김일성이 강력히 주장하는 '중·조中朝상호방위협정'에도 스탈린의 눈치가 보여 마지못해 응한 것이었다.

그러나 그는 김일성이 조선민주주의인민공화국을 건국하자마자 중국의 국공내전처럼 '조국해방전쟁'이라는 명분으로 성급하게 남침전쟁을 서두르는 데 대해서는 어떠한 조언도 하지 않았다. 물론 그 문제는 스탈린과의 사전 조율이 필요하겠지만 사실은 자신의 휘하에 있는 인민해방군이 미구未久에 결행할 타이완臺灣 병탄에 관한 결정이 더 시급했기 때문이다.

마오는 공산정권 수립을 앞둔 그 시점에 대륙에서 쫓겨난 장제스蔣
介石의 국민당 정부와 국부군을 최종적으로 섬멸하기 위해 타이완 병
탄을 최우선적으로 준비하고 있었다. 그의 구상은 우선 타이완을 해방
시키고 두 개의 중국이 아닌 하나의 중국으로 완전히 통일 건국을 이
룬 다음 남조선을 병탄해도 늦지 않다고 판단한 것이다.

그러나 김일성은 마오의 속 깊은 전략도 모르고 스탈린과의 비밀군
사협정에 잔뜩 고무된 나머지 일방적으로 남침 준비를 서두르고 있었
다. 김일성은 대대적인 남침 준비가 완료될 시점인 1950년 6월 중 남
침을 결행하기로 스탈린의 내락까지 받아둔 상태였다. 그래서 그는 전
쟁 발발 한 달쯤 앞둔 시점인 그해 5월 중순 비밀리에 자신의 심복이
자 북한의 권력서열 3위인 김일을 특사로 베이징에 보내 마오에게 친
서를 전달케 한다. 김일성이 은밀하게 계산한 군사외교전략이었다.

그 무렵 마오는 공교롭게도 타이완 병탄작전을 같은 해 여름에 단행
키로 결심하고 있던 차에 마치 전시체제처럼 군복차림의 김일성 특사
를 통해 친서를 받고 보니 심히 불쾌하기도 하고 난감해지지 않을 수
없었다. 자칫 마오가 구상 중인 타이완 병탄작전 D-데이가 김일성의
남침 D-데이와 겹친다면 양쪽 다 일을 망칠지도 몰랐기 때문이다.

'감히 호랑이 콧수염을 건드리다니⋯.' 산전수전 다 겪은 마오가 생
각하기엔 애송이 김일성의 오만불손한 태도가 괘씸하기 짝이 없었다.
그 당시 마오는 만주에 주둔했던 일본인 항공기술자들을 본국으로 귀
환시키지 않고 전범으로 붙잡아 가미카제 특공대와 같은 공군 조종기
술을 연마하고 있었다. 해군도 국공내전 막바지에 투항해온 국부군 해
군함대의 기술군관들을 동원해 중공 해군 창설의 기초를 다지고 있었
다. 그 무렵 스탈린으로부터 극비리에 전투기 200대와 전투함 30여 척

의 지원을 약속받아 놓은 상태였다.

그래서 그는 김일 특사에게 "지금은 김일성 동무가 남조선 해방전쟁에 나설 때가 아니다"라고 단호히 충고했으나 결국 스탈린만 믿고 풀어놓은 망아지처럼 날뛰는 김일성의 고집을 꺾지 못했다. 57세의 노련한 마오가 자식 뻘(38세)밖에 안 되는 김일성에게 콧수염을 뽑힌 꼴이 되고 만 셈이었다. 따지고 보면 스탈린의 이중플레이 탓이었다.

마오는 베이징 입성 이후 국제공산권 종주국이자 2차 세계대전 승전국인 소련을 방문해 향후 중화인민공화국 건국과 동시에 소련과의 동맹관계 강화 및 대외정책 등을 일일이 협의할 계획이었다. 그러나 국공내전이 완전히 종식되지 않은 상황에서 최고지도자의 국내 이탈이 적절치 않다는 판단에 따라 1949년 7월 중공의 2인자인 부주석 류사오치劉小奇를 단장으로 한 대표단을 보내 소련 비밀 방문을 결행한다. 김일성이 베이징을 방문해 '중 · 조상호방위협정'을 체결한 지 2개월 만이었다.

대표단은 소련이 제공한 특별기편으로 블라디보스토크와 하바롭스크, 치타를 거쳐 모스크바에 도착, 크렘린궁에서 스탈린을 만나 정치 · 외교 · 경제 · 문화 등 전반적인 문제 외에도 특히 양국 간의 군사협정 문제를 깊숙이 논의했다. 이 자리에서 류사오치는 "타이완을 먼저 평정하고 하나의 중국인 중화인민공화국을 건국한 다음 조선반도를 적화통일해야 한다"는 의견을 제시해 스탈린은 즉석에서 승낙했고 타이완 상륙을 위한 전투기 200대와 조종사 훈련 등 전폭적인 군사지원도 다시 확실한 약속을 받아냈다.

그러나 그로부터 6개월여 만인 1950년 초 스탈린은 "5월 말까지 주한 미 군정이 완전히 철수하고 나면 6월 중에 남조선 국방군이 북침할 것"이라는 김일성의 가짜 첩보 '남조선 북침설'을 곧이곧대로 믿고 마오와 사전 협의도 없이 일방적으로 남침을 승인하고 말았다. 하나의 중국보다 한반도의 소비에트화가 더 시급했기 때문이다.

스탈린의 이중플레이에 실망한 마오는 김일 특사를 통해 전한 자신의 충고를 철저히 외면한 김일성의 배신에 분노했으나 어차피 스탈린의 결정을 따르지 않을 수 없었다. 그래서 그는 결국 중화인민공화국 건국을 바로 눈앞에 두고 결행키로 한 타이완 상륙작전을 일단 무기연기하고 김일성의 남침작전을 예의주시하게 된다.

따지고 보면 그것은 30여 년간에 걸친 국공내전에서 산전수전을 다 겪은 마오로서는 한낱 풋내기에 불과한 김일성의 장단에 놀아난 굴욕이 아닐 수 없었다. 그래서 그는 6·25 남침전쟁 이후 김일성이 한· 만韓滿국경까지 유엔군에 쫓겨 파병을 요청했을 때 스탈린의 종용에 마지 못해 항미抗美원조군으로 참전하면서 김일성의 작전지휘권을 박탈하고도 분을 삭이지 못했다.

이후 마오는 김일성의 무모한 6·25 남침전략 때문에 결국 타이완 수복을 포기한 채 두 개의 중국을 용인한 실책을 안타까워하며 눈을 감을 때까지 한을 삼켰다.

7. 조선의용군 입조入朝

1949년 7월 1일 새벽

만주 동북 3성에 분산 주둔 중이던 동북조선의용군은 중국인민해방군 제4야전군사령관 린뱌오林彪의 긴급명령에 따라 조직적으로 한반도 북반부를 향해 새로운 출병 길에 올랐다. 마오쩌둥과 김일성 간에 체결된 '중·조中朝상호방위협정'에 따른 입조入朝였다. 즉 북조선 귀환작전이었다.

중국대륙의 팔로군 산하 조선의용군 일부 선발대는 이미 1945년 12월 김무정 조선의용군 총사령관을 따라 북조선으로 들어가 조선인민군 창군에 참여하고 있었다. 그러나 동북조선의용군은 모두 린뱌오가 지휘하는 제4야전군 소속으로 편제상 조선인민군에 배속되었지만 언제든 명령만 떨어지면 중국으로 되돌아갈 수 있는 인민해방군 군사력의 원천이었다. 국공내전이 끝나자마자 그들 조선의용군이 재빨리 북조선으로 들어가기 시작한 것은 물론 '중·조상호방위협정'에 따른 조치였지만 그것은 스탈린의 조율에 따라 결정된 중국공산당 군사정책의 일환이기도 했다.

스탈린은 2차 세계대전이 종료되자마자 동북아시아의 공산주의 패권을 노리고 우선 타이완부터 평정해 하나의 중국을 건국하자는 마오쩌둥의 의견을 무시한 채 한반도의 적화통일부터 획책하고 있었다. 한반도를 적화통일하고 동북아를 동유럽과 같은 국제공산 블록으로 만들기 위한 스탈린의 야심찬 음모였다.

느닷없이 린뱌오 사령관의 출동명령을 받은 동북조선의용군은 모두 비무장으로 간단한 소지품만 챙겨 든 채 열차에 올랐다. 전투복에서부터 일체의 군장과 장비는 한·만국경인 만포진역과 신의주역에 도착하는 즉시 소련제 일색으로 재보급을 받게 돼 있었기 때문이다. 일단 북한으로 먼저 들어간 팔로군 산하 조선의용군과 이제 막 출병하는 동북의용군은 모두 신설된 조선인민군의 주력을 형성하게 된다는 얘기가 공공연히 나돌았다.

그러나 누구 하나 질문하거나 이의를 제기하는 사람은 없었다. 그저 주어진 명령에 따를 뿐이었다. 재중 조선의용군은 일찌감치 인민해방군에서 그렇게 길들여져 왔고 중공(중국공산당)의 명령체계 역시 그랬다. 자칫 당의 지상명령에 토를 달거나 이의를 제기했다간 반동으로 몰려 인민재판에 회부되기 십상이었다.

그들은 하얼빈·무단장·옌지·창춘 등 주둔지에서 각각 배정된 열차에 올라탔다. 열차는 여객열차가 아닌 일본 관동군이 쓰던 낡은 화물열차였다. 창문과 문틀에 아예 쇠창살 칸막이까지 설치해둔 것으로 봐 포로수송용이나 아니면 강제징용자 수송용 화물열차 같았다. 마치 2차 세계대전 당시 유대인들을 빼곡히 싣고 죽음의 아우슈비츠 강제수용소를 향해 떠나는 나치 독일의 낡은 화물열차를 연상케 했다.

각 화물칸은 공기통마저 제대로 뚫리지 않아 전사들의 체내에서 뿜어나오는 열기와 진땀으로 뒤범벅이 되어 쉰내가 역겹게 풍겼다. 하지만 모두 주어진 여건을 그대로 받아들일 수밖에 달리 선택의 여지가 없었다. 게다가 화물칸마다 초만원을 이뤄 제대로 앉지도 서지도 못한 채 질식할 것만 같은데도 단선철도인 관계로 열차는 교행을 위해 간이역까지도 정차하는 등 가다 서다를 반복하며 한없이 느리게 운행하고 있었다.

그러나 이렇게 고통을 당하는 전사들과는 달리 군사군관(지휘장교)들은 대부분 칸막이 화물열차가 아닌 석탄을 싣던 무개 화물차에 타는 조그만 행운을 누릴 수 있었다. 칸막이도 없는 무개차가 달릴 때 불어오는 바람이 한결 시원하게 가슴을 쓸어주곤 해 견디기가 훨씬 수월했기 때문이다. 하지만 무개차의 바닥에 깔려 있던 석탄가루가 바람에 흩날려 온몸과 얼굴을 뒤덮는 바람에 모두 시커먼 검댕이 묻은 몰골이 말이 아니었다.

그렇게 어렵사리 입조한 동북조선의용군은 만포진과 신의주에 집결하면서 발싸개(양말)와 팬티까지 다 벗어버리고 군복과 군장을 소련제 일색으로 갖춘 뒤 소련 해방군으로 위장하여 한·만 국경을 넘었다. 을씨년스런 국경선 철로변에는 로스케(소련군) 일색의 겉모습과는 달리 '中國人民的 領導者 毛澤東 主席 萬歲중국 인민의 영도자 마오쩌둥 주석 만세!' '中國 共産黨 萬歲중국 공산당 만세!' '抗日救國英雄 朝鮮義勇軍 萬歲항일구국영웅 조선의용군 만세!' 등의 현수막이 바람에 나부끼고 있었다. 이때 입조한 실 병력은 3개 보병사단 규모인 3만6천여 명이었다.

그들 중 국공내전 당시 랴오선遼沈전투를 대승으로 이끌었던 옌볜延邊 조선족자치주 출신 군사군관과 상전사(上戰士·보병하사관)들이 태반을 차지하고 있었다. 이 군사력은 실제 인민해방군 제164, 166, 167사단으로 김창덕金昌德, 방호산方虎山, 전우全雨 소장大星一(남한의 준장)이 지휘하고 있었고 입조 직후 각각 조선인민군 제5, 6, 7보병사단으로 편제되었다. 조선인민군 6보병사단은 김웅 중장大星二(남한의 소장)이 지휘하는 제1집단군(제1군단)에, 5, 7보병사단은 김광협 중장의 제2집단군(제2군단)에 각각 편입되었다.

이후 중화인민공화국이 건국된 지 3개월 만인 1950년 1월에는 국공내전 당시 제4야전군 동북군구에 편입되었던 팔로군 산하 조선의용군 병력 1만4천여 명이 차출돼 입조한 뒤 조선인민군의 예비병력으로 분산 배치된다. 이로써 남조선 해방전쟁의 주력을 형성한 중공의 조선의용군은 5만여 명으로 늘어났으며 광복 이후 소련·중국대륙·만주 등지서 기십 명 또는 기백 명씩 소규모로 입조하거나 개별적으로 귀환해 조선인민군 창군에 참여한 병력을 모두 포함할 경우 전투경험이 풍부한 기간병력이 총 6만5천여 명에 달했다.

조선인민군 제1집단군 사령관 김웅 중장은 애초 이념적으로 공산주의자가 될 수 없는 인물이었다. 김일성과 동갑내기(1912년생)로 남한의 경북 김천 출신인 그는 1934년 중국으로 건너가 왕신호王信虎라는 이름으로 중국인 행세를 하며 독립운동에 투신했다.

그 무렵 그는 김구 선생의 추천을 받아 장제스의 국민당 정부가 세운 난징南京군관학교를 나와 국부군 장교로 임관되었고 임시정부 비밀결사혁명동지회에 가담하는 등 장차 창건될 광복군 지휘관으로 기대되었으나 5년 만에 임시정부와 결별하고 옌안延安으로 들어갔다.

옌안은 대장정을 마친 마오쩌둥의 공산당 임시정부가 있는 홍군紅軍(인민해방군)의 전진기지였고 그는 1939년 그곳에서 조선의용군사령관 김무정을 만나 항일군정대학을 졸업하고 조선의용군 지대장이 된다. 그리고 중·일전쟁이 끝난 후 조선의용군 간부대대장으로 김무정과 함께 입국해 조선인민군 창군에 참여한 중국공산당 인민해방군 중좌(중령) 출신이었다.

제2집단군사령관 김광협은 북만주에서 김일성과 함께 항일 빨치산 활동을 해온 인물로 김일성보다 세 살 아래지만 중국군관학교를 졸업한 동북항일연군 제2로군 정치위원 출신이다. 하바롭스크 88국제정찰여단 시절에는 김일성과 같은 직급인 제4영장營長(대대장)으로 있다가 일본이 항복하자 소련해방군 선발대와 함께 만주로 나와 관동군의 무장해제에 참여한다. 그리고 조선의용군들로 조직된 무단장牡丹江경비사령부 부사령관을 지내다 1948년 동북조선의용군 무단장분견대를 이끌고 입조했다.

그는 제1집단군 사령관 김웅과 함께 조선의용군 입조에 크게 기여한 공로로 2급 적기훈장을 받기도 했다. 김웅과 김광협 등을 정점으로 조직된 최정예 조선인민군 전선사령부 산하 제1, 2집단군에 소속된 군사군관이나 상급전사들은 대부분 중·일전쟁에서 일본 북지나군과 관동군을 상대로 연전연승의 전과를 세웠고 이후 국공내전에서는 장제스의 국부군을 궤멸시키는데 혁혁한 공훈을 세운 정예 군사 요원들이었다.

특히 조선인민군에 편입된 사단장이나 연대장, 대대장급 등 고위급 및 상급지휘군관들은 모두 노련한 군사전략가들로 평판이 나 있었다. 이들 중 유격전술과 적정정보 분석력이 뛰어난 것으로 알려진 6사단장 방호산은 최고사령부 정보부사령관까지 겸직하게 된다. 이른바 소련파의 우두머리 격인 김일성으로서는 내심 연안파를 배척하면서도 울며 겨자 먹기 식으로 남조선 해방전쟁을 위해서는 이들 막강한 조선의용군의 군사력을 포용하지 않을 수 없었다.

조선인민군은 편제상 주력부대로 배속된 중공의 최정예 팔로군 산하 조선의용군과 제4야전군 산하 동북군구 조선의용군 외에 김일성과 최용건이 1946년부터 설립한 군사조직도 결코 무시할 수 없었다. 그들은 애초 1개 연대 규모의 철도보안대를 창설했으나 이를 모태로 소련의 붉은군대나 중공의 인민해방군, 일본 북지나 파견군, 관동군 등에서 복무했던 귀환 장병들을 모아 본격적인 군사조직에 착수했다. 제1, 2경보병사단이 그렇게 탄생했고 제3독립여단은 1948년 9월 9일 조선인민공화국 건국에 즈음해서 제3돌격사단으로 승격했다.

특히 주목해야 할 군사력은 같은 해 10월 15일 소련군사학교 기갑병과 출신인 리권무를 주축으로 조선의용군 1개 연대병력을 차출해 편성한 제4독립혼성여단. 남침을 불과 2개월 앞둔 시점인 1950년 4월 소련의 전폭적인 지원을 받아 돌격사단으로 승격한 조선인민군 최정예부대였다. 이들 3, 4돌격사단은 사실상 김일성의 친위부대와 다름없는 전투부대로 완전히 소련제 전투장비로 중무장해 1개 탱크연대까지 배속했다.

오로지 남침야욕에만 집념을 쏟고 있는 김일성은 중요한 정치(작전) 명령을 내릴 때마다 군 통수계통을 무시한 채 아예 총참모장이나 전선사령관을 제쳐놓고 자신이 이들 돌격사단을 직접 지휘하고 관리하기 일쑤였다. 이들 전투부대는 앞으로 전개될 조국해방전쟁을 주도할 조선인민군 전투력의 원천이었기 때문이다.

제3돌격사단은 사실 민족보위상 최용건이 38경비대를 주축으로 조선인민군 중 최초로 조직한 전투부대였다. 사단장도 그동안 38경비대를 지휘해온 리영호 소장을 그대로 임명했다. 리영호는 팔로군 산하 조선의용군 출신이지만 북만주로 건너와 항일 빨치산 활동에 투신한 이후 동북항일연군 제7군장軍長(연대장)이던 최용건을 만나 제2로군을 거쳐 소련 극동군 산하 88국제정찰여단에 이르기까지 줄곧 최용건의 충직한 부하로 일관했다. 때문에, 김일성은 최용건의 천거로 제3돌격사단을 제4돌격사단과 함께 아예 자신의 친위부대로 선정하고 관리해 왔다.

김일성은 이들 돌격사단을 대한민국 수도 서울의 주 공격로인 중부
전선에 집중배치하고 제105탱크여단 예하 107탱크연대를 선두로 의
정부 회랑을 공격하여 서울을 점령하려는데 역점을 두고 있었다. 그런
한편으론 동북조선의용군 출신의 3개 사단을 각각 서부전선과 중동부
전선 최전방에 분산 배치해 전선의 균형을 유지하도록 했다.

김일성에게는 오로지 속전속결로 남조선의 수도 서울을 함락하는
것만이 가장 중요한 남침전략 목표였다. 서울은 명실상부한 남북통일
의 상징이었다. 그가 직접 기초한 북한 공산집단의 헌법 제103조에 '조
선민주주의인민공화국 수도는 서울'이라고 명시한 것도, 이런 이유 때
문이다.

1950년 6월 20일

김일성이 전면 남침 D−데이를 6월 25일로 결정해놓고 H−아워를 가
장 유리한 시각으로 조정하고 있는데 모스크바의 크렘린궁에서 느닷
없이 스탈린의 긴급지시가 떨어졌다. 38선 북방한계선으로 이동을 전
개 중인 조선인민군 각 사단, 연대에 배치돼 있던 붉은군대 군사고문
단 전원의 본국 소환을 명령한 것이다.

스탈린은 그 대신 공격작전의 권위자인 바실리예프 중장을 조선인
민군 최고사령관인 김일성의 군사고문으로 파견했다. 러시아어로 작성
된 작전명령을 하달하고 실질적인 남침전쟁을 지휘하기 위한 전략에서
나온 조치였다. 스탈린의 이 같은 방침은 붉은군대가 북한 공산집단의
남침전쟁에 개입했다는 증거를 없애기 위한 술책이었다.

스탈린은 그만큼 고도의 계산된 전략전술을 구사하고 있었다. 한창
남침준비에 광분하고 있던 김일성으로서는 소련군사고문단을 갑자기

소환한 스탈린의 명령을 도무지 이해할 수 없었다. 스탈린은 당황해하는 김일성의 전화를 받고 이렇게 답했다.

"니첸 킴 동무! 이제 그 정도면 충분하지 않은가. 우리 고문단을 거기에 그대로 두는 건 너무 위험해. 자칫하다가 전쟁포로로 잡힌다면 국제적으로 우리 입장이 난처해진다네. 이런 일에 우리가 끼어들었다는 증거를 보이고 싶지 않아. 그건 어디까지나 니첸 킴 동무의 독자적인 일이지, 우리 일은 아니니까. 이 전쟁은 반드시 승리할 것이네. 나는 그렇게 믿고 있다네."

사실 그 당시 스탈린은 일종의 피해망상증에 사로잡힐 만큼 미국의 개입을 우려하고 있었다. 세계 최초로 원자폭탄을 개발하고 러ㆍ일전쟁의 승전국이던 일본을 굴복시킨 미국이 두려웠기 때문이다.

그 무렵까지만 해도 소련은 아직 원폭을 개발하지 못하고 있었다. 그러므로 스탈린의 뇌리에는 미국의 원폭이 악몽처럼 떠올라 국제정치 무대에서도 가능한 한이면 미국과의 대결을 피하고 싶었다. 그것이 결국 6ㆍ25 남침전쟁 발발 직후 유엔 안전보장이사회의 불참으로 인해 거부권을 행사하지도 못한 채 미국을 비롯한 유엔 21개국(의료지원단 5개국 포함)의 참전을 초래하고 말았다.

어쨌든 그 당시 스탈린은 거부권을 행사할 수 있는 유엔을 전혀 의식하지 않았지만, 미국을 두려워하면서도 소련제 일색으로 중무장한 김일성의 남침전략이 반드시 성공할 것으로 믿고 있었다. 김일성의 주장대로 남침전쟁이 전개되면 남한에서 민중봉기가 일어나고 북한이 이를 빌미로 재빨리 쳐 내려가 부산까지 점령할 경우 미국이 미처 손을 쓰지 못하고 방관해 버릴지도 모른다는 판단을 했기 때문이다.

하여 스탈린은 크렘린궁 깊숙이 몸을 파묻고 들어앉아 조만간에 보고받게 될 승전보와 전리품을 챙길 궁리에 빠져 있었다. 김일성이 무기만 충분히 갖춘다면 속전속결로 승리할 수 있다고 입에 침이 마르도록 장담하지 않았던가. 게다가 한국은 미국의 극동방위선에서도 제외돼 있었다.

아마도 미국이 한반도의 전략적 가치를 외면하고 이미 남한을 포기해 버렸는지도 몰랐다. 하지만 스탈린은 애초부터 김일성의 남침 제안에 대해 마오쩌둥과 일일이 상의해 왔다. 스탈린은 그만큼 신중한 태도를 보였다. 그러나 마오의 생각은 달랐다. 타이완 상륙작전을 구상하고 있던 그는 김일성의 남침시기에 문제를 제기했을 뿐 애초부터 스탈린의 한반도 적화통일에는 주저 없이 찬동했다.

"조선반도에 전쟁이 터진다고 해도 조선인들끼리 그들 문제를 스스로 결정하려는 국내 사건(내전)이므로 미국이 결코 개입하지 않을 것이다."

마오의 견해였다. 이에 용기를 얻은 스탈린은 김일성에게 전폭적인 군사원조를 제공하여 전면 남침을 획책한 것이다. 저들이 과녁으로 삼고 있는 대한민국은 그 당시 어떻게 돌아가고 있었을까?

8. 미 군정의 오류

1945년 9월 9일 서울

북한에서 벌어지고 있는 소련의 조직적이고 폭압적인 군정을 수수방
관하며 늑장만 부리던 미국은 소련보다 약 1개월이나 늦게 일본 오키
나와에 주둔 중이던 극동군 제24군단장 존 하지 중장 휘하의 제7사단
을 인천에 상륙시킨 뒤 서울로 진주하게 된다.

미 진주군은 이날 오후 4시 조선총독부(중앙청) 제1회의실에서 항복
조인식을 갖고 주한 일본군에 대한 무장해제를 단행한다. 이로써 일장
기가 이 땅에서 영원히 사라지긴 했으나 대한민국은 이미 걷잡을 수 없
는 혼돈 속으로 빠져들고 있었다.

같은 해 9월 16일에는 미 극동군 총사령관 더글러스 맥아더 원수의
참모인 아키볼드 아놀드 소장이 초대 군정장관으로 임명되면서 하지
중장의 군정사령부가 정식으로 출범했으나 불행하게도 정책적인 준비
가 전혀 마련돼 있지 않았다. 때문에, 미 군정은 애초부터 딜레마에 빠
질 수밖에 없었다.

미 군정은 일제강점기에 조선총독부가 시행해왔던 엄혹한 제국주의
적 제도나 규범을 완전히 배제하고 미국식 자유민주주의라는 큰 테두
리 안에서 자유를 부여하는 일부터 먼저 착수했다. 일제강점기 36년간
궁핍한 생활 속에서 식민통치의 억압만 받아왔던 한국인들에게 '자유'
라는 정신적 영양분을 만끽할 기회가 찾아온 것이다.

하지만 이는 한국의 실정에 전혀 맞지 않은 한낱 미 군정이 베푸는

일종의 시혜에 불과했다. 왜냐하면, 한국에는 애초부터 자유민주주의를 착근着根시킬 토양이 마련돼 있지 않았기 때문이다. 무엇보다 국가질서를 유지할 새로운 헌법이 제정되지 않은 무정부 상태였다. 물론 헌법에 기초한 민주정부도 아직 출범하지 않아 혼란만 가중되고 있었다. 하여 한국 국민은 경제적 풍요로움 속에서 번영과 안정을 구가해온 미합중국 시민처럼 자유를 맘껏 누리되 아예 책임(준법정신)을 질 줄 몰랐다. 이제 막 자유에 눈을 뜨며 민주주의를 향해 걸음마를 배우는 단계에 불과했기 때문이다.

그럼에도 하지 사령관을 비롯한 미 군정 요인들은 이 같은 한국의 실정을 간과한 채 승전국 군인으로서 일종의 우월감에 빠진 나머지 척박한 땅에 뿌리 없는 민주주의의 꽃을 피우는 데만 집착했다. 너무도 단순명료한 판단이었다. 아마도 정치 사상적으로 혼돈에 빠진 한국의 실정을 도외시한 채 군정사령관의 명령 한마디에 모든 것이 일사분란하게 움직이는 미군 캠프 정도로 착각했는지도 몰랐다.

이제 갓 해방된 후진국의 실정을 외면하고 애초부터 무모하게 자신들이 누려온 자유민주주의부터 접목하려 한 것이 잘못이었다. 그 대표적인 것이 정치활동 허용에 따른 이데올로기의 자유였다. 그동안 지하에서만 활동해온 공산주의를 합법적인 정당 활동으로 받아들였고 이로 인하여 좌우익 간에 이념 갈등을 초래했으며 이 같은 정치 상황은 군정 초기부터 큰 혼란을 부추겼다. 군소정당이 난립해 저마다 건국의 기선을 잡겠다며 이전투구로 날밤을 지새우고 피탈을 일으키기 일쑤였다.

고려공산당 출신으로 좌파의 중심인물이던 여운형呂運亨은 광복 직후 미 군정이 들어서기도 전에 조선총독부를 접수하기 위해 '조선건국준비위훤회'라는 유령단체를 설립하고 건국의 기선 잡기에 나섰다. 그는 좌파지도자들을 포섭해 미 진주군이 인천에 상륙하기 사흘 전인 9월 6일 성급하게도 이른바 벽상壁上정부인 '조선인민공화국' 건국을 선포하는 정치 쇼까지 연출했다. 소련을 등에 업고 조직적이고 강압적인 건국준비와 함께 남침전쟁 준비까지 착착 진행하고 있던 북한과는 달리 남한은 한마디로 무정부 상태에서 극도의 혼란 속으로 빠져들고 있었다.

여기에다 해외에서 망명정부를 세우고 독립투쟁을 전개해오던 애국지사들의 환국도 차일피일 늦어지고 있었다. 건국준비의 구심점이 되어야 할 애국지사들의 귀환 문제에 대해 미 군정청이 정책적인 배려를 전혀 하지 않았기 때문이다. 그들을 대한민국을 대표하는 지도계층으로 받아들일 수 없다는 것이 군정사령관 하지 중장의 오만한 소신이었다.

이로 인해 남한에선 미 군정청의 일방적인 정책에 제동을 걸 자주적인 구심단체가 없었다. 게다가 과거 조선총독부에서 녹을 먹고 있던 친일 관료들이 미 군정의 고문단으로 대거 발탁되면서 그들이 살아남기 위해 막후교섭을 벌인 결과 미 군정은 민족주의 세력을 전혀 인정하지 않았다. 그래서 해외에서 오랜 망명 생활을 해온 애국지사들은 개인 자격으로 귀환할 수밖에 없었고 미 군정청은 이들의 귀국을 지원하기 위해 군용수송기를 제공해주는 것이 고작이었다. 그뿐만 아니라 사전에 공식적인 발표도 하지 않아 국민들은 애국지사들의 귀환 사실조차 까맣게 모르고 있었다.

광복 2개월이 지난 1945년 10월 16일 오후

C-46 미 공군 수송기 한 대가 한적한 김포비행장 활주로에 미끄러지듯 착륙했다. 잠시 후 비행기 문이 열리고 그 비행기에서 중절모를

쓴 백발의 한국인 노신사가 천천히 트랩을 밟고 내려왔다.

노신사는 감회 어린 표정으로 잠시 먼 하늘을 바라보다가 마중 나온 몇몇 미군 장교들과 악수를 하고는 대기 중이던 낡은 쉐보레 승용차에 옮겨 탔다. 노신사는 경광등을 깜박이는 미군 헌병대 콘보이 지프의 에스코트를 받으며 서울 시내로 들어와 조선호텔에 여장을 풀었다. 그 노신사가 바로 미국에서 망명 생활을 하다가 33년 만에 조국 땅을 밟은 대한민국 임시정부 초대 대통령 이승만 박사였다.

그로부터 한 달여가 지난 11월 23일에는 대한민국의 법통을 지키며 중국에서 임시정부를 이끌어오던 김구 주석을 비롯한 임시정부 요인 15명이 귀국길에 올랐다. 이 소식을 접한 이승만은 자신이 귀국할 당시 겪은 미 군정청의 냉대를 상기시키며 "명색이 대한민국 법통을 지켜온 임시정부 요인들만은 제대로 격식을 갖춰 환국시키자"며 하지 군정 사령관에게 간청했으나 막무가내로 거부당했다.

"현재 한국을 대표하는 합법정부는 미 군사정부임을 명심하시오. 때문에, 미 군정청은 한국 임시정부를 군정 수행에 따른 공식적인 교섭단체로 인정할 수 없으며 그들 임정 요인들은 모두 개인 자격으로 귀국해야 한다는 것이 미합중국 정부의 방침이오."

하지 사령관의 태도는 단호했다.

때문에, 김구 주석을 비롯한 임정 요인 제1진 역시 하지가 보낸 미 군용수송기 편으로 김포공항에 내리긴 했으나 공식적인 환영 행사가 전혀 없었다. 27년 만의 환국치곤 너무도 조용하고 쓸쓸한 장면이었다. 그러나 해외에서 온갖 풍상을 겪으며 독립운동으로 일생을 바친 애국지사들은 꿈에도 잊지 못하던 조국 땅에 첫발을 내딛는 순간 가슴 깊이 스며든 감회를 억누르지 못해 하나같이 뜨거운 눈물을 삼켰다.

그야말로 가슴 벅찬 환희의 눈물이 아닐 수 없었다.

미 군정청은 이날 이승만 박사의 귀국 때처럼 임시정부 요인들의 귀국 사실을 사전에 공식적으로 알리지 않았다. 때문에 국민들은 개인 자격으로 돌아온 이들의 귀국 사실을 전혀 알지 못했다. 미 군정청은 김구 주석 일행이 죽첨장(훗날의 경교장)에 여장을 푼 직후인 오후 6시쯤에서야 "오늘 오후 4시 김구 선생 일행 15명이 개인 자격으로 서울에 도착했다"는 간략한 발표로 임시정부 요인들의 귀국 사실을 처음으로 공개한 것이다.

뒤늦게 출범한 남한의 미 군정은 철저하게 조직적이고 체계적이고 계획적인 북한의 소련 군정과 달리 모든 면에서 뒤처져 있었고 점령군으로서 권위의식만 내세워 혼란을 자초했다. 그 당시 미 군정청은 암담한 한반도 상황을 너무도 안이하게 보고 한국이 처한 현실을 외면한 채 공산주의자들에게까지 자유로운 정치 활동을 허용하는 등 자유민주주의의 이상만을 추구했다. 때문에, 정치권은 물론 각 사회단체, 각급 학교 학생단체에 이르기까지 좌우익으로 분열돼 정국은 더욱 불안해지고 피바람을 일으키는 공산 분자들의 폭동과 테러가 난무했다.

이승만 박사와 김구 선생을 비롯한 민족진영의 지도자들은 군정 초기부터 국내의 정치적 혼란과 하지 장군의 군정 정책 오판으로 인해 숱한 장벽에 부닥쳐야 했다. 여기에다 좌익계열의 집요한 정치공작을 분쇄하기 위한 민족진영의 단합이 최대과제였으나 단합은커녕 난마처럼 얽힌 정치단체들은 서로 이해득실을 따지며 반목하기 일쑤였다. 이런 가운데 유엔 감시하에 남한만이라도 합법적인 정부 수립을 주장하는 이승만 박사와 좌우합작과 신탁통치 지지를 강요하는 미 군정청 사이에는 갈등의 골만 깊어가고 있었다.

극도의 혼란 속에서 1945년 한 해가 저물어갈 무렵 미 국무성은 하지 군정사령관에게 긴급 전문을 보낸다. 〈2주일 안에 한반도 임시민주정부 수립을 위한 미·소공동위원회를 설립한다.〉는 내용이었다.

이에 따라 군정장관 아놀드 소장이 "가까운 시일 안에 미·소 주둔군 수뇌부가 평양에서 만날 것"이라고 공식 발표해 또 한바탕 민심을 요동치게 만들었다. 한반도를 적화통일하려는 소련의 집요한 정치공작에 미국이 계속 말려들고 있다는 여론이 지배적이었다. 그 무렵 항간에는 "미국을 믿지 말고 소련에 속지 말자"는 말이 유행어처럼 번지기도 했다.

미 군정 초기부터 교활한 술책으로 민심을 교란하고 적화통일을 꾀하려는 공산주의자들의 활동을 하지 장군이 합법적으로 승인한 것이 큰 실책이었다. 그런데도 하지는 귀국 당시부터 공산주의자와 결별을 선언한 이승만 박사에게 좌우합작을 끈질기게 요청하고 있었다. 실현 가능성이 전혀 없는 남북통일 정부를 수립한다는 것이 그 명분이었다.

게다가, 조만간 수립될 신생 대한민국 정부 출범에 이승만을 배제할 요량으로 "모스크바 3상三相회의의 결정사항인 신탁통치를 지지하는 정당과 사회단체만이 미·소공동위원회에 참석할 수 있다"는 일방적인 성명까지 발표해 국민들을 술렁이게 했다. 신탁을 철저히 반대하는 이승만과 김구 등 민족진영을 따돌리려는 미 군정의 술책이었다.

이승만은 끓어오르는 분노와 비탄을 견디지 못한 나머지 담판을 짓기 위해 하지를 찾아갔다. 피차에 냉담한 표정으로 간단히 악수만 한 뒤 이승만은 자리에 앉자마자 대뜸 비아냥거리는 투로 말머리를 돌렸다.

"장군의 어깨에 달린 별은 세 개밖에 안 되는구먼."

하지 장군의 면전에서 내뱉은 모욕적인 언사였다. 하지는 그 자리에서 당장 불쾌한 표정을 나타내며 단도직입적으로 맞받아쳤다.

"내 어깨의 별과 신탁통치를 지지하라는 성명과 무슨 상관이라도 있다는 말입니까?"

"나는 그동안 장군을 야심찬 군인으로 보고 있었는데 지금에 와서 보니 장군은 야심을 이루기엔 아주 틀렸습네다."

"닥터 리! 나를 모욕주려고 의도적으로 이러십니까?"

"별이 네 개면 대장이요, 다섯 개 달면 원수가 되는데 앞으로 별을 더 달고 싶으면 그래가지고 되겠습네까?"

하지는 더 이상의 모욕을 참을 수 없다는 듯 안색이 붉으락푸르락했다. 하지만 이 박사는 눈도 한 번 깜짝하지 않고 태연하게 거리낌 없이 말을 이어갔다.

"미스터 하지! 내 말을 더 들으시오. 내 말이 아직 안 끝났으니까."

"방금 뭐라고 하셨습니까?"

"미스터 하지라고 불렀습네다. 미스터 하지는 내 아들뻘밖에 되지 않습네다. 대장이나 원수가 되려면 정략적인 머리도 쓸 줄 알아야지… 공산당이 문젯거리인데 나에게 공산당과 손을 잡으라니 그게 말이 될 얘긴가. 나 원, 모르면 나한테 물어서 군정을 이끌어가시오."

"닥터 리! 나의 상관은 미 국무성이나 맥아더 원수이지 닥터 리는 아닙니다."

"유능한 정략가는 원래 그런 말을 하지 않습네다. 자기 고집만 부릴 게 아니라 남의 충고를 받아야 할 것은 받는 게 유능한 정략가가 되는 길입네다. 그렇게도 내 말을 알아듣지 못한다면 미 국무성에 전문을 보내 바보 같은 장군을 당장 본국으로 소환하라고 할 수밖에 없습네다."

"마음대로 하십시오."

두 사람의 갈등은 이승만 박사의 귀국 초기부터 오만불손하게 구는 하지의 태도에서 비롯되었다. 하지만 화해의 여지도 없이 노골적인 감정으로 치닫게 된 원인은 좌우합작이나 신탁을 지시한 미국무성에 있었다. 이 박사는 하지를 "바보같은 장군"이라고 맞대놓고 면박을 준 뒤 두 번 다시 그를 찾지 않았다.

이후 미 군정이 추진하던 좌우합작은 결국 벽에 부딪히고 어떻게 하든 이승만을 중심으로 좌우가 손을 잡도록 만들어야 한다는 국무성의 지시에 하지는 사면초가에 몰리고 만다. 어쩔 수 없이 고개를 숙이게 된 하지는 이 박사를 다시 만나고 싶다는 전갈을 계속 보냈으나 이 박사는 꿈쩍도 하지 않았다.

그러다가 마침내 하지가 이 박사의 숙소인 돈암장으로 찾아가겠다는 전갈을 보내기에 이른다. 이 박사는 마지 못해 "그렇다면 내가 장군을 찾아가겠다"며 그 당시 하지의 관저인 전 일본 조선총독관저(현 청와대)를 방문하게 된다. 이 박사의 승용차가 관저 현관에 들어서자 전에 없이 하지가 직접 달려 나와 정중하게 맞이했다.

하지만 그것은 어디까지나 의례적인 제스처일 뿐 본론에 들어가면 둘은 서로 어깃장만 놓기 마련이었다. 그런 행태는 이 박사 쪽이 더 심했다고 해도 과언이 아니었다. 하지가 집요하게 좌우합작 문제를 들고 나오면 이 박사는 으레 자리에서 벌떡 일어나 뒷짐을 지고 창가로 다가가 관저 뒷산만 바라보며 딴전을 피우곤 했다. 하지는 그래도 이 박사의 등 뒤에 서서 참을성 있게 열심히 설득전에 나섰다.

그럴 때면 이 박사는 으레 하지의 말을 귀담아듣기는커녕 한창 입에 침이 마르도록 설득전을 펴는데 느닷없이 수행비서에게 "이봐, 우린 그만 가지" 하고 나와 버리곤 했다. 대단한 배포였다. 때문에, 무안을 당한 하지는 자연 어리둥절해질 수밖에 없었다. 그러나 하지는 절대로 포기하지 않았다. 그의 집념 또한 끈질겼다.

그 당시 이 박사는 하지의 간청에 못 이겨 2~3주일에 한 차례씩 만나주곤 했으나 둘이 만날 때마다 결론 없이 헤어지기 일쑤였다. 하루는 이 박사가 하지의 얘기에 관심을 기울이는 것처럼 진지한 표정을 짓다가 불쑥 이런 말을 꺼냈다.

"장군!"

"예, 말씀하십시오."

"전쟁 얘기를 하면 장군이 나보다 나을 테니까 내가 귀담아듣겠지만 정치도 모르는 사람이 더욱이 남의 나라에 와서 당신 마음대로 정치를 하겠다는 거요?"

이 박사가 의도적으로 또 다른 갈등을 유발한 것이다.

"그게 무슨 말씀이신지…?"

"우리나라는 당신네 나라가 생기기 전에 이미 5천 년의 유구한 역사가 있는 나라라는 걸 인식하시오."

이 말에 하지도 그만 발끈했다.

"아무리 역사가 깊다고 해도 지금 현실에서는 아무 소용이 없지 않습니까."

"장군!"

"…?"

"내가 처음부터 당신이 하자는 대로 다 해봤지만 되는 게 아무것도 없지 않소. 이제 당신 얘기는 더 들을 필요가 없습네다."

하지와의 대화는 원점으로 되돌아가 또다시 단절되고 말았다.

이 박사는 결국 미국을 방문, 국무성을 비롯한 국방성 등 관계요로에 직접 한국의 실정을 브리핑하고 유엔의 도움을 받아 단독정부를 수립하기 위해 출국 준비를 서두른다.

그러나 하지가 가만히 있지 않았다. 이 박사의 동정을 철저히 체크해 오던 그는 이 박사가 미국 방문을 준비하고 있다는 소식을 접하고 끈질긴 방해 공작으로 보복에 나선다. 그는 즉각 미군정사령부 CIC(정보수사대)대장 굿 펠로우 대령에게 전화를 걸었다.

"귀관은 닥터 리가 미국을 방문한다는 정보를 가지고 있는가?"

"처음 듣는 얘깁니다. 각하!"

"도대체 CIC는 뭘하고 있는 거야. 닥터 리가 도미할 준비를 마칠 때까지 그 사실조차 모르고 있다니…."

"네, 죄송합니다. 각하! 확인해 보겠습니다."

"이봐, 굿 펠로우! 내가 한국에 있는 한 덕터 리는 미국에 가서도 안되고 갈 수도 없어."

이 박사에 대한 하지의 방미 봉쇄는 철저했다.

그 당시 한국에서 미국으로 가려면 주로 미 군용수송기를 빌려 타거나 일본 도쿄를 거쳐 며칠 만에 한 번씩 들르는 노스웨스트 에어라인 NWA의 부정기 항공편을 이용할 수밖에 없었다. 하지는 군용기는 물론 민간 항공기마저 이 박사를 절대 탑승시키지 말도록 엄명을 내려두고 있었다. 게다가 그는 연락병까지 돈암장으로 보내 이 박사의 방미 준비를 일일이 체크하는 소동을 벌이기도 했다. 이 박사로서는 견딜 수 없는 모욕이었다.

때문에, 이 박사의 방미 일정이 자꾸 지연되고 있는 중 이 사실이 도쿄에 있는 미 극동군 총사령관 맥아더 원수의 귀에까지 들어가고 말았다. 미국 방문 문제를 놓고 이 박사와 하지 사이의 줄다리기에 마침내 맥아더가 개입하기에 이른 것이다. 맥아더는 즉시 하지에게 전화를 걸었다.

"귀관은 어째서 닥터 리의 방미를 방해하고 있는가?"

"네, 죄송합니다. 각하! 하지만 닥터 리는 우리 군정에 비협조적인 인물입니다. 군정 시책을 사사건건 반대하고 방해하기 때문입니다."

"귀관은 한국에 진주한 군정사령관으로서 자신의 위치를 착각하고 있는 모양인데 귀관의 임무는 그런 게 아니지 않은가."

"무슨 말씀이신지…?"

"귀관은 진주군사령관으로서 한국 국민에게 민주주의를 훈련시켜 하루빨리 그들 국민이 원하는 바에 따라 민주독립국가를 건설하도록 협조하는 사명이 부여된 것 아닌가?"

"네, 그렇습니다. 각하!"

이승만 박사는 맥아더 원수와 하지 중장의 통화가 있던 직후 미 군정청에서 비행기 편이 마련되었다는 연락을 받는다. 1945년 12월 2일 월요일 아침이었다. 이 박사는 미 군정청의 전화를 받고 수화기를 내려놓으며 혼잣말처럼 이렇게 내뱉었다.

"고약한 자, 같으니라구. 그 자는 공산당과 매한가지야. 하지가 날 미국에 못 가게 한다고 내가 못 갈 사람인 줄 아나. 내가 미국에 가는 것은 독립운동을 하러 가는 건데 독립운동을 막는 자는 모두 우리의 적이야. 그런 자는 이 땅에서 쫓아 보내야 해."

하지는 이 박사가 미국으로 떠난 지 열흘 만인 12월 12일 남한의 국회 격인 '과도입법원'을 개원해 단독정부 수립을 위한 국민대표 차원의 준비작업에 들어가도록 했다.

그러던 중 서울 한복판에서 마침내 혼란한 정국을 틈타 피바람이 불기 시작한다. 잇단 암살사건과 좌익세력이 주도한 폭동사건. 격동의 한 해가 저물어가던 12월 30일 독립운동가이자 한국민주당 수석총무이던 송진우宋鎭禹가 서울 종로구 원서동 자택에 침입한 5~6명의 괴한에게 6발의 흉탄을 맞고 쓰러진다. 남한에서 벌어진 요인 암살 제1호였다.

이듬해인 1946년 10월 1일에는 대구에서 총파업과 함께 민란에 가까운 폭동이 일어나고 연이어 제주 4·3사건과 여·순반란사건 등 좌익이 주도한 폭동사건이 잇따라 발생하면서 극도의 혼란 속으로 빠져든다. 1947년 7월 19일엔 좌우합작을 추진하던 좌익계의 거두 여운형이 극우파 청년에게 암살당하고 만다. 그러고 같은 해 12월 2일엔 송진우와 함께 한국민주당을 창당한 장덕수가 집으로 찾아온 현직 경찰관 3명이 쏜 총탄에 맞아 숨졌다.

1949년 6월 26일에는 일제강점기 임시정부 주석이던 민족지도자 김구 선생이 육군 포병 소위 안두희가 쏜 흉탄에 쓰러지고 만다. 한순간에 대한민국의 거목을 잃은 비극적인 암살사건이었다.

"임은 가시나이까. 임은 들으시나이까. 이 나라, 이 겨레를 두고 어디로 가셨나이까…."

김구 선생의 장례는 국민장으로 치러졌고 유해는 효창공원에 안장되었다. 김구는 널리 알려지다시피 평생을 조국 광복에 바친 애국대의愛國大義주의자였다. 광복 후에는 한국독립당 당수로 비상국민회를 조직하고 반탁운동을 적극적으로 추진했으며 한국의 정치 상황을 오판하고 있는 미 군정청의 정책에 맞서 미·소 양군 철수와 통일 정부 수립을 주장하며 임시정부의 주권을 선언하기까지 했다.

하여 그 당시 한반도에는 "남의 김구, 북의 조만식"이라는 두 거목의 민족지도자가 갈 길을 잃고 방황하던 남북한 모든 국민에게 절절한 숭앙의 대상이었다. 그렇다면 김구 선생의 암살 배후는 누구인가? 남북 협상에 반대해온 우익진영의 대표적 인물인 이승만 대통령인가? 군 수뇌부인가?

암살범 안두희는 "배후가 전혀 없으며 북한의 김일성이 제안한 남북 협상에 김구가 응함으로써 남한의 정치와 사회에 혼란을 야기시켰다"고 암살 동기를 밝혔으나 그 말을 액면 그대로 믿는 사람은 별로 없었다.

그는 무기 징역형을 선고받고 육군형무소에서 복역하던 중 15년형으로 감형되었다. 그리고 6·25 남침전쟁이 발발하자 가석방되어 군에 복귀, 중령까지 승진했다. 이후 군에서 예편하고 내내 도피 생활을 해오다가 김구 선생의 암살 배후에 많은 의혹을 남긴 채 이승을 뜨고 말았다.

9. 번개작전

1950년 6월 24일 밤

자욱한 안개 속에 휩싸인 38선 북방한계선에 비가 내리고 있었다. 한여름 장맛비처럼 지겨운 빗줄기가 엿새째 주룩주룩 내리면서 온 산하를 적시고 있었다. 무거운 적막 속에 밤 10시가 다가올 무렵 빗줄기가 점차 가늘어지고 짙은 안개가 산들바람에 흩날리기 시작했다.

초여름인데도 을씨년스런 날씨 탓인지 으스스한 한기마저 느껴졌다. 폭풍전야의 고요랄까, 이따금 풀벌레 소리만 들려올 뿐 사위는 무성한 수림과 어둠 속에 묻혀 무거운 정적만 가라앉아 있었다.

비상경계령에 돌입해 있는 조선인민군 군사군관(보병지휘관)과 전사(전투병)들은 칠흑 같은 어둠 속에서 잡초더미를 개인호로 삼아 북방한계선에 매복해 있었다. 저마다 빈틈없이 남쪽을 향해 총구를 겨누고 있는 그들의 눈망울은 하나같이 충혈돼 있었다. 그들에겐 야전에서 개인 텐트로 흔히 쓰이는 판초(우의)는커녕 대피호 하나 제대로 마련돼 있지 않아 주룩주룩 쏟아지는 빗줄기를 고스란히 맞을 수밖에 없었다.

작전도로 주변에는 민가가 가끔 눈에 띄긴 했으나 마치 유령의 집처럼 텅 비어 있었다. 지난 3월 초순이었던가. 38선 북방한계선 인근 5킬로 이내에 거주하는 인민들에 대해 일제히 소개령을 내렸기 때문이다. 그런 빈집은 대개 공격대형을 전개한 상급지휘군관들과 정치군관들이 임시지휘소로 사용하면서 비를 피하는 장소로 이용하고 있었다.

그러나 대부분 초급군관들과 전사들은 저마다 칡덩굴과 떡갈나무잎을 뒤집어쓴 채 고스란히 비를 맞으며 여차하면 방아쇠를 당길 태세로 남쪽을 향해 싸늘한 총구를 겨냥하고 있었다. 살벌한 철조망을 사이에 두고 만반의 공격태세를 갖추고 있는 그들은 묵묵히 충혈된 눈망울을 굴리며 남쪽만 응시하고 있을 뿐이었다.

그들은 오직 긴장의 연장선상에서 앞으로 전개될 '정치명령'만 초조하게 기다리고 있었다. '정치명령'이란 정치와 전투를 병행시키는 이른바 정치·전투명령으로 조국해방전쟁(남침작전)을 의미하는 조선인민군 최고사령부의 일사불란한 명령체계를 말한다.

1945년 8월 15일 광복 이후 두 쪽으로 허리가 잘려버린 한반도는 남북 간에 극단적인 체제가 수립되면서 줄곧 이념 갈등으로 긴장이 고조되어왔다. 제2차 세계대전 승전 강대국인 미국과 소련이 마치 전리품을 챙기듯 한반도에 38도선을 그어 남북을 분단해 버렸기 때문이다.

이들 양 강대국은 한반도의 남북을 분단하면서 각기 남북한에 주둔해 있는 일본군의 항복을 받아내고 무장해제를 위한 군사적 조치라는 명분을 내세웠다. 그러나 그것은 어디까지나 강대국 패권주의의 산물이었다. 때문에, 남북한은 진작에 같은 민족끼리 극단적인 이념대결로 총부리를 겨누며 마침내 일촉즉발의 위기감을 조성하고 있었다. 그 배후에는 한반도 적화를 위해 끊임없이 불을 지펴온 스탈린과 김일성의 야욕이 도사리고 있었다.

평양 북방 모란봉의 지하벙커에 자리 잡은 조선인민군 최고사령부가 암호명 '번개작전'을 발령한 것은 지난 6월 9일 새벽이었다. 번개작전은 북한 전역에 분산, 배치돼 있던 조선인민군의 전투병력과 장비를 38선 북방한계선으로 이동 배치하기 위한 긴급출동명령이었다. 이 작전계획서는 애초에 소련 군사고문단에서 러시아어로 작성해 최고사령부에 하달한 것을 토씨 한 자 안 고치고 조선어(한글)로 번역해 전 예하부대에 하달한 것이다.

조선인민군 총참모장(남한의 합참의장) 강건姜健 대장大星四은 바로 그 이튿날인 6월 10일, 이 '번개작전' 계획에 따라 일선 사단장 및 여단장급 고위지휘관과 부사단장, 연대장급 등 상급 지휘군관들이 참석하는 전군全軍 지휘군관회의를 긴급소집했다. 그는 소련 극동군과 만주 동북연군에서 잔뼈가 굵은 소련군 대위 출신으로 김일성과 함께 스탈린의 절대적인 신임을 받는 인물이다.

"각급 지휘군관 동무 여러분! 경애하는 최고 존엄을 결사옹위하고 승냥이 (이리) 떼 리승만 력적패당에 우리의 정치군사력이 얼마나 위대한가를 보여줄 때가 드디어 다가오고 있습네다.

이에 모든 군사력은 북남통일을 위한 조국해방전쟁에 총창銃槍을 날카롭게 벼리고서리 38선 북방한계선 전역에 공격대형으로 이동 전개해야 합네다. 동무들! 우리 공화국에 승냥이 떼 원쑤놈들을 소멸하여 남조선을 해방할 혁명의 시기가 도래하고 있음을 각별히 명심하기 바라오."

그가 최초로 하달한 '정치명령'이었다.

하여 전선사령부 예하 2개 집단군(군단) 예하 7개 보병사단과 105탱크여단, 766군 유격부대, 보안군 등 대규모의 전투부대가 일사분란하게 38선 북방한계선으로 이동하여 전개하기까지 꼬박 2주일이 걸렸고 마침내 상황이 종료된 것은 6월 23일 정오였다.

주력 전투부대의 이동상황을 보면 조선인민군 제1보병사단은 남천에서 구화리 방면, 제2보병사단은 함흥에서 화천, 제3돌격사단은 평강에서 운천, 제4돌격사단은 진남포에서 연천 방면 등 남방한계선을 지척에 둔 지역으로 이동을 완료했으며 제5보병사단은 나남에서 양양, 제6보병사단은 사리원에서 개성, 제7보병사단은 원산에서 양구, 제105탱크여단은 평양에서 연천 방면으로 각각 이동을 완료했다. 이들 전투부대 가운데 중부전선의 제3돌격사단과 제4돌격사단은 서울을 점령할 공격사단으로 제105탱크여단과 함께 남침작전의 최선봉에 배치돼 있었다.

예비병력으로는 해주에 12보병사단, 간성에 8보병사단, 회령에 15보병사단, 신의주에 13보병사단, 숙천에 10보병사단, 평양에 17탱크연대를 각각 제2선으로 이동, 배치했으며 남로당 혁명무력과 함께 남조선의 후방 교란을 목표로 삼고 있는 766군 유격부대는 속초 북방 간성에서 동해안으로 침투하기 위해 대기상태에 돌입해 있었다.

특히 주목할 점은 김일성의 심복으로 비야츠크 빨치산부대 출신인 제3군관학교장 오진우 총좌中星五(중간별 다섯개로 남한의 대령과 준장 사이)가 주력전투부대에 앞서 남조선 깊숙이 침투하게 될 766군 유격부대를 지휘하고 있다는 점이다. 이 부대의 조직원은 대부분 남조선 공비 출신들이며 그들은 대구 10·1 폭동사건과 제주 4·3 사건 이후 체포령을 피해 자진 월북했거나 좌익 성향의 남조선 국방군 병사 중 집단 또는 개인적으로 탈영하여 조선인민군에 귀순한 자들이었다.

그들은 모두 강동정치학원에서 3개월간의 유격전술교육을 받고 다시 남파되었으며 이미 수천 명이 태백산과 오대산, 지리산, 한라산 일대에서 남조선의 토착 공비들과 접선, 거점을 확보하고 암약 중이었다. 강동정치학원은 원래 남로당이 서울 한강의 동쪽 깊숙한 계곡에 개설한 비트(비밀아지트) 겸 독자적인 정치학습원이었다.

그러나 대구 10·1 폭동사건 이후 미 군정청 전투경찰의 남로당 소탕령이 내려지자 북으로 달아난 남로당 당수 박헌영이 1947년 9월 평남 강동군 승호면 입석리의 폐광촌에 다시 개설해 월북한 남로당 간부들로 하여금 자율적으로 운영토록 한 것이다. 때문에 이곳에 수용된 교육생들 역시 월북한 남로당 당원들이 대부분이었다.

그동안 그들이 겪어온 남한에서의 공비생활이란 한낱 어설픈 농민군에 불과했으나 이곳에선 동북항일연군 시절부터 풍부한 빨치산 전투경험을 쌓아온 전문가들로 구성된 강사진이 신출귀몰하는 빨치산 교육을 전담했다. 실전교육에는 제주 4·3 사건을 일으키고 월북한 대남對南유격대 총사령관 김달삼(본명 이승진·제주 대정중학교 교사 출신)을 비롯해 남도부(본명 하준수·대남유격대 부사령관 겸 동해남부지역사령관) 등 남로당 핵심 지휘관 4~5명도 교관으로 참여했다.

강동정치학원은 한마디로 남조선 빨갱이 양성소와 다름없었다. 개설 이후 교육생들이 통상 400~500명 선을 유지했으나 김달삼과 남도부가 교관으로 참여하면서 그 수가 급격히 늘어나 한때 1천200~1천500명을 돌파할 때도 있었다. 비록 3개월간의 단기교육이었지만 그들은 하루 10시간씩 짜인 교육시간 중 정치사상교양은 3시간밖에 받지 않았고 나머지 7시간은 그야말로 신출귀몰하는 빨치산 실전 교육으로 일관했다.

그러나 강동정치학원이 들어선 입석 폐광촌 시설이 너무 낡고 비좁아 이전이 불가피하게 되자 6·25 남침 1년을 앞둔 1949년 6월에는 766군 유격부대를 총괄하는 오진우가 자신이 교장으로 있는 제3군관학교에 배속시켰다. 그는 남조선에서 자진 월북한 10대 후반, 20대 초반의 교육생들을 별도로 입교시켜 빨치산 교육을 이수하도록 했고 이들은 수료와 동시에 766군 유격부대에 배속돼 남침의 선봉에 서게 된 것이다.

번개작전은 평양주재 소련대사 겸 군사고문단장인 스티코프 대장이 직접 진두지휘한 일종의 전투부대 기동작전이었다. 그는 조선인민군 최고사령부 베이스캠프에서 김일성 최고사령관과 숙식을 함께 하며 작전을 조율해 오고 있었다. 때문에, 총참모장 강건을 비롯한 민족보위상 겸 전선사령관 최용건(대장), 부사령관 김책(상장上將·大星三·남조선의 중장), 제1집단군사령관 김웅, 제2집단군사령관 김광협 중장大星二(남한의 소장) 등 수뇌급 군사지휘관들은 하나같이 긴장을 멈출 수 없었다.

이들은 대부분 만주와 소련에서 김일성과 함께 항일투쟁에 나섰던 빨치산 동료들이었다. 특히 민족보위상 겸 전선사령관인 최용건은 마오쩌둥의 홍군紅軍(인민해방군) 출신으로 초대 팔로군의 조선의용군 총사령관까지 지낸 군의 최고원로이다. 그럼에도 그는 김일성의 남침작전을 반대하며 미온적인 태도로 나왔다. 때문에 그는 새까만 후배 강건에게 총참모장 자리를 물려주고 휘하의 전선사령관으로 강등된 것이다.

38선 북방한계선으로 극비에 이동, 배치된 조선인민군의 전투장비는 신막과 평강기지에 계류 중인 소련제 IL-10 경폭격기와 야크-9 전투기, 정찰기 등 각종 항공기 200여 대를 비롯해 T-34 탱크 240여 대와 서머호트(자주포) 150 대, 경기관총으로 무장된 모터지클(삼륜오토바이) 560대에 트럭과 치스지프 등 각종 기동차량은 수를 헤아릴 수 없었다.

여기에다 122밀리 곡사포와 105밀리 박격포, 76밀리 직사포 1600여 문 등 실로 가공할 소련제 중포들로 무장해 있었다. 이들 야포 중 '스탈린포'로 불리는 76밀리 직사포는 2차 세계대전 막바지 스탈린그라드 방어전에서 나치 독일군을 섬멸하는 데 결정적인 역할을 한 최신예 중포라고 했다. '스탈린포'는 한반도의 지형과 흡사한 산악지대의 근접작전에서 대단한 위력을 발휘할 것으로 알려져 있었다.

38도선 북방한계선 전역에 배치된 조선인민군 전력은 7개 보병사단에 배속된 105탱크여단 3개 연대와 소련제 구형 탱크를 자주포차로 개조한 직사포 및 중기관총으로 무장한 서머호트부대 등 2개 여단 규모였다. 여기에다 통신·수송·정치보위부(보안군) 등 지원부대를 포함한 전투병력만 20여만 명에 달했다. 이미 남반부 깊숙이 침투한 유격부대와 후방 교란의 전위대인 남로당 혁명무력 10만여 명을 포함할 경우 도합 30여만 명의 대병력을 헤아리고도 남는다.

이른바 조국해방전쟁에 선두주력으로 나서게 될 소련제 T-34 탱크 중 100여 대는 이미 1945년 8월 13일 소련 극동군이 해방군으로 진주할 때 들여왔다가 고스란히 인민군대에 넘겨준 것이다. 그리고 나머지 140여 대는 최근에 추가로 도입된 막강한 군사력이었다.

소련의 붉은군대는 원래 해방군으로 북한에 진주할 당시 곧 창건하게 될 조선인민군에 제공하기로 사전에 염두에 두고 탱크를 비롯한 야포 등 정예 1개 사단 규모의 주요 전투장비부터 먼저 들여왔다. 때문에, 김일성은 인민군대 주력인 보병사단 창설에 앞서 제105탱크여단부터 먼저 편성하고 그 예하에 3개 탱크연대를 두게 되었다. 남조선을 병탄하기 위해 앞으로 전개될 조국해방전쟁 전략상 탱크의 역할이 그만큼 중요하다는 스티코프의 판단에 따른 것이다.

김일성은 애초 스탈린의 지침에 따라 제105탱크여단을 창설하면서 기갑전술을 연마하기 위해 소련군 기갑교관들로 구성된 특별군사사절단까지 초빙했다. 무엇보다 탱크 운전과 포 조정, 통신 조작 등 T-34 탱크의 전반적인 운용을 조선인민군 기갑병들에게 이수시켜야 했기 때문이다.

기갑 전술교육은 붉은군대 특별 군사사절단장인 쿠바노프 중장의 진두지휘하에 이루어졌다. 쿠바노프는 신설된 조선인민군 제105탱크 여단이 막강한 전력을 확보할 수 있도록 탱크의 운용기술 제공과 육성에 적극적으로 힘을 기울였다. 그는 원래 2개 기갑사단 규모인 500여 대의 탱크를 조선인민군에 제공할 계획이었으나 산악지대가 많은 조선반도의 지형에 적당하지 않다는 극동군사령부의 지적에 따라 절반으로 줄인 것이다. 그것이 결과적으로 후일 남침전략에 엄청난 차질을 빚어 낙동강 전선에서 탱크 전력이 바닥나고 대구와 부산 침공이 좌절되는 비운을 겪게 되고 말았지만 그 당시로선 아무도 예측하지 못했다.

소련은 애초 10개 사단 규모의 풍부한 전투장비를 북한 공산집단에 제공했다. 이 막강한 군사력은 이미 1946년부터 김일성 정권이 수립되기 불과 7개월 전인 1948년 2월까지 소련의 전폭적인 군사원조로 증강되었다. 이후 소련 군사고문단의 철저한 감시 감독하에 인민군대 전반에 걸쳐 일선 군사군관과 상급 및 하급전사들을 대상으로 공격·사격·행군 등 실제상황에 대비한 중대·대대급 훈련을 집중해 왔다.

그 무렵 대한민국 군수뇌부는 남침 준비에 광분하고 있는 북한의 동향에 대해 비교적 소상한 정보를 수집하고 있었지만 미 국무부와 국방성은 어리석게도 한국 정부가 제공하는 정보를 전혀 신뢰하지 않았다. 북한 공산집단의 남침을 불과 1개월여 앞둔 시점인 1950년 5월 10일 드럼라이트 주한 미 대리대사(정무참사관)가 미 군사고문단장 로버츠 준장이 제공한 정보를 인용, 국무부에 2급 비밀로 타전한 전문 내용을 보면 미국의 황당한 오판을 충분히 확인하고도 남는다.

〈북한은 현재 만주로부터의 귀환병, 국경경비대, 장갑부대, 해·공군을 포함한 총병력이 한국군과 비슷한 10만3천여 명에 불과하다. 이 밖에 지방경찰이 약 2만5천 명으로 추정된다.

북한의 유일한 기갑부대는 소련제 T-34 탱크 56대로 구성된 마이너스 연대 규모이며 포병 화력은 76밀리 곡사포 224문, 122밀리 곡사포 72문, 82밀리 박격포 637문, 120밀리 박격포 143문, 45밀리 대전차포 356문, 중·경기관총 6000여 정이다. 최근 귀순한 북한 공군 중위 이근순의 증언에 따르면 공군력은 소련제 야크 전투기 100대, 쌍발폭격기 70대, 정찰기 8대 등으로 파악되고 있다.

본 대사관의 평가가 대체적 정확하며 한국 측이 발표한 내용은 아마도 우방국 특히 미국에 남북한 군사력의 불균형을 확산시켜 군사원조를 획득하려는 목적으로 과장한 것이 분명하다. 이런 점에서 최근 이승만 대통령이 미국의 군사원조가 필요하다고 강조한 것은 아무런 의미가 없다.〉

이 같은 미 대사관의 허위보고로 국방성은 되레 주한 미 군사고문단 KMAG의 병력 감축 문제까지 들고 나왔다. 한국군의 보병연대에까지 배치된 야전 고문관들의 병력 수준을 현행 464명에서 235명으로 절반이나 줄인다는 계획이었다. 그중 장교는 181명에서 96명으로, 사병(하사관)은 283명에서 139명으로 줄이도록 예정돼 있었다. 이는 미 국무성 극동국의 한국 군사력에 대한 평가에서도 그대로 반영되었다.

미 국무성은 맥아더 원수가 지휘하는 일본 도쿄의 극동군사령부에서 제공하는 정보조차 무시하고 한국에 대한 모든 정보를 존 무초 대사에게만 의존하고 있었다. 6·25 남침전쟁이 발발하기 2개월 전인 1950년 4월 27일(미국 시각) 1급 비밀로 분류한 미 국무성의 극동문제에 대한 분석자료에서도 한국에 대한 낙관적인 의견이 잘 나타나 있다.

〈존 무초 주한 대사의 보고에 따르면 한국군의 효과적인 군사훈련
은 매우 고무적이다. 한국군은 북으로부터의 침략적인 행위에 잘 대처
하고 있으며 38도선을 넘어 끊임없이 침투해오는 테러분자와 특수요
원들을 성공적으로 단속하고 있다.

무초 대사는 "한국은 경제·군사부문의 원조가 필요하며 그들은 자
신을 보호할 의지와 능력을 갖추었기 때문에 미국은 한국인들이 그들의
지역을 지킬 수 있도록 부족한 요소를 제공해야 한다"고 말했다. 그는
"미국이 지난 3년간의 군정기간에 막대한 원조를 투입하였으므로 향후
소규모의 추가 원조로도 한국은 충분히 자립할 수 있다"고 덧붙였다.

무초 대사는 "현재 한국에는 모호한 요인이 너무 많이 얽혀 있어 미
국의 경제·군사원조가 얼마나 오랫동안 필요한가를 추정하기는 불가
능하나 한국은 아시아에 대한 미국의 관심을 나타내는 상징적 존재이
며 한국인들이 자유와 독립을 유지하도록 돕는 것은 중요하다"는 점
을 상기시켰다.〉

10. 심열성복 心悅誠服

경기도 연천 38도선 북방한계선 작전도로. 중부 전선 조선인민군 전선사령부가 주둔해 있는 협곡이다. 비상등을 깜빡이는 소련제 치스지프 한 대가 칠흑같은 어둠을 뚫고 전선사령부를 향해 질주하고 있었다. 안개비를 헤치며 전속력으로 달리고 있는 치스지프는 무성한 칡덩굴로 위장해 마치 한 무더기의 숲이 어둠 속에서 쏜살같이 움직이고 있는 것 같았다.

치스지프가 이따금 진흙탕 길로 접어들 때면 으레 뒤뚱거리기도 했으나 용케도 속력이 늦춰지지 않았다. 이 치스지프는 1940년대 초 미국 아메리칸 모터즈가 개발하여 2차 세계대전 말 소련을 연합국의 일원으로 끌어들이면서 소련군에 제공했던 보병용 야전 지휘 차량이다. 그러나 종전 후 소련은 잉여물자로 남아도는 이 지프를 포장도 뜯지 않은 채 고스란히 중공과 북한에 전투장비로 넘겨준 것이다.

육각형의 소련제 지프보다 성능이 우수한 것으로 알려진 이 지프에는 조선인민군 최고사령부 작전통제관 겸 제2집단군 작전부장 리학구 李學九 총좌中星五와 전선사령부 공병부부장 주덕근朱德根 중좌中星二(남한의 중령)가 타고 있었다. 주덕근이 치스지프를 직접 운전했고 그 옆자리에는 리학구가 앉아 있었다. 둘은 23일부터 꼬박 이틀 동안 강원도 양양 북방에서 경기도 개성과 옹진반도 북방에 이르기까지 동서로 가로지르고 있는 38선 북방한계선을 돌며 일선 전투부대의 군사력을 최종 점검하고 전선사령부로 귀환하는 중이었다.

리학구는 동북항일연군 시절부터 김일성의 분신처럼 따라다닌 복무원(연락병) 출신으로 8 · 15 광복 당시엔 소련군 상급전사인 특무장(상사)에 불과했다. 그런 그가 김일성을 따라 귀국한 이후 불과 5년 만에 장령將領(장성) 후보급인 총좌까지 올라 최고사령관 김일성이 직접 내리는 극비의 정치명령을 수행하는 막강한 자리에 올라 있었다.

'번개작전'이 발령된 이후에도 그는 김일성의 직명直命을 받고 불철주야 전선사령부 휘하 전체 인민군대의 주도면밀한 작전상황을 일일이 점검하는 임무에 매달려 왔다. 그가 맡은 가장 중요한 임무는 조선인민군 최고사령부에서 긴급발령한 번개작전을 최일선에서 비밀리에 조율하고 실행하는 일이었다. 고작해야 80여 명 남짓한 항일 빨치산부대의 복무원 경력밖에 없는 그가 무려 20만에 달하는 최일선 군사력을 점검하고 조율하는 임무를 수행하다니 실로 아이러니가 아닐 수 없었다. 그러나 유달리 의심이 많은 김일성은 그를 감시병처럼 최일선에 배치했고 고위급 지휘 군관들은 공연히 책잡히지 않으려고 그의 눈치부터 살펴야 했다.

북반부 전역에서 차출된 모든 전투병력과 장비는 번개작전에 대한 정치명령이 발령되자마자 기동을 전개하며 그동안 주로 야간을 이용하여 화물열차 편이나 탱크, 트럭 등으로 부대 이동을 단행했다. 이 과정에서 자칫 소홀히 해 한 치의 오차라도 발생한다면 인민군대 전체의 방대한 작전계획에 차질이 생길지도 몰랐다. 때문에 전 인민군대의 작전계획 실행을 실무적으로 책임지고 있는 리학구로서는 잠시도 긴장을 풀 수 없었다.

그래서 그는 자신이 직접 전선사령부 각 예하부대의 전력배치 상황을 일일이 점검하고 전력을 분석, 평가해 최고사령부에 직보하는 등 실로 고된 작업을 혼자서 도맡아 왔다. 물론, 그에게도 부관과 운전병에 복무원까지 딸려 있었으나 비밀스러운 임무 수행에는 언제나 그랬듯이 혼자 지프를 운전해 어디론가 사라졌다가 나타나곤 했다. 이번에도 그의 그림자와 다름없는 수하들을 따돌리고 혼자 나서면서 전선사령부 공병부부장 겸 공병검열관인 주덕근만 대동했다.

리학구와 주덕근은 북만주의 헤이룽장성黑龍江省 무단장牧丹江 출신으로 어릴 때부터 형제처럼 함께 자랐다. 리학구는 29세로 주덕근 보다 두 살 위다. 그래선지 리학구는 평소 누구보다 친동생 같은 주덕근에게 마음을 터놓고 신뢰를 보냈다. 그러면서도 그는 자신만이 알고 있는 정치명령이나 작전상의 기밀사항에 대해서는 덕근에게 귀띔조차 해주지 않았다.

물론 병과도 다르지만 그는 원래 그런 음흉한 데가 있었다. 이번에도 주덕근과 단둘이서 치스지프를 몰고 전선을 누비면서도 사사로운 일 외에는 좀체 마음을 열지 않은 채 비밀주의로 일관했다. 어쩌면 빨치산 시절부터 김일성의 복무원으로 따라다니면서 숨소리까지 닮아서 그런지 몰라도 그는 자신과 김일성 외에 그 누구도 신뢰하지 않았다.

그러나 리학구와 주덕근이 태어나고 자란 만주는 우리 민족의 뿌리와 역사가 깊은 곳이다. 그들이 성장기를 보낸 무단장 닝안寧安은 만주와 러시아의 국경지대로 1930년대 러·일 전쟁 이후 일본군에 점령당하면서 동부철도가 부설되고 알루미늄 제련공장과 석면공장이 들어서는 등 경제적으로 급속히 발전한 지역이었다.

그러면서도 닝안은 일본 관동군이 만주를 점령하고 우리 조선인들에 대한 탄압이 극도로 심해지자 자생적인 항일운동의 요람지가 되었다.

때문에, 우리 독립군과의 인연도 깊어 한동안 김좌진 장군과 이범석 장군의 밀영(비밀병영)이 설치되기도 했으며 이보다 앞서 항일무장독립운동의 산실인 의열단義烈團이 창설된 곳이기도 했다.

리학구와 주덕근의 조상은 누대에 걸쳐 함경북도 성진에서 뿌리내리고 살아왔으나 증조부 代대에 와서 초근목피로도 연명하기 어려워지자 1869년 먹고 살기 위해 국법을 어기고 두만강을 건너 아라사俄羅斯(현 러시아)로 이주했다. 그 당시 아라사의 연해주沿海州(프리모르스키)로 건너간 두만강 변의 조선인들은 자그마치 6000여 명. 하지만 백인 우월주의에 의한 러시아인들의 인종차별을 견디다 못한 조선인들은 다시 고구려의 고토古土인 북만주로 이주해 무단장 닝안에 정착한 것이다.

굳이 따지고 보면 주덕근은 자신이 비록 무국적자이긴 하지만 태어나고 자란 고향이 만주 무단장 닝안이다. 그는 어릴 때부터 공산주의 이념이나 국가관이 투철한 리학구와는 달리 일종의 아나키스트(무정부주의자)에 가까웠다. 그래서일까, 그는 피붙이 하나 남아 있지 않은 조선반도에 대해 아는 것이 별로 없었다. 다만 자신이 조선민족의 후예라는 사실 외에는 두만강 너머에 조상들이 몽매에도 그리워하던 고국이 있다는 사실에 별다른 관심을 기울이지 않았다.

그런 그가 동북조선의용군에 입대한 것도 만주에 괴뢰국을 세운 일본 관동군의 탄압에 저항감을 느꼈고 안하무인 격으로 설치는 일본인 거류민들의 게다짝 소리가 듣기 싫었기 때문이다. 어쩌면 막연한 민족의식인지도 몰랐다. 하지만 그는 동북공업학교 기계과를 나와 무단장 공작창에 취업한 일개 엔지니어에 불과했다. 그러다가 친형처럼 따르던 리학구가 동북항일연군에 입대하자 거의 같은 시기에 자신도 대다수 조선인 청년들이 그랬던 것처럼 관동군을 만주에서 쫓아내야 한다는 일념으로 자원입대하게 된다.

그러나 둘은 이념적으로 지향하는 길이 달랐고 이 때문에 운명적으로 헤어지지 않을 수 없었다. 그 무렵 리학구는 민족주의를 표방한 공산주의 이념을 강조해온 김성주(김일성)의 반일인민유격대 복무원으로 발탁된다. 평소 남달리 민족의식이 강했던 그는 비록 소규모이긴 했으나 순수한 조선인들로 뭉친 김성주의 빨갱이 집단을 동경해 온 것이다.

1941년 그가 동북항일연군을 떠날 때 나이 만 20세. 김성주와 이념을 달리해온 만주 출신 조선인 동료들로부터 공개적으로 변절자라는 비판을 받았고 세상 물정 모르는 주덕근(당시 18세)도 그런 그를 극구 만류했으나 결코 그의 고집을 꺾지 못했다. 이유는 간단했다. 자신이 비록 만주 출신이긴 하지만 중국공산당이 주도권을 쥐고 있는 동북항일연군이 생리적으로 싫었기 때문이다. 리학구는 그만큼 민족의식이 강했다. 하지만 내심 아나키스트임을 자처하는 주덕근은 부르주아에 가까웠다. 때문에 둘은 이데올로기 갈등으로 기약 없이 헤어지고 말았다.

그러나 국공내전이 종식되고 인민해방군 동북군구로 개편된 항일연군 공병참모(소좌)로 있던 주덕근은 다시 동북조선의용군이 창설되면서 입조入朝해 북반부에서 우연히 리학구를 만나게 된다. 만주에서 헤어진 지 8년 만이었다. 하지만 둘의 신분은 하늘과 땅 차이로 벌어져 있었다. 덕근은 동북의용군에 입대한 지 10년 만에 중성일中星一(소좌)에서 입조할 때 중성이中星二(중좌)로 승진했으나 리학구는 이미 북반부 공화국 장령(장성)급인 중성오中星五(총좌)까지 올라 있었다.

이런 경우를 두고 전화위복이라고 했던가. 만주에서 변절자라는 비판을 무릅쓰고 떠났던 리학구는 내내 김일성(김성주)을 따라다니며 붉은 군대 상급전사인 특무장(상사)으로 있다가 해방된 조국에선 군사군관

(대위)으로 특임돼 별다른 공적도 없이 불과 5년 만에 큰 별大星 자리를 내다볼 만큼 승승장구한 것이다.

게다가 리학구는 인민군대에서 누가 뭐래도 김일성 최고사령관의 심열성복心悅誠服으로 알려진 인물이었다. 김일성이 만주벌판에서 반일인민유격대를 이끌고 있을 때부터 일본 관동군 토벌대에 쫓겨 소련 하바롭스크 장정에 오를 때까지 한결같은 복심으로 따라다니며 잔뼈가 굵었기 때문이다.

김일성은 "전면 남침 개시 이후 3일 안에 남반부 수도 서울을 점령하겠다"고 스탈린에게 철석같이 다짐했다. 이는 모스크바 크렘린궁에서 북조선 내각수상으로 간택될 때 스탈린과 맺은 군신 간의 결의였다. 때문에, 그는 남침작전을 코앞에 두고 극도의 중압감에 시달리고 있었다. 그래서 그는 자신의 명령을 직접 접수하고 충실히 따를 수 있는 심복을 전선사령부에 심어두고 작전을 조율하기에 이른다. 바로 자신의 분신이나 다름없는 리학구를 발탁해 남침작전을 지휘하는 것이었다. 의심이 많은 김일성이 최일선에서 자신을 보좌할 인물로 리학구 밖에 없다고 판단했기 때문이다.

그러나 20여만 병력을 동원하는 남침작전은 소규모 빨치산 전술이 아니었다. 애초 조선인민군 창군의 주역이자 민족보위상 겸 전선사령관인 최용건이 총지휘하게 돼 있었으나 그는 '조국해방전쟁'이라는 그럴싸한 명분을 내세운 김일성의 전면 남침을 "위험한 불장난"이라며 별로 탐탁지 않게 여기고 있었다. 그런 최용건을 김일성은 내심 신뢰할 수 없었다. 게다가 최용건뿐만 아니라 공화국 건국 초기 소련파와 연안파의 권력투쟁에서 밀려난 연안파의 우두머리 김무정에게 단단히 데었던 터라 자신에게 순순히 면전복배할 줄 모르는 선배들에게 아예 머리를 절레절레 흔들곤 했다.

그러나 김일성은 스탈린과 약속한 남조선 해방전쟁을 코앞에 두고 마지 못해 연안파를 포용하지 않을 수 없었다. 오합지졸인 조선인민군대에서 그나마도 전투경험이 풍부한 팔로군과 동북조선의용군의 군사력을 원천으로 삼아야 했기 때문이다. 그러면서도 팔로군이나 동북의용군을 현대전의 총알받이로 내보내는 것이 뭔가 석연찮고 불안했다. 김일성 자신도 마찬가지이지만 그들은 모두 전근대적인 빨치산 전술 외에 대규모 군사작전에는 소련군처럼 익숙하지 못했다. 하여 그는 나치 독일군을 스탈린그라드에까지 끌어들여 궤멸시킨 소련 군사고문단에 대해 경이의 눈길을 보내고 있었다.

조선의용군은 중·일전쟁 당시 옌안延安에서 사실상의 대규모 군사조직을 갖추고 항일무장투쟁의 관록을 쌓아오긴 했지만, 매복·기습·철수 등을 반복하는 고전적인 게릴라전술만 고집했다. 게다가 지금은 모든 군사지휘권을 소련 군사고문단이 행사하고 있는데도 불구하고 팔로군 출신들은 의식적으로 붉은군대의 현대적인 전술을 제대로 받아들이려 하지 않았다.

그렇지만 김일성은 수적으로 우세한 그들을 품에 안을 수밖에 없었다. 그가 상대적으로 신뢰하는 이른바 소련파는 권력 상층부와 군사고문단에 집중배치된 상급군관 출신뿐인 데다 수적으로도 미미했다. 특히 소련에서 입조한 고위급 지휘군관들은 대부분 내각과 최고사령부 참모부서에서 작전지휘권에만 매달려 있었다.

이 때문에 김일성은 중국대륙과 만주, 소련 연해주 등지에서 풍부한 전투경험을 쌓아온 최용건을 남한의 국방장관 격인 민족보위상 겸 전선사령관으로 임명하긴 했으나 워낙 버거운 존재인 데다 미덥지 않았다. 그래서 그는 자신의 선배이면서도 군신君臣 관계로 면전복배하는 김책을 부사령관으로 임명, 연안파 고위급 군사지휘관들을 감시 감독하게 하면서 김웅과 김광협을 각각 제1 및 제2 집단군사령관(군단장)에 임명해 총알받이로 내세운 것이다. 한마디로 고육지책이었다.

그래도 그는 안심할 수 없었다. 마치 스탈린의 의심증처럼 연안파는 물론 측근의 참모진마저 신뢰하지 않았다. 때문에, 그는 그들에 대한 감시기능을 이중삼중으로 강화하기 위해 자신이 가장 신뢰하는 리학구 같은 수하들에게 겸직을 부여했다. 겸직은 공산주의의 속된 생리였다.

주덕근은 입조 이후 상좌中坐三(남한의 중령과 대령 사이) 진급대상에서 번번이 탈락했다. 진급심사를 받을 때마다 성분조사와 사상검토에서 비토당하는 데다 비당원이었기 때문이다. 특히 그의 친형이 광복군 출신으로 임시정부 시절 김구 주석의 경호원을 지낸 부르주아라는 출신성분도 걸림돌이 되었다. 그래서 그는 보장성원(사상검정원)의 감시대상에 올라 아예 당원이 될 수 없었다.

게다가 그는 동북조선의용군의 일원으로 입조해 전선사령부 공병여단 참모요원으로 보직을 받고 조선인민군에 편입되었을 때 우연히 소련파와 연안파의 권력투쟁에 휘말려 정치교화소에까지 끌려간 전력도 있다. 공화국에서 인민군대의 헤게모니를 둘러싸고 소련파와 연안파가 두 쪽으로 갈라져 갈등이 고조될 무렵 농담 한마디 잘못해 고래 싸움에 새우 등 터지는 격으로 소련파에 책잡히는 수모를 당한 것이었다.

그런데 마침 고향 선배인 리학구의 도움으로 자아비판과 충성맹세를 하고 겨우 풀려나긴 했지만 그는 공산당원이 된 남들처럼 사상이 투철하지 못해 언제나 진급심사에서 탈락하곤 했다. 가장 큰 장애는 역시 아나키스트 전력에다 비당원이었기 때문이다. 그나마도 사상적으로 곤경에 처할 때마다 리학구가 옛정을 생각해 바람막이가 되어주곤 했다. 그래서 그는 공화국에서 살아남기 위해 리학구에게 가끔 아첨쟁이(아첨꾼) 노릇도 해가면서 공적인 입장에서는 으레 직속 상관으로, 사적으로는 친형처럼 깍듯이 모셔야 했다.

이번에도 리학구가 최고사령부 작전통제관으로 겸직 발령을 받아 전선사령부에 배속되자 공병여단에 배치돼 있던 그를 전선사령부 공병부 부장 겸 전투장비 검열관으로 임명해 자기 수하에 두었다. 그래서 둘은 38도선 북방한계선 전역의 주 공격선에 배치된 전투병력과 각종 전투장비의 출동준비 상황을 일일이 점검하느라고 밤낮없이 전선을 누비고 다닌 것이다. 주덕근은 리학구가 그만큼 신뢰해주기 때문에 고단한 줄도 모르고 줄곧 지프의 운전대만 잡고 다녔다.

리학구는 원래 자신의 직책이 제2집단군(제2군단) 작전부장이었으나 '번개작전' 발령 당시 최고사령부 총부참모장 겸 작전국장인 류성철 중장의 명령에 따라 최고사령부 작전통제관을 겸직하게 된 것이다. 그러나 실은 김일성의 밀명이었다. 하여 그는 자신이 장악하고 있던 제2집단군 작전상황실을 작전과장 강동호 대좌中星四(대령)에게 직무대행으로 넘겨주고 전 인민군을 지휘하는 전선사령부 작전상황실을 장악하게 된다.

그가 이 중차대한 시기에 제2집단군 작전부장의 임무수행도 버거운데 느닷없이 상급부대인 전선사령부에 배속된 것은 김일성의 그림자인 류성철 중장大星二을 통해 이루어진 최고사령관 김일성의 은밀한 특명 때문이기도 했다. 물론 민족보위상 겸 전선사령관 최용건과 제2집단군사령관 김광협의 사전 양해가 있었지만 최고 존엄의 특명을 감히 누가 거역한단 말인가. 김일성의 입장에선 남침작전을 책임진 전선사령관도 못 믿을 만큼 전진 배치된 인민군대의 전반적인 통제와 조율을 중요시한 것이다.

이제 남은 문제는 언제 떨어질지 모를 공격명령뿐이었다. 그동안 꾸준히 훈련을 쌓아온 군사군관들과 전사들에게는 조만간에 대규모의 기동훈련을 시작할 것이라고 주의를 환기해 두고 있었다. 38도선 북방 한계선에 근접 배치된 각 보병중대는 45밀리 직사포와 박격포를 남방 한계선의 국방군 초소에서 불과 200~300미터의 사정거리에 각각 5미터 간격으로 옮겨 교전태세를 갖추고 있었다.

모든 인민군 전사들에게는 각각 성능이 우수한 아카(AK)보총과 실탄 150발, 따발총과 실탄 200발, 수류탄 4발 등 개인 화기용 실탄과 3일분의 식량과 소련제 건빵을 이미 공급해둔 상태였다. 그러나 대대장급 이상 지휘 군관들은 대규모의 기동훈련이라는 상부의 주장을 액면 그대로 받아들이지 않았다. 조국해방전쟁이 임박해 오고 있다는 사실을 암암리에 직시하고 있었기 때문이다.

특히 국공내전에서 산전수전 다 겪은 조선의용군 출신 군사군관과 상급전사들은 소리 없이 다가오는 긴박한 전쟁의 그림자를 동물적 감각으로 의식하고

있었다. 그래서 그들은 긴장의 연장 선상에서 싸늘한 총구를 남쪽으로 향한 채 거의 본능적으로 숨을 죽였다.

어둠 속을 뚫고 달려온 작전통제관 리학구와 전투장비 검열관 주덕근은 중부 전선 연천 북방 전선사령부 작전상황실에 지친 몸으로 모습

을 드러냈다. 상황판을 지켜보며 전투부대 배치상황을 체크하고 있던 푸른 제복의 참모들이 후줄근한 모습으로 돌아온 리학구를 맞이하며 일제히 부동자세를 취했다. 하지만 리학구는 답례를 하는 둥 마는 둥 버릇처럼 짧은 지휘봉을 잡고 있던 오른쪽 손을 살짝 들어 보였다.

자신의 벙커로 돌아온 그는 몹시 피로한 모습이었다. 야전침대 위에 털썩 걸터앉은 그는 안개비에 젖은 호주머니를 뒤져 담뱃갑부터 꺼내 들었다. 담배를 한 개비 뽑아 입에 문 그의 눈은 벌겋게 충혈돼 있었다.

"작전통제관 동지! 잠시 눈 좀 붙이시라요. 아름찬(힘든) 작업을 혼자서리 도맡아 하시니까니 옆에서 뵙기가 너무 안타깝습네다."

그를 뒤 따라와 옆에 서 있던 주덕근은 얼른 소련제 라이터를 켜고 허리를 굽혀 담뱃불을 붙여주며 운을 뗐다.

사실 주덕근은 자신도 몹시 고단했다. 그러나 감히 리학구 앞에서 피로한 기색을 보일 수 없었다. 야전침대 위에 엉덩이를 내려놓고 앉은 리학구는 연거푸 긴 한숨을 삼키며 담배 연기만 내뿜고 있었다

리학구는 평소 말이 많은 편이었으나 불과 30대 미만의 새파란 나이에 승승장구하면서 의식적으로 근엄한 자세를 취하려 노력했다. 특히 부하 군관들에겐 입이 무겁고 냉혹하고 근엄한 태도로 일관해 왔다. 그런 그의 처세술을 익히 알고 있는 참모들은 부동자세로 둘러서서 특별한 지시사항이 없을까, 묵묵히 그를 지켜보고 서 있을 뿐이었다.

주덕근은 잠시 뜸을 들인 후 리학구의 침통한 표정을 살피다가 다시 말머리를 돌렸다.

"작전통제관 동지! 특별한 지시사항이 있으시문…?"

"…"

리학구는 여전히 침묵을 지킨 채 담배를 뻑뻑, 빨아당기며 고개만 가

로젓다가 못 이긴 척하고 한마디 내뱉었다.

"으음, 오늘 밤은 별일 없을 테니까니 각자들 맡은 일이나 날래날래 처리하기요."

이 말에 주덕근이 참모들을 향해 눈짓을 보내자 그들은 일제히 부동자세를 취하며 상관에 대한 예를 갖추곤 각자 제자리로 돌아갔다.

그들은 모두 젊고 건장한 역전의 군사군관들이었다. 일제강점기에 소련과 중국에서 젊음을 불사르며 고도의 훈련과 전투에 숙달된 고참 군관들로 나름대로 자부심과 위세를 갖추고 있었다. 그리고 지금은 적화통일을 위한 조국해방전쟁의 최선봉에 서 있는 광신적인 공산주의자들이기도 했다.

11. 왕총알받이

리학구는 참모들이 물러나자 납덩이처럼 무거운 몸을 주체하지 못해 잠시 야전침대 위에 벌렁 드러누우며 주덕근에게 시선을 보냈다.

"아, 주 동무도 눈 좀 붙이구레."

"아, 내레 괜찮습네다."

"주 동무! 어제, 오늘 이틀 동안 덩말(정말) 고생 많았시다."

"아니 옳습네다. 저야 뭐, 운전만 했을 뿐인데 작전통제관 동지께서 아름찬 작업을 혼자 처리하시느라고 고생하셨디요, "

"아, 주 동무도 마찬가지디. 날래 가서 눈 좀 붙여 두라우."

"네, 기럼 저두 잠시 공병부에 들렀다가 오갔습네다. 그리구 여기 신호탄 가방은 책상 위에 두고 가갔습네다."

주덕근은 어깨에 메고 있던 조그만 가죽가방을 벗어 리학구의 야전용 책상 위에 내려놨다.

"아 참, 그렇디 신호탄… 그 중대한 걸 빠뜨릴뻔 했구만 기래. 기거이 모두 세 발 맞아?"

"넷, 모두 여섯 발입네다."

"아니, 세 발만 준비하랬는데 기러네."

"나머지 세 발은 예비용입네다. 기럴 리야 없갔디만 기래두 혹 불발의 경우를 생각해서라무네 발사기도 예비로 한 개 더 넣었습네다."

"아하하. 주 동무는 역시 빈틈이 없구만 기래. 날래 가보라우."

리학구는 야전침대 위에 누운 채로 비로소 헛웃음을 터뜨리며 만족한 표정을 지어 보였다.

마침내 리학구의 벙커를 빠져나온 주덕근은 갑자기 피로감이 몰려오는 것을 의식했다. 긴 하품을 흘리면서 그는 공병부 벙커를 향해 난마처럼 얽힌 교통호로 천천히 발걸음을 옮겨 났다.

리학구는 주덕근이 물러나자마자 충혈된 눈을 감았으나 좀처럼 잠이 오지 않았다. 아무리 잠을 청하려 해도 그럴수록 정신은 더욱 말짱해지는 거였다. 그는 야전침대 위에서 이리저리 몸을 뒤척이다가 다시 일어나 몇 모금 빨던 담배를 비벼 끄고는 야전 책상으로 자리를 옮겨 잠시 생각에 잠겼다.

돌이켜 보면 민족보위상 최용건과 연안파 및 공화국 내각 일부에서 애초부터 무모한 도박이라고 반대했던 불가사의한 일을 그 짧은 기간에 결국 해내고 말았다는 사실에 그는 스스로 감탄했다.

물론 스티코프 군사고문단장과 김일성 최고사령관을 정점으로 인민군대 전체가 일사불란하게 작전에 돌입한 결과이긴 하지만 리학구는 자신이 맡은 중책에 일종의 자부심마저 느꼈다. 짧은 기간에 실로 엄청난 일을 해냈기 때문이었다.

그러나 그와 동행했던 주덕근의 생각은 달랐다. 차마 리학구 앞에서 내색을 할 수 없었지만 무언가 형언할 수 없을 정도로 두려움이 앞섰다. 리학구는 기고만장한 김일성의 정치명령만 믿고 "사흘 만에 남조선 수도 서울을 빨갛게 물들이고 말겠노라"고 호언장담했으나 악령의 꾐에 빠진 도박은 이제 시작일 뿐이다. 산 넘어 산이라고 했다. 앞으로의 운명에 어떤 시련이 닥칠지 아무도 모른다.

"내레 예서(여기서) 왜 이럭하구 서 있네?"

주덕근은 교통호로 무거운 발걸음을 옮겨 놓다가 자신도 모르게 혼잣말로 중얼거렸다. 말로만 듣던 38도 선상線上에 자신이 홀로 서 있다는 사실을 직감하고 순간적으로 소스라쳤기 때문이다. 등줄기에서 식은땀이 흐르는 것을 의식했다.

그는 캄캄한 적막 속에서 긴 한숨을 삼키며 담배를 한 대 피워 물었다. 밤안개 자욱한 하늘에서는 여전히 이슬비가 흩뿌리고 있었다. 그는 자신이 지금 38선 북방한계선에 서 있다는 사실이 좀체 실감이 나지 않았다. 하지만 그것은 엄연한 현실이었다. 담배 연기를 길게 한 모금 빨아 당기고 보니 그나마도 답답하던 숨통이 트이고 가슴 속에 맺힌 응어리가 다소 풀리는 것 같았다.

'호랑이의 콧수염을 잘못 건드렸다간 큰코다칠지 몰라. 일제 36년의 암흑기를 벗어났나 했더니 기어이 한 핏줄을 타고난 같은 민족끼리 총칼을 들이대고 이 아름다운 금수강산을 불바다로 만들겠다니… 우리 조국의 운명이 이다지도 기구하단 말인가.'

주덕근은 긴 한숨과 함께 고개를 가로저으며 먹구름에 뒤덮인 먼 하늘로 두려운 시선을 보냈다. 그는 전쟁, 그 자체가 두려운 것이 아니라 남북 간의 이질적인 이데올로기가 두려웠고 그로 인해 엄청난 재앙 속으로 빠져들 동족상잔의 비극이 두려웠다. 그는 미구에 닥칠지도 모를 그런 비극의 언저리에서 엄습해오는 일말의 공포감을 떨쳐버리지 못한 채 정신적으로 방황하고 있었다.

따지고 보면 조선반도는 몽매간에도 잊지 못하던 그의 고국이 아니던가. 그러나 그는 애초부터 두만강 너머 조선의 흙냄새가 너무도 생소했다. 왜냐하면, 그는 만주에서 태어나고 성장했기 때문이다. 그래서 그는 국공내전이 끝나자 "이제 고향으로 돌아가게 되었다"며 철부지 성장기를 보낸 무단장의 닝안을 그리워하기도 했다.

그런데 국공내전 막바지에 동북 3성을 평정하고 나자 고향 근처에도 가보지 못한 채 린뱌오林彪 제4야전군사령관의 명령을 접수하고 허겁지겁 입조행 화물열차에 올라타야 했다. 그 무렵 동북 조선의용군에서는 조만간에 북조선으로 들어가 남조선 해방전쟁에 투입될 것이라는 소문이 파다했었다.

아니나 다를까, 그로부터 얼마 지나지 않아 린뱌오의 입조명령이 떨어졌고 모두 곧바로 조·만朝滿 국경을 넘어야 했다. 개인의 자유의사와는 전혀 상관없이 명령에 살고 명령에 죽어야 하는 조직이었으니까. 그렇게 끌려온 동북조선의용군 전사들은 대부분 조선반도에 대해 조상의 고국이라는 의식의 언저리에서 국가관이나 애국심이란 아예 상상도 하지 못했다.

주덕근이 난마처럼 얽힌 교통호 속에서 그런 상념에 잠겨 서성거리다가 마침내 정신을 가다듬고 공병부 벙커 쪽으로 무거운 발걸음을 옮겨 놓을 때 어디선가 귀에 익은 노래가 무거운 정적을 깨뜨리며 구성지게 울려왔다. 잠시 여러 생각에 빠져 있던 그는 이내 정신을 가다듬고 구성진 노랫가락에 귀를 기울였다. 아닌 밤중에 번갈아 목청을 돋운 주인공은 최용건 전선사령관과 김무정 포병부사령관이었다.

"두만강 푸른 물에 노젓는 뱃사공~ 흘러간 그 옛날에 내 님을 싣고 ~ 떠나간 그 배는 어디로 갔소~ 그리운 내 님이여~ 그리운 내 님이여~ 언제나 오려나~."

일제강점기 이데올로기와 상관없이 국민 애창곡으로 불리던 민족가수 김정구의 노래 '두만강'. 최용건과 김무정은 벙커 깊숙이 들어앉아 바이지우白酒(배갈)에 취해 흐느적거리며 이 노래를 흥얼거리고 있었다.

김무정은 소련파와 연안파의 권력투쟁에 불씨를 지핀 장본인이었다. 그는 중·일전쟁 이후 팔로군의 조선의용군 총사령관으로 한때 중국 대륙에서 용맹을 떨치기도 했다. 이후 북반부로 귀환했지만 그가 지휘했던 조선의용군 주력은 국공내전이 다시 불붙기 시작하던 무렵 린뱌오의 인민해방군 제4야전군 산하 동북군구에 배속돼 만주 동북 3성을 평정하는데 결정적인 역할을 했다.

그러나 조선인민군에서는 그의 공적을 알아주는 사람이 아무도 없었다. 중국대륙에서 생사고락을 함께해온 그의 심복들도 다 떠났다. 김일성이 눈앞의 가시처럼 여기는 김무정에게 자칫 잘못 처신하다간 불이익을 당하기 십상이었기 때문이다. 그래서 옛날의 '무정 장군'이 아닌 조선인민군의 일개 장령에 불과한 김무정은 자연 외톨박이가 될 수밖에 없었다. 그런 그를 유일하게 최용건이 감싸주었다.

애초 대권을 꿈꾸며 귀국한 김무정은 대권이 아니라 숙청의 위기에 몰리자 김일성에게 충성맹세를 하는 자리에서 한때 자신이 지휘하던 팔로군 출신 조선의용군들로 조직된 제2집단군 사령관을 희망했으나 그것마저 반역을 우려한 김일성에 의해 거부당하고 말았다. 그렇다고 자신과 생사고락을 같이해온 조선의용군을 남반부 해방전쟁의 총알받이로 남겨두고 혈혈단신 중국으로 되돌아갈 수도 없었다.

그래서 그는 한동안 이러지도 저러지도 못하고 번뇌의 늪에 빠져 바이지우만 퍼마시고 줄담배를 피워대며 울화를 삭여야 했다. 그가 즐겨 마시는 바이지우는 중국대륙을 떠나올 때 "조선의용군 전사들에게 출정주出征酒로 한 잔씩 돌리라"며 마오쩌둥 주석이 하사한 술이었다. 아무리 생각해봐도 출정주까지 하사하며 신뢰를 보낸 마오 주석과 주더 인민해방군 총사령관의 지상명령을 거역하고 중국으로 되돌아갈 수 없었다. 이유 여하를 막론하고 절대복종해야만 했다.

마오 역시 국공내전을 끝내고 중국대륙을 지배한 지 얼마 지나지 않은 데다 일일이 스탈린의 지시를 받는 처지에서 벗어나지 못하고 있었다. 때문에 마오는 조선의용군을 신설되는 북반부의 조선인민군에 배속시키라는 스탈린의 전투력 지원 요청을 거부감 없이 받아들인 것이다.

김무정이 북한으로 귀환했을 때 그의 주위에 구름처럼 몰려들었던 연안파 골수분자들도 소련파와의 권력투쟁에서 연안파가 궁지에 몰리자 하나, 둘씩 제 살길을 찾아 모두 떠나버렸다. 세상인심이 그랬다. 김무정은 마침내 고립무원의 처지에 놓이면서 인간이 그리워졌다.

"이거이 아닌데… 이거이 아니디. 내래 어케(어떻게) 되었네."

김무정은 바이지우에 절어들 때마다 가끔 땅이 꺼질 듯한 한숨을 토해내며 입버릇처럼 중얼거리기 일쑤였다.

그가 애초 조선의용군을 이끌고 입조入朝를 결정했을 때 사실 자신의 의지와는 상관없이 마오쩌둥의 명령에 따라 조선인민군에 배속된 것이다. 스탈린과 마오 두 정상이 합의한 대로 남조선 해방전쟁의 선봉에 나서기 위한 지상명령이었기 때문이다. 그러나 북조선에 모습을 드러내자마자 김일성은 공화국 인민들이 그를 "무정 장군!"으로 환대한다는 이유 하나만으로 소련군 경비대를 보내 냉혹하게 조선의용군의 군사지휘권마저 박탈해버렸다.

그 무렵 김무정은 공화국 내각수상이자 조선인민군 최고사령관인 김일성의 입지를 익히 알고 있었다. 대선배인 최용건이 김일성 내각의 민족보위상으로 발탁돼 조선인민군 창건 작업을 주도했다는 소식도 전해 들었다. 최용건은 38경비대와 보안대 등 불과 2개 연대의 병력으로 2개 전투사단 규모의 정규군을 조직했던 인물이 아닌가. 하여 김무정은 금의환향해 김일성으로부터 환대를 받으며 적어도 공화국 권력서열 3위 이내에는 들어갈 줄 알았다. 그러나 웬걸 김일성은 그에게 찬밥 더운밥 가릴 여유조차 주지 않았다.

이후 인민군대에서는 물론 공화국 전체 인민들에 이르기까지 김일성 외에 누구에게도 장군 칭호를 사용하지 못하도록 엄명이 떨어졌다. 만약 이를 어길 때엔 반동·반혁명분자로 몰아 인민재판에 넘긴다고 위협했다. 소름 끼치는 최고사령부의 명령이었다. 소련군의 일개 비정규군 까피탄(대위)에 불과했던 김일성이 조선인민군의 유일장군 체제를 구축하게 된 이유다.

이 때문에 한때 공화국 인민들의 우상이던 '무정 장군'은 동무 아니면 동지라는 호칭의 예우밖에 받을 수가 없었다. 김일성보다 열두 살이나 나이가 많고 항일 빨치산의 최고원로로 공화국 정권 창출의 주역을 맡았던 최용건 역시 계급은 대성사大星四, 즉 큰 별 네 개지만 장군은커녕 직책에 따라 민족보위상 동지나 전선사령관 동지라는 호칭에 만족해야만 했다. 심지어 김일성은 한때 큰형님처럼 받들었던 군의 대선배 최용건을 걸핏하면 "용건 동무!" 아니면 "보위상 동무!"로 비칭하기 일쑤였으니 김무정이 정도야 아무리 인민들의 지지를 받고 있다고 치더라도 아예 안중에 두지 않았다.

게다가 김일성의 복심인 최고사령부 작전통제관 리학구가 김무정이 참모장을 겸하고 있는 전선사령부 작전상황실에 배속돼 일거수일투족을 감시하고 있었다. 그가 최고사령부 작전통제관으로 사실상 모든 작전상황을 좌지우지하고 있는 것도 엄밀히 따지고 보면 상당한 이유가 내포돼 있었다. 최고사령관인 김일성이 전쟁 기피론자로 낙인한 최용건과 연안파의 거두 김무정을 남침작전의 총알받이로 내몰아 놓고 일

거일동을 감시하려고 의도적으로 리학구에게 직접 지령을 내리고 있었기 때문이다.

허울뿐인 전선사령관 최용건은 애초부터 김일성의 교활한 계략을 훤히 꿰고 있었지만 말 한마디 없이 침묵으로 일관했다. 명색이 전선사령관 이면서도 남침작전에 재량권이 전혀 없었기 때문이다. 처음부터 조국해방전쟁이 승산 없다고 반대해온 탓이었는지도 몰랐다. 그런 그가 역시 힘이 빠질 대로 빠진 김무정이 자신의 참모장 겸 포병부사령관으로 부임하자 날이면 날마다 벙커에서 돼지비계 육포를 안주 삼아 그독한 바이지우를 물 마시듯 퍼마시며 항일 빨치산 시절의 추억을 떠올리는 것밖에 달리 할 일이 없었다.

둘은 예전에 항일 빨치산 시절부터 호형호제하며 젊음을 불사른 막역한 사이였다. 그래서 오랜만에 조국에서 다시 만나 동병상련의 처지를 안타까워하며 바이지우에 취해 흐느적거렸다. 최용건은 한동안 터놓고 얘기를 나눌 상대가 없어 적적하던 차에 김무정을 참모장으로 받아들이게 되자 늘그막에 총알받이로 내몰린 자신의 신세를 한탄하며 한숨을 삼키곤 했다.

"야, 무덩(무정)이!"

"예, 성님!"

둘은 사석에서 언제나 형과 아우로 지냈다.

"내레 어케(어떻게) 왕총알받이가 되었네?"

"아하하. 왕총알받이? 기거이 말 되누만 기래요."

"아, 넌 루이딘瑞金(루이진)에서 마오쩌둥 동지와 함께 그 머나먼 옌안까지 일만오천 킬로의 대당뎡大長征에 탐가(참가)해설라무네 모딘(모진) 목숨 살아남디 않았네?"

"아, 기러문요. 대당덩… 내레 그때 당시 사선死線을 여러 번 넘었디 않아요. 아무도 기억해주는 사람이 없는데 성님이레 기억해 주시니까 니 덩말 고맙시다레."

"아, 누가 뭐래두 무덩이 넌 영웅이야, 영웅… 아, 이 퇴용건이레 알 아주디 않아. 하하."

"기런데 이거이 뭐야요. 대체 디금(지금) 이거이 무슨 꼴이람."

"기러게 말이야. 다 세상 잘못 만난 거이디."

"아, 내레 이렇게 당한거이 새까만 성두成柱 그 종간나한테 밉보여 그렇다치구 성님이레 이렇게 대우하문 안 되디. 암, 안 되구 말구요. 성 두, 지가 누구 땜에 수령이 되었는데… 아, 성님이레 군의 원로로서 린 민군대를 창건한 군공軍功은 인덩해 줘야 될 거이 아니외까?"

"야야, 그딴 소릴 말라야. 발써(벌써) 로스케(붉은군대) 턴디(천지)가 된 마당에 우리 같이 다 떨어진 빨티산 군발이야 어데 눈에 빼갔어?"

"아, 빨티산 군발이가 어캐서(어떻게 해서) 기러시우. 우리 다 떨어진 군발이가 명색이 남반부 해방턴선(전선)의 턴위(전위)가 아니외까."

"아, 내레 왕총알받이루 언제 죽을디두 몰라야."

둘은 언제나 이런 식으로 신세타령이나 하고 비축해 둔 바이지우를 축내며 시간을 죽였다.

12. 최고 존엄을 위하여

그 짧은 기간에 로스케(소련군) 일색으로 완전무장한 조선인민군은 북반부 전역에서 실시한 고된 훈련과 부대 이동에도 불구하고 남침 준비를 일사불란하게 진행해 왔다.

"거, 뭐이가. 한 6개월쯤 되었나, 경애하는 수령동지께서 이오시쁘 스딸린 대원수와 마오쩌뚱 주석을 만나서리 마지막 전략회의를 열고 남반부 해방전쟁을 최종 결정한 거이… 우리 수령 동지께서 그 결과에 따라 짧은 기간에 도저히 믿을 수 없을 만큼 엄청난 일을 창출해 내디 않았네. 과연 위대하고 영명하신 혁명령도자임이 분명해. 아, 분명하다 니까니…."

야전침대 위에 드러누워 부질없이 담배만 피워 물고 있는 리학구 역시 그 영명하고 위대한 영도자 김일성의 특명을 최일선에서 빈틈없이 수행하는 실무책임자의 한 사람이었다. 이제금 모든 일이 순조롭게 돌아간 결과를 놓고 보니 마치 모든 전쟁 준비가 자신의 업적인 양 득의 만면한 자부심으로 가슴이 뿌듯했다.

그러나 마지막 점검 코스로 들렀던 중부 전선 연천 북방 옥계리 협곡의 제4돌격사단 벙커에서 사단장 리권무李權武 소장이 내뱉던 말이 석연찮은 여운으로 남아 귓전에 맴돌았다. 그는 리권무가 내뱉던 말을 곱씹어 보며 뭔가 찜찜한 심정을 떨쳐버리지 못했다.

리권무는 여느 사단장과는 달리 김일성 최고사령관의 총애를 받는 친위부대장이 아닌가 말이다. 그런 그가 남침작전을 코앞에 두고 마음약하게 긴 한숨을 삼키며 의미심장하게 말머리를 돌렸기 때문이다.

"내레, 발써(벌써)부터 최고 존엄이신 수령 동지와 공화국을 위해 이한 목숨 바티기루 비당(비장)한 각오를 했디만 말이야. 이번 남반부 해방던댕(전쟁)이 과연 성공할 수 있을디 기거이 다꾸(자꾸) 마음에 켕기누만 기레."

이 말에 리학구가 짐짓 놀라는 표정으로 반문한 것이다.

"아, 사단장 동지께서 불길하게시리 기거이 무슨 말씀이외까?"

"아, 닥던(작전)개시 사흘 만에 서울을 해방하구서리 남반부를 딧(짓)부시는 기야 그 무시기(무슨) 어려운 일인가. 그저 식은 죽 먹기 식으루다 쳐들어가문 그만인 게야. 하디만 말이야. 그 뭐이가, 닐본놈(일본놈)들을 까부순 종간나 새끼레 자꾸 눈에 밟힌다 이거디. 내 말은….."

"아, 미제美帝의 맥아더 말이외까?"

"아, 기럼 미데(미제)의 맥아더 말구 또 다른 종간나가 있단 말이가."

"아니, 사단장 동지께서 느닷없이 맥아더를 들먹이시기에….."

"기래서라무네 하는 말인데 우리가 선던(선전)포고도 없이 치고 들어갈때 맥아더가 바로 자기 코앞에서 벌어지는 남반부 해방던댕을 보구서리훼방을 놓지 않구 강 건너 불구경하듯 기냥 넘어가갔나 이 말이디."

"…?"

"만일 미데(미제)가 뛰어들문 던댕(전쟁)의 양상이 아주 복잡해진다 이거이디. 기럴 경우 스딸린 대원수와 마오쩌둥 두석(주석)이 함께 뛰어들거이구 기럭하문 데삼타(제3차) 대전으로 번질 게 뻔하지 않겠냐구."

"아, 길쎄, 설마 기렇게까지야 안 되갔디요."

"아, 일이 더럽게 돌아가문야 우리가 계획했던 남반부 해방은커녕 조선반도가 모조리 불바다가 돼버리구 만다는 기야. 내레, 기거이 꺼림칙

하다니까니."

"아, 기래설라무네 사단장 동지께서 최고사령관 동지의 정치명령만 떨어지문 맥아더가 미처 상상도 못 할 정도로다 속전속결로 쳐들어가 서울을 해방해야 하디 않갔습네까."

"아, 내레 기걸 몰라서 기러는 기 아니라니까니. 아무리 속던속결이래두 기렇디, 던쟁이란 거이 한 번 터지문 기렇게 쉽사리 끝나딜 않아야. 뚱국(중국) 국공내던을 보라우. 남반부의 리승만 패당이 아무리 허약하다구 해두 기렇디. 막다른 골목으로 내몰리문야 쫓기던 쥐도 돌아서서 고양이를 문다구 기러디 않던. 남반부 아새끼들이레 기저 목을 내놓구서리 항전할 게 뻔할 텐데 말이야."

"어쨌든 사단장 동지께서 경애하는 최고사령관 동지께 약속한 대로 늦어도 3일 이내에 서울을 해방시켜야 한단 말입네다. 아, 기래서라무네 최고사령관 동지께서 제4돌격사단에 영광스럽게도 서울사단의 명예 칭호를 주디 않았습네까. 4사단이야 말루 어떤 사단인데 그러십네까. 아, 최고사령관 동지의 쏘련 유격대를 모태로 조직한 최정예부대란 말입네다."

"아, 내레 기걸 몰라서 기러는 거이 아니라니까니 기러네. 내레

영명하신 최고 존엄의 명예를 욕되게 하디 않으려구 이런 걱정을 하는 기야. 아, 이 리권무레 바로 수령님의 분신이 아니냐구. 최고 존엄을 결사옹위 한다문야 까짓껏 목숨도 아깝디 않아야."

"아, 기렇구 말구요. 사단장 동지야말로 자타가 공인하는 수령님의 분신이디요. 기러니까 수령님의 존엄을 위해서도 한 달 이내엔 남반부를 완전히 쓸어버려야 한단 말입네다. 8·15해방 5주년을 부산에서 맞이할려문 고저(그저) 속전속결루 쳐들어가야디요. 기거이 바로 최

고사령관 동지의 요지부동한 정치명령 아니외까. 기거를 명심하구서리 승리를 확신해야 한단 말입네다."

그렇게 다짐하고 돌아서긴 했지만 리권무의 말처럼 전쟁 발발과 동시에 미국이 개입하고 나선다면 소련과 중공을 등에 업고 치밀하게 계획한 조국해방전쟁이 복잡한 양상으로 치닫게 될 게 불을 보듯 뻔했다.

아무리 속전속결로 서울을 점령하고 소기의 목적을 달성한다고 해도 그것으로 끝나는 게 아니라 의외의 소모적인 대리전으로 번질 우려도 없지 않았다. 한 달! 그 한 달만 시간을 벌 수 있다면 부산까지 점령하고 남반부 전역을 적화시키는 것은 문제도 아닐 텐데 말이다.

김일성이 '서울사단'이라는 명예 칭호를 내린 제4 돌격사단은 107탱크연대까지 배속받은 데다 소련제 최신 전투 장비와 중 포로 무장한 조선인민군의 핵심무력이었다. 김일성이 과거 소련 극동군의 88국제정찰여단에 배속됐던 자신의 빨치산부대를 모태로 조직했다고는 하나 대부분 구성원이 동북 조선의용군 출신이라는 사실은 천하가 다 알고 있다. 우선 사단장인 리권무 자신이 비록 소련군 기갑장교(중위) 출신이라고 하지만 종전 말기 소련 진주군과 함께 만주를 점령하고 동북의용군에 배속된 전력이 있다. 그런 부대를 김일성이 단기간에 최정예 전투부대로 키우면서 '서울사단'이란 명예 칭호까지 내렸다.

김일성이 애초 소련에서 귀환할 당시 함께 들어온 빨치산부대 병력이란 탈탈 털어도 300여 명에 불과했다. 이 작은 씨앗이 자신의 친위부대를 창설하는데 종자 역할을 했지만, 무엇보다 김일성은 제4돌격사단의 가공할 전투력에 대한 기대가 컸다. 때문에 제4돌격사단은 김일성의 특명으로 주 공격로를 대한민국 수도 서울로 직행하는 동두천과 의정부 방면으로 설정해 놓고 대기 상태에 돌입해 있었다. 서울에 첫발을 내딛는 영광이 주어진 것이다. 그 좌우 회랑回廊에는 중서부 전선에서 주 공격로를 확보한 제1보병사단과 제3보병사단이 각각 제4돌격사단의 좌우에서 1개 탱크대대를 앞세워 역시 서울을 향해 공격에 나설 작전계획을 마련해 놓고 있었다.

제4돌격사단장 리권무는 불과 엿새 전인 6월 18일 평양 북방 모란봉에 포진한 조선인민군 최고사령부 밀영에서 김일성 최고사령관으로부터 5만분의 1 지도와 함께 공격 정치명령서 제1호를 수령 해 왔다. 그것 역시 그의 직속 상관인 전선사령관 최용건을 거치지 않고 최고사령관의 소환을 받아 직접 접수해온 것이었다. 평양주재 소련대사 겸 군사고문단장인 스티코프 대장의 주도하에 러시아어로 작성된 이 공격 정치명령서는 최고사령부 부총참모장 겸 작전국장인 류성철 중장이 조선어로 번역한 것이다.

공격 정치명령서의 적정敵情 상황에 따르면 남조선 국방군 제7사단 1연대는 조선인민군의 주 공격로인 임진강으로부터 588고지에 이르는 지역 북방 사면에 방어진을 치고 있었다. 국방군의 주 저항선은 217고지와 411고지, 630고지 서북방과 북방 측면에 걸쳐 방어 전초를 구축해 났다. 그리고 그 좌익 면과 측면에는 국방군 제1보병사단 13연대와 7사단 9연대가 포진하고 있는 것으로 드러났다.

조선인민군 제4돌격사단은 이 같은 적정에 따라 적의 주 저항선을 정확하게 파악하고 지도상에 공격 목표를 미리 설정했다. 공격 개시와 동시에 적의 부설 지뢰와 철조망, 바리케이트 및 참호와 참호 간 교통로를 일시에 파괴하고 38선을 돌파하기 위한 사전 조치였다.

공격 개시 직후 작전은 T-34 탱크연대를 앞세워 적 방어진에 강력한 타격을 가하는 것과 동시에 분열된 국방군의 주력이 후퇴하는 과정을 일일이 관측하면서 의정부 철도연선沿線을 따라 일약 서울로 진격하는 것이었다. 단 제4돌격사단의 주력은 경원가도를 향해 2단식 제형梯形(사다리꼴) 편대로 전투 대형을 이루어 돌진하게 된다. 제4돌격사단의 좌측면에서 방어하고 있는 국방군 제1사단은 최광崔光 소장이 지휘하는 조선인민군 제1사단이, 우측면의 국방군 7사단은 리영호 소장의 제3사단이 각각 공격을 감행하여 주공로主攻路를 트고 제4돌격사단의 후진으로 서울을 공격하게 될 것이다.

리권무가 이 공격 정치명령서를 토대로 서울사단 전투명령서 제1호를 별도로 작성, 6월 22일 자로 허봉학許鳳學 정치부사단장을 비롯한 전 연대급 및 대대급 상급 지휘군관들에게 하달한 공격 개시 암호명은 '폭풍!'이었다. 이 작전명은 2차 대전 종전 무렵 스탈린이 일본 침공을 위해 극동군 88국제정찰여단에 발령한 '8월의 폭풍'을 시기만 바꿔 그대로 따온 것이다. 이른바 '6월의 폭풍!'. 스탈린이 직접 명명했다고 해도 과언이 아니었다.

리권무는 정치군관 출신으로 잔뼈가 굵은 허봉학 정치부사단장을 별로 달갑게 여기지 않았으나 군통수계통상 중대한 작전명령을 사전에 알리지 않을 수 없었다. 정치군관이란 원래 소속은 정치보위부지만 각급 전투부대에 배속돼 정치·사상·교양이나 선전·선동·당기구黨機構 운영 등을 통해 모든 지휘계통을 감시감독하고 정치사찰을 전담하는 이른바 노동당 일꾼을 말한다. 심지어 각급 군사지휘관과 군사군관, 특무전사(준사관), 상급전사(부사관급), 일반 하전사(사병)들에 이르기까지 광범위한 사상검토와 성분조사까지 맡고 있어 정치군관의 권한은 실로 막강했다.

인민군대의 이 같은 2원제 군사조직은 소련 공산당의 군사제도를 고스란히 모방한 것이다. 다시 말해 공산주의의 군사력은 혁명과업의 핵심이므로 당의 통제하에서 운영되어야 한다는 기본 원칙을 우선하고 있다. 따라서 정치군관은 군사군관보다 우위에서 군사지휘권을 사상적으로 통제하며 말단 전투부대에 이르기까지 선전·선동원과 공작원을 투입하여 사상 동향과 부대운영을 감시·감독한다.

때문에, 인민군대의 편제상 각 사단과 연대, 대대, 중대 단위에 이르기까지 지휘군관의 다음 서열로 정치군관을 배치하고 있으나 그 권한은 지휘군관을 능가하기 마련이었다. 그것은 당을 우선시하는 공산주의 체제하에서 당연한 일이기도 했다. 그러나 일찍이 소련군사학교를 졸업하고 야전에서만 잔뼈가 굵은 리권무로서는 평소 당과 정치를 우선하는 공산주의 혁명과업에 상당한 거부감을 느끼고 있었다. 2차 대전 당시 소련 정치군관들의 오판으로 군사작전을 망친 일이 한두 번이 아니었기 때문이다.

그래서 그는 나치 독일이 비밀경찰 게슈타포를 주축으로 세계대전을 일으켰다가 실패했듯이 군사력보다 당을 우선하는 공산주의 체제에 환멸을 느끼고 있었던 것이다. 그는 조선인으로서는 보기 드문 소련군 기갑장교 출신으로 2차 대전 막바지 스탈린그라드 전투에서 독일군의 십자포화가 우박처럼 쏟아지며 진로가 막히자 혈혈단신 T-34 탱크를 몰고 적진으로 돌진해 탱크포로 철옹성 같은 토치카를 쳐부수고 독일군을 궤멸시키는 데 결정적인 역할을 했다.

이 공로로 그는 영웅 칭호와 함께 1급 적기훈장을 받았다. 그런 그가 자신도 공산당원이긴 하지만 군인으로서 군사력을 우선시하는 것은 어쩌면 당연한 일인지도 몰랐다. 전쟁의 승패는 무엇보다 군사력이 좌우하기 때문이다.

김일성이 리권무를 초대 제4돌격사단장에 임명한 것도 바로 이런 군인정신이 충만하고 호전성이 몸에 밴 기질을 높이 샀기 때문이다. 게다가 김일성은 소련의 군사전략을 훤히 꿰고 있는 리권무를 애초부터 전적으로 신뢰하고 있었다.

특히 리권무는 러시아어에도 능통해 소련 군사고문단과의 남침전략을 협의하는 과정에서도 능동적으로 대처할 수 있었다. 그래서 김일성은 일찌감치 리권무가 지휘하는 제4돌격사단을 서울을 점령할 선봉부대로 선정하며 '서울사단'이라는 명예 칭호까지 부여한 것이다. 이 때문에 허봉학 부사단장을 비롯한 제4돌격사단 정치군관들은 여느 전투부대의 정치군관들과는 달리 김일성의 총애를 한 몸에 받는 리권무의 눈치부터 살펴야 했다.

조선인민공화국 내각 부수상 겸 외무상이자 남로당 당수인 박헌영의 주장에 따르면 현재 남조선에서는 지하로 숨어든 30만 명 이상의 혁명전사들이 지상의 해방구 확보를 위한 투쟁을 치열하게 전개하고 있다고 했다. 박헌영이 월북해 공화국에 몸담고 있었지만 그는 아직도 남로당을 좌지우지하며 막강한 영향력을 행사하고 있었다.

어쨌든 조선인민군 최고사령부가 이처럼 치밀한 남침계획에 광분할 수 있었던 것은 무엇보다 풍부한 적정敵情정보가 주효했다. 그동안 강동정치학원을 나온 수많은 첩자와 공비들이 남파되었고 그들 중 일부는 버젓이 남조선 국방군에 입대, 국방군의 주요 군사정보는 말할 것도 없고 심지어 미 군사고문단에까지 침투해 그들이 원하는 정보를 수시로 수집해 왔다.

여기에다 남로당의 혁명무력도 결코 무시할 수 없었다. 대구 10·1 폭동사건을 일으킨 데 이어 제주 4·3 사건과 여수·순천 군사반란 사건을 일으킨 것도 남로당 배후에서 막강한 영향력을 행사해온 박헌영의 공로라 해도 과언이 아니었다. 이 같은 민중봉기와 군사반란은 전면 남침을 앞두고 남조선의 지하조직을 공공연한 혁명무력으로 전환하는 데 그 목적이 있었다.

조선인민군 최고사령부는 일련의 남반부 혁명투쟁을 계기로 전면적인 남침작전에 돌입하기 전 남로당의 혁명무력 지원책도 마련해 놓고 있었다. 한라산과 지리산·오대산·태백산 일대에 설정했던 5개 빨치산 전구戰區를 체계적인 3개 유격병단兵團으로 개편한 것이 남조선 혁명무력의 핵심적인 지원책이었다. 새로 개편된 유격병단은 제1병단이 오대산, 제2병단이 지리산, 제3병단은 태백산에 각각 지휘소를 두고 험준한 산악지대를 배경으로 후방 교란 투쟁에 나서도록 했다.

이는 38선 남방한계선에 집중배치된 국방군의 전력을 후방으로 분산시켜 방어전략을 약화시키기 위한 고도의 전략전술이었다. 남반부 후방에서 게릴라전을 전개할 유격병단의 기본병력은 현지 남로당 출신 무장공비들을 주력으로 구성했다. 이들 유격병단의 지휘권은 자진 월북해 강동정치학원에서 유격전의 전략전술과 정치교육을 받고 다시 월남한 이호제, 이현상, 김달삼 등 남로당 고위간부들에게 맡겨졌다. 이들 남로당 고위간부 3명은 각각 병단장을 맡아 자신이 지휘하는 병단의 전략전술교육을 강화하면서 인민군대의 전면남침을 기다리고 있었다.

그들은 그동안 남한에서 일련의 폭동사건을 주도하는 등 끊임없이 후방교란을 획책해온 이른바 골수 토착 빨갱이들이었다. 특히 이들 유격병단 지휘관들은 조선인민군 최고사령부의 지령에 따라 그동안 10여 차례에 걸쳐 남한의 주요 전략도로와 통신망을 파괴하고 관공서를 습격하는 등 후방 교란을 반복해 왔다. 이 같은 남반부 후방의 교란작전은 궁극적으로 국방군의 전력을 약화시키고 인민군대의 남침작전을 유리하게 이끌어가는 데 목적을 두고 있었다.

그러나 남한의 국군과 경찰은 치밀한 토벌작전으로 저들의 후방 교란을 번번이 분쇄했다. 때문에, 남반부 후방 교란작전에 실패한 조선인민군 최고사령부는 남침을 목전에 두고 새로운 전략전술을 구사하기에 이른다. 그동안 38선 남방한계선을 교란하며 국군과 국지전을 벌였던 38유격대를 강원도 양양에 집결한 정규 인민군 특수유격대인 제766군부대에 흡수 통합해 남침의 선봉에 세운 것이다.

오진우 총좌가 지휘하는 766군부대는 고도의 유격전술을 연마한 여단급 규모로 본격적인 남침에 앞서 남한에 대한 대대적인 후방 교란과 거점 확보를 위해 후방 침투작전에 나서고 있었다. 하여 오진우는 정규 군사지휘군관이 아닌 남로당 출신 빨치산 지휘관들을 앞세워 남한의 전략요충지인 주문진과 강릉에 침투작전을 벌이게 된다. 집요한 후방 교란작전이었다.

13. 스탈린의 꼭두각시

리학구가 착용하고 있는 조선인민군 지휘군관의 푸른색 제복은 비록 후줄근하게 보이긴 했지만 2차 대전 당시 소련군 좌급군관(영관급) 제복이었다. 그도 그럴 것이 소련군 제복을 잉여물자로 들여와 평양방직공장에서 조선인민군 지휘군관들의 체형에 맞게 개조했기 때문이다.

　그런 제복 차림인 리학구의 양쪽 어깻죽지에는 중간 별, 즉 중성中星이 다섯 개나 새겨진 네모꼴의 황금빛 총좌 계급장이 반짝였다. 인민군대의 총좌는 중성사中星四인 대좌(남한의 대령)보다 한 단계 높은 큰 별 하나大星一(남한의 준장)인 소장 후보급이었다. 그래서 그는 조만간 승진하면 일선 보병사단장으로 올라가게 될 것이라는 꿈에 부풀어 있었다. 사단 규모라면 배속부대를 제외하고도 보병만 1만여 명의 대병력이다. 이른바 만병萬兵을 거느린다면 가히 천하를 얻는 것과 다름이 없다.

　조선인민군 최고사령관 김일성이 과거 북만주 벌판에서 일본 관동군 토벌대에 쫓겨 다닐 때 거느린 유격대원은 80여 명에 불과했다. 그런 김일성이 일개 소련군 비정규 까피탄에서 하루아침에 대왕별大王星(원수)을 달았는데 특무장(상사) 출신인 그가 큰 별 하나 단다고 해서 크게 놀랄 일도 아니다. 신생 조선인민군의 계급체계가 그랬다. 어쩌면 이번 조국해방전쟁에서 계획대로 3일 만에 서울을 해방(점령)한다면 최고사령부 작전통제관 겸 제2집단군 작전부장인 그의 꿈이 예상보다 빨리 이루어질지도 모른다.

　그는 김일성 수령의 총애를 한 몸에 받는 복심腹心 중의 복심이라는 사실을 자타가 공인하고 있지 않은가. 제4돌격사단장 리권무가 김일성의 분신이라고 자화자찬하지만 따지고 보면 진골 분신은 리권무가 아니라 리학구 자신이라고 자부하고 있었다. 그런 리학구가 지금 전선사령부에 배속돼 사령관 최용건과 참모장 김무정을 제쳐놓고 제멋대로 작전권을 행사하고 있는 것이었다.

그는 김일성이 만주에서 항일 빨치산 활동에 나설 때부터 줄곧 복무원으로 따라다닌 분신 중의 분신이라고 해도 결코 과언이 아니다. 그런 그를 해방 후 붉은군대 까피탄으로 금의환향한 김일성이 조선인민군을 창설하면서 역시 까피탄(대위)계급을 물려주고 불과 4년 만에 총좌에까지 올려놨다. 일개 소련군 대위가 하루아침에 원수 계급장을 달고 유일장군이 된 것과 별반 차이가 없지만 어쨌든 리학구는 선배 고위군관들을 제치고 경력도 일천한 새파란 나이에 어느새 큰 별을 넘보게 된 것이다. 이 모두가 최고 존엄 김일성 수령의 음덕이 아닐 수 없다.

따지고 보면 리학구는 실로 행운아였다. 번쩍이는 가죽 장화를 신고 푸른 제복으로 단장한 그의 모습은 겉보기엔 늠름하고 자신만만한 태도였다. 이제 조선반도의 운명이 자신의 손안에 달려 있다고 해도 과언이 아니었다. 그러기에 아무리 고단해도 잠이 올 리 만무하지 않은가 말이다. 하지만 그의 눈동자는 벌겋게 충혈돼 있었고 온몸이 천근 같이 무거워 금방이라도 쓰러질 것만 같았다. 그럼에도 그는 잠시도 긴장을 풀 수가 없었다.

그는 빨간 색깔의 핫라인이 설치된 야전 책상을 마주하고 앉아 긴한숨을 삼키며 줄담배만 피워댔다. 담배 연기를 한 모금 빨아 당기며 목구멍으로 넘겼다가 다시 내뿜는 순간 다소 속이 후련해지는 것 같기도 했지만 긴장감은 여전히 그의 가슴을 짓누르고 있었다. 불과 보름여 만에 북반부 전역에 흩어져 있던 전투부대가 모두 주둔지를 떠나 38도선 북방한계선의 주 공격선에 배치돼 공격명령만 기다리고 있기 때문이었다. 비상등만 켜진 그의 벙커 안에는 담배 연기가 자욱했다.

돌이켜 보면 기적 같은 일을 해낸 것이다. 그는 자욱한 담배 연기 속에서 남침 준비에 광분하고 있는 김일성의 모습을 떠올리며 일종의 경이로움과 두려움에서 새삼 몸서리쳤다. 이미 모든 일이 순조롭게 진행되고 있었지만, 남침 준비 기간 중 줄곧 최고사령관으로서의 과단성 있는 김일성의 추진력을 목격하고 혀를 내두르지 않을 수 없었다. 그가 지근에서 지켜본 김일성은 과거 관동군 토벌대에 쫓기며 소규모 병력을 지휘해오던 빨치산부대장 김성주의 이미지와는 너무도 판이했다. 조선인민군 통수권자로서 탁월한 군사전략가 김일성 원수의 기상氣像을 유감없이 발휘하고 있기 때문이었다.

리학구는 그런 김일성이 너무도 위대하게 보였다. 부대 이동을 전개하던 중에 가끔 군사작전 현지 지도를 위해 전선시찰을 할 때마다 그야말로 신화적 존재로 변신해가고 있는 새로운 모습을 발견하고 소스라친 일도 한두 번이 아니었다. 감히 세계 공산주의의 맹주인 이오시프 스탈린 대원수를 어떻게 구워삶았는지 몰라도 남조선 해방을 위한 인민군대의 근간을 단기간에 최정예 군대로 육성해 놨으니 참으로 위대한 영도자로 칭송해 마지않았다.

불과 한 달 전까지만 해도 탱크며 야포며 최신 전투장비와 탄약에다 식량까지 군용열차의 유개차와 무개차에 실려 소·만蘇滿 국경을 넘어 무한정 반입되지 않았던가. 이를 다시 운천·연천·구화리·원산·양양·화천·외금강 등 38도선 북방한계선까지 이동시켰으니 그야말로

대역사大役事와 다름이 없었다.

전투장비를 실어나르는 군용열차도 모두 소련이나 만주에서 징발해 온 것이 대부분이었다. 소련과 만주에서 군용열차가 한꺼번에 북조선공화국으로 밀어닥치는 바람에 38도선으로 향하는 각 조차장操車場마다 증기기관차의 급수給水 · 급탄給炭에다 선로 교체 등으로 조차가 밀리기 일쑤였다. 여기에다 트럭이며 드리쿼터, 치스지프 등 각종 차량은 육로를 통해 밤낮없이 꼬리를 물고 소 · 만 국경과 조 · 만 국경을 넘어 최대 규모의 남진대열을 이룬 것이다.

어디 그뿐인가. 일본군이 버리고 간 북조선의 군수공장을 소련의 기술지원으로 복구해 아카(AK)보총과 따발총, 수류탄 등 개인화기는 모조리 자체생산했다. 이미 전선에 배치된 인민군 전사들에게 공급한 개인화기가 대부분 소련제가 아닌 공화국의 군수공장에서 생산한 순수 국산 장비였다. 비록 무명천이긴 하지만 일반전사들의 전투복과 전투화도 평양방직공장에서 대량으로 생산해내고 있었다. 이 같은 군수산업의 눈부신 발전은 고스란히 김일성 최고사령관의 영도력 때문이라고 리학구는 철석같이 믿었다.

불과 4년 전 조선인민군 창건에 나설 때까지만 해도 붉은군대 출신은 우중충한 청색이나 갈색 군복에, 인민해방군의 팔로군 출신은 일본군이 버리고 간 황색 군복에 개똥모자(레닌모)를 눌러쓰고 삼삼오오 볼품없이 모여들지 않았던가. 한마디로 오합지졸이었다. 그런 몰골로 소련이나 중국에서 귀환한 입조入朝 병력만도 줄잡아 5만여 명. 그런데 지금 보니 그들 중 대부분을 그 짧은 기간에 가공할 최신 무기에다 하나같이 소련제 일색으로 복제한 것 아닌가. 실로 감탄하고도 남음이 있었다.

그러나 리학구가 위대한 영도자로 우러러보는 김일성은 스탈린의 꼭두각시에 불과했다. 사실상 북한의 지배자는 김일성이가 아닌 스티코프 소련대사 겸 군사고문단장이었기 때문이다. 스탈린을 대신해 2차 세계대전 때 사용하던 잉여장비와 최신 무기까지 북한 공산집단에 제공한 인물이 바로 스티코프였다. 그는 애초 해방군사령관으로 북한에 들어올 때부터 정치사령관 로마넨코와 함께 소련군 까피탄(대위)에 불과한 니첸 킴(김성주)을 김일성 장군으로 둔갑시키고 군정을 실시해온 전형적인 정치군관 출신이었다.

그는 소련군 현역 고위장성 신분임에도 불구하고 조선민주주의인민공화국 수립과 함께 평양주재 소련대사로 임명돼 소련군이 철수한 후에도 3천여 명 규모의 군사고문단과 함께 그대로 남았다. 스티코프는 다만 군복을 벗고 민간인 복장으로 갈아입었을 뿐 공산주의 특유의 겸직 제도에 따라 군사고문단장도 겸하고 있었다. 이는 무엇을 의미하는가? 명색이 조선민주주의인민공화국 내각수상이자 인민군 최고사령관인 김일성은 정치·군사면에서 사사건건 스티코프의 지시와 통제를 받아야 했다. 심지어 대외 성명조차도 스티코프의 승인이 떨어지지 않는한 함부로 발표할 수 없었다.

인민군대에 대한 모든 작전명령도 러시아어로 작성되고 스티코프의 최종 서명이 있어야만 그 효력을 발휘할 수 있었다. 결론적으로 그가 인민군대의 실질적인 콘트롤 타워였다. 물론 그의 배후에는 크렘린궁의 스탈린이 버티고 있지만 말이다.

얼마나 지났을까, 리학구는 시간이 흐르면서 점차 졸음이 찾아들기 시작했다. 그러면서도 감기는 눈을 버릇처럼 치뜨며 바로 앞에 놓여 있는 핫라인을 지켜보곤 했다. 게다가 초조한 표정을 감추지 못한 채 왼쪽 소매를 걷어 올리며 작전용으로 보급된 소련제 야광夜光 손목시계를 들여다보곤 했다.

그가 초조하게 기다리고 있는 것은 조선인민군 최고사령부 총부참모장 겸 작전국장인 류성철 중장의 공격개시 명령이었다. 이 명령 일하에 38선 전역에 걸쳐 포진 중인 인민군대에 '폭풍'이란 암호명으로 일제히 공격명령을 내리는 것과 동시에 신호탄을 발사해야 하기 때문이다. 그야말로 1분 1초가 기다려지는 중차대한 임무가 그에게 주어진 것이다.

리학구는 상명하복의 인민군대 조직상 직속 상관인 전선사령관 최용건 대장과 부사령관 김책 상장上將·大星三(남한의 중장), 참모장 김무정 중장大星二(남한의 소장) 등의 명령에 절대복종하게 돼 있지만 지금의 상황은 그게 아니었다. 그들 최고위급 지휘군관들을 제쳐놓고 극비의 임무를 띤 그는 조선인민군 최고사령부 류성철 중장을 통해서만 김일성 최고사령관의 정치명령을 직접 접수하는 막강한 위치에 있었다.

고려인 출신 류성철은 소련 국적으로 블라디보스토크에서 태어났으나 스탈린의 소수민족 강제이주정책에 따라 중앙아시아 카자흐스탄 크즐오르다로 쫓겨갔다가 다시 우즈베키스탄의 타슈켄트로 이주해 붉은군대에 입대하고 이어 소련 육군사관학교 격인 모스크바 군사학교를 나온 엘리트이다. 그는 2차 세계대전 당시 대독對獨 항전에도 참전해 종전 당시엔 고려인으로선 보기 드물게 붉은군대 까피탄까지 승진한 인물이기도 했다.

그는 진주군 사령관 스티코프의 통역관 겸 부관으로 처음 북한에 들어올 때까지만 해도 니첸 킴(김일성)과 같은 소련군 대위 계급장을 달고 있었다. 게다가 그는 붉은군대 정규군 출신이었고 김일성은 비정규군인 빨치산 출신이 아닌가. 그래서 그 당시만 해도 김일성은 자신의 통역을 전담하며 스티코프의 눈과 입이 되어주고 있는 그를 어렵게 대했다. 게다가 김일성이 스탈린의 간택을 받은 이후 그림자처럼 따라다니며 밀착 통역을 자청한 그의 은혜를 결코 잊지않았다. 하지만 당시 류성철은 겉만 조선인이지 속은 완전히 러시아인이었다.

그는 애초부터 붉은군대 군사고문단에서 러시아어 통역을 전담하면서 조선인민군 창설과 소련의 군사원조 획득에도 많은 공을 세웠다. 지금도 그는 붉은군대 군사고문단과 지휘권 행사를 조율하며 아예 최고사령관인 김일성을 제쳐놓고 앞으로 전개될 남침작전을 총지휘하고 있었다. 그뿐만 아니라 그는 사실상 스티코프의 대리인으로 남침작전에 깊숙이 개입하는 등 막강한 영향력을 행사하고 있었다.

그것이 김일성에게는 언제나 콤플렉스로 작용했다. 스티코프가 김성주를 김일성 장군으로 둔갑시키기 위해 소련 기함 푸가초프호號를 타고 북한에 들어올 때 붉은군대 극동군 제25군의 요인 중 고려인은 김일성의 빨치산 병력을 제외하고 모두 300여 명에 불과했다. 그러나 그들은 하나같이 러시아어를 유창하게 구사하며 군정 실시와 더불어 대부분 요직을 차지하고 북한 공산집단의 정권 창출과 인민군 창건에 크게 기여했다.

그 대표적인 인물로는 공화국 정권 수립과 함께 부수상에 오른 박창옥을 비롯해 내무상 방학세와 외무성 참사 전동혁 등이 내각의 요직을 차지했고 박영빈이 조선노동당 중앙위원회 조직부부장으로 당을 장악했다. 그리고 류성철을 비롯해 기석복 중장이 조선인민군 총 부참모장, 김봉률 소장이 포병 사령관, 정상진 소장이 병기총국 부국장으로 인민군대를 좌지우지했다.

블라디보스토크 출신인 정상진은 어릴 때부터 류성철과 함께 성장한 친구 사이로 소련에서 도입되는 각종 전투장비를 총괄했다. 그들은 대부분 고려인 엘리트층인 데다 붉은군대의 위관급 장교 출신들로 조선인민군이 창설되면서 하루아침에 큰 별大星을 달고 장령將領(장성)급 지휘군관으로 인민군대를 장악하게 된 것이다. 조선인민군 창군 초기 소련파와 연안파가 갈등을 겪을 때 기선을 잡은 고려인 출신 소련파 실세들이 이미 김일성의 편에 서서 연안파를 축출하는 데도 결정적인 영향력을 행사했다. 그 당시만 해도 공산 종주국이 소련이었기 때문에 마오쩌둥도 스탈린 앞에서는 숨소리를 죽일 수밖에 없었다.

그래서 김일성은 명색이 내각수상이자 조선인민군 최고사령관에 올라 있으면서도 제대로 실권을 행사하지 못해 항상 불안했다. 붉은군대 출신의 고려인 엘리트들이 언제 정권찬탈에 나설지도 모르기 때문이었다. 남침작전의 총공격 라인에 서 있는 민족보위상 겸 전선사령관 최용건과 김무정 등 둘은 애초부터 뒷전에 밀린 허수아비에 불과했다.

하지만 전선사령부 부사령관인 소련파 출신 김책은 위상이 달랐다. 비야츠크 밀영시절부터 김일성과 흉금을 터놓고 지내온 사이인 데다 군신君臣 간의 의리로 맺어져 귀국 초기부터 장시우를 포섭하여 현준혁을 숙청하는 등 결정적인 역할을 자임한 인물이다. 그런 관록으로 전선사령부에서도 비록 부사령관이지만 작전 재량권을 마음대로 행사하며 리학구에게 큰소리를 칠 수 있는 유일한 최고위급 지휘관이기도 했다. 그래선지 리학구는 김책 부사령관에게만은 고분고분하지 않을 수 없었다.

때문에 중국대륙과 만주, 하바롭스크 등지에서 산전수전을 다 겪은 최용건과 김무정은 저들의 명령일하에 따라 허울뿐인 일선 지휘관으로서 목숨을 내놓고 조국해방전쟁을 승리로 이끌어야 할 책임만 지게 되었다. 어쩌면 조만간 야전으로 내몰리게 될지도 모를 둘은 곧 공격명령이 내려질 긴박한 순간에도 벙커 깊숙한 곳에 들어앉아 바이지우에 절어 있었다.

38선 남방한계선에서 북방한계선을 마주하고 경계 중인 남한의 국군 진지는 예상외로 쥐죽은 듯 고요했다. 남한은 지금 사실상 38선 경계에 신경 쓸 겨를이 없다고 해도 과언이 아니었다. 북에서 부수상 겸 외무상을 맡고 있는 남로당 당수 박헌영의 주장이다. 그의 지론에 따르면 남반부는 8·15 광복 이듬해부터 식량이 떨어져 절대다수의 국민이 초근목피로 연명하는 데다 호열자(콜레라)가 창궐해 거리마다 굶어 죽고 얼어 죽고 병들어 죽은 시체가 채반 위의 누에처럼 널브러져 악취를 풍기고 있다는 거였다.

여기에다 남로당 혁명전사들이 남반부 인민들을 선동하고 일어나는 바람에 전국적인 좌우충돌로 유혈 폭동이 끊일 날이 없다고 했다. 그 시발점이 해방 이듬해인 1946년 대구에서 발생한 10·1 폭동사건이다. 이러한 상황에 휩쓸린 남반부 인민들의 불평불만이 하늘을 찌르는 가운데 곳곳에서 민중봉기가 일어나 치안 부재 현상으로 치닫고 있다고 했다. 마오쩌둥 주석의 이른바 '수어이론水魚理論'을 적용할 절호의 기회가 다가오고 있다는 거였다.

김일성은 이 같은 박헌영의 주장을 곧이곧대로 받아들였다. 그 음흉한 속내를 알 수 없었지만, 겉으로는 언제나 박헌영의 일방적인 주장에 전적으로 동조했다. 그래서 그는 조국해방전쟁 1년 전인 1949년 6

월 남반부 민중봉기를 효율적으로 뒷받침하기 위한 정치공작의 하나로 그동안 이분화된 남북노동당을 합당하여 조선노동당을 결성하고 조국통일민주주의 전선을 결성했다. 김일성의 이 같은 조치는 명색이 조선노동당 창시자로 자처하며 남반부에서 막강한 영향력을 행사해온 박헌영의 힘을 빼는 데 목적이 있었다.

일제강점기부터 공산주의 운동에 투신해온 박헌영은 자신의 기반인 남한에서 8·15 광복을 맞게 되자 여운형과 함께 건국준비위원회를 설립하고 "미·소에 의해 분단된 남북을 통일해야 한다"고 주창하며 독자적인 남한의 적화야욕을 불태워 왔다. 게다가 그는 헐벗고 굶주린 무산대중을 상대로 "가진 자들처럼 잘 먹고 잘사는 평등사회를 이루자"며 노동자·농민들을 선동해 자신의 지지기반을 착실히 다져온 인물이었다.

그 무렵 북한에서는 겨우 조선노동당 5도 분국이 설치돼 있을 정도로 공산주의 세력이 위축돼 있었다. 군사력보다 당이 우선인 공산주의 혁명이론을 감안할 때 김일성으로선 일제강점기부터 감옥을 드나들며 관록을 쌓아온 골수 공산주의자 박헌영의 존재가 두려웠던 게 사실이다. 앞으로 인민군대의 전면적인 남침작전으로 남반부가 해방되고 적화통일을 이루게 되면 박헌영은 분명히 남로당의 기득권과 자신의 지지기반을 주장하고 나설 게 분명하기 때문이다.

그러나 조선인민군 최고사령부 방호산 정보부사령관 겸 제6보병사단장이 그동안 남파한 첩자들을 통해 수집한 자료를 종합하면 "남로당 혁명전사들에 의한 민중봉기와 남반부 후방 교란작전은 번번이 실패하고 있다"는 거였다. 박헌영으로선 좌불안석이 되지 않을 수 없었다. 게다가 남북노동당 합당으로 당의 주도권이 사실상 김일성에게로 기울어지면서 내각 부수상 겸 외무상 자리마저 위태로워지게 되었다.

그래서 그는 남북노동당 합당 1개월 만에 대세를 만회하고 남로당 세력을 과시하기 위해 엄청난 음모를 꾸미게 된다. 남로당에 지령을 내린 1949년의 이른바 '7월 공세'. "조선인민군이 곧 조국해방전쟁에 돌입하게 되니 이에 앞서 남로당이 민중봉기를 일으키고 남조선을 접수할 준비를 서둘러야 한다"는 일종의 기선 잡기 민중 선동이었다. 이에 따라 남로당계인 조선노동당 서울시당부는 남산의 비트(비밀아지트)에서 민중봉기용 사제 수류탄을 자그마치 6천여 개나 만들어 숨겨 두었다가 경찰에 적발되고 주모자들이 줄줄이 묶여 들어가는 비운에 부닥치고 만다.

여기에다 3개병단의 남파 유격대마저 전국 각지의 경찰서를 비롯한 주요 관공서를 습격하고 민중을 선동했으나 그럴 때마다 번번이 남조선 군경의 조직적인 토벌작전으로 궤멸 직전에 놓여 있었다. 그런데도 곧 쳐내려온다던 인민군대는 시간이 흐를수록 코빼기도 보이지 않았다. 이런 가운데 사상전향단체인 보도연맹이 확대, 개편돼 이들의 선무공작으로 지하에서 전전긍긍하던 남로당원을 비롯한 용공분자들의 전향자가 속출하고 지하당 조직마저 흔들리게 된다.

박헌영은 마침내 자신의 망상이 수포가 되자 안절부절 어찌할 바를 몰라 김일성의 눈치부터 살피지 않을 수 없었다. 만일 조국해방전쟁이 실패로 돌아간다면 민중봉기를 획책하던 자신의 실책이 백일하에 드러나 숙청의 대상이 될지도 모르기 때문이다.

14. 혁명 영웅

리학구는 애초 조선인민군 제2집단군 작전부장에서 최고사령부 작전통제관으로 겸직 발령을 받게 되자 즉각 평양 모란봉의 밀영으로 올라가 김일성 최고사령관에게 부임신고를 했다. 그는 이때 김일성과 독대하는 자리에서 남조선 해방전쟁과 관련한 극비사항을 처음으로 전해 들었다. 김일성이 박헌영을 제치고 남침작전의 주도권을 장악하기 위해 직접 기획하고 실행 중인 어마어마한 거물 간첩 침투 공작이었다.

　리학구가 혼자 가슴 속에 묻고 있던 이 사실을 새삼 떠올린 것은 '번개작전' 상황 검열 중 만났던 제4돌격사단장 리권무가 불길하게도 조국해방전쟁에 대한 우려의 목소리를 내뱉었기 때문이다. 이때 그는 자신이 김일성으로부터 직접들은 극비의 남침공작을 들려주고 싶었지만 차마 천기를 누설할 수 없었다. 그래서 그는 아무것도 모르고 미국의 개입을 우려하는 리권무가 답답하기도 했지만 목구멍까지 차오르는 말을 그대로 억누르고 돌아선 것이다. 어쩌면 권모술수를 모르는 강직한 군사지휘관인 리권무가 호전성이 몸에 밴 곰이라면 리학구는 교활한 여우일지도 모른다.

　"어리석은 북극곰!"

　리학구는 야전침대에서 몸을 뒤척이며 혼잣말처럼 구시렁거리고는 코웃음을 쳤다. 리권무가 아무리 김일성의 분신이라고 해도 교활한 여우인 자신이 한 수 위라고 자부하기 때문이었다.

　그는 김일성의 빨치산 시절부터 복무원으로 잔뼈가 굵은 뼛속까지 분신 중의 분신이 아닌가 말이다. 김일성의 숨소리만 들어도 무엇을 원하는지 그 속을 훤히 꿰고 있었다. 김일성 역시 그런 리학구를 철저히 신뢰하고 남침작전의 전위로 내세우면서 내밀한 천기까지 누설한 것 아닌가.

'내레, 전략적 차원에서나 적정敵情 분석면에서는 리권무보다 한 수 아래일디 모르갔디만 최고사령관 동지의 교시마따나 우리가 믿는 거이 고저(그저) 남조선에 밀파한 성시백 동지뿐이라니까니. 기래설라무네 성 동지가 혁명령웅 칭호까지 받디 않았냐구. 성 동지 혼자서리 남조선을 떡 주무르듯 주무르다가 결국 리승만 패당에 체포되긴 했디만 기건 우리 린민군대가 날래 쳐들어가서 구출하문 되는 거이구.'

리학구는 이렇게 생각했다.

그 무렵 최고사령관 김일성은 뭐니 뭐니해도 대남정보에 관한 한 박헌영의 머리 위에 올라앉아 있었다. 자신이 밀파한 거물급 대남공작원 성시백의 활약 덕분이었다. 하지만 김일성은 전혀 그런 내색을 보이지 않고 대남정보를 박헌영에게만 의지하는 척했다. 후일 일이 잘못됐을 경우 전쟁 책임론을 박헌영에게 씌우기 위한 술책이었다. 김일성은 사실 그동안 서울에서 암약해오던 거물 간첩 성시백成始佰이 직보해온 대남정보를 전적으로 신뢰하고 그 정보 분석에 따라 스티코프와 함께 남침작전 계획을 주도면밀하게 수립해 왔다.

김일성으로부터 '혁명영웅' 칭호를 받은 대남공작원 성시백은 누구인가? 그는 김일성의 밀명을 띠고 서울에 잠입하면서도 박헌영이 남조선에 뿌리박아둔 김삼룡이나 이주하, 김수임 등 남로당의 고첩(고정간첩)들과는 아예 일정한 선을 긋고 독자적으로 암약해 왔다. 김일성이 남침전쟁 준비에 광분할 때부터 극비에 남파된 그는 오직 김일성의 지령만 받고 실행에 옮겨온 베일 속의 인물이기도 했다.

김일성보다 나이가 일곱 살이나 많은 성시백은 1905년 황해도 평산에서 태어나 25세 되던 해인 1930년 중국 상하이로 건너가 국제공산당에 투신, 자칭 독립운동가로 행세해온 노련한 공산주의자였다. 그런 그가 해방 후 북한으로 귀환해 남북협상 당시 통일전선사업을 주도하다가 1947년 초 김일성의 특명을 받고 정치공작원으로 서울에 잠입한다. 김일성이 그에게 부여한 공식 직함은 조선노동당 남반부 정치위원장이었다.

그는 미 군정사령부가 공산당의 정치 활동을 공식적으로 허용하자 대담하게

서울 한복판인 서소문에 무역상을 가장한 '조선노동당 남반부정치위원회'라는 비트(비밀아지트)를 설치하고 대한민국 정부 요인들을 대상으로 공공연히 공작활동에 나선다. 막상 서울에 잠입하고 보니 공작원으로 활동하기엔 땅 짚고 헤엄치기와 다름이 없었다. 엄혹하기 그지없는 소련 군정에 비해 미 군정은 그만큼 느슨하고 허술했기 때문이다.

그는 서울에 거점을 확보하자마자 북한 노동당의 외화벌이 사업체 조선상사朝鮮商事의 서울지사 격인 선일상사鮮一商事라는 무역회사를 합법적으로 설립하고 인천에서 무역 선박을 두 척이나 사들였다. 그런 다음 중국 칭따오靑島를 거점으로 중공과의 밀무역을 통해 1947년~48년 사이에 만도 3만8800 달러의 공작금을 확보한다. 그 당시의 화폐가치로서는 상상도 할 수 없을 만큼의 엄청난 금액이었다. 여기에다 홍콩, 일본에까지 거래선을 넓혀 선일상사는 날로 번창했다. 그의 밀무역은 당시 진해 해군통제부와 인천지구 해군경비대에 포섭해둔 군 간부들이 적극적으로 뒤를 봐주고 있었다.

성시백은 거침없는 사업수완으로 남북교역에까지 뛰어들어 남한의 거상인 화신산업 박흥식 사장과 상담을 통해 대규모의 남북교역에도 나선다. 남북교역이란 미·소공동위원회가 군정을 실시하면서 막혀버린 남북 간 물자교역을 트기 위해 1947년 5월부터 38도선 접경지에서 재개한 물물교환을 말한다. 그 당시 38도선 접경지에서 이루어진 이른바 '38무역'이다.

교역 품목은 남쪽에서 페니실린·다이아진 등의 의약품과 전기용품·자동차 부품·모빌유·생고무·유황·면사·쌀 등 주로 미국 원조품이 북한으로 넘어갔고 북측에선 비료·시멘트·카바이트 등 일본 기업들이 남기고 간 공산품과 북어·오징어 등 건해산물, 인삼·설탕 등 잡화류가 반입되었다. 이들 남북 무역상들에 의해 대규모 교역이 이루어지기 전에는 주로 경의선 철도가 통과하는 서부전선 방면의 개성 북방 여현역 주변과 중부 전선의 포천군 양문리, 춘천 북방, 동부전선의 주문진에서 보따리상들이 소달구지로 실어 나르는 물물교환이 고작이었다.

그러나 성시백이 남쪽의 정상모리배政商謀利輩들을 상대로 북한의 교역 물자를 대규모로 독점, 공급하면서 양상이 달라졌다. 육지에서는 열차나 트럭을 동원하고 연안에서는 동해에 부산·포항~원산, 서해에선 인천~남포 간 해상교역도 공공연하게 이루어졌다. 특히 남한에서는 일확천금을 노린 정상배와 모리배들이 경쟁적으로 미군 부대에서 흘러나온 타이어·전선 등 전략물자까지 버젓이 내다 팔았다.

이에 비해 북한에서는 고도로 훈련된 첩자들을 상인으로 가장시켜 남북교역에 투입하고 정작 물물교환보다 38도선 일대 국군의 배치 및 경비 상황과 지형지물을 관측하는 데 혈안이 되는 등 조직적으로 군사정찰 활동까지 벌이고 있었다. 이런 가운데 성시백은 남한의 단독정부 수립으로 남북교역이 중단된 1948년 8월 15일까지 자그마치 3억2000만 원(현재의 환율로 3200억 원 규모)의 수입을 올렸다.

그가 처음 합법적인 사업에 투신할 때에는 사업자금 마련을 위해 김일성의 직접적인 공작금을 받긴 했지만 이후 운도 따라 특이한 사업수완으로 스스로 벌어서 공작금으로 사용했다. 그는 이 막대한 자금을 바탕으로 '조선중앙일보'와 '조선우리신문', '고려통신사' 등 언론사를 합법적으로 경영하며 제헌국회인 5·10 총선에도 개입, 좌익 성향 입후보자들에게 선거자금을 지원하고 군 수뇌부의 동향과 정치·경제·문화 등 각 분야에 거미줄을 치고 기밀을 수집했다. 그러고는 거울같이 훤히 꿰고 있는 대남 고급정보를 초단파 무전으로 일일이 김일성에게 보고하는 한편 자신이 경영하는 언론사를 통해 북한 공산집단의 주장을 암암리에 선전해왔다. 그 당시 북한보다 경제 사정이 어려웠던 대한민국에서는 돈이면 안 되는 것이 없었다.

때문에, 막대한 공작금으로 각계각층에 뿌리내린 성시백의 세포 망은 정·관계 및 군부에 이르기까지 조직적으로 침투해 대한민국을 움직이는 행정부와 정치권, 군부를 먹이사슬로 삼고 집요한 공작을 벌일 수 있었다. 이른바 해방정국에서 그의 막후 영향력은 실로 대단했다. 이후 터지기 시작한 국회 프락치 사건을 비롯해 38선을 방어 중이던 국군 2개 대대 월북 사건, 6·25 남침 직전의 군 수뇌부 인사이동과 비상경계령 해제, 대폭적인 농번기 휴가·외출·외박 실시 등 국군의 방어 전략을 오도한 것도 모두 거물 간첩 성시백의 공작에 의한 것이었다.

북한 공산집단의 남침 1년여 전인 1949년 6월 10일 오후. 광주리

장사꾼으로 변장한 한 중년 여성이 서울역에서 개성(그 당시 남한 관할지역)행 열차를 타고 북상하던 중 개성역에서 경찰의 불심검문에 걸려들었다. 흡사 남자 이름 같은 정재한鄭載漢이라는 의문의 여성. 서울역에서부터 미행하던 서울시경 사찰과 형사들이 38선을 넘기 직전 그녀를 체포, 검색한 결과 사타구니 속에 깊숙이 숨겨뒀던 암호문을 발견했다. 남로당 비밀공작원이라는 그녀의 신분이 탄로나는 순간이었다.

경찰이 암호문을 해독한 결과 북한 내각 부수상 겸 외무상인 남로당 당수 박헌영에게 보내는 국회 프락치의 비밀공작 보고서로 드러났다. 성시백은 그동안 김일성에게 극비정보를 직보해왔으나 대한민국 건국 이후 경찰의 대공사찰이 강화되자 직보 라인이 막혀버렸다. 때문에, 남로당 비밀공작요원을 역이용해 박헌영을 거쳐 보고할 수할 수밖에 없었다.

그 당시 성시백이 국회에 심어놓은 프락치는 국회부의장인 김약수金若水를 비롯해 현역의원만 13명이었다. 그들은 애초 남로당에 포섭되었으나 성시백과도 깊숙이 연결돼 정치자금을 지원받아 국회의원에 당선된 자들이었다. 하여 성시백은 이들을 앞장세워 국회를 합법적인 정치투쟁의 무대로 활용해 온 것이다. 암호문 내용은 이러했다.

〈조국해방전쟁을 앞두고 국회에서 유엔 한국위원단에 주한미군 철수의 진언서進言書를 통과시키려 했으나 절대다수의 반대파에 의해 좌절되었다. 그러나 다시 여야 의원들을 상대로 연판 운동을 벌여 62명을 포섭, 유엔 한국위원단에 진언서를 제출하는 데 성공했다.〉

경찰은 그로부터 열흘이 지난 같은 달 21일 대공분실장 오제도吳制

度 검사의 지휘를 받아 이들 국회의원 13명을 전원 간첩 혐의로 검거하기에 이른다. 이른바 국회프락치 사건이었다.

이 사건은 제헌국회가 출범하고 대한민국 정부가 수립된 지 불과 5개월 만인 1949년 1월 27일 국회 내부에 침투해 있던 남로당 출신 국회의원 이삼혁이 북한의 박헌영으로부터 지령을 받고 공작에 나서면서 시작된다. 이삼혁은 즉각 핵심분자인 이문원 · 노일환 등에게 지시해 그동안 포섭해두었던 김약수 부의장 등 국회의원 10명을 선동, 주한미군 철퇴안(철수안)을 상정해 왔다. 하지만 국회 본회의에서 번번이 부결되자 유엔 한국위원단에 미군 철퇴를 주장하는 진언서를 제출키로 한 것이다.

그들이 국회 본회의에 상정한 주한미군 철퇴안은 두 차례나 부결되었고 그 당시 불안한 국내 정세로 봐 상정 통과가 어려워지자 성시백이 직접 개입해 연판장을 돌리고 62명의 동조자를 포섭하게 된 것이다. 그리고 그들의 혐의가 드러나기 불과 나흘 전인 6월 17일 김약수 부의장 명의로 〈대한민국 국회의원 62명은 미 군사고문단의 설치를 원치 않으며 외국 군대의 철퇴를 강력히 주장한다.〉는 내용의 진언서를 유엔 한국위원단에 제출하고 기자회견까지 열어 이를 공개했다.

오제도 검사는 주한 미군 철퇴 진언서에 서명한 국회의원 중 공산당 핵심 공작원 13명을 간첩 혐의로 구속하여 기소했다. 나머지 관련자들은 모두 불구속으로 처리되었으나 사실 그들은 대부분 공산주의자가 아니었다. 다만 국회 소장파 의원들로 주한미군 철수와 남북협상에 관한 국회동의안을 처리하면서 좌익세력에 동조한 것에 불과했다.

게다가 성시백도 이 과정에서 용케 법망을 벗어나게 된다. 왜냐하면, 검찰이 애초 국회 프락치 사건을 남북노동당 합당 이후 김일성에게 주도권을 빼앗긴 박헌영이 자신의 정치적 입지를 강화하기 위해 섣불리 정치공작에 나선 것으로 봤기 때문이다. 그러잖아도 성시백은 애초부터 남로당과 명백히 선을 긋고 독자적으로 활동해 온 것이다.

그 무렵 이승만 정권이 좌익 소탕에 주력하고 있는 데다 합법 투쟁의 교두보로 삼고 있던 국회 프락치들도 자칫 대공수사팀에 노출될 우려가 없지 않아 잔뜩 움츠리고 있던 터였다. 그런데도 성시백은 남로당을 앞세워 성급하게 국회 프락치들을 동원하는 바람에 이미 구속된 주동자 13명뿐만 아니라 전체 국회의원들에 대한 전면적인 조사가 불가피하게 되었다. 한마디로 제헌국회의 이데올로기 수난이 닥친 것이다.

성시백은 애초 서울에 거점을 확보하고 남북교역에 뛰어들면서 "리승만 력적패당이 북침을 감행하지 못하도록 남조선 군사력을 와해시켜야 한다"는 김일성의 극비지령에 따라 일찌감치 군부에 침투해 왔었다. 특히 유엔의 감시하에 대한민국 단독정부가 수립되면서 이승만 대통령은 기회 있을 때마다 '북진통일론'을 주창하면서 미국에 군사원조를 요청했다.

이에 자극받은 김일성은 성시백을 통해 이승만의 '북진통일론'을 무력화시키는 한편 이제 막 조직을 강화하려는 남조선 군사력을 와해시키는 일이 무엇보다 시급했다. 자칫 그동안 비교적 순조롭게 진행해온 남침작전 준비에 차질을 빚을지도 몰랐기 때문이다.

성시백의 남조선 군부 침투 공작에는 북한 내무성 정보국에서 남파된 특수공작원 중 김철金哲이라는 자도 포함돼 있었다. 그는 일제강점기 말 학병으로 관동군에 배속되었다가 탈출해 중국대륙에서 광복군과 조선의용군에 양다리를 걸치고 항일투쟁에 참가한 이중 스파이였다. 그런 경력으로 대한민국 초대 국무총리를 지낸 이범석 장군을 비롯한 김홍일 장군 등 광복군 출신 군 고위지휘관들과 접촉해 왔다.

특히 그는 광복군 출신으로 국방경비대 참모장을 지내고 1947년 6월 미 군정청 통위부(국방부) 사령관이던 송호성 장군과 각별한 관계를 유지해 왔다고 했다. 송호성이 원래 좌익계열인 데다 그의 여비서가 김철에게 포섭돼 있었기 때문이다. 그래서 성시백은 김철이 구축한 군부 포섭 라인을 통해 해군통제부와 헌병사령부 및 일선 사단, 연대급에 이르기까지 자신의 공작원들을 손쉽게 침투시킬 수 있었다.

이에 비해 남로당은 1948년 10월 여순반란사건으로 군 내부에 심어 두었던 좌익 조직이 일망타진되는 바람에 치명상을 입고 군부의 정보 수집이 상당히 위축돼 있었다. 그 당시 육군본부 정보국에서 조사한 숙군대상자가 자그마치 4700여 명. 이 가운데 3000여 명이 이미 군 수사당국에 체포돼 조사를 받고 있었다.

그러나 성시백의 거미줄 공작은 군 수뇌부와 육·해·공군에 무형의 정보 조직망으로 은폐돼 있었다. 하여 성시백의 공작원들은 물밑으로 깊숙이 파고들어 각종 군사정보를 빼내는 데 별 어려움이 없었다. 서울 서소문의 비트(비밀아지트)에 고성능 단파 무전기까지 설치해둔 성시백은 국군 편제와 무기체계를 비롯하여 군 수뇌부부터 사단, 연대, 대대급과 헌병대의 동향에 이르기까지 각종 군사기밀을 고스란히 평양 모란봉의 조선인민군 최고사령부에 무시로 보고해 왔다.

성시백과 김철의 군부 공작 중 가장 큰 업적은 6·25 남침전쟁을 1년여 앞두고 벌어진 육군 제8연대의 2개 대대 월북 사건이다. 충격적인 이 사건으로 육군참모총장 이응준 소장이 물러나는 등 군 수뇌부를 엄청난 혼란에 빠뜨렸다. 후임 참모총장으로 채병덕 소장이 취임했으나 수뇌부가 경질된다고 별 뾰족한 수단이 없었다. 왜냐하면, 이후에도 경비행기와 소함정 월북 사건에다 심지어 군수품을 수송하던 미국 상선까지 한국 선원들의 선상 반란으로 월북하는 등 잇단 사태가 벌어졌기 때문이다. 그만큼 군기가 무너질 대로 무너져 있었다.

특히 최전방의 육군 2개 대대 병력이 통째로 월북한 사건은 그 유례를 찾아볼 수 없는 대규모의 반역 사건이었다. 이는 애초 여순반란사건 이후 군 내부에서 좌익 색출작업이 본격화하자 남로당 조직뿐만 아니라 알게 모르게 성시백 일당에게 포섭된 고급지휘관들도 설 자리를 잃고 신변의 위협을 느끼며 전전긍긍하고 있었기 때문이다.

15. 집단 월북사태

여순반란사건으로 국군 현역 장교 중 공교롭게도 육사 2기생 출신들이 상당수 연루돼 좌익으로 몰렸다. 그 대표적인 인물이 각각 강원도 춘천과 홍천의 38선 남방한계선에 주둔해 있던 육군 제6사단 8연대 1대대장 표무원 소령과 2대대장 강태무 소령. 이들 중 표무원은 대구 출신이고 강태무는 부산 출신이었다.

숙군작업에 나선 특무대(방첩대)에서 군부 내 좌익 조직에 대한 체포령이 떨어지자 자칫 언제 체포될지 몰라 전전긍긍하던 그들은 군부 내 침투해 있던 성시백의 공작원에게 도움을 요청하게 된다. 보고를 접한 성시백은 즉각 북한 노동당 연락부에 보고하고 조선인민군 최고사령부의 지원으로 좌익 성향의 군 지휘관들에 대한 월북공작을 추진하게 된다.

표무원과 강태무는 일제강점기 말 학병 출신으로 만주의 관동군에 끌려갔다가 8·15 광복 직후 귀국하면서 평양에서 성시백의 1급 참모인 남파공작원 김철에게 포섭된다. 그들은 공청共靑(공산주의청년단)에 가입하고 1946년 10월 조선인민군 제2군관학교 전신인 평양군사학원 대남반을 제1기로 졸업했다. 이어 김철의 지령에 따라 반공 투사로 가장해 월남한 뒤 육군사관학교 제2기의 단기과정을 거쳐 임관되는 등 고도로 훈련된 남파공작원으로 암약해온 사실이 특무대 조사 결과 드러났다.

그들은 대한민국 정부 수립 후의 혼란기에 일선 대대장을 자원해 38

선 남방한계선을 지키던 중 그동안 포섭해온 부하 대원들까지 몽땅 이끌고 대거 월북하는 바람에 군 수뇌부에 치명상을 입힌 것이다.

그들의 집단 월북은 1949년 5월 4일 밤 10시에 단행되었다. 제1대 대장 표무원 소령은 느닷없이 비상을 걸어 전 대대병력을 소집한 뒤 "야간훈련"이라며 출동명령을 내렸다. 비상소집된 600여 명의 장병은 실탄도 공급받지 못한 채 춘천 북방 속칭 말고개를 지나 깊숙한 산길로 행군을 강행했다. 그런데 아니나 다를까, 한참을 행군해 38선 북방 한계선의 경계지점에 이르는 순간 어둠 속 적진에서 위협 사격이 가해졌다. 이를 신호로 대대장 표무원은 즉각 행군중지명령을 내리면서 이렇게 외쳤다.

"지금 우리는 적에게 완전히 포위됐다. 지형지물을 관측한 결과 한 발짝도 움직일 수 없다. 실탄이 있다면 싸우겠지만 그럴 형편도 안 된다. 차라리 투항하자. 지금부터 내 명령에 따르라."

그러나 일부 초급지휘관과 하사관들은 그의 수상쩍은 행동을 눈치채고 되돌아가자고 주장했다.

게다가 고참병들은 "육탄으로 항거하자"며 결의하다가 표무원에게 동조하는 장병들과 두 패로 갈라져 아군끼리 육박전까지 벌였다. 표무원은 이런 혼란한 틈을 이용해 평소 자신을 따르던 300여 명의 용공 장병들과 함께 자진 월북하고 말았다. 육탄전으로 맞서 끝까지 항거하며 부대로 복귀한 장병은 293명에 불과했다. 전 부대원 중 절반 이상이 북으로 넘어간 것이다.

그 무렵 강원도 홍천에 주둔 중이던 강태무 소령의 2대대도 같은 수법으로 같은 날 동시에 집단 월북할 계획이었으나 야전 축성 공사로 인해 병력이 분산되는 바람에 비상소집에 애를 먹고 있었다. 때문에,

강태무는 이미 북으로 넘어간 1대대보다 3시간이나 늦은 5월 5일 새벽 1시쯤 가까스로 전체 병력의 절반가량인 300여 명의 병력을 소집할 수밖에 없었다.

강태무는 아무 영문도 모르는 장병들을 향해 "적이 38선 남방한계선으로 기습해 오고 있다"며 긴급출동 명령을 내렸다. 그러면서 자신이 앞장서 병력을 인솔해 38선 북방한계선 12킬로 지점인 현리를 거쳐 속칭 '복죽개봉' 고지까지 진출했다. 이때 적진에서 일제사격이 가해지고 강태무는 성급하게 "적에게 포위됐으니 투항하자"고 외쳤으나 일부 중대장들이 반발해 치열한 교전상황에 돌입했다. 이 과정에서 대대장 강태무를 비롯한 160여 명이 월북하고 나머지 138명은 끝까지 항전하다가 전사하거나 부상을 당하고 귀환했다. 국군 8연대는 결과적으로 2개 대대의 전투병력을 잃고 말았다. 전체 국군의 사기에 치명상을 입힌 충격적인 사건이었다. 그러나 성시백의 군사공작은 8연대의 월북사건으로 그치지 않았다. 그의 월북공작은 연타적이었다. 종횡무진으로 거침없이 국군의 군사력 와해 공작을 추진하는 한편 심지어 국가원수의 정상회담 내용을 녹음한 테이프까지 수집해 북으로 보내는 대담성을 보였다.

1949년 8월. 국군 제8연대 2개 대대 월북사건이 발생한 지 3개월째로 접어들었을 무렵 정국은 극도로 불안했고 군 내부도 숙군작업이 마무리되지 않아 어수선했다. 이런 가운데 자유중국 장제스蔣介石 총통이 이승만 대통령의 초청으로 한국을 공식방문한다. 장 총통은 진해 해군통제부 안에 있는 대통령 별장에서 양국 정상회담을 열고 공산권의 위협으로부터 자유를 수호하고 한·중 상호방위 협력과 군사력 증강을 위한 협상에 들어갔다.

그러나 이게 웬일인가? 양국 정상과 일부 관계자 외에 아무도 참석할 수 없는 이 비밀회담장에 성시백의 공작조가 과감하게 접근한다. 주한 자유중국 대사관에서 통역관으로 근무 중이던 한국인 1등 서기관 김성민이 장제스 총통의 통역을 맡아 정상회담에 참석한 것이다. 김성민은 이미 1947년부터 성시백 라인에 포섭돼 있었다. 그러니 안성맞춤이 아닌가?

성시백은 남파된 이후 비트를 구축하자마자 대한민국 정부와 관계된 유엔 한국위원단의 정책정보를 수집하기 위해 각국 대사관에 손을 뻗쳐 먼저 주한 미 대사관의 통역관 김우식을 비롯해 3명의 프락치를 심어두는 데 성공한다. 그리고 김우식의 소개로 다시 자유중국 대사관 통역관 김성민을 포섭했다. 그 당시 김우식도 미 대사관 요원의 한 사람으로 해군통제부에 파견되었으나 회담장에는 들어가지 못했다. 그는 다만 막후에서 업무협조라는 명목으로 성시백과 김성민 사이의 연락책을 맡고 있었다.

그래서 둘은 비밀리에 이승만과 장제스 간의 안보협력을 위한 회담 내용을 한마디도 빠뜨리지 않고 녹음하는 데 성공, 이 테이프를 송두리째 김일성에게 타전했다. 여기에다 이승만과 장제스의 정상회담 기념사진까지 전송하는 대담성을 보였다. 성시백은 이같이 광범위하게 첩보망을 구축하고 어마어마한 대남공작을 진행했다.

그래서 김일성은 평양 모란봉의 지하벙커에 몸을 파묻고 앉아 이승만 대통령을 비롯한 대한민국 정부 고위층과 군 수뇌부의 일거수일투족을 거울 속을 들여다보듯 훤히 꿰고 있던 것이다. 김일성은 가히 이승만의 숨소리까지 듣고 있었다고 해도 과언이 아니었다. "지피지기知

彼知己면 백전백승百戰百勝"이라는 손자병법이 새삼 생각나는 이유다.

성시백의 공작조는 그로부터 한 달 만인 같은 해 9월 중순 공군에도 공작의 손길을 뻗쳤다. 그의 공작은 광범위하고 대담했다. 그 당시 한국 공군은 전투기 한 대 없이 고작 비무장 경비행기 10여 대를 보유한 상태였다. 여의도 비행장에 기지를 두고 주로 38선 인근 상공을 정찰하면서 북방한계선의 북괴군 병사들에게 선전 삐라를 뿌리는 것이 그 당시 공군의 주 임무였다.

북한 노동당 연락부의 지령을 받은 성시백은 그동안 포섭해 둔 여의도 비행장의 조종사 박용석과 김경철 등 2명이 같은 조組가 돼 야간비행에 나설 때 감쪽같이 비행기와 함께 월북시키는 모험도 감행했다. 일제강점기에 소년항공학교에서 조종사 교육을 받은 이들은 김일성으로부터 의거 월북한 공로로 영웅 칭호를 받고 북한 공군에 편입된다. 우리 공군에 적잖은 사기를 떨어뜨린 최초의 공군 조종사 월북 사건이었다.

그로부터 6개월 후인 1950년 3월 10일 밤에는 성시백의 조직책으로 암약해온 육군 항공대 소속 조종사 김용호가 동료 조종사 정달용을 포섭해 강릉비행장에서 야간비행 훈련 중 레이더망을 벗어나 월북하는 데 성공한다. 이들은 모두 6 · 25 남침전쟁 당시 야크기를 몰고 서울 상공에 나타나 중앙청과 용산, 김포비행장 일대를 공습한 주역이 된다.

박용석과 김경철이 여의도 공군기지에서 경비행기를 몰고 월북할 무렵 부산과 인천을 오가며 군수물자를 수송하던 미국 용선傭船 스미스호號에는 한국 선원이 20명에 달했다. 이들 중 성시백이 일본, 홍콩, 칭다오를 오가며 밀무역을 할 때 기관사로 포섭해 둔 김창선 · 김창규

형제가 암약하고 있었다. 정확히 말해 경비행기 월북 사건이 일어난 지 사흘 만에 부산을 출항한 스미스호가 인천에 도착하기 직전 김창선 형제는 암암리에 포섭해 둔 선원 10여 명을 선동, 선상 반란을 일으켰다. 그들은 선장과 갑판장을 선실에 가두고 북쪽으로 방향을 틀어 황해도 해주를 향해 월북을 강행했다.

북한 공산집단은 김창선 형제에게도 영웅 칭호를 주고 환대했으나 감금당했던 선장과 갑판장 등 일부 선원들은 인도주의를 내세워 남한으로 돌려보냈다. 그것도 따지고 보면 평화를 가장한 기만술책에 불과했다. 그리고 압류한 미 용선 스미스호는 북한의 상선으로 위장하여 강동정치학원을 이수한 남로당 출신 빨치산 병력을 남파하는데 활용했다.

이후 스미스호는 6 · 25 남침전쟁 직전인 1950년 5월 북한 노동당 연락부가 양성한 충남북, 전남북 도당 지도성원 200여 명을 대거 남파하는 데도 이용했으며 영웅 칭호를 받은 김창선 형제가 각각 선장과 갑판장으로 이들의 수송을 전담했다.

김용호 일당이 강릉비행장에서 경비행기를 몰고 월북한 시점인 같은 해 3월 중순에는 해군 특무정特務艇이던 508호 '강철정鋼鐵艇'이 동해안에서 해안 순시 중 월북하는 사태가 발생하고 만다. 육 · 해 · 공군 구별 없이 월북사태가 속출했다. 성시백의 국방군(남한 군사력) 와해 공작은 그야말로 끝이 없었다. 건국한 지 불과 2년 만에 나라의 근간이 뿌리째 흔들리고 있었으나 군 수뇌부는 속수무책이었다.

비록 소함정이긴 하지만 그 당시 해군함정이 고작해야 10여 척에 불과했으므로 해군에 미친 물적, 심적 타격이 만만치 않았다. '강철정'의 부갑판장 황모 병조장(상사)과 기관실의 김모 병조장은 성시백의 공작조에 포섭된 인물들이었다. 이들은 동해안의 38선 경비 겸 훈련 기회를 틈타 '스미스호'를 월북시킨 김창선 형제의 수법대로 해군 수병들을 포섭해 선상 반란을 일으킨 뒤 정장과 갑판장을 선실에 가두고 원산항으로 월북한 것이다.

해군 소함정 월북 사건은 이전에도 자주 발생했었다. 최초의 사건은 대한민국 정부가 수립되기 직전인 1948년 5월 통천정通川艇이 강원도 주문진항을 떠나 동해안의 38선 경계 임무를 마치고 묵호항으로 귀항하던 중 좌익계의 선상반란으로 정장 김원배 소위를 사살한 뒤 월북했고 고원정高原艇도 묵호항에서 같은 수법으로 월북하는 사태가 발생했다. 해군 내부에서 암약하고 있던 좌익계 장병들이 여순반란사건 이후 위기를 느껴 항해 중 지휘관을 사살하고 자진 월북하는 방식을 선택했다.

그러나 대공분실장 오제도 검사의 수사 결과 통천정과 고원정의 월북 사건은 성시백이 직접 개입했다는 정황이 드러나지 않았다. 다만 미 군사고문단장이던 윌리엄 로버츠 준장의 전용 요트가 북으로 끌려간 사건은 성시백의 지령에 의한 것으로 드러났다. 1949년 8월 하순 인천 내항에 정박 중이던 로버츠 장군의 전용 요트가 갑자기 사라진 사실이 밝혀져 군 수뇌부가 발칵 뒤집혔으나 다행히도 함명수 소령(전 해군참모총장)이 지휘하는 해군 정찰수색대 20여 명이 문제의 요트가 북한의 몽금포 항에 정박해 있는 사실을 확인하고 기습작전을 벌여 되찾아 왔다.

그 당시 국군에는 육, 해, 공군 할 것 없이 좌익세력이 깊숙이 침투해 있었고 그만큼 경계태세가 허술했다. 때문에, 성시백은 대한민국의 국군 창설 초창기부터 종횡무진으로 입체공작을 전개하여 남한의 군사력을 약화시키는 데에 엄청난 영향을 미쳤다. 그가 북한 노동당 연락부를 통해 김일성에게 직접 보고한 남한의 각종 군사정보 만도 총 1만

2000여 건에 달했다. 그는 이 공로로 북한 최고훈장인 1급 적기훈장과 적성훈장까지 받았다.

그러나 꼬리가 길면 밟히는 법이다. 그 기간은 그리 오래 가지 않았다. 결국, 대한민국 대공수사팀에 의해 거물 간첩 성시백은 북한 공산집단의 6·25 남침전쟁이 발발하기 불과 40여 일 전에 체포돼 어마어마한 범죄사실을 모두 자백하고 말았다.

대공수사반이 성시백에 대해 본격적인 수사에 나선 것은 국회 프락치 사건을 일망타진한 직후. 그 과정에서 '북로당 남반부 정치위원회'라는 공산당 조직이 포착되었고 내사를 강화하던 중 뜻밖에도 개성에서 검거된 남로당 연락책인 여간첩 정재한과 접촉해온 김명용이란 자가 바로 성시백의 공작원이었음이 드러난 것이다.

1950년 5월 5일. 대공분실장 오제도 검사가 마침내 김명용을 체포하고 단파무전기 2대와 각종 보고서, 기밀문건, 암호문 및 금괴 80량(공작금)을 압수한 뒤 본격적인 배후 수사에 들어갔다. 해방공간부터 간첩 색출에 명성을 떨쳐온 대공검사 오제도는 그 당시 북한 공산집단의 저격대상 1호로 점찍혀 있었다.

오 검사가 압수한 비밀문건을 판독한 결과 국방부와 육군본부, 해군통제부 등 군 수뇌부는 물론 한·중 정상회담의 녹음테이프까지 빼돌린 김우식과 김성민 등 주한 미 대사관과 자유중국 대사관의 한국인 직원들이 모두 프락치로 연결되어 있었다. 거물 간첩 성시백에게 포섭돼 각종 정보를 제공해온 서울주재 외국 공관이나 정부 요직의 공작요원만도 자그마치 112명에 달하는 등 실로 어마어마한 간첩 조직망이 드러났다.

그러나 김우식과 김성민은 검찰의 수사망이 좁혀지기 직전 타이베이와 홍콩을 거쳐 중국대륙으로 자취를 감추고 말았다. 둘은 남침전쟁 시 중공의 항미원조군에 소속돼 다시 북한으로 들어와 휴전이 될 때까지 유엔군의 와해 공작과 선무방송 등 막후에서 활동해온 것으로 알려졌다.

검찰과 경찰은 이에 앞서 1950년 3월 27일 남로당의 거물 간첩 이주하를 검거한 데 이어 28일에는 김삼룡을 검거했고 여간첩 김수임마저 검거해 한숨을 돌리고 있던 차에 이런 어마어마한 사건이 드러나자 여간 당황하지 않을 수 없었다. 사건을 지휘하고 있던 오 검사는 검찰 수뇌부마저 믿을 수 없었다. 그래서 그는 수사기밀의 누설을 우려해 상부에 보고도 하지 않고 우선 일망타진한 김명용 부부와 112명의 좌익 프락치를 1차로 검거한 후 이어 성시백 검거작전에 나섰다.

6·25 남침전쟁 발발 열흘 전인 6월 15일. 서울 종로 거리를 유유히 활보하던 성시백을 검거하고 그의 비트를 수색한 결과 5·30 총선자금으로 쓰고 남은 미화 1만4800 달러와 특급 비밀문건이 보따리째 나왔다. 성시백의 공작과 연관된 비밀문건에는 초대 국무총리를 지낸 광복군 출신 이범석 장군과 신성모 국방장관 등 정부 고위층은 물론 채병덕 육군참모총장, 김홍일 육군보병학교장을 비롯한 송호성 장군과 신성모 장관의 아들인 국방부 정훈국 서울분실장 신명구 소령까지 포섭대상자 명단에 올라 있었다.

그러나 성시백 검거로 충격을 받은 군 수뇌부에서는 자체조사는커녕 정부와 군의 고위층이 연루돼 있다는 사실을 덮고 뭉개기에만 급급했다. 게다가 신성모 국방장관과 채병덕 육군참모총장은 군에 침투한 거물 간첩 성시백의 수사가 본격적으로 진행 중임에도 불구하고 육군본부 참모진과 일선 사단장의 인사이동을 6월 10일 자로 전격 단행했다.

이때 육군본부 작전국장 강문봉 대령은 본인의 의사와는 전혀 관계없이 미 육군참모학교 고등군사반 유학이라는 명분으로 대기발령을 받았다. 비상시국에 육군본부 작전국장은 잠시도 비워둬서는 안 될 중책인데도 인사발령 당시 후임자가 없었다.

일선 사단장 역시 전체 9개 사단 중 서부전선을 지키는 제1사단장 백선엽과 제8연대 2개 대대의 월북사건 이후 참모총장직에서 물러나 제5사단장으로 호남지역에서 공비토벌로 백의종군 중이던 이응준을 제외한 나머지 5개 사단장을 모두 교체하고 말았다. 여기에다 갓 부임한 일선 사단장들이 지휘권 장악을 위한 업무 파악에 나서고 있던 6월 22일에는 그동안 줄곧 지속했던 비상 경계령을 갑자기 해제해 버렸다. 어이없게도 김일성의 6·25 남침 사흘 전에 취한 군 수뇌부의 석연치 않은 행태였다.

비상 경계령이란 적의 도발 징후가 위험한 단계에 와 있다고 판단되었을 때 전군이 방어태세에 돌입하는 비상조치가 아닌가 말이다. 북한 괴뢰군에 비해 상대적으로 국군의 방어태세가 허술해 불안하기 짝이 없는데도 느닷없이 비상경계령 해제라니 석연찮은 일이 한두 가지 아니었다. 군 수뇌부 깊숙한 곳에서 뭔가 알 수 없는 음모가 서둘러 진행되고 있었다.

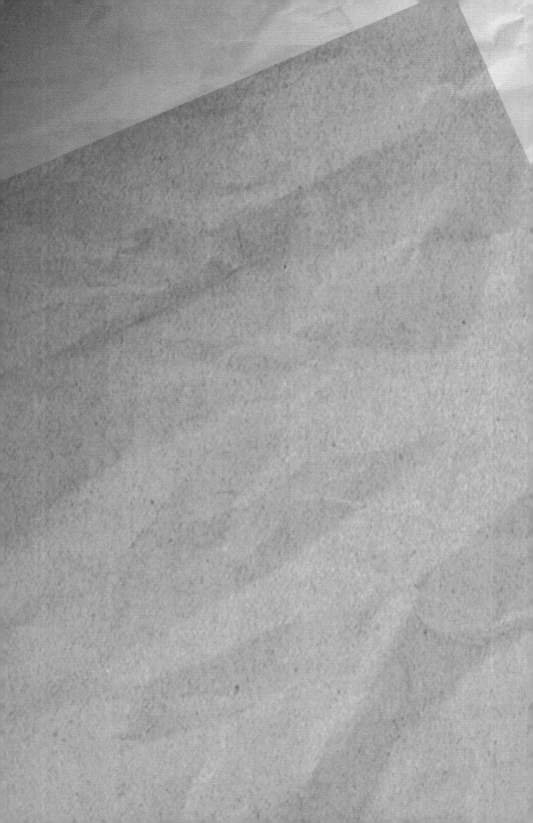

16. 태평성대

북한 공산집단의 남침 위협이 날로 가중되고 있는 가운데 대한민국 육군본부 정보국에서 최근의 군사정보를 인용, 피아간 전력을 분석한 결과 아군은 전투병력의 경우 육·해·공군과 경찰병력까지 합쳐도 북한괴뢰군의 3분의 1도 못 되는 10만 명에 불과했다.

　육군본부 정보국이 파악하고 있는 적의 군사력 수치는 정확하지 않지만, 당시 38도 선에 집결, 포진 중인 북한의 실질적인 전투병력은 18만여 명에 달하며 경찰·청년단체·유사전투조직을 합치면 총 30만 명을 상회하는 것으로 추정되고 있었다. 정규 인민군 6개 사단과 3개 보안대의 전투병력은 11만8천여 명이며 1개 탱크여단 병력 1만 명에 해군 1만5000명, 공군 2500명 외에 김일성 정권이 최근 징집한 여성부대를 포함한 혼성군도 3만7000여 명에 달했다.

　소련제로 무장한 주요 전투장비로는 기계화 기갑부대의 최신형 T-34 탱크가 242 대이나 아군은 단 한 대도 없었고 장갑차는 적이 54 대를 보유하고 있었는데 아군은 그 절반인 27대뿐이었다. 소총·기관총 등 기본무기를 제외하고 대전차포가 적이 550문 보유하고 있으나 아군은 140문에 불과했다. 자주포는 적이 176문을 보유하고 있으나 아군은 단 1문도 없었다. 또 박격포는 적의 1674문에 비해 아군은 960문뿐이었고 곡사포는 적이 552문을 보유하고 있었으나 아군은 89문에 불과했다.

　항공기 역시 적은 소련제 경폭격기와 전투기 등 211대를 보유한 데 비해 아군은 비무장 경비행기 24대뿐이었다. 이 같은 수치는 실제 북괴군이 보유하고 있는 전력과 비교해 볼 때 상당히 낮은 추정치이지만 이 데이터만 봐도 전력면에서 상대가 되지 않았다.

여기에다 북괴군은 정부 수립 2년 전인 1946년부터 창군작업에 들어가 내부동요 없이 4년여 동안에 걸쳐 소련제 중무기를 전량 도입하고 남침작전에 대비한 교육 훈련에 치중해 왔다. 그러나 아군은 북한 공산집단이 남파한 무장공비와 남로당의 토착 공비들이 끊임없이 침투하여 후방을 교란해온 데다 대구 10 · 1 폭동사건과 제주 4 · 3사건, 여수 · 순천의 제14연대, 대구 6연대 군사반란 사건 등이 잇달아 터지는 바람에 미처 군사력을 축적할 여유가 없었다.

때문에, 최일선에 배치되어야 할 4개 전투사단이 반란세력과 토착 공비 및 남파 공비소탕을 위해 후방에 고정 배치되는 바람에 전방에 대한 증원은커녕 38선 경비에도 구멍이 뚫려 있는 상황이었다. 게다가 장기적인 공비토벌과 진압작전으로 국군 병사들에 대한 교육 훈련은 커녕 기존의 전력마저 상당히 약화돼 있었다.

북한 공산집단은 소련의 집중적인 무기 제공 외에도 일본군이 버리고 간 군수산업을 일으켜 개인 무기와 군수품 등 자체적인 군비 강화에도 박차를 가해 오고 있었다. 하지만 아군의 병기창은 이제 겨우 시험단계에 머물러 있었고 각종 군수품은 민간기업으로부터 조달받고 있는 실정이었다.

무엇보다 아군은 전체 9개 사단과 1개 독립연대 중 반란세력과 공비소탕을 위해 4개 보병사단을 후방으로 빼돌린 것이 치명적이었다. 전방에 대한 증원은커녕 이미 일선에 배치된 실 병력마저 서울을 방어하는 수도사단을 제외한 4개 사단과 1개 독립연대에 불과해 38선 방어에 구멍이 뚫릴 수밖에 없는 상황이었다.

그런데도 비상 경계령 해제라니 기가 막혔다. 여기에다 적의 전면 남침을 코앞에 둔 시점에 농사철이라는 이유로 전 장병들을 대상으로 특별휴가까지 실시했다. 그뿐 아니라 적의 남침 하루 전날인 6월 24일(토요일) 오후부터는 휴무와 함께 일선 장병들에게 외출·외박을 무제한 허가했다. 때문에 일선 전투부대 병력의 30% 이상이 소속부대를 비우는 사태가 발생하고 만 것이다. 왜 그랬을까?

어디 그뿐인가. 더욱 석연찮은 것은 군 수뇌부의 이동을 앞두고 38선의 각 보병연대에 4문씩 배치돼 있던 대전차포와 포차 등 전투 장비를 수리한다는 이유로 모두 공작 창으로 반납해 버렸다. 그런 데다 6월 초순 91문밖에 없는 105밀리 야포 중 30여 문을 역시 수리를 핑계로 정비창고에 입고시킨 뒤 한 달이 가깝도록 원대 배치를 외면하고 있었다. 그러니 아군의 화력과 기동수단은 전무한 상태나 다름이 없었다.

북괴군은 주력이 탱크인데 일촉즉발의 위기상황에서 그 탱크를 저지할 대전차포나 야포를 모두 거둬들이다니 과연 이럴 수가 있단 말인가. 모든 상황이 심상치 않게 돌아가고 있었다. 대한민국 정체성의 근간이 뿌리째 흔들리고 있었다.

한편 성시백은 오제도 검사의 대공수사반에 구속돼 있었으나 군 수뇌부를 움직여 국군의 방어태세와 작전을 오도한 일련의 사태도 결국은 그의 공작에 의한 것이라는 판단이 설 수밖에 없었다. 이 같은 사실을 확인한 오 검사는 땅이 꺼질 듯 긴 한숨을 삼키며 독백처럼 내뱉었다.

"성시백의 뿌리가 이토록 깊단 말인가?"

이들 거물 간첩들은 마침내 북괴군의 6·25 남침이 감행되자 모두 총살형을 당했지만, 검찰은 대한민국의 요직에까지 뿌리박힌 배후를 완전히 밝혀내지 못한 채 전화戰火에 휩쓸리고 만다. 오 검사는 땅을 치고 싶도록 안타까워했다. 6·25 남침전쟁이 발발하자 그는 조사과정에 있던 성시백을 후방으로 이송해 수사를 계속 진행하자고 주장했으나 군 특무대에서 육군형무소에 수감 중이던 성시백과 김철 등 일당을 서둘러 총살형을 집행하고 말았기 때문이다. 이로써 대한민국을 뿌리째 흔들었던 성시백의 배후는 영원히 풀리지 않는 미스터리로 남게 된 것이다.

1950년 6월 24일 밤

대한민국 수도 서울에도 자욱한 안개 속에 소리 없이 부슬비가 내리고 있었다. 지난 19일부터 연 엿새째 장맛비처럼 주룩주룩 쏟아지던 빗줄기가 밤이 깊어가면서 부슬비로 변했다.

남북이 대치 중인 38선에서는 일촉즉발의 위기상황이 소리 없이 눈앞에 다가오고 있었지만 서울의 육군본부에선 이날 문을 연 장교클럽 낙성식 기념행사로 군 수뇌부와 미 군사고문단까지 참석해 성대한 파티를 열고 있었다. 휘황찬란한 샹들리에 불빛 아래 쌍쌍이 모여 넓은 홀을 돌며 댄스파티까지 벌어지고 있었다. 그야말로 태평성대가 아닐 수 없다.

그 무렵 군의 고급장교들 사이에서는 이른바 서양 춤인 댄스가 한창 유행이었다. 광복 후 미 군정이 실시되면서 주한 미군들에 의해 보급된 일종의 사치풍조이기도 했다. 댄스라는 춤바람이 불어닥치면서 군의 비리와 부정부패도 걷잡을 수 없이 번져 나갔다. 서울 명동이나 충무로 일대에 댄스홀과 스탠드바 등 고급술집이 우후죽순처럼 생겨나고 군 장교들이 단골고객으로 드나들면서 그들이 없으면 장사가 안된다는 말까지 나돌았다. 그러니 유흥비 조달을 위해 자연 부정을 저지를 수밖에 없지 않은가 말이다.

게다가 일부 부유층도 마찬가지였다. 특정외래품이 판치는 명동이나 충무로의 유행을 따라가지 못하는 사람은 아예 서울특별시민의 자격이 없다고들 했다. 그래서 가난한 소시민들마저 날이면 날마다 눈요기라도 할 요량으로 네온사인이 휘황찬란한 명동과 충무로 거리가 미어터지도록 몰려들었다. 이미 등화관제로 전시체제에 돌입한 북한의 평양과는 너무도 대조적이었다. 대한민국은 그야말로 태평성대를 구가하고 있었다.

그러나 절대다수 국민의 생활고는 심각한 국면에 빠져들고 있었다. 1945년 8 · 15 광복 당시 50억 원圓이었던 화폐 발행고가 47년 말에는 334억 원으로 불과 28개월 만에 6.6배나 증가하는 추세를 보였다. 때문에, 물가가 33배나 폭등하는 등 인플레 현상도 심각했다. 미 군정 3년 동안 890여 개의 생산공장이 가동을 못하고 그대로 방치돼 있었다. 여기에다 이승만 정부는 북한 공산집단의 남침 징후를 우려하는 정치권이나 지도계층의 경고에도 불구하고 걸핏하면 '북진통일론'으로 정치적 구호를 외치는 데만 급급했다.

국가안보를 책임진 신성모 국방장관과 채병덕 육군참모총장은 덩달아 "북괴군이 남침해 오면 점심은 해주에서, 저녁은 평양에서 먹겠다"며 자만심에 가득한 목소리로 앵무새처럼 되뇌기 일쑤였다. 쥐뿔도 모르면서 북한 공산집단의 기만전술에 넘어가 "북괴군이 38선을 넘어온다면 즉각 반격에 나서 하루 만에 평양을 점령하고 사흘 만에 백두산에 태극기를 꽂겠다"며 호언장담하기까지 했다. 그 말에 안도한 국민은 그저 우리 국군을 태산같이 믿고 있었다.

그러나 북괴군의 도발 상황이 심상치 않았다. 군 수뇌부가 눈앞에서 전개되고 있는 북괴군과의 국지전을 뻔히 지켜보면서도 자중할 줄 모르고 기고만장하게 말을 함부로 내뱉었다. 그러다 보니 북한 공산집단에 '북침설'을 주장하는 빌미까지 제공했다. 평양방송에서는 이미 전시체제에 들어간 북한 인민들을 대상으로 남한의 대통령과 군 수뇌부의 앵무새 같은 발언을 예로 들며 북침 위험을 경고하는 등 선전 선동 자료로 적극적으로 활용하며 남침 준비에 광분하고 있었다.

　6월 24일 밤 자정이 가까울 무렵 비상 라이트를 깜빡이는 지프 한 대가 안개비 속에 칠흑 같은 어둠을 뚫고 육군본부 정문으로 미끄러져 들어왔다. 지프는 '우선 멈춤'이라는 경고판이 세워져 있는 위병초소 앞에 이르러 일단 정지했으나 초소병이 손전등을 흔들며 그대로 통과 신호를 보냈다. 그러고는 급히 부동자세를 취하며 거수경례와 함께 "충성!" 하고 외쳤다. 위병소를 통과한 지프는 다시 속력을 내 안개비를 뚫고 드넓은 연병장을 가로질러 본관으로 향했다. 본관에는 2층 정보국과 3층 작전국 상황실에만 불이 훤히 켜져 있을 뿐 건물 전체가 어둠 속에 묻혀 있었다.

　창군 이래 미 군사고문단의 근무 수칙에 따라 토요일 오후부터 당직 근무자를 제외하고는 일제히 휴무에 들어갔기 때문이다. 잠시도 긴장을 늦추지 말아야 할 군에서마저 태평성대가 아닐 수 없었다. 그나마도 불이 켜진 정보국과 작전국 상황실 당직 장교와 일부 하사관들이 평상근무복으로 한가롭게 자리를 지키고 있을 뿐이었다.

　지프에서 내린 사람은 정복 차림의 강문봉 대령. 그는 육군본부 장교클럽 낙성식 기념 파티에 참석했다가 막 돌아오는 길이었다. 일촉즉발의 위기상황이 눈앞에서 벌어지고 있는데도 장교클럽 낙성식이라니, 그는 도무지 이해할 수 없었지만, 미 군사고문단까지 초청한 행사여서 마지못해 참석했다가 중도에서 빠져나오는 길이었다.

그러나 그는 분을 삭이지 못했다. 이 파티에 아예 불참할 생각이었지만 참모총장이 초청장까지 보내오는 바람에 가야 하나, 말아야 하나 한참을 망설이던 끝에 괘씸죄에 걸릴지도 몰라 예정시간보다 늦게 눈도장이라도 찍어둘 요량으로 마음 내키지 않는 걸음을 한 것이다.

막상 장교클럽 파티에 나가보니 휘황찬란한 샹들리에 불빛 아래 쌍쌍이 모여 넓은 홀을 돌며 성대한 댄스파티가 벌어지고 있었다. 하지만 그는 처음부터 그런 부류와 어울리지 않았다. 전쟁터에서 생사를 걸어야 하는 군인 신분에 도무지 어울리지 않았기 때문이다. 그래서 그는 장교클럽 한쪽 코너에 마련된 스탠드바에서 켄터키 위스키를 스트레이트로 몇 잔을 들이켠 뒤 곧장 파티장을 빠져나오고 말았다. 돌아가는 꼴을 보니 울화통이 터져 도저히 견딜 수 없었다.

파티 도중 빠져나와 막상 육본으로 돌아오긴 했으나 이 건물에는 그의 집무실이 없었다. 무보직으로 대기발령을 받았기 때문이다. 그는 불과 보름 전까지만 해도 육군본부 작전국장이라는 중책을 맡고 있었다. 그래서 여느 참모들과는 달리 항상 전투복 차림으로 38도선 남북 한계선의 상황판을 지켜보며 북괴군의 동태를 살피는 것이 하루의 일과라 해도 과언이 아니었다. 그러나 육군본부 수뇌부와 일선 사단장의 인사이동이 전격 단행되면서 자신의 의사와는 전혀 상관없이 작전국장 직에서 해임되고 무보직 상태로 미 육군참모학교 고등군사반 유학을 준비 중이었다.

신성모 국방장관이나 채병덕 참모총장이 무엇이 그리 급했는지 아예 후임자 인선도 없이 그를 해임했다. 그래서 그는 후임 작전국장이 정식으로 발령을 받을 때까지 작전국 차장 이치업 대령에게 업무를 인계하고 즉각 물러났다. 그로부터 일주일 후 장창국 대령이 후임 작전국장으로 발령을 받긴 했지만 전격 단행된 군 수뇌부 인사를 두고 뒷말이 많았다.

지프에서 내린 강 대령은 잠시 안개비를 그대로 맞으며 본관 건물을 쳐다보다가 이내 현관으로 들어섰다. 무거운 발걸음이었다. 왼쪽 소매를 살짝 걷어 올려 손목시계를 들여다보니 시간은 밤 11시 40분을 가리키고 있었다. 그는 본관 안으로 들어서자마자 성큼성큼 계단을 밟고 3층 작전국 상황실로 올라갔다.

상황실 문을 열고 들어서자 당직 장교가 벽면을 하나 가득 채운 상황판을 긴 지휘봉으로 짚어가며 들여다보고 있는 가운데 하사관 서너 명이 전화통에 매달려 적정상황을 체크하고 있었다. 그리고 일부 장병들은 응접세트의 소파에 비스듬이 드러눕거나 책상머리에 앉아 한쪽 손으로 턱을 괴고 토막잠에 취해 있는 등 비교적 한가로운 분위기였다.

그들 틈에 끼어 소파에 앉아 담배를 피워 물고 있던 한상준 대위가 강 대령을 발견하자 벌떡 몸을 일으키며 부동자세를 취하고 거수경례부터 올렸다.

"충성!"

한 대위의 목소리에 놀란 장병들이 일제히 일어나 부동자세를 취했다. 강 대령은 가볍게 손을 흔들어 답례하고 한 대위와 함께 기밀실로 들어갔다. 한 대위는 얼마 전까지만 해도 그의 부관이었다. 비록 작전국장에서 물러나긴 했지만, 그는 여전히 한 대위를 신뢰하고 있었다.

그래서 그는 장교클럽 낙성식 파티에 가기 전 전화로 한 대위를 불러 일선 상황을 좀 체크 해 봐야겠다며 작전국 상황실에 대기시킨 것이다.

"오늘 토요일인데 쉬지도 못하게 불러서 미안하네."

강 대령은 기밀실 헤드 테이블에 한 대위와 마주 앉자마자 이렇게 운을 떼며 담배를 권했다. 취기가 도는 불그스레한 얼굴에 알코올 냄새까지 풍겼다. 하지만 그의 자세는 조금도 흐트러짐이 없었다.

"넷, 방금 피웠습니다."

그러면서도 한 대위는 몸을 일으키며 조심스럽게 강 대령이 내민 럭키 스트라이커 담뱃갑에서 한 개비를 뽑아 들었다.

강 대령은 지포 라이터를 켜 한 대위에게 담뱃불까지 붙여주었다. 그는 긴한 사정이 있어 부하 장교를 부를 땐 언제나 이런 식으로 담배를 권하는 것이 습관처럼 몸에 배었다. 그는 잠시 침묵을 지키며 담배를 길게 한 모금 빨아당겼다가 훅, 내뿜으며 다시 말문을 이었다.

"아까 전화로 잠깐 얘기했지만 자네, 나 대신 일선에 좀 다녀와야겠어."

"넷, 명령만 하십시오."

"명령이 아니라, 이건 내 개인적인 부탁이야."

"넷, 알겠습니다."

"자네 직속 상관인 신임 장창국 국장한테는 내가 미리 양해를 구했네만… 연료를 가득 채운 성능 좋은 지프도 한 대 구해 놓고 말이야."

"넷, 잘 알겠습니다. 감사합니다."

"감사는 내가 해야지. 내가 듣기로는 백선엽 1사단장이 맨주먹으로 인근 중학교 학생들까지 동원해 야전 축성을 구축했다는 게야. 내가 그동안 주무국장으로 있으면서 국방예산도 한 푼 지원해주지 못해 항상 마음에 걸렸는데 물러나서도 미안해 몸 둘 바를 모르겠어."

"…."

"백 사단장과 7사단의 유재흥 사단장을 직접 찾아가 고맙다는 인사나 드리고 전방의 방어실태를 좀 살펴보고 싶었는데 무보직인 내가 일선을 돌아다니면 또 무슨 오해를 받을지 몰라 자넬 대신 보내는 거야."

"넷, 잘 알겠습니다."

"그래서 하는 말인데 자네가 38선을 방어하고 있는 1사단과 7사단을 한 번 둘러보고 현재의 방어실태를 잘 파악해 봐. 내가 알기엔 빨갱이들의 움직임이 뭔가 예사롭지 않아."

"넷, 저도 그런 걱정을 하고 있습니다."

"그래, 내가 비록 작전국장직에서 물러나긴 했지만 언제 어디서든 국가와 국민의 안위를 걱정하는 것이 군인의 본분이 아닌가 말이야."

"넷, 그렇습니다. 국장님의 심정을 충분히 이해하고 있습니다."

"만약 일이 터지면 미국 유학이고 뭐고 다 걷어치우고 백의종군해야지. 뭐, 별수 있겠어. 일선 소총수로라도 뛰어나가 싸울 결심이야. 국가안보가 최우선이지 도미 유학은 뭐 말라비틀어진 게 유학이야. 그게 내가 원했던 게 아니잖아."

"…."

"북괴군이 쳐들어올지도 모른다며 영구축성은 고사하고 야전 축성이라도 구축하자고 건의한 게 뭐가 잘못된 일이야. 건의할 때마다 번번이 묵살하다가 자기들 입장이 난처해지니까 유학이라는 명분을 앞세워 날 미국으로 내쫓으려는 거란 말이지. 나쁜 놈들!"

강 대령은 깊은 한숨을 토해내면서 안주머니에서 봉함 편지 두 통을 꺼내 한 대위에게 건넸다.

백선엽 사단장과 유재흥 사단장에게 보내는 그의 사신私信이었다.

편지 내용은 부리를 풀로 붙였기 때문에 한 대위가 전혀 알 수 없었다. 군이 알 필요도 느끼지 않았다. 그는 묵묵히 존경하는 상관의 명령에 복종할 따름이었다. 잠시 후 강 대령은 또 다른 안주머니를 뒤져 이번에는 제법 두툼한 봉투를 꺼내 살짝 한 대위 앞으로 디미는 거였다. 돈봉투임을 금방 알아챌 수 있었다.

"아니, 이건 뭡니까?"

"넣어뒀다 경비로 쓰게."

"국장님! 군인이 무슨 돈이 필요합니까. 어디가든 부대에서 공짜로 숙식을 제공받을 수 있지 않습니까."

"아무말 말고 비상금으로 뒀다 쓰도록 해."

"비상금은 저도 있습니다."

한 대위가 한사코 사양했으나 강 대령은 일어서는 그의 주머니 속에 쿡, 찔러주는 거였다.

"내가 시키는 대로 해. 그래야 내 마음이 편하지."

그는 그런 상관이었다.

17. 항명파동

강문봉 대령은 군인의 본분에 대해서는 공사公私가 분명했고 자신에게도 엄격했다. 그런 그가 불과 한 달 전이었나, 38선을 방어하고 있는 일선 사단의 숙원사업인 야전 축성 공사부터 추진해야겠다며 국방부를 통해 긴급건의문을 국회에 제출했다.

　그동안 국방장관이나 참모총장에게 여러 차례 건의했지만, 그들이 정치권의 눈치를 보느라고 번번이 묵살하자 견디다 못해 제헌국회 마지막 회기에서나마 추경예산에 반영하기 위해 서둘러 건의문을 제출한 것이다. 그리고 그는 국회 국방분과위원회에 직접 출석해 적정상황을 소상히 브리핑해가며 우선 1950년도 국방예산안에 포함된 38선의 야전 축성 공사비만이라도 속히 집행해 주기를 간곡히 요청했으나 어이없이 삭감당하고 만 것이다.

　그 무렵 국회는 좌익의 소굴이라 해도 과언이 아니었다. 불과 4개월 전인 2월 15일엔 남로당 당수 박헌영과 거물 간첩 성시백에게 포섭된 공산 프락치 사건이 발각돼 현역 국회의원 13명이 구속되는 등 국회가 발칵 뒤집히는 사태가 발생했다. 그런데도 정신 못 차린 국회의원들이 국방예산은커녕 오히려 주한 미 군사고문단의 철수 문제까지 들고 나왔다. 불행하게도 나라가 망해가고 있는 것이 눈에 선하게 보였다. 그러니 속이 부글부글 끓을 수밖에 없었던 것이다.

　이런 판국에 국방의 중대사를 실무국장에게만 맡겨놓고 강 건너 불 구경하듯 무관심으로 일관하는 국방장관과 참모총장의 무성의에 강 대령의 불만이 쌓여갔다. 그래서 그는 그토록 애걸했던 야전 축성예산이 국회 국방위원회에서 삭감된 직후 참모총장실로 달려가 불끈 쥔 주먹으로 책상을 치며 울분을 토한 것이 그만 항명으로 여겨져 예편 위기에까지 몰린 것이다.

군 통수계통에서 철저한 상명하복上命下服 외에 상관에 대한 항명은 있을 수 없었다. 일이 예상외로 복잡하게 얽히자 장도영 정보국장이 중간에 수습책으로 나서 강 대령은 미 육군 참모학교 고등군사반에 입교하는 조건으로 대기발령을 감수할 수밖에 없었다. 그렇다고 당장 옷을 벗기엔 군에 대한 미련이 너무도 많았기 때문이다.

온통 빨갛게 물들어가는 정치권에서 그나마도 강 대령처럼 북한 공산집단의 실상을 소상히 파악하고 나라의 앞날을 걱정하는 국회의원이 더러 있었다. 하지만 그들도 별다른 대안을 마련하지 못해 한숨만 삼키고 있을 뿐이었다. 그중 한 사람. 여성운동의 선구자이자 교육자로 제헌 의원과 초대 상공부장관을 지내고 2대 국회의원에 당선된 임영신이었다. 철저한 반공주의자인 그의 국가안보관이 투철했다.

국회에서 일부 좌익 성향의 의원들에 의해 주한 미 군사고문단 철수안이 발의되자 북한 공산집단의 남침 징후를 주장하며 청년·학생들을 모아 '주한 미 군사고문단 철수반대' 데모를 주도하기도 했다. 하지만 정부 수립과 함께 미 군정이 종식되고 주한 미군이 철수한 데 이어 고문단마저 철수위기에 놓이게 되자 군사원조라도 받기 위해 '우리에게 무기 아니면 죽음을 달라'는 플래카드까지 들고 주한 미 대사관 앞에서 궐기한 여장부였다.

그런 그가 군 수뇌부 뺨칠 정도로 북한 공산집단의 남침 징후는 물론 군사동향까지 훤히 꿰고 있었다. 그래서 그는 국방을 책임지고 있는 국방장관이나 참모총장이 걸핏하면 국민을 상대로 거짓말만 쏟아내는 현실을 지켜보다 못해 번번이 정면으로 지적하고 나서기도 했다.

그는 북괴군의 전면 남침이 임박해 오고 있다는 강문봉 대령의 충격적인 국회 증언이 나오기 전인 3월 초순. 평소 우려했던 북한 공산집단의 실상을 직접 알아보기 위해 사재를 들여 스스로 대북정보망을 가동하기에 이른다. 북한에서 월남한 반공청년 12명으로 조직된 이 정보망의 리더는 김기희라는 반공청년이다.

김기희는 8·15 광복 직후인 1945년 11월 23일 신의주 반공학생의거를 주도하다가 소련 군정청의 검거령에 쫓겨 월남해 임 의원이 설립한 서울 중앙대학교에 진학했다. 그는 주로 북한 출신 대학생들과 38선 북방의 적정정보를 수집하고 이를 임 의원에게 보고하는 개인 정보원 역할을 맡아왔다.

그런데 이들 반공청년단이 북파된 지 2개월 만인 5월 초순 김기희 등 2명은 무사히 귀환했으나 나머지 10명은 행방이 묘연했다. 아마도 북파공작 중 발각돼 처형당했는지도 몰랐다. 어쨌든 김기희가 돌아와 임 의원에게 보고한 북한의 정세는 실로 어마어마한 내용이었다. 북한 전역이 전시체제로 돌입한 가운데 소련제 T-34 탱크와 각종 중포가 만주철도를 이용해 소만 국경과 한만 국경을 넘어 끊임없이 북한으로 반입되고 있고 이들 중무기가 다시 철도나 육로를 통해 38선으로 이동 중이라는 것이었다.

여기에다 완전무장한 북괴군이 소련 군사고문관들에 의해 전투장비 조작법과 사격은 물론 실전을 방불케 하는 연대, 대대 규모의 공격 훈련을 받고있는 것도 목격되었다고 전했다. 이보다 정확한 정보가 또 어디 있겠는가. 임 의원은 즉시 경무대로 달려가 이 중대한 정보를 이승만 대통령에게 직접 보고하고 이어 신성모 국방장관에게도 이 같은 정보 사항을 통보했으나 신 장관은 도무지 그의 말을 믿으려 하지 않았다. 명색이 국방장관이라는 자가 일부만이라도 긍정적으로 받아들이기는커녕 한마디로 100% 거짓 정보라고 단언하는 것이었다.

"임 의원께서 그 청년들을 얼마나 신뢰하시는지 모르겠지만 그건 새빨간 거짓말입니다."

신 장관은 불쾌한 표정마저 감추지 않았다.

"이건 어디까지나 국가안보에 관한 문제에요. 그렇게 역정만 내실 게 아니라 나랏일을 걱정해서 드리는 말씀이니 고깝게 듣지 마시고 군 정보망을 통해 다시 한번 확인해 봐 주세요."

"아, 확인하고 자시고 할 것도 없어요. 내가 훤히 알고 있고 정보 관계자들로부터 매일같이 보고를 받고 있는데 어디 누구한테 확인한단 말이오."

"그렇지만….."

"그렇지만이 아니라 그 첩자들이 삼엄한 38선의 경계망을 뚫고 이북에 갔다 왔다는 사실을 무엇으로 증명하겠소?"

신 장관은 심지어 임 의원의 말을 가로채며 화풀이하듯 대들었다.

"저는 제 수하의 정보망을 신뢰하고 있습니다."

"아, 그 첩자들이 임 의원의 돈만 받아먹고 38선 주변에서 서성거리다가 되돌아왔을 수도 있는 거 아닙니까. 확인하려면 그것부터 확인해 보고 말씀하셔야지요. 국가 중대사를 그런 식으로 가볍게 다루면 안 됩니다. 공연히 국론 분열을 일으키고 민심만 혼란에 빠뜨릴 뿐입니다."

도무지 말이 통하지 않았다.

국가 중대사를 누가 가볍게 보고 있는지 임영신은 속이 부글거려 미칠 지경이었다. 그는 그날 이후 신성모를 아예 상대도 하지 않았다. 채병덕 참모총장도 마찬가지였다. 임영신의 확신에 찬 충고를 숫제 일개 아녀자의 경망스런 얘기로 받아넘기기 일쑤였다. 적반하장도 유분수지 자신의 지휘권 행사가 엉뚱한 방향으로 흐르고 있는데도 바로잡을 생각은커녕 되레 북괴군의 전력을 과소평가하고 특유의 강한 서북 사투리로 설득하려 들기까지 했다.

"아, 우리 든든한 국군이 있디 않습네까. 림 의원께서 너무 기렇게 신경 쓰시문 우리 국군이 할 일이 없디 않아요. 국방 문제 같은 거이, 기거이 데발(제발) 콩 놔라, 팥 놔라 하디 마시구서리 우리 군에 맡겨 두시라요. 모두 잘 할 겁네다. 암, 잘하구 말구요."

이런 일이 있었던 뒤 한 달쯤 지난 6월 초순, 임영신 의원 혼자서 속을 부글부글 끓으며 2대 국회가 개원되면 단단히 따져볼 심산이었는데 느닷없이 경무대에서 이승만 대통령이 찾는다는 전갈이 왔다. 북한 공산집단의 동향에 대해 다시 한번 검토해보자는 얘기였다.

그 무렵 이 대통령도 군 수뇌부뿐만 아니라 일본 도쿄의 맥아더 사령부를 통해서도 북한 정보를 간간이 입수하고 있었다. 긴가민가하여 달려가 보니 웬걸 신성모 국방장관과 무초 미 대사, 로버츠 미 군사고문단장 등이 먼저 와 있었다. 그 자리에서도 신 장관은 북한 공산집단의 전면 남침을 우려하는 임 의원의 정보를 고집스레 허위정보라고 주장했고 무초 대사와 로버츠 장군도 덩달아 북괴군에는 탱크나 중포 같은 중무기가 아예 없다는 것 아닌가. 실로 기가 막힐 노릇이었다.

그들이 어떤 정보를 공유하고 있는지 몰라도 적의 전력을 우습게 봐도 한참 우습게 보고 있는 것만은 분명했다. 게다가 신 장관과 로버츠 장군은 대통령 앞에서도 북괴군의 전면 남침 자체를 아예 무시하며 설

혹 적이 공격해 온다고 해도 충분히 격퇴할 수 있다고 장담했다. "점심은 해주에서, 저녁은 평양에서"라는 식언이 입에 발려 있었다. 남의 말을 경청하기는커녕 막무가내로 부인하는 이런 자들과 설전을 벌이자니 임 의원은 억장이 무너질 것 같았다.

이 대통령은 그들의 주장을 반신반의하면서도 조용히 듣고만 있었다. 객관적인 입장에서 맥아더 사령부의 정보에 어느 정도 신빙성을 두고 있으면서도 그들의 주장이나 임 의원의 주장에 뚜렷한 확신을 가질 수 없었기 때문인지도 몰랐다. 그로부터 2주일이 지난 6월 22일 임 의원은 이 대통령의 개인 특사 자격으로 군사원조를 호소하기 위해 미국행 비행기에 오른다. 그러나 때가 너무 늦었다. 북괴군의 전면 남침이 개시되기 불과 사흘 전이었다.

그 당시 장면張勉 주미 대사도 주한 미군이 철수한 이후 미국무성과 국방성 등 관계 요로에 북한 공산집단의 남침 징후를 경고하면서 꾸준히 군사원조를 요청해오고 있었다. 하지만 그럴 때마다 미국무성과 국방성은 "한국군에 무기를 주면 북진한다"는 평소 이 대통령의 정치적 구호를 핑계로 묵살하기 일쑤였다. 그러므로 뒤늦게 임 특사가 갔다고 해서 별 뾰족한 방법이 있을 리 만무했다. 목마른 사람이 샘 판다는 격으로 그저 답답하니까 이 대통령이 임영신을 미국으로 파견한 것이다.

임 의원뿐만 아니라 강문봉 대령도 평소 지근에서 신 장관과 채 총장을 지켜봤지만 도무지 그들의 전횡에 대해 이해할 수 없는 부분이 한두 가지 아니었다. 군 내부는 물론 정치권이나 정부 쪽에서도 북괴군의 움직임이 심상치 않다며 우려의 목소리를 낼 때마다 국방을 책임지고 있는 쌍두마차 격인 둘은 으레 코웃음을 치기 마련이었다.

게다가 그런 우려의 목소리가 나올 때마다 그들은 기다리고 있었다는 듯이 "북괴군이 감히 남침할 리도 없겠지만 만약 무모하게 남침을 강행한다면 즉각 반격에 나서 점심은 해주에서 먹고, 저녁은 평양에서 먹겠다"고 큰소리치곤 했다. 물론 강 대령 자신이 작전국장으로서 그동안 장도영 정보국장과 공유하고 있는 주요 적정을 수없이 보고하고 적정상황도까지 펼쳐가며 브리핑을 계속해 왔다. 그럼에도 군 최고지휘권을 행사하고 있는 둘은 서로 입을 맞춘 듯 황당하게 뒤집기 일쑤였다. 왜 그랬을까? 도무지 그 속을 알 수 없었다.

호시탐탐 남침의 기회만 노리고 있던 북한 공산집단은 1949년 한 해 동안만도 모두 73회에 걸쳐 중대, 대대 규모의 국지전을 도발해 왔다. 그해 4월부터 5월 사이에는 두 차례나 대대 병력으로 개성지구를 공격해와 피아간에 치열한 국지전이 벌어지기도 했다. 또 5월~6월 사이엔 육군본부 직할 제17 독립연대가 포진해 있는 옹진반도에 중대, 대대 규모의 병력으로 세 차례나 기습해와 치열한 교전 끝에 격퇴한 적도 있었다.

이밖에 8월에는 동부전선 춘천지구에 적이 대대 병력으로 기습공격을 감행해오다가 아군 제6사단 7연대의 조직적인 반격으로 섬멸되기도 했다. 아군 6사단의 경우 9월~10월 두 달 동안 북괴군 3사단과 자그마치 67회의 국지전에서 적 374명을 사살하고 부상 668명, 포로 8명의 전과를 올렸다. 이에 비해 아군 피해는 전사 8명, 부상 458명에 그쳤다. 적의 끊임없는 국지적 도발은 전면 남침을 앞두고 다분히 아군의 전력을 탐색하는 데 목적을 두고 있었다.

5월 4일 새벽 3시쯤에는 개성지구 38선 북방한계선에서 중화기로 무장한 북괴군 2개 대대 병력 2천여 명이 송악산 연봉 동쪽으로부터 야전 축성 공사를 마친 아군의 비둘기 고지와 유엔 고지, 292 · 155 · 144고지 전면에 기습공격을 감행해 왔다.

개성 시가지를 방어하고 있던 국군 전투사령부는 신관리 후방에서 적과 교전이 벌어져 한때 155고지와 144고지를 빼앗기고 포위상태에 빠지기도 했다. 그러나 육탄 10용사가 수류탄과 다이너마이트를 안고 적진 깊숙이 침투해 들어가 자폭하면서 적의 토치카를 파괴하고 빼앗겼던 고지를 되찾았다. 국군 전투사에 길이 빛나는 '육탄 10용사' 신화이다.

강문봉 대령이 생각하기엔 정치 권력 상층부에서 뭔가 알 수 없는 음모가 진행되고 있는 것이 분명해 보였다. 어쩌면 한국의 안보를 도외시하는 미 국무부와 국방성의 장단에 놀아나거나 그들 주변에 침투한 거물급 공산 프락치들과 내통하고 있는지도 몰랐다. 그렇다면 성시백보다 더 강력한 거물 간첩이 정부 고위층에서 암약하고 있다는 얘기가 아닌가? 명백한 반역행위!

강문봉은 이런 극단적인 생각에 사로잡혀 안절부절못했다. 게다가 보직에서 밀려난 처지에 의혹투성이인 그들에게 결정적으로 반격을 가할 증거도 포착할 수 없어 답답하기만 했다. 여수 · 순천의 14연대 반란사건과 대구 6연대 반란사건 이후 엄혹한 숙군작업을 진두지휘하고 있는 특무부대장 김창룡 장군의 태도도 우유부단했다. 평소 대통령에 대한 직보 권한을 행사하며 서슬 퍼렇던 그가 신성모 장관과 채병덕 총장 앞에서는 숨도 제대로 쉬지 못하고 있었기 때문이다.

강 대령의 눈에는 세상이 온통 빨갛게 물들어가고 있는 것만 같아 시간이 흐를수록 불안감과 초조감을 떨쳐버리지 못했다. 그는 군 상층부의 석연찮은 움직임에 대한 의혹이 끊임없이 꼬리를 물었지만 벙어리 냉가슴 앓듯 혼자서만 끙끙거리며 자괴지심에 빠져들 수밖에 없었다. 터놓고 분개하며 얘기를 나눌 상대가 없었다. 참모들이 강 대령처럼 도무지 알 수 없는 의혹을 품고 있으면서도 하나같이 침묵으로 일관했다.

정보국장 장도영 대령도 강 대령과 마찬가지 심정으로 속앓이를 하고 있었지만 노골적인 반발을 보일 경우, 자칫 단체 항명이나 하극상으로 번질 우려도 없지 않아 침묵을 지키고 있는 거였다. 강 대령은 항명의 희생자는 자기 한 사람만으로 족하다고 생각했다. 비록 직속 상관에게 반발한 자신의 태도가 항명으로 비쳐 괘씸죄에 걸렸다고 해도 그는 전혀 후회하지 않았다. 자신이 아니었다면 어느 누가 들고 일어났을 것이었기 때문이다.

강 대령이 생각하기엔 남북 간에 긴장이 고조될 대로 고조돼 일촉즉발의 위기상황에서 아군의 방어태세가 허술해 불안하기 짝이 없는데도 느닷없이 비상경계령 해제라니 한마디로 어이가 없었다. 게다가 한술 더 떠 농사철이라는 이유로 농번기 특별휴가까지 실시했다는 소식을 듣고는 기가 막혔다. 아예 도둑한테 곳간 문을 열어준 것과 무엇이 다른가.

하지만 무보직 상태인 현재의 처지로서는 그 어마어마한 음모를 파헤칠 능력이 없었다. 아니, 어쩌면 작전국장직에 그대로 유임되었다고 해도 눈에 보이지 않는 거대한 음모조직과 어떻게 맞설 수 있단 말인가. 그저 답답한 심정을 가누지 못하고 있을 뿐이었다.

"성시백의 뿌리가 그토록 깊단 말인가?" 강 대령은 오제도 검사가 내뱉던 말을 다시 한번 상기시키며 긴 한숨을 삼켰다.

18. 폭풍, 폭풍, 폭풍!

2차 세계대전 종전 후 미국은 한반도의 38도선을 기점으로 남한을 분할 점령하면서 애초부터 한반도 정책에 소극적인 입장이었다. 군정을 실시하면서도 신생 대한민국에 대한 방위공약은커녕 아예 극동방위선에서조차 제외해 버렸다. 한반도의 전략적 가치를 우습게 보고 극동 방위 전초선을 알루션 열도에서 일본을 거쳐 오키나와, 필리핀으로 제한했기 때문이다.

북한 공산집단으로서는 이 같은 미국의 극동방위정책을 역이용할 절호의 기회가 아닐 수 없었다. 미국의 이러한 조치는 저들이 불법 남침을 감행해도 쉽사리 개입하지 않을 것이라는 확신을 심어주기에 충분했다.

그러나 일본 도쿄의 미 극동군사령부에서는 맥아더 사령관의 명령에 따라 한반도에 비밀첩보부대(일명 니컬스 분견대)를 파견한 607CIC(방첩대)의 정보보고를 적극적으로 수용하고 있었다. 맥아더 원수는 미 국무성과 국방성의 종합적인 견해와는 달리 북한 공산집단의 심상찮은 동향에 대해 비교적 소상한 정보를 본국에 수시로 보고토록 극동군 정보국에 지시한 것이다. 하지만 무슨 영문인지 이 보고가 고스란히 묵살당하기 일쑤였다.

도쿄의 극동군사령부 정보국은 미 군정 종료와 함께 주한 미군이 철수한 직후인 1949년 6월부터 맥아더 원수의 특명에 따라 한반도에 관한 주요정보를 자그마치 1195건이나 수집해 두고 있었다. 이를 비밀문서로 작성해 워싱턴의 국무성과 국방성에 수시로 보고해 왔으나 백악관에는 단 한 건도 올라가지 않았고 그대로 국무성의 휴지통 속에 쓰레기로 쌓여가고 있었다.

특히 같은 해 12월에 보고한 특별정보 417건도 백악관에 전혀 보고되지 않았다. 이 특별정보에 따르면 피란민으로 가장한 중공군이 매일같이 한·만국경을 넘어 북한으로 들어가고 있다는 것이었다. 그들 중 1개 사단 병력이 49년 6월 만주에서 단둥丹東을 거쳐 북한으로 들어간 사실이 확인되었다는 내용도 포함돼 있다. 이는 아마도 동북조선의용군이 조직적으로 입조할 때 입수한 첩보인지도 몰랐다.

그 당시 마오쩌둥의 중공 정권과 김일성의 북한 공산집단이 스탈린의 지배하에 있다는 정보분석도 나왔다. 스탈린은 한반도에 자유민주국가인 대한민국의 존재를 무한정 용납하지 않을 것이라는 맥아더 사령부의 판단도 확고했다. 미 극동군사령부 정보국은 이 같은 특별정보를 바탕으로 〈북한 공산집단은 소련의 괴뢰정부에 불과하다〉고 단정하고 있었다. 평양에 머무르고 있는 소련군 사절단은 북한 괴뢰정부를 감시 감독하며 남침 준비에 핵심적인 역할을 하고 있다는 정세분석까지 내놨다.

북괴군은 완전히 소련제 무기로 중 무장돼 있으며 게릴라를 남파해 한국 국민에게 불안과 공포를 조성하고 있다는 것이었다. 여기에 편승한 남로당은 무장봉기, 불법 파업, 테러 등 한국에서 발생하는 모든 불안요인의 근원이 되고 있다고 지적했다. 이러한 정황으로 볼 때 북한 공산집단의 궁극적인 목적은 한반도에 대한 적화통일이며 이를 위해 무력침공을 최후의 수단으로 생각하고 있다고 분석했다.

맥아더 사령부는 심지어 북한 공산집단이 고려하고 있는 남침전략의 가장 적합한 시기는 1950년 4월과 5월로 보인다고 전망했다. 실제상황과 상당히 근접한 전망이었다. 전투병력 증강과 부대 이동 등 북괴군의 전반적인 동향으로 미루어 봐 완벽한 남침준비를 하고 있다고 판단한 것이다. 이를 뒷받침할 수 있는 특별정보로는 지난 3월 중순 소개령에 따라 38도선 인근 주민들이 떠난 빈집은 공산군 유격대가 차지했으며 그들의 행동은 남침을 준비하기 위한 사전 조치로 보인다고 지적했다.

게다가 북한 공산집단의 사열반이 이미 전 공산군 전투부대의 남침준비 상황에 대한 특별사열을 마쳤으며 7개 사단이 대체로 38도선과 39도선 중간에 포진한 것은 주목할 만하다고 분석했다. 이와 함께 북한 전역에서는 추가로 보병사단 편성을 위한 강제징병이 실시되고 있으며 그 수는 10만~15만 명에 이를 것이라고 전망했다.

맥아더 사령부의 정보는 마치 거울을 보듯 정확하게 한반도 정세를 꿰고 있었다. 놀랄 만한 정보력이 아닐 수 없었다. 그러나 이 중대한 정보가 트루먼 대통령에게는 단 한 줄도 보고되지 않았다. 왜 그랬을까? 후일 FBI에 의해 발각돼 미 행정부를 발칵 뒤집어 놨지만, 국무성에 앨저 히스라는 거물급 소련 스파이가 암약하고 있었기 때문이다.

소련의 거물 간첩으로 드러난 앨저 히스는 미국무성의 고위직에 앉아 공산주의자인 심복들을 국무성과 국방성의 요직에 심어놓고 외교, 국방 정책을 제멋대로 주물러 온 것이다. 그는 1945년 2차 세계대전의 전후처리 문제를 논의한 얄타회담 때부터 미 국무성의 러시아어 통역관으로 활동하며 소련에 극비정보를 제공해온 데다 유엔이 창립할 당시 사무총장 직무대리까지 지낸 거물 간첩이었던 것으로 드러났다. 그가 FBI에 검거될 당시 타임지 편집장 휘태커 챔버스까지 포섭, 언론을 통해 한국전쟁의 진실을 유엔과 미국에 불리한 방향으로 호도하려 했던 것으로 밝혀졌다.

강문봉 대령이 의혹을 품고 있는 것처럼 한국군 수뇌부의 심상치 않은 지휘권 행사도 결코 묵과할 수 없는 일이었다. 이승만 대통령은 가끔 맥아더 사령부로부터 대북정보를 입수할 때마다 우리 군 수뇌부의 안이한 보고와 너무도 차이가 나 뭔가 의심을 품고 있었던 것 또한 사실이었다. 그러나 이 대통령은 국군통수권자에게 걱정을 끼치지 않으려는 젊은 참모들의 충정으로 이해해 왔다고 했다. 대통령 주변에 감히 그런 음모를 밝혀낼 정의로운 참모가 단 한 사람도 없었다는 것이 어쩌면 대한민국의 국난을 자초한 불행인지도 모른다.

같은 날(6월 24일) 밤 조선인민군 전선사령부 작전상황실 벙커, 시간은 흘러 손목시계의 야광夜光 시침이 자정을 가리키고 있었다. 긴장 속에 또 하루가 지나갔다. 남조선의 국방군은 마침 토요일이어서 외출·외박을 다 내보내고 휴무에 들어간 상태였다. 그러나 중대한 임무를 띠고 있는 조선인민군 작전통제관 리학구 총좌에게 토요일은 아무런 의미가 없었다. 그저 초조한 마음으로 공격명령만 기다리며 밤을 꼬박 지새우고 있는 것이었다.

수림 속에 가려진 벙커에서도 등화관제를 철저히 준수해야 했다. 리학구는 어두컴컴한 벙커 속에서 끊임없이 손목시계만 바라보고 있었다. 1초, 2초, 3초… 군사작전용으로 고위군관들에게만 지급된 소련제 야광 손목시계의 초침이 정확하게 한 바퀴 돌아가면 분침도 따라서 1분, 2분, 3분… 어김없이 돌아 정확하게 현재 시각을 가리켰다. 밤은 그렇게 깊어갔다. 그러나 운명의 시간은 그리 오래 걸리지 않았다.

6월 25일 새벽 4시 정각! 리학구는 몹시 피곤했다. 야전 책상 앞에 앉아 왼쪽 손으로 턱을 괸 채 잠깐 조는 사이 평양 모란봉의 최고사령부 작전상황실 벙커와 연결된 빨간 색깔의 소련제 핫라인이 요란하게 울렸다. 마침내 올 것이 오고야 만 것이다. 리학구가 엉겁결에 벌떡 몸을 일으키며 수화기를 드는 순간 귀청을 찢는 듯한 목소리가 우렁우렁 울려왔다.

"폭풍, 폭풍, 폭풍!"

공격명령을 하달하는 조선인민군 최고사령부 부총참모장 겸 작전국장 류성철이 외치는 날카로운 목소리였다.

리학구는 다급하게 "폭풍"이라는 공격 암호명을 복창하자마자 전 전선에 걸쳐 자동 버튼으로 연결된 핫라인을 가동하면서 작전 암호명 "폭풍, 폭풍, 폭풍!"을 세 차례나 외쳤다. 그러고 나서 급히 벙커에서 뛰쳐나왔다. 신호탄을 들고 대기 중이던 주덕근 중좌도 리학구의 뒤를 따랐다. 바깥에는 다행히도 비가 멎었으나 안개가 자욱했다.

리학구는 주덕근이 건넨 적색 신호탄을 안개 자욱한 상공으로 연거푸 세 발이나 발사했다. 그들로서는 역사적인 조국해방전쟁을 알리는 공격신호탄이었다. 신호탄이 빨간연무燃霧를 꼬리에 물고 허공을 가르며 하늘 높이 치솟아 오르자 비에 젖은 어둠 속에서 기다렸다는 듯이 모든 병력과 중화기가 요동을 치기 시작했다. 제일 먼저 공격에 돌입한 전투부대는 38도선 북방한계선에 배치된 각 보병 돌격중대였다.

이들 돌격중대는 남방한계선의 국군 초소에서 불과 2~300미터의 사정거리에 45밀리 직사포와 박격포를 미리 거치해 두고 화망구성에 따라 근접교전을 위한 공격명령만 기다리고 있는 중이었다. 공격신호탄 발사와 동시에 수림 속에 진을 치고 있던 군사군관들이 하나같이 손을 들어 "공격개시!"를 외쳤다. 38도선의 모든 북방한계선에서 북괴군의 근접공격이 개시되자 이와 동시에 육중한 122밀리 곡사포와 105밀리 박격포, 76밀리 스탈린포 등 각종 중포의 위장망이 벗겨지고 포구砲口에서 일제히 불을 뿜기 시작했다.

포병들의 재빠른 동작과 함께 포탄이 장전되기 무섭게 "탕!" 소리와 함께 포구를 빠져나간 포탄이 허공을 가르며 탄착지점을 향해 "쉬익, 쉬익!" 하며 날아갔다. 그리고 곧이어 주요 탄착지점에서 우박처럼 쏟아진 포탄이 작렬하면서 "콰쾅!" 하고 귀청을 찢는 듯한 폭발음과 함께 지축을 뒤흔들었다.

우거진 숲속에 칡덩굴과 위장망으로 가려져 있던 240여 대의 T-34 탱크도 일제히 요란한 굉음을 울리며 몸부림치기 시작했다. 이른바 보전포步戰砲 삼위일체가 전면 남침작전에 돌입한 것이다. 각종 중포는 이제 막 동이 트는 여명의 하늘을 향해 불을 토해내고 개인호 속에 매복해 있던 북괴군 전사들은 마치 갈가마귀 떼처럼 몰려나와 앞으로 돌진했다.

저들은 캐터필러(무한궤도)가 진흙을 파헤치며 돌아가는 T-34 탱크를 앞세우고 간단없이 따발총과 아카보총을 난사하며 앞으로, 앞으로 전진을 계속했다. 저들에겐 이미 38도선 북방한계선에 배치될 때부터 충분한 실탄이 보급돼 있었다. 안개 자욱한 전선은 그야말로 지축을 뒤흔드는 포성과 굉음과 총성으로 어둠을 밝혔다. 피아간에 전쟁의 끔찍한 상황에 대해서는 아무도 모른다. 그러나 피에 굶주린 아귀들은 마구 총포를 쏘아대며 광기를 부리기 시작했다.

리학구는 폭풍작전이 성공리에 개시된 것을 확인하자 두 팔을 벌려 허공을 찌르며 목이 터지도록 "공화국 만세!"를 외쳤다. 뒤이어 그를 둘러싼 주덕근과 참모들도 일제히 "공화국 만세"를 복창했다.

"야아, 대성공이야! 내레 이럴 줄 알았시야."

리학구는 충혈된 눈망울로 참모들을 돌아보며 사뭇 가슴 벅차오르는 흥분을 가누지 못했다.

"어전(이제) 서울이 불바다가 되구 말기야. 자자, 동무들! 날래날래 서둘라우. 서울 해방을 위해 날래 출동하라우."

먹구름에 뒤덮인 하늘에서 천둥과 번개가 치고 불소나기가 쏟아지고 있었다. 한반도의 아름다운 금수강산이 불바다로 변해 해와 달이 빛을 잃고 천지가 암흑에 휩싸이기 시작하는 순간이었다. 하늘도 울고 땅도 울었다. 과연 살아남을 자가 얼마나 될까?

같은 시각. 새벽의 여명이 밝아오는 대한민국 수도 서울은 평화롭게 잠들어 있었다. 여전히 부슬비가 내리고 있었지만 명동이나 충무로 등 도심지 번화가 곳곳에는 밤새도록 흥청거렸다. 네온사인이 번쩍이고 통금시간도 외면한 채 각 유흥업소에서는 흥겨운 밴드와 노랫가락이 새벽녘까지 흘러나오고 있었다. 거리는 인적이 드물었으나 통금에 제한을 받지 않는 군복차림의 취객들이 삼삼오오 떼를 지어 흐느적거리며 고성방가로 새벽의 정적을 깨뜨리곤 했다.

그러나 육군본부 정보국 전투정보과에는 24일 자정을 넘기고 25일 새벽 4시가 지날 무렵 다급한 적정보고가 날아왔다. 옹진반도 국사봉 國師峰 북쪽 능선에서 적의 대병력이 칠흑같은 어둠을 뚫고 새까맣게 몰려오고 있다는 옹진파견대의 보고였다. 곧이어 새벽 5시쯤엔 문산 구화리 임진강변에서 도하용 주정舟艇을 운반하는 적의 동향이 포착되었다는 보고가 접수되었다.

당직 장교들이 이런 일련의 보고를 접하고 예삿일이 아니라고 판단했을 무렵인 새벽 4시 30분쯤 포천 동북방의 만세교萬歲橋 북쪽방향에서 적 탱크의 엔진 소음과 함께 캐터필러가 구르는 소리가 들려오고 있다는 보고가 무전으로 들어왔다.

이 무렵 포천 방면의 육군 제7사단 정보처 캠프에 적의 122밀리 곡사포가 떨어지기 시작했다. 우박처럼 쏟아지며 작렬하는 포탄의 강도로 보아 적의 전면 남침이라는 판단에 의심의 여지가 없었다. 우려했던 일이 결국 현실로 나타나고 말았다. 물밀듯이 밀려오는 적의 파상공세. 주력인 북괴군 돌격사단과 탱크여단이 서울로 직행하기 위해 의정부와 동두천 정면으로 공격해 오고 적 제1보병사단은 고랑포 정면, 6보병사단은 개성으로 주 공격로를 정해 파죽지세로 공격을 가했다. 그중 팔로군 출신인 6사단 일부 전투병력과 38경비여단은 옹진반도 정면으로 기습공격 해 왔다.

북괴군 제2, 12보병사단의 공격로는 춘천, 5보병사단은 강릉 방면으로 쳐들어오는 등 38선 전역에 걸쳐 전면 공세를 취해 왔다. 마침내 옹진반도 정면으로부터 개성과 장단 · 의정부 · 동두천 · 춘천 · 강릉 등 38도선 11개 지역의 아군 방어진지가 맥없이 무너지기 시작했다. 남방한계선에 포진하고 있던 아군 방어진지 곳곳에는 적의 122밀리 곡사포를 비롯한 각종 포탄이 비 오듯 쏟아졌다. 아군은 미처 탄막사격으로 반격하기도 전에 걷잡을 수 없는 혼란 속으로 빠져들고 말았다.

그 무렵 아군은 제1사단이 개성지구에, 제7사단은 동두천, 제6사단은 춘천과 원주, 제8사단이 동해안 지구에 각각 포진해 있었고 수도사단은 서울에, 제2사단이 대전, 제3사단이 영남, 제5사단이 호남지구 등 후방에 배치돼 주로 공비소탕전에 돌입해 있었다. 아예 적과 비교가 안 되는 전력이었다.

적의 남침 첫 공격 목표가 된 문산의 제1사단 12연대와 옹진반도에 주둔 중이던 제17독립연대를 비롯해 동두천의 제7사단, 춘천의 6사단 7연대, 주문진의 8사단 전면에서 개전 초부터 치열한 근접교전이 벌어 졌다. 그러나 적의 맹렬한 포격을 방어하기엔 아군의 화력이 너무도 빈 약했다. 적의 강력한 122밀리 곡사포와 105밀리 박격포에 비교하여 아군은 미국에서 이미 폐기처분 한 M-3형 105밀리 곡사포가 고작이었 고 개인화기도 세계에서 성능이 가장 우수하다는 적의 아카보총과 따 발총에 비교하여 아군은 고작해야 M-1 소총과 카빈, 일본군이 버리고 간 99식 장총에 불과했다.

춘천에 CP(지휘소)를 둔 국군 6사단 7연대장 임부택 중령은 오전 4시 20분 쯤 적의 전면 남침을 보고하기 위해 육군참모총장 관사로 경비 전화를 걸었다. 그러나 채병덕 총장은 취침 중이라 전속부관 나최광 중위가 대신 받았다. 나 중위가 곤하게 잠든 채 총장을 섣불리 깨우 지 못해 안절부절못하고 있었다. 이때 육군본부의 직통전화가 요란하 게 울려왔다. 정보국장 장도영 대령의 전화였다. 장 국장은 적의 전면 남침이 개시된 지 1시간 40분 만인 오전 5시 40분경 당직 장교의 보고 를 받고 맨 먼저 육군본부 상황실로 달려왔다. 채 총장은 잠결에 귀찮 은 듯이 전속부관 나 중위가 건네준 육본 직통전화부터 받아 귀에 갖 다 댔다.

"내레 통당(총장)이야."

"넷, 총장님! 큰일 났습니다."

순간 채 총장은 벌떡 몸을 일으키며 거친 목소리로 외쳤다.

"뭐이 어더레(무엇이 어떻게)?"

"터졌습니다. 결국 터지고 말았습니다."

"뭬라구?"

"아, 놈들이 기어코 쳐내려 왔단 말입니다."

"기거이 무시기(무슨) 소리가?"

"아, 북괴군이 전면 남침을 감행했단 말입니다.""아니, 어케(어떻게)…?"

"북괴군이 오늘 새벽 4시를 기해 38선 전역에 걸쳐 남침을 감행했습니다. 전면전입니다. 현재 아군 방어선이 곳곳에서 무너지고 있습니다."

"야야, 이거 난리 났구만 기래. 던군(전군)에 비상하라. 각 국당(국장) 모두 모이라우."

바로 이때 강문봉 대령이 헐레벌떡 채 총장 관사로 직접 달려와 초인종을 눌렀다. 그는 비록 무보직이었지만 육군본부 작전상황실의 전화 연락을 받고 우선 다급한 김에 긴급대책이라도 마련하고 백의종군에 나설 요량으로 총장 관사로 달려간 것이다.

채 총장은 잠자리에서 급히 일어나 전투복으로 갈아입고 오전 6시쯤 국방장관 공관으로 전화를 걸었으나 받지 않아 장관 비서실장 신동우 중령을 불렀다. 신 중령이 채 총장 관사로 달려왔을 때 채 총장은 마침 강 대령과 함께 집을 나서던 참이었다. 그 길로 셋이서 같은 지프에 타고 국방장관 공관으로 달려가 보니 신 장관은 그때까지도 세상천지 모르고 곤하게 잠들어 있었다. 채 총장이 침실로 뛰어 들어가 신 장관을 깨운 것이 오전 7시. 적의 남침 3시간 후였다.

신 장관은 엉겁결에 잠옷 차림으로 나와 응접실에서 지도를 펴놓고 채 총장의 보고를 받는 순간 표정이 일그러지면서 사뭇 당황하는 기색이 역력했다. 모두 짐작은 했겠지만 막상 일요일 새벽에 북괴군이 대거 기습남침하리라고는 미처 상상도 하지 못한 것이다.

육군본부 작전상황실에서는 오전 6시를 기해 전군에 긴급비상령을 내리고 김백일 참모부장을 비롯한 각 참모들을 소집했으나 장도영 정보국장과 이치업 작전국 차장이 먼저 달려 나와 진두지휘하고 있을 뿐 모두 늦잠에서 좀체 깨어나지 못했다.

애초 장교클럽 신축 개관 축하파티가 24일 밤 10시에 끝날 예정이었지만 육군본부 참모들과 미 군사고문관들이 어울려 흥겨운 분위기가 고조되는 바람에 2차로 이어져 25일 새벽 2시까지 계속된 것이었다. 적의 전면 남침이 개시되기 불과 두 시간 전이었다.

한·미 군 수뇌부가 하나같이 난리가 난 줄도 모르고 새벽잠에 곯아떨어져 있을 때 북괴군 최고사령관 김일성은 평양방송을 통해 조선민주주의인민공화국 내무성 명의로 조선 인민에게 고하는 메시지를 공식 발표한다.

〈소위 남조선 괴뢰정권의 국방군은 조선민주주의인민공화국이 제안한 모든 평화적 통일방안을 거부하고 오늘 새벽 해주지구에 대한 무력 침공을 시발로 38선 전역에서 북반부에 대한 기습공격을 개시하였다. 공화국 내각수반은 이를 격퇴하기 위해 내무성 산하 보안군에 즉각 반격을 명령하였다.

공화국 군대는 양양에서 북침한 적군을 격퇴시키는데 성공하였다. 이와 관련하여 우리 공화국은 남조선 괴뢰정권이 군사적인 모험을 즉각 중단하지 않으면 결정적인 반격조치를 취하지 않을 수 없음을 리승만 괴뢰 도당에 상기시키고자 한다. 이와 동시에 공화국은 남반부의 무모한 모험으로 인해 발생하는 모든 후과後果(결과)에 대한 책임은 전적으로 남조선 괴뢰정권에 있다고 규탄하며 엄중한 경고를 내무성에 위임하였다.〉

방송의 내용으로 보아 북한 공산집단은 간교하게도 대한민국이 먼저 북침을 개시했다고 주장하며 저들의 일방적인 남침 사실을 위장하고 있는 것이 분명했다. 그러고 나서 승기를 잡아가던 오전 11시에는 전면 남침의 책임을 대한민국에 전가하기 위해 선전포고까지 발령했다. 적반하장도 유분수지 얼마나 교활한 전략전술인가.

채병덕 참모총장이 신성모 국방장관에게 전황 보고를 마치고 육군본부로 돌아온 시각이 오전 7시 40분쯤. 부임한 지 불과 일주일밖에 안 된 신임 작전국장 장창국 대령도 뒤늦게 연락을 받아 오전 10시쯤에야 육군본부 작전상황실에 나타났다. 전쟁이 터지고 북한 공산집단이 선전포고까지 했는데 주무국장이 전쟁발발 6시간 만에 나타나다니 기가 막혔다.

이런 이유로 새벽에 소집된 육군본부 참모회의가 오후 2시가 되어서야 가까스로 열리고 대비책을 논의하게 되었으나 이미 적의 기습공격이 개시된 지 10시간이 지난 후였다. 때문에, 전군의 지휘체계가 제대로 작동되지 않아 전쟁발발 한나절이 못 돼 아군의 전황은 모든 전선에 걸쳐 극히 불리한 방향으로 기울어가고 있었다.

무엇보다 괴물같은 탱크를 앞세우고 침공해온 적의 막강한 전력에 비해 아군의 병력과 장비가 너무도 열세했다. 여기에다 평소 방심하던 군 수뇌부의 지휘권 혼란이 총체적으로 엄청난 비극을 초래하고 말았다.

　같은 날 오전 10시. 이승만 대통령은 창경원 비원의 연못가에서 한가롭게 낚시를 하던 중 경호책임자인 경무대 경찰서장 김장흥 총경으로부터 북한 공산집단의 남침 소식을 보고 받았다. 국군통수권자인 대통령은 국방장관이 아닌 치안국장으로부터 전해온 긴급사항을 보고받고 표정이 일그러졌으나 평소와 달리 아무 말도 없이 긴 한숨만 삼켰다.

　그러나 신성모 국방장관이나 채병덕 참모총장처럼 큰 충격을 받고 당황해하는 그런 기색은 전혀 보이지 않았다. 어쩌면 노老 대통령의 심장이 국방장관이나 참모총장보다 더 튼튼한지도 몰랐다. 그 시각 경무대에서도 즉각 비서관들을 소집했으나 제대로 연락이 닿지 않아 정오쯤에야 대책을 논의할 수 있었고 곧이어 임시국무회의에 들어간 것이다.

　채 총장은 무엇에 쫓기듯 헐레벌떡 국무회의장에 나타나 "북괴군의 전면 남침이라기보다 남파되었다가 체포된 간첩들을 내놓으라는 움직임 같다"고 간단히 보고했다. 그러고는 국무회의장에서 물러나 육군본부 참모회의를 주재했다. 전쟁 발발 10시간이 지나 전선이 무너지고 혼란에 빠져 극도로 위급한 상황인데도 명색이 참모총장의 입에서 "전면 남침이 아닌 체포된 간첩을 석방하라는 움직임으로 보인다"는 말이 나오다니 이게 제정신인가.

　바로 그 무렵 채 총장의 발언을 비웃기라도 하듯 적의 야크 전투기 4대가 편대를 지어 서울 상공에 나타나 중앙청과 육군본부 인근 용산에 기총소사를 가하고 김포비행장을 폭격했다. 서울 시내에는 공포에 질린 시민들이 우왕좌왕 어찌할 바를 몰라 허둥대면서 일시에 공황상태에 빠져들고 있었다.

임시국무회의에서는 야크기의 출현으로 뒤숭숭했으나 그나마도 채
총장의 간단한 보고를 받고 다소 안도하는 분위기였다. 그래서 임시국
무회의는 긴급한 상황판단과 앞으로의 대책 마련은커녕 각 장관의 개
별적인 보고와 이 대통령의 지시를 받는 간담회 형식으로 진행되었다.
임시국무회의가 진행되는 동안 내내 침묵을 지키고 있던 이 대통령은
특별한 지시사항도 없이 다만 "38선을 넘어오는 공비들을 막는 데 제
각기 맡은 바 임무를 다하라"는 당부 정도로 그쳤다.

19. 지옥의 전선

6월 25일 오전 10시

미국 워싱턴 DC 시각은 6월 24일 토요일 밤 9시 26분을 가리키고 있었다. 이때 미 국무성 당직상황실에 존 무초 주한 미국대사가 긴급 타전한 전문이 접수되었다.

〈한국군 보고에 따르면 북한 공산군은 오늘 아침 38선의 전 전선에서 한국 영토를 침범했다. 이 상황은 KMAG(미 군사고문단)의 야전 보고에 의해서도 일부 확인되었다. 전투는 새벽 4시쯤 북한 공산군의 포화가 휘몰아치는 가운데 한국군 제17독립연대가 주둔 중인 옹진반도에서 개시되었다. 오전 6시에는 북한 공산군 보병들이 옹진, 개성, 춘천 지역에서 38도선을 넘기 시작했고 동해안 강릉 남방에는 적 육전대가 상륙했다.

개성은 10대의 탱크가 참전한 가운데 오전 10시쯤 함락되었다. 탱크를 앞세운 북한 공산군은 이 시간 현재 춘천에 접근하고 있다. 강릉의 전투상보는 불명이나 북한 공산군은 국도를 차단한 것 같다. 그러나 한국군은 38도선 방어진지를 고수하며 적의 침략을 용감하게 저지하고 있다. 북한 공산군이 전면전을 촉발할 의향이 있는지는 아직 명확하지 않으나 결코 경악할 필요는 없다고 본다.〉

미 국무성은 무초 대사가 타전한 한국전쟁 발발 제1신을 접하고 재빨리 움직였다. 애치슨 국무장관은 즉각 "북한 공산군이 38선의 전 전선에서 전면적으로 한국 영토를 침범했다"는 보고를 받고 미주리주 인디펜던스에서 주말 휴가를 보내고 있는 해리 트루먼 대통령에게 무초 대사의 전문을 그대로 타전했다.

그로부터 불과 1시간 만인 밤 10시 30분(워싱턴 시각). 국무성에서는 긴급소집된 프리맨 마튜 국무차관, 딘 러스크 국무차관보와 론 딕커슨 유엔 담당차관보, 프랭크 페이스 육군장관, 필립 제섭 순회대사 등이 긴급회동을 하고 한국사태를 논의했다. 이 자리에서 유엔 안전보장이사회를 긴급 소집하는데에 합의하고 이를 트루먼 대통령에게 보고, 즉각 승인을 받았다.

오스틴 유엔주재 미국대사는 "북한 공산군의 전면 남침은 그 책임이 소련에 있다"고 지적, 안전보장이사회의 긴급소집을 요구했다. 유엔 한국위원단에서도 북한 공산집단의 무력침공으로 판단하고 "국제평화와 안전이 위협받을 수 있다"며 공식적으로 유엔 사무총장에게 보고했다.

그 결과 소련이 불참하고 유고슬로비아가 기권한 가운데 열린 유엔 안전보장이사회는 9개 이사국의 만장일치로 공산군의 즉시 철퇴를 결의하게 된다. 이와 함께 존슨 미 국방장관은 "만약 소련이 북한 공산군에 실질적인 원조 제공과 남침을 사주한 사실이 확인되면 미국은 주저 없이 출전할 것"이라고 밝혔다.

같은 날 오전(한국 시각)

"휴가 중이거나 외출 중인 국군장병은 즉각 소속부대로 귀대 하라!"

서울 시내 곳곳에서 확성기를 단 군용 트럭과 드리쿼터가 서행 운전으로 거리를 누비면서 마이크로 외치고 있었다. 서울 중앙방송(KBS)에서도 정규방송 틈틈이 "전군에 긴급비상령이 내려졌다"며 "휴가 중이거나 외출·외박 중인 국군장병은 이 방송을 듣는 즉시 소속부대로 귀대하라."는 임시 뉴스를 전하고 있었다.

그러나 대낮 번화가에서는 공공연히 〈이승만 역적패당을 처단하고 북남통일 이룩하자. 인민들이여! 총궐기하여 미제美帝의 대對 조선 압살 책동을 까부수고 남조선을 해방하자.〉는 등의 불온삐라를 뿌리고 달아나는 일까지 벌어지고 있었다. 세상이 온통 어수선하고 뒤숭숭한 분위기에 휩싸여갔다.

이날 새벽 전쟁이 터졌다는 소식에 지하로 숨어들었던 남로당원들이 들고 일어났다는 풍문도 삽시간에 퍼져나갔다. 저들은 "서울이 적화되면 목숨을 살려주겠다"며 일부 전향한 보도연맹원들을 선동해 서대문형무소로 쳐들어가 좌익수들을 탈옥시키려다 발각되었다는 뜬소문도 나돌았다. 서대문형무소에는 좌익수만 자그마치 1500여 명이 수감되어 있었다. 그것도 대부분 거물급 테러분자나 공비들이었다. 그들은 그런 좌익수들을 탈옥시켜 북괴군이 서울을 점령하기 전에 인왕산을 넘어 경무대를 습격하기로 했다는 거였다.

이승만 대통령을 체포하고 경무대를 해방구로 확보한 뒤 민중봉기를 일으킬 계획이었다는 것이다. 북한에 있는 남로당 당수 박헌영이가 내린 긴급지령이라고 했다. 실로 어마어마한 얘기가 아닐 수 없다.

국군의 방어전은 시간이 흐를수록 극도의 위기상황으로 내몰리고 있었다. 옹진반도에 포진하고 있던 육군본부 직할 제17독립연대 전면에는 적의 맹렬한 포격이 파상공세로 이어졌다. 팔로군 출신인 적 6사단 14연대와 38경비여단 병력 1만여 명이 포연을 뚫고 새까맣게 몰려오고 있었다. 중·일전쟁 당시 팔로군의 전법이던 인해전술로 공격을 감행해온 것이다.

그러나 국군 제17독립연대는 침략군에 비해 3분의 1밖에 안 되는 2천700여 명의 열세한 병력에다 지형상 불리한 위치에도 불구하고 배수진을 치고 방어전에 돌입해 있었다. 연대장 백인엽 대령은 적의 전면 남침 사흘 전인 6월 22일부터 옹진반도 북쪽에서 남쪽 국사봉을 거점으로 대거 이동해오는 적을 관측하고 24일에는 육군본부에 경고 보고까지 올렸다. 하지만 육군본부에서는 아무런 긴급대책도 세우지 않았다.

분통이 터진 백 대령은 인접 지역에 포진하고 있는 친형인 백선엽 제1사단장에게 이 사실을 알리기 위해 무전을 쳤으나 연락이 닿지 않았다. 그는 순간적으로 적의 전면 공세라는 판단과 함께 1사단도 엄청나게 당하고 있을 것으로 지레짐작했다. 백인엽 대령은 반격명령을 내리고 각급 지휘관과 병사들의 사기를 다잡기 위해 독전에 나섰다.

"전면전이다. 놈들을 격퇴하고 해주로 진격하는 절호의 기회가 왔다. 한 발짝도 물러서지 말고 역공세에 나서라!"

그는 미친 듯이 외치며 일선 지휘관들을 독려했으나 애초부터 중과부적이었다. 적은 연대 지휘부의 좌측을 방어하고 있는 1대대를 집중 공략 한 데 이어 우측의 3대대와 중앙의 2대대에도 전면공격이 가해지고 있었다. 개전 4시간 만인 오전 8시가 되자 마침내 연대본부에도 적의 포탄이 떨어지기 시작했다. 여기에다 정오가 가까워지면서 적의 T-34 탱크가 근접지원으로 직사포를 쏘아대며 밀고 들어왔다. 이른바 보전포 합동으로 거침없이 파상공격을 해 오고 있었다.

아군 제17독립연대는 적의 압도적인 화력에도 불구하고 용감하게 응

전했으나 오후가 되면서 탄약이 바닥나 밀리지 않을 수 없었다. 탄약
지원이 없는 한 싸우고 싶어도 더 싸울 수 없는 절망적인 상황에 몰리
고 말았다. 충혈된 눈빛으로 적진을 응시하던 연대장 백인엽 대령은 마
침내 중대한 결심을 내려야 할 때가 왔다고 판단하기에 이른다. 부하들
의 희생을 더는 강요할 수 없는 단계에까지 오고 말았기 때문이다.

하지만 그들이 방어하고 있던 옹진반도는 57킬로에 이르는 38 경계
선인 바다를 제외하곤 육로와 완전히 차단돼 있었다. 전형적인 팔로군
의 인해전술에 휘말려 그만 퇴로가 막혀버린 것이다. 그것은 미처 예측
하지 못했던 상황이었다. 그렇다고 적과 맞서 싸울 여건도 되지 못했
다. 정면돌파! 어쨌거나 이 같은 상황에서는 다수의 희생을 각오하고
서라도 탈출을 감행하는 길밖에 달리 방도가 없었다.

그래서 그는 우선 가까운 사곶沙串 방면에서 퇴로를 찾기 위해 제2
대대를 빼돌려 이미 적이 장악한 옹진 시내를 정면으로 돌파하도록 명
령했다. 적진을 정면돌파하는 과정에서 희생자가 속출했지만 2대대 병
력은 다행히 사곶까지 도달할 수 있었다. 제2대대가 천신만고 끝에 사
곶의 부포釜浦항에 당도하고 보니 시야에 나타난 것은 망망대해에 거
친 파도만 넘실거리고 있을 뿐 조각배 한 척 보이지 않았다.

부두에는 밀려오는 파도가 하얗게 포말을 일으키며 부서지고 무거
운 적막만이 가라앉아 있었다. 이제 더는 물러설 곳이 없다고 판단한
백 대령은 사곶에서 최후의 결전을 결심하기에 이른다. 그러나 그 무렵
뜻밖에도 육군본부에서 해군 수송함(LST)을 급파해 400여 명의 대대병
력이 연평도를 거쳐 인천으로 빠져나갈 수 있었다.

2대대가 빠져나간 오후 2시쯤엔 연대본부와 1대대 및 3대대도 적의
맹렬한 포격에서 벗어나지 못해 최후의 방어선이 무너지기 시작했다.

게다가 적의 T-34 탱크가 근접사격으로 파상공격을 해 오는 바람에
더는 버티기가 힘들어졌다. 이때 마침 육군본부의 철수 명령과 함께 해
군에서 LST 2척과 소형 연락선 2척을 부포항으로 보내와 17연대 전체
병력을 긴급 수송할 만반의 태세를 갖출 수 있게 되었다.

이에 안도한 백 대령은 연대병력의 안전한 철수를 위해 마치 증원부
대가 대거 상륙한 것처럼 위장 전술로 대응했다. 우선 26일 새벽을 기
해 100여 대의 트럭을 동원, 헤드라이트를 훤하게 켜고 오가게 하는
한편 방열포로 엄호사격도 병행했다. 적진에 속임수를 쓰는 이른바 양
동작전을 전개한 것이다. 이렇게 하여 감쪽같이 속아 넘어간 적이 잠시
공격을 멈추고 소강상태에 들어간 사이 전 병력을 부포항으로 빼돌려
철수를 완료할 수 있었다.

그러나 안타깝게도 각종 포를 비롯한 중장비와 트럭은 고스란히 바
다에 쓸어넣을 수밖에 없었다. 마침 썰물 때가 되어 LST가 접안 할 수
없는 데다 그대로 두고 간다면 적이 전리품으로 챙겨 사용할지도 몰랐
기 때문이다.

제17독립연대 병력의 철수작전은 비교적 성공한 편이었으나 연대장
백 대령은 부둣가에서 각종 중장비가 바닷물 속으로 쓸려가는 것을 착
잡한 심정으로 지켜보다가 그만 털썩 주저앉고 말았다. 그는 옹진반도
를 단 하루밖에 지키지 못한 책임을 통감하며 옥쇄를 결심하고 승선을
거부했다. 혼자 끝까지 남겠다는 비장한 각오로 버텼다.

하지만 그는 부하 장교들의 간곡한 만류를 뿌리치지 못해 그 이튿날
인 27일 새벽 분루를 삼키며 해군 연락선을 타고 연평도로 빠져나왔
다. 그는 일단 적진에서 벗어나긴 했으나 "중요한 장비를 고스란히 바
닷물 속으로 쓸어 넣고 부하들을 대할 면목이 없다"며 인천으로 철수

하는 것을 한사코 거부했다. 이 때문에 그를 태운 연락선이 서해안을 떠돌다가 순시 중이던 해군 경비정에 가까스로 구조돼 평택을 거쳐 수원으로 철수하게 된다.

그는 다시 심기일전하여 수원에서 임시 연대본부를 설치하고 잔존 병력을 수습한 결과 전사 28명에 실종이 285명으로 집계되었다. 결국, 제17독립연대가 포진해 있던 아군의 전략적 요충지 옹진반도는 300여 명의 희생자를 내고 단 하루 만에 적에게 유린당하고 만 것이다. 옹진반도는 원래 지형상 야전 축성을 구축하기 곤란한 데다 육지와 완전히 차단된 형태였다. 때문에, 육군본부에서는 옹진반도에 대해서만은 적의 남침에 대비, 미리 신속한 철수계획을 마련해 두고 있었다.

그러나 백 대령이 수원으로 철수해보니 옹진반도에서 적의 기습을 받을 당시 휘하 지휘관들을 독려하면서 "해주로 진격하자"고 외친 것이 와전돼 구설수에 올랐다. 그 혼란 중에서 엉뚱한 사태가 벌어질 줄이야. 실로 어이가 없었다. 왜냐하면, 국방부 보도과에서 〈아군 제17독립연대, 해주로 진격 중〉이라는 제목의 아이템을 내고 방송과 신문 등 언론에서 이를 대대적으로 보도하는 바람에 적에게 오히려 빌미를 제공한 결과를 자초했기 때문이다.

평양방송에서는 기다렸다는 듯이 남한 언론의 오보를 중대방송으로 인용하며 "남반부 괴뢰도당이 북침을 감행하여 해주까지 진격해 왔으나 위대한 조선인민군이 일격에 까부수고 남진을 계속하고 있다"고 역선전에 나선 것이다. 듣고 보니 정말 기가 막혔다. 이 같은 오보를 사실로 믿고 안도하던 서울시민들은 뒤늦게 실망하고 군 당국에 항의 소동을 벌이는 사태까지 빚고 말았다.

백인엽 대령의 친형인 백선엽 장군이 지휘하는 국군 제1사단 전면으로 공격해 온 북괴군 주력부대도 역시 제1보병사단이었다. 공교롭게도 피아간에 1사단끼리 맞붙은 것이다. 아군 제1사단의 방어선은 38선 남방한계선 서쪽의 청단에서 연안·백천·개성을 거쳐 동쪽으로는 고랑포·적성에 이르는 70여 킬로미터의 방대한 작전지역이었다.

　그런데도 실 병력은 적의 절반에도 못 미치는 데다 전투 장비마저 열세했다. 하지만 아군 1사단은 적의 기습공격을 당한 상황에서도 개전 초부터 흔들림 없이 효과적으로 대응했다. 이는 백 사단장이 방위예산을 한 푼도 지원받지 못한 상태에서 인근 중학생들까지 동원해 5월 말까지 야전 축성을 해둔 데다 적의 동향이 심상치 않아 6월 24일을 기해 외출·외박을 금지하고 일제히 비상경계태세에 들어가 있었기 때문이다.

　그러나 38선 남방한계선인 개성을 방어하고 있던 1사단 12연대의 전초방어선이 적의 일격에 어이없게 무너지고 말았다. 따지고 보면 12연대의 방위선이 쉽게 뚫린 것은 결코 무리가 아니었다. 적이 T-34 탱크를 앞세운 2개 연대 병력으로 대대적인 기습공격을 감행해 왔기 때문이다. 특히 적 보병은 무개 화물열차 12량에 나눠 타고 개성역으로 직행해 거점을 확보하자마자 개성 시내로 진격해 오면서 포탄의 탄착점을 점차 아군 12연대 본부로 향하고 있었다.

　처음부터 맞닥뜨린 피아간의 근접교전에서 수류탄이 작렬하고 백병전에 가까운 치열한 전투가 벌어질 수밖에 없었다. 최초로 적의 공격을 받은 제1대대는 효과적으로 대응해 금파리金坡里 방면에서 적 1개 대대를 유인, 105밀리 박격포의 지원으로 섬멸하는 큰 전과를 올렸다. 하지만 한꺼번에 침공해오는 40여 대의 T-34 탱크와 적의 인해전술을 막을 길이 없었다.

아군은 궁여지책으로 육탄용사들을 침투시켜 적 탱크 4대를 파괴하는 전과를 올렸지만 결국 적의 파상공세에 더는 버티지 못하고 분산퇴각을 서둘러야 했다. 시간이 흐를수록 적은 집요하게 공격해 왔고 상황은 끊임없이 아군의 출혈을 강요했다.

강문봉 대령의 밀사인 한상준 대위는 안개등만 켠 지프를 몰고 진흙탕 길을 달리며 개성 북방에 주둔 중인 제12연대 본부를 찾아가고 있었다. 12연대는 6개월 전 그가 육군본부 작전국 부관으로 발탁되어 가기 전까지 작전장교로 근무했던 곳이다.

그는 전날 밤 자정쯤 수색에 있는 제1사단 본부에 들러 백선엽 사단장을 만나 강 대령의 친서를 전달한 뒤 전속부관의 야전침대에서 잠시 눈을 붙이고 새벽 3시에 일어나 12연대의 방어진지를 둘러보기 위해 개성으로 출발한 것이다. 그러나 12연대 본부에는 이미 적의 122밀리 곡사포탄이 우박처럼 쏟아지고 야전 캠프가 쑥밭으로 변해가고 있었다.

적의 포탄이 떨어져 작렬할 때마다 피신하던 병사들의 팔다리가 떨어져 나가고 철모가 허공으로 날아가는 등 곳곳에서 비명이 울려 퍼지고 피바다를 이루며 전사자가 속출했다. 쑥밭이 아니라 한마디로 아비규환의 생지옥이었다. 한 대위는 이런 처참한 상황이 벌어지고 있는 줄도 모르고 진흙탕 길을 벗어나 개성 시가지로 접어들면서부터 가속 페달을 밟았다.

12연대 위병소를 막 통과할 무렵 어디선가 "휘익!" 하는 바람소리와 함께 포탄이 날아와 위병소를 통째로 날려버리는 거였다. 바로 그 순간, 그가 운전대를 잡고 있던 지프가 허공으로 붕 뜨는가 했더니 "쿵!"

하고 곤두박질을 쳤다. 이 바람에 지프에서 튕겨 나온 그는 그대로 땅바닥에 나동그라지면서 의식을 잃고 말았다.

얼마나 지났을까, 한 대위는 몸이 마구 흔들리는 것을 의식하며 눈을 떠보니 자신이 들것에 실려 있었고 앞뒤에서 철모를 쓴 국군 병사들이 들것을 메고 어디론가 달려가고 있는 거였다. 아니나 다를까, 45구경 권총을 뽑아 든 채 "빨리! 빨리!" 하고 숨넘어가듯 외치며 병사들을 인솔하는 장교가 낮이 익었다. 아아, 이럴 수가… 그는 12연대 작전장교로 근무할 당시 선임 장교였던 조동식 중위가 아닌가.

"어이, 조 중위!"

그는 들것에 흔들리면서 정신을 가다듬고 큰소리로 조 중위를 불러세웠다. 그 소리에 소스라친 조 중위가 급히 걸음을 멈추며 고개를 돌렸다.

"아니, 작전장교님! 정신 좀 드십니까?"

"아, 그래, 난 괜찮아."

한 대위는 이렇게 대꾸하면서 들것에서 몸을 일으켜 세웠다. 아니, 이럴 수가… 사대육신이 멀쩡했다. 이를 두고 기적이라고 했던가. 어쨌거나 천만다행이었다.

"아니, 어떻게 된 거야?"

한 대위는 대원들과 퇴각을 서두르는 조 중위를 뒤따라가며 외쳤다.

"놈들이 쳐들어 왔어요."

"놈들이라니…?"

"아, 빨갱이들 말입니다. 빨갱이들이 남침해 왔다구요. 전면전이랍니다. 곧 개성이 떨어질 거 같습니다. 우리 연대가 완전히 녹아나고 있습니다."

한 대위는 숨가쁘게 내뱉는 조 중위의 말을 귀담아들으며 그제야 강문봉 대령이 예측하던 일이 현실로 드러나고 있다는 사실에 경악했다.

그는 이빨을 지그시 깨물며 두 주먹을 불끈 쥐었다. 마침내 올 것이 오고야 말았다는 생각이 퍼뜩 뇌리를 스쳤다. 희뿌연 포연이 안개처럼 시야를 가렸다. 그 포연 속에서 병사들이 대피호를 찾아 우왕좌왕하고 있었다. 누군가 절망적으로 외치는 목소리도 들려왔다.

"대피호! 대피호로…."

적의 포탄이 우박처럼 쏟아지고 있는 가운데 무전기를 들고 단말마의 비명을 지르던 통신병이 그만 직격탄을 맞고 쓰러졌다. 순간 통신병의 몸뚱이는 온데간데없이 사라지고 무전기를 꼭 쥔 손목 하나만 달랑 땅바닥에 나뒹굴고 있었다. 피아간에 각종 화기를 총동원한 총격전이 벌어졌다. 초연이 자욱한 전초진지 여기저기서 처절한 비명이 울려퍼졌다. 이를 두고 연옥이라 했던가. 온몸에 불길이 번져 이리 뛰고 저리 뛰고, 여기저기 나뒹구는 병사들의 처참한 모습도 눈에 들어왔다.

바로 그때 연대본부 앞 모래주머니를 쌓아 올린 방호벽 위의 기관총좌가 보였다. 한 대위는 조 중위 일행을 뒤따르다 말고 기관총 좌로 달려갔다. 기관총 사수는 머리를 처박고 앞으로 푹 꼬꾸라진 채 숨져 있었다. 그 주변에 아군 병사라곤 아무도 보이지 않았다. 마침내 포성이 멎고 이어 적 보병이 벌 떼처럼 몰려오기 시작했다. 그는 전사한 기관총 사수를 옆으로 밀어내고 기관총을 잡자마자 몰려오는 적을 향해 거침없이 방아쇠를 당겼다.

하지만 그것은 한마디로 미치광이 짓이었다. 광기! 전장에서는 미쳐야 살아남는다고 했다. 이미 눈이 뒤집혀버린 그는 기관총 열이 벌겋게 달아오르도록 방아쇠를 당겼다. 그의 광기는 극에 달해 있었다. 물밀

듯이 몰려오던 놈들이 그의 기관총 세례를 받고 마치 메뚜기 떼가 튀듯 보기 좋게 떼죽음을 당하는 거였다. 그러나 그것도 잠시 잠깐 실탄이 떨어져 더 이상 총을 쏠 수가 없었다. 죽이고, 죽이고, 또 죽여도 한없이 몰려왔다. 적은 마침내 화염막을 벗어나자 또다시 벌 떼처럼 달려들었다.

아군의 방어진지는 이미 적의 포위망에 걸려들고 있었다. 적은 집요하게 포위망을 좁혀오고 있었다. 한 대위는 어쩔 수 없이 기관총 좌를 포기하고 앞만 보고 내달리기 시작했다. 최후의 저지선에 당도할 무렵 조 중위가 권총을 뽑아 들고 대원들을 독전하는 모습이 눈에 보였다. 그러나 중과부적… 순식간에 아군의 주 저항선이 무너지고 적의 파상공세는 조금도 고삐를 늦추지 않았다.

아아, 이제 총과 실탄도 필요 없게 되고 말았다. 피아간에 서로 뒤엉켜 아귀다툼처럼 끔찍한 백병전이 벌어지기 시작했다. 한 대위도 덩달아 아수라장 속에 휩쓸려 맨주먹으로 몇 놈을 때려눕힌 뒤 버려진 총검을 주워들고 그저 닥치는 대로 개머리판을 휘둘렀다. 서로 치고받고 총검으로 찌르는 등 악에 받친 고함과 비명이 아비규환의 생지옥을 방불케 했다. 창자가 튀어나오고 목이 달아나는 등 마구잡이로 휘두르는 피아간의 총검은 최후까지 냉혹하고 무자비했다.

어디선가 요란한 굉음을 울리며 적의 괴물 같은 T-34 탱크가 모습을 드러냈다. 탱크의 캐터필러는 피아를 구별할 수 없을 만큼 처참하게 널브러진 전사자들을 깔아뭉개며 그대로 지나갔다. 오직 처참한 주검만이 나뒹굴고 있을 뿐이었다. 결국, 승리의 함성은 적의 몫이었다. 슬프게도 최후까지 주 저항선을 사수하던 아군 병사들은 모두 장렬하게 전사하고 만 것이다.

조 중위는 뒤돌아볼 겨를도 없이 한참 퇴각하다 보니 뒤따르던 한 대위가 보이지 않았다. 하지만 한 대위를 찾을 겨를이 없었다. 상황이 그만큼 긴박했다. 지축을 뒤흔드는 강력한 폭발음이 연이어 울려 퍼지면서 아군의 최후 저지선은 이미 불바다로 변해가고 있었다. 타오르는 화염으로 인해 후퇴하는 아군의 위치가 완전히 노출되자 전황은 더욱 불리한 방향으로 돌아갔다.

이때 저 멀리서 화염을 뚫고 달려오는 한 대위의 모습이 보였다. 잠시 주춤하던 조 중위는 다시 대원들을 향해 "후퇴!" 하고 처절하게 외쳤다. 하지만 여기저기서 적탄을 맞고 외마디 비명을 지르며 쓰러져가는 대원들이 늘어갔다. 이러다간 얼마 버티지 못하고 전멸할지도 모른다는 절망감이 조 중위를 더욱 미치게 만들었다. 절망적인 상황이 시시각각 병사들의 가슴속으로 조여들고 있는 가운데 뒤따라오던 한 대위가 마침내 그들과 합류했다.

그러나 한 대위는 시종 냉정하고 침착했다. 그는 총탄이 비 오듯 쏟아지는 긴박한 상황에서도 조금도 흔들림이 없이 놀랄 만큼 침착성을 유지하고 있었다. 아무리 달아나도 좁혀오기만 하는 적의 포위망 속에서 적전 상황을 면밀하게 지켜보던 그는 결심한 듯이 조 중위에게 외쳤다.

"어이, 조 중위! 이대로 개죽음을 당할 순 없다. 모두 각개약진으로 흩어져 임진강 방면으로 탈출하라."

그러나 조 중위와 대원들은 선뜻 마음이 내키지 않아 몹시 당황한 표정으로 망설이고 있었다. 적의 포위망이 좁혀오고 있는 상황에서 어떻게 탈출한단 말인가. 게다가 하나, 둘 풀 이슬처럼 사라져가는 전우들의 애처로운 모습을 그대로 보고만 있을 수도 없었다. 마구 오장이 뒤집혀 미칠 것 같은 심정이었다.

"퇴각로가 완전히 막혀버렸는데 어떻게 탈출한단 말입니까?"

마침내 일부 하사관들이 직속 상관도 아닌 한 대위의 무모한 명령에 항의라도 하듯 볼멘소리로 외쳤다. 그리고 그들은 충천하는 화염을 바라보며 잔뜩 불안한 얼굴로 발만 동동 굴렀다. 하지만 한 대위는 침착성을 잃어버린 채 당황해하는 하사관들을 번갈아 쏘아보며 버럭 고함을 질렀다.

"야, 이 자식들아! 너희들은 비록 내 직속 부하들은 아니지만 한때 난 너희부대 작전장교였어. 아니, 그것보다 우린 모두 대한민국 국군이야. 살고 싶으면 정신 바짝 차리고 내 명령에 복종해. 이제부터 내가 너희들의 지휘관이다. 알겠나?"

옆에서 그들과 함께 망설이던 조 중위도 새삼 용기를 얻은 듯 한마디 거들고 나섰다.

"야, 모두 죽고 싶으면 여기 남아 있으라, 우린 포위망을 뚫고 갈 테다."

한 대위는 조 중위의 단호한 태도에 신뢰를 보내듯 싱긋이 웃음을 흘렸다. 그러고는 먼저 적탄이 비 오듯 쏟아지는 탄 막을 뚫고 쏜살같이 내달리기 시작했다. 뒤이어 조 중위도 땅을 차고 뛰었다. 망설이던 병사들도 어쩔 수 없이 그들의 뒤를 따랐다.

20. 즉결처분

한상준 대위는 내심 긴박한 상황에서 죽든 살든 간에 결정적인 명령을 주저한다는 것은 있을 수 없는 일이라고 생각했다. 비록 그들의 직속 상관은 아니지만 지휘관은 언제나 위기상황에 처할수록 판단력을 잃지 말아야 한다는 것이 평소 그의 신념이었다.

병사들이 그의 명령에 따라 순간적으로 사생결단을 하고 후퇴하는 사이 적의 집중사격은 맹렬한 기세로 위협해 왔다. 임진강이 가까워져 올 무렵 앞장서서 내달리던 한 대위는 어느 틈엔가 되돌아서서 갈대숲에 몸을 숨기며 뒤따라오는 대원들을 엄호했다. 그는 시시각각 조여드는 긴박한 상황을 빈틈없이 투시하던 끝에 날카롭고 싸늘한 시선으로 조 중위를 바라보며 외쳤다.

"어이, 조 중위! 내가 엄호할 테니까 대원들을 인솔해 그대로 달려. 앞만 보고 달리라구."

그의 목소리는 차라리 절규에 가까웠다. 그는 잠시라도 시간을 벌기 위해 체코제 기관단총을 난사하며 적의 공격을 차단하기에 여념이 없었다. 이 기관단총도 백병전을 벌일 때 적으로부터 노획한 무기였다. 시간이 얼마나 흘렀을까. 1분, 2분, 3분… 그는 달려오는 적을 향해 멈추지 않고 방아쇠를 당겼다. 하나, 둘, 보기 좋게 쓰러뜨린 뒤 용수철처럼 땅을 차고 다시 내달리기 시작했다.

그러나 적의 총구는 숨죽일 줄 모르고 그들의 등을 향해 미친 듯이 불을 토해내고 있었다. 외마디 비명을 지르며 픽픽, 쓰러지는 대원들을 뒤돌아볼 겨를도 없었다.

"뒤돌아보지 말고 앞만 보고 뛰엇!"

한 대위의 처절한 목소리가 초연 속에 울려 퍼졌다. 그는 적탄에 쓰러지면서 살려달라고 애원하는 병사들을 끝내 외면할 수밖에 없었다. 한 사람이라도 더 병사들을 살리기 위해서 어쩔 수 없이 단호한 명령을 고집해야 했다.

"한 대위님! 이대로 갈 수는 없지 않습니까?"

조 중위는 간절한 전우애를 호소하며 매달렸으나 그는 냉엄하게 뿌리치며 성난 어조로 외쳤다.

"이러다가 다 죽는다. 살고 싶으면 내 명령에 따랏!" 조 중위는 상황이 매우 긴박했던 탓으로 냉혹하게 닦달하는 한 대위의 명령에 순순히 따를 수밖에 없었다. 한때 직속 상관으로 모셨던 선배가 아닌가. 그는 한 대위의 사심 없는 성격을 누구보다 잘 알고 있었다. 그래서 부상한 전우들까지 뿌리치는 그의 행위가 냉혹하다고 비판하기에 앞서 수단과 방법을 가리지 않고 위기상황에서 벗어나려는 지휘관으로서의 괴로운 결단을 이해하고 싶었다.

한 대위라고 해서 결코 뜨거운 전우애가 없는 것은 아니었다. 어쩌면 부하들을 아끼고 사랑하는 마음만은 누구 못지않게 강렬했는지도 모른다. 하지만 한 사람을 살리려다 두 사람을 희생시킬 수는 없다는 것이 전장에 임한 그의 신념이었다.

사경을 헤매는 부상자 구출에 앞서 한 사람이라도 더 많은 생존자를 지켜야 할 책임이 더 막중했는지도 모른다. 도저히 구출할 수 없는 낙오자에게 집착하다가 다른 병사들마저 희생시키는 우를 범할 수 없었기 때문이다. 그것은 한 인간으로서 가장 어려운 판단이 따라야 할 일이면서도 불가항력의 상황에서 절대적인 요건이 아닐 수 없었다.

한 대위가 그렇게 무자비하고 냉혹한 판단을 내리지 않았더라면 병사들 모두가 전멸해버렸을지도 모른다. 조 중위는 그렇게 이해하고 싶었다. 한 대위는 원래 그런 사람이니까. 적은 지척에서 새까맣게 몰려들고 있었고 그러한 상황은 임진강변 연산포 나루터에 도착할 때까지 좀처럼 풀리지 않았다. 때문에, 불과 두 시간 남짓한 사이에 절반 이상의 병력손실을 입고 말았다. 어쩌면 한 대위는 개성에서 적의 포위망에 걸려 탈출을 감행할 때부터 그 같은 상황을 예견했는지도 모른다.

전쟁터에서 군인의 목숨이란 초개와 같다고들 하지만 많은 전우가 순식간에 사라져버린 것은 참으로 비통한 일이 아닐 수 없었다. 살아남은 병사 중 그 누구도 이처럼 많은 희생자가 나리라곤 미처 상상도 못 했던 일이었다.

"안 되겠다. 운이 좋은 사람은 살아남고 그렇지 못한 사람은 죽을 수밖에…."

한 대위가 낙오된 부상자를 부축하려는 병사들을 향해 버럭 고함을 지르며 퇴각을 재촉했던 것도 바로 그런 이유 때문이었다. 만일의 경우 그렇게 과감한 탈출을 시도하지 않았더라면 생존자들마저 지금쯤 허허벌판에 주검으로 널브러져 있을지도 모른다. 어쨌든 한 대위의 명령에 따라 사생결단으로 포연을 뚫고 탈출한 병사들은 결국 지옥에서 살아남을 수 있었다.

개전 초부터 지리멸렬한 것으로 알려졌던 국군 1사단 12연대는 임진강변 연산포에서 잔존병력을 겨우 수습했으나 실 병력은 2개 중대에 불과했다. 한 대위와 조 중위 일행이 연산포에 당도하고 보니 그들보다 먼저 철수한 1대대장 신현홍 소령이 낙오병들을 모아 질서를 유지하려고 애를 먹고 있었다. 계급장과 명찰도 떼버린 채 꾸역꾸역 몰려드는 낙오병들을 집결시키려고 해도 지휘할 장교가 보이지 않았다.

개성에서 적의 포위망을 뚫고 탈출할 때 모두 계급장과 명찰을 떼버려 도무지 상하를 구별할 수가 없었다. 하여 신 소령은 낙오병들을 집합시키며 질서를 유지하기 위해 "장교는 즉각 앞으로 나와 낙오병들을 지휘하라!"고 목이 터지도록 외쳤으나 장교는커녕 하사관 조차 코빼기도 보이지 않았다.

이때 뒤늦게 도착한 한 대위와 조 중위가 합류하면서 비로소 질서가 잡히기 시작했고 한 대위는 혹여 임진강을 건너 남쪽으로 철수할 조각배라도 있을지 모른다는 막연한 기대감에서 연산포 일대를 샅샅이 뒤져보기로 했다. 결코, 절망할 단계는 아니라지만 한마디로 막연했다. 세상이 온통 무너지고 쫓기는 판국에 조각배가 남아 있을 리 만무했기 때문이다. 그러나 때론 우연과 기적이 나타날 수도 있다. 아니, 어쩌면 필연적인지 모른다.

한 대위는 행여나 어떤 기적이 일어날 것을 바라는 마음으로 나루터 주변을 두리번거리던 중 강물이 출렁이고 물굽이가 후미진 나루터 한쪽에 우뚝 서 있는 미루나무를 발견했다. 뭔가 감이 이상해 그쪽으로 급히 달려가 보니 아니나 다를까, 뜻밖에도 숲이 울창한 미루나무 아래에 밧줄로 매어 둔 어선 한 척이 강물에 흔들리고 있었다. 임진강과 강화도 앞바다를 오르내리며 조업하던 제법 큰 규모의 새우잡이 어선이었다.

그것은 어쩌면 절망적인 상황에서 퇴로를 잃고 헤매는 국군 낙오병들에게 어떤 기적을 이루어 보라는 강력한 희망의 메시지인지도 몰랐다. 한 대위가 흥분을 감추지 못한 채 낙오병들을 수습하고 있던 신소령을 향해 손을 흔들며 큰소리로 외쳤다.

"대대장님! 여기 어선 한 척 발견했습니다."

이에 우왕좌왕하던 병사들은 다시 용기가 치솟아 일제히 마라톤 경주를 하듯 한 대위가 있는 쪽으로 우루루 달려왔다. 어선을 발견했다는 소식에 감격한 나머지 흐느끼는 병사도 있었다. 그 바람에 서로 먼저 어선에 올라타느라고 가까스로 잡혀가던 질서가 또다시 혼란으로 뒤틀렸다.

이때 신 소령은 누군가 장교를 칭하며 사병들을 제치고 먼저 어선에 올라타는 자를 발견하고 권총을 빼 들었다. 그는 대뜸 장교를 칭하는 자에게 권총을 들이대며 버럭 고함부터 질렀다.

"너, 뭐하는 놈이야?"

"예, 장교입니다."

계급장도 없는 그자는 명색이 상관 앞에서 부동자세를 취할 줄도 모르고 거드름을 피우기까지 했다.

"아까, 낙오병을 수습하기 위해 장교 나오라고 했을 때는 가만히 숨어 있다가 이제 와서 먼저 살겠다고 장교티를 내는 거야?"

"아, 세상이 다 그런 거 아닙니까. 이 판국에 우선 살고 봐야지요."

"야, 너 진짜 장교 맞아? 소속이 어디야?"

권총을 뽑아 든 신 소령의 손이 파르르 떨렸다.

"아, 장교라고 먼저 죽으란 법이 없지 않습니까. 장교가 살아야 사병도 살지요. 제가 뭐 그른 말 합니까."

그는 뉘우칠 줄도 모르고 되레 이죽거리기만 했다. 한마디로 개판이었다. 군기가 엉망으로 돌아가고 있었다. 이를 지켜보던 한 대위가 도저히 못 참겠다는 투로 버럭 고함을 질렀다.

"야, 이 새끼! 똑바로 서지 못해."

순간, 파르르 떨리고 있던 신 소령의 권총에서 방아쇠가 당겨지고 말았다.

"탕!"

한 발의 총성과 함께 심장에 구멍이 뚫린 그는 뒤로 튕기듯이 벌렁 나동그라져 버렸다.

"이런 놈은 총알도 아깝지만, 군인이기 이전에 인간쓰레기 같아 처치해 버린 거야."

신 소령은 권총을 거두며 혼잣말처럼 한마디 내뱉었다.

즉결처분! 전장의 긴박한 상황에서 상관의 명령을 거역하거나 군율을 어기면 질서를 바로잡기 위해 군법회의를 거치지 않고 바로 처벌하는 것을 말한다. 대개 총살이다. 장교 행세를 하던 자가 즉결처분을 당하자 그제야 군기가 바로 잡히기 시작해 질서정연한 철수를 서두를 수 있었다.

즉결처분은 비단 12연대 잔존부대에서만 일어난 게 아니라 아군 전선 곳곳에서 비일비재했다. 적의 공격에 밀려 퇴각하는 과정에서 상하 구별도 없이 군기가 극도로 문란해졌기 때문이다. 12연대 인접 부대인 13연대에서도 이와 비슷한 즉결처분 사례가 있었다. 13연대 역시 피해가 속출했으나 그나마도 전 연대병력이 비교적 질서정연하게 퇴각했다.

하지만 13연대는 전쟁발발 사흘째인 6월 28일 오후 3시쯤 문산 이남 임진강변 행주 나루터에서 제2방위선을 구축하던 중 수도 서울이 함락되었다는 비보를 접했다. 순간 웅성거리며 부대 전체가 흔들리기 시작했다. 상하 구별도 없이 모든 병사가 전의를 상실하고 불안한 표정을 감추지 못한 채 우왕좌왕했다.

연대장 김익렬 대령이 분초를 다투는 긴박한 상황에서도 긴급 참모회의를 소집했다. 그는 비장한 각오로 "적진에서 게릴라전을 전개하느냐, 옥쇄냐, 후퇴냐?"를 놓고 참모들의 의견을 듣던 중 뜻밖에도 미 공군의 B-29 폭격기 편대가 날아와 저 멀리 문산 상공에서 융단폭격을 가하는 것을 발견했다.

바로 그 순간 연대장 김 대령은 무모한 항전보다 일단 임진강 이남으로 후퇴한 후 반격을 하기로 결심했다. 그래서 그는 본부중대장에게 전 대원들을 집합시켜 철수준비를 서두르도록 명령했다. 그러나 집합명령에 앞장서야 할 일부 고참 하사관들이 기가 막힌다는 투로 코웃음을 치며 "나라가 망했는데 집합은 무슨 얼어 죽을 집합이냐"고 빈정거리며 모여드는 대원들을 되레 저지하고 나섰다. 이에 화가 난 본부중대장이 주동자급인 하사관 3명을 권총으로 쏴 즉결처분하고 마침내 질서를 회복한 것이었다.

백선엽 제1사단장은 개성지구의 12연대가 개전 초기부터 극심한 타격을 입었다는 보고를 접하자 즉각 최경록 대령의 11연대를 문산 북쪽으로 이동시켜 후퇴하는 12연대를 지원토록 했다. 백 사단장은 적침이 개시된 이후 적의 주력이 문산을 거쳐 임진강으로 공격해 올 것으로 예상하고 있었다. 하여 그는 우선 임진강교橋부터 폭파해 적의 진로를 차단하고 강 건너 남쪽에서 방어선을 구축할 계획이었다.

그러나 T-34 탱크를 앞세운 적의 선발대가 퇴각하는 아군 12연대의 잔존병력에 너무 가까이 접근해 오는 상황이었다. 이 때문에 임진강교를 폭파할 수 없었다. 우선 사생결단하고 후퇴하는 부하들을 살려놓고 봐야 했다. 하지만 아군에겐 괴물같은 적의 탱크를 파괴할 무기가 없었다. 미국의 군사원조로 2.36인치 로켓포를 공급받긴 했으나 이 로켓포를 아무리 쏴도 적 탱크는 꿈쩍도 하지 않았다.

그런데도 아군 12연대의 지원에 나선 11연대 병사들은 결코 절망하지 않고 육탄으로 적 탱크와 맞섰다. 육탄용사들은 고성능 폭발물을 안고 캐터필러가 구르는 탱크 밑으로 뛰어드는 걸 조금도 주저하지 않았다. 그들은 용감무쌍하게 폭발물을 터뜨려 무한궤도를 정지시키며 함께 산화했다. 또 어느 육탄용사는 무한궤도로 돌고 있는 캐터필러를 밟고 탱크 위로 뛰어 올라가 해치를 열고 폭발물을 집어넣거나 포신에 매달려 포구 속으로 수류탄을 터뜨려 탱크를 파괴하는 극단적인 방법으로 적의 공격을 저지했다.

이러한 전법으로 적의 탱크를 한두 대 파괴할 수 있었지만 육탄용사들의 희생이 너무도 컸다. 적의 탱크로 침투하는 과정에서 기관총에 맞아 전사하거나 저격병의 지원사격에 쓰러지기 일쑤였기 때문이다.

아군 1사단이 고전하고 있을 무렵 저 먼 남쪽 덕유산에서 공비토벌 중이던 최영희 대령의 제5사단 15연대가 긴급출동해 임진강 변으로 달려왔다. 15연대는 서울을 거쳐 1사단의 제3방위선인 봉일천 방향에서 대거 남진하는 적 탱크와 맞섰다. 하지만 57밀리 대전차포를 아무리 쏴도 역시 견고하기 짝이 없는 철갑은 꿈쩍도 하지 않았다. 적 탱크는 마치 아군의 대전차포를 조롱하듯 유유히 굉음을 울리며 아군 진지로 다가오고 있었다.

최 대령은 어쩔 수 없이 대전차포 공격을 중단하고 육탄공격을 명령한다. 육탄용사들이 수류탄으로 적 탱크를 4대나 격파하는 전공을 세웠으나 이 과정에서도 100여 명의 전사자가 발생했다. 역시 육탄공격이란 막대한 희생을 초래할 수밖에 없는 무모한 작전이었다.

그러나 아군 1사단은 개전 초 개성에 포진해 있던 12연대가 적침 일격에 무너진 것을 제외하면 전체적으로 반격작전을 비교적 잘 치르고 있는 셈이었다. 제1·2·3의 종심방위로 적의 공격을 효과적으로 저지하고 봉일천의 제3방위선에서 문산 탈환작전을 준비할 여유도 생겼다. 하지만 전 전선이 여지없이 피침을 당하는 상황에서 용감하게 버티며 끝까지 항전하는 것도 한계상황에 부딪힐 수밖에 없었다.

최전선에서 사흘 동안 버티던 백 사단장은 28일 정오 서울이 함락되었다는 비보를 접하고 분루를 삼키며 예하 부대에 후퇴명령을 내리게 된다. 1사단은 다행히도 지원부대인 최영희 대령의 15연대가 개척한 행주 나루터를 통해 무사히 한강 이남으로 철수할 수 있었지만, 개전 초기에 비교해 예상외로 많은 병력과 장비의 손실이 있었다. 게다가 처음 참전한 미 공군의 오폭으로 또 다른 희생을 감수해야 했다.

사단본부가 마지막으로 행주 나루터에 도착할 무렵 어디선가 우렁찬 폭음이 울려왔다. 아니나 다를까, 미 공군의 B-29 폭격기 편대였다. B-29기가 날아오자 백 사단장은 비로소 미군이 참전했다는 사실을 확인하고 손을 흔들었다. 이때 숲속에 은신해 있던 병사들이 감격한 나머지 환호성을 지르며 임진강 나루터 모래펄로 뛰쳐나왔다. 미 공군의 B-29 출현은 생사기로에 선 국군병사들에게 천우신조나 다름이 없었다. 어쩌면 위기상황에 몰린 국군 1사단에 퇴각로를 열어주기 위해 출격한 것인지도 몰랐다.

그러나 이게 어찌 된 일인가. B-29 편대가 문산 방면에서 검붉게 치솟아 오르는 화염을 뚫고 저공비행으로 날아가는가 했더니 웬걸 아군 진지를 향해 그대로 기총소사를 감행하는 게 아닌가. 오폭! 불행하게도 오폭이라니… 퇴각 중이던 아군 진지는 한순간에 쑥밭으로 변해 버렸다. B-29를 환영나온 수많은 병사가 무참히 널브러졌다.

백 사단장은 미 공군의 오폭으로 엄청난 피해가 발생하고 병사들의 처참한 최후를 목격했으나 속수무책이었다. 그는 마구 오장이 뒤집힐 듯 가슴이 쓰리고 아팠다. 하지만 그는 결코 냉정을 잃지 않았다. 수도 서울이 적의 수중에 떨어진 판국에 비록 오폭을 당하긴 했지만 미군이 참전했다는 사실 하나만으로도 위안이 되었기 때문이다. 백 장군은 절망하지 않고 철저하게 현실에 부딪히며 어떠한 난관에 봉착하더라도 능히 뚫고 나가겠다는 불굴의 신념과 의지에 차 있었다.

21. 최후의 방어전

38도선 남방한계선에서 서울과 가장 가까운 곳은 서울~원산을 잇는 경원가도京元街道. 동두천과 의정부를 거쳐 서울까지는 불과 50킬로 거리다. 여기에다 도심은 아스팔트로 포장된 탄탄대로가 뚫려 있어 탱크나 장갑차 등 기갑부대가 이동하기에도 안성맞춤이었다.

서울 점령을 최대 목표로 삼고 있는 김일성은 전면 남침을 감행할 때 최정예 제4돌격사단을 '서울사단'이라는 명예 칭호까지 부여하며 선봉에 내세우고 철원에 포진하고 있던 제3돌격사단을 후속 부대로 투입했다. 이들 2개 사단이 경원가도를 주 공격로로 삼아 선봉에서 파죽지세로 남진했다. 북괴군 최고사령관 김일성의 전략이었다. 어쩌면 당연한 선택인지도 모른다. 그는 남조선을 해방시킨다는 그럴싸한 명분으로 자신이 헌법에 명시했던 것처럼 통일 조선의 수도 서울을 점령하고 조국해방전쟁의 영웅이 되고 싶은 마음이 간절했다.

유재흥 장군이 지휘하는 아군 7사단은 경원가도를 전략적 방위선으로 설정하고 최후의 결전에 돌입했으나 애초부터 대적對敵이 되지 않았다. 여기에다 의정부에 지휘소를 둔 7사단은 예비병력도 없었다. 6월 15일 예하 3연대가 예비연대로 사단본부에 주둔해 있던 중 공교롭게도 수도경비사령부에 배속돼 서울로 이동하는 바람에 공백이 생기고 말았다. 이 역시 석연찮은 조치였다. 하필이면 6·25 전쟁 발발 열흘 전에 단행한 육군본부 수뇌부의 전격적인 인사와 일선 전투부대 개편 때문이었다.

"이 중대한 시기에 수도권을 방위하고 있는 7사단의 군사력을 보강해도 시원찮을 텐데 중요한 예비병력까지 빼돌리다니 이럴 수가…?"

유 장군은 자신의 예비병력을 빼돌린 육군본부의 일방적인 부대 개편 조치에 강력히 반발했다. 누구의 장난인가? 도무지 이해할 수 없는 군 수뇌부의 독단적인 조치가 의혹투성이였다.

그의 강력한 항의에 입장 난처해진 육군본부에서는 국방부의 명령에 따른 조치라고 궁색한 변명만 늘어놨다. 국방부에서 왜 그런 무모한 조치를 했을까? 이것도 거물 간첩 성시백의 공작이란 말인가. 이 또한 미스터리가 아닐 수 없었다. 유 장군의 반발에 당황한 육군본부는 궁여지책으로 대전에 베이스 캠프를 두고 있는 이형근 장군의 제2사단 25연대를 6월 20일까지 의정부에 배치해 7사단을 지원토록 조치했다. 하지만 7사단 예비연대의 공백을 메울 25연대는 주둔지역 토지보상 문제가 해결되지 않아 부대 이동이 지연되고 있었다. 이 때문에 7사단은 예비연대도 없이 적침을 맞아야 했고 개전 초기부터 고전을 면치 못했다.

유 장군이 7사단장에 취임한 것은 불과 보름 전인 6월 10일의 군 수뇌부 인사이동 때. 신임 사단장이 부임한 지 불과 닷새 만에 부대 현황 파악도 제대로 못 한 상태에서 예비연대를 빼돌리다니 기가 막혔다. 일반적인 군대 상식에서는 도저히 이해할 수 없는 일이 벌어지고 있었다. 의혹이 한 두 가지가 아니었다. 여기에다 유 장군이 사단장에 취임하자마자 적진에서는 소련제 T-34 탱크가 빈번하게 이동하고 적정이 매우 불안해 미 군사고문단에 대전차 지뢰의 긴급지원을 요청했으나 이마저 무시당하고 말았다.

만약에 북괴군이 전면 남침을 감행한다면 국제전으로 확산할 게 뻔한 데 어리석게도 북괴군이 남침을 감행할 수 없다는 것이 미 군사고문단의 견해였다. 그뿐만 아니라 미 군사고문단은 "적의 탱크는 논밭이 많고 가파른 산악지대인 한국의 지형에 맞지 않아 한낱 과시용에 불과하다"는 황당한 논리까지 펴고 있었다.

유 장군은 미 군사고문단의 터무니 없는 주장에 실망한 나머지 자력으로나마 방어진지 구축을 서두르다가 적침을 당하게 된 것이다. 그런 악조건에서 예비연대만 제대로 가동해도 서울 함락을 며칠 더 지연시키며 비교적 질서 있게 철수할 수 있었을 텐데 그것이 안타까웠다. 전략적 요충지에 배치할 중요한 병력을 빼돌리고도 후속대책을 외면한 군 수뇌부의 실책은 규탄받아야 마땅했으나 아무도 책임지는 사람이 없었다.

북한 공산집단은 이 같은 아군 수뇌부의 실책을 십분 활용해 주도면밀하게 서울로 침공해 왔다. 주력부대인 제3돌격사단은 109탱크연대를 앞세우고 포천 방면에, 김일성으로부터 '서울사단'이라는 명예 칭호까지 받은 제4돌격사단은 107탱크연대와 함께 동두천 방면으로 치고 들어왔다. 무려 80여 대의 탱크와 2개 최정예 보병사단을 집중투입해 파상공격을 가해 온 것이다.

특히 소련군 기갑장교 출신인 제4돌격사단장 리권무는 선두에서 자신이 직접 탱크를 몰고 의기양양하게 주 공격로를 진두지휘했다. 적은 이 주 공격로에 남침전략상 가장 많은 전투장비와 화력을 집중해 속전속결로 서울 공략을 획책하고 있었다. 때문에, 아군 제7사단의 전초진지가 개전 30분 만에 어이없이 무너지고 9연대 방어지역인 포천이 뚫리기 시작했다. 그럴 수밖에 없는 것이 대부분 장병이 외출 중인 데다 대전차포와 트럭 등 주요장비를 육군본부의 정비계획에 따라 병기창에 반납했던 탓으로 절대적인 열세를 만회할 길이 없었다.

적의 전면 남침이 우려되는 상황에서 육군본부가 느닷없이 일선 전투부대의 대전차포와 트럭 등의 정비계획을 세운 것도 역시 풀리지 않는 미스터리였다. 왜 그랬을까? 일선 지휘관들의 뇌리엔 이런 의혹이 꼬리에 꼬리를 물고 있었다. 제9연대장 윤춘근 중령은 이러한 악조건 속에서도 7사단 본부가 있는 의정부에까지 나가 민간차량을 징발하고 외출 중인 병력을 모아 항전했으나 중과부적이었다.

육군본부에서는 병력 동원이 벽에 부닥치자 당황한 나머지 궁여지책으로 육군사관학교 생도 1기생 262명과 2기생 227명을 긴급소집, 1개 전투대대를 편성해 포천방어전에 투입했다. 하지만 전투경험도 없는 육사 생도들은 제대로 싸워보지도 못한 채 적의 압도적인 화력에 밀려나고 말았다. 이 과정에서 육사생도 150여 명이 전사하거나 실종되고 생도대를 지휘하던 조암 중령이 혼전 속에서 전선을 무단이탈, 적진으로 들어갔다가 아군 진지로 복귀하는 수상한 행적을 보이기까지 했다. 조 중령은 진상조사 결과 이적행위가 드러나 즉결처분을 당했다.

이런 와중에 개전 7시간 만인 6월 25일 오전 11시쯤엔 포천이 적의 수중에 떨어지고 만다. 불가항력이었다. 그 무렵 애초 7사단의 예비연대로 남아 있다가 수도경비사령부에 배속되었던 3연대 병력이 포천에 도착했으나 부대 집결이 늦어지는 바람에 제대로 싸워보지도 못하고 후퇴할 수밖에 없었다.

그러나 동두천에 포진한 1연대와 포병대대는 105밀리 박격포의 집중포격으로 적 탱크를 8대나 부수고 보병 반격에서도 적 1개 대대를 섬멸하는 등 큰 전과를 올렸다. 이 때문에 동두천으로 공격 해오던 적

제4돌격사단이 부대 재편을 위해 일시 후퇴하는 소동을 벌이기도 했다. 하지만 그것도 잠시뿐 주춤하던 적은 또다시 맹렬한 공격을 가해 왔다.

아군은 적의 맹공을 저지하기 위해 사생결단으로 응전했으나 더는 견디지 못하고 오후 7시쯤 결국 동두천마저 포기하고 말았다. 개전 이후 15시간 만에 벌어진 참담한 상황이었다. 경원가도의 길목인 포천과 동두천이 적의 수중에 떨어지자 7사단 본부가 있는 의정부는 그야말로 풍전등화나 다름이 없었다. 유재흥 사단장은 예비연대도 없이 2개 연대밖에 안 되는 사단의 실 병력을 효과적으로 운용하지 못해 힘겨운 지연 작전을 전개했다.

그런데 이 와중에 육군본부 종합상황실을 지키고 전군을 지휘 통제해야 할 채병덕 참모총장이 적침 당일인 6월 25일 오전, 오후 두 차례나 느닷없이 7사단 지휘소가 있는 의정부에 나타났다. 상식선에서 도저히 납득 할 수 없는 참모총장의 이상야릇한 행보였다.

그는 보병작전 경험이 부족한 일본군 병기장교(대위) 출신이다. 그럼에도 참모들의 조언이 필요한 육본 상황실을 버리고 적정이나 지형지물도 제대로 파악하지 못한 채 최일선에 불쑥 나타났다. 게다가 유재흥 사단장의 지휘권을 일일이 간섭하며 반격작전을 독려했다. 심지어 사단장을 제치고 전투병력을 진두지휘하는 우스꽝스런 행태를 보이기까지 했다.

다른 지역은 일선 사단장의 독자적인 상황판단에 따라 방어작전을 수행하고 있었지만 적의 주 공격로인 의정부 방면에서만 유독 참모총장이 직접 나서서 스스로 작전지휘를 하다니 참으로 어이가 없었다. 이는 자칫 지휘권 남용으로 문책의 대상이 될 수도 있는 행동이었다. 그러던 중 26일 새벽 3시쯤에는 아군 7사단이 결사 항전하고 있는 의정부마저 적의 파상공세에 견디지 못해 언제 적의 수중에 떨어질지 모를 위급한 상황에 놓이게 되었다.

그럼에도 채 총장은 유재흥 사단장에게 이미 적의 수중에 떨어진 동두천을 탈환하도록 다그치기만 했다. 참으로 기가 막혔다. 채 총장의 이상한 행동은 여기에 한술 더 떠 7사단 지원을 위해 대전에서 이동 중인 2사단장 이형근 장군에게는 다짜고짜 적의 수중에 떨어진 포천을 탈환하도록 무전으로 명령하는 황당한 행태까지 보였다. 이게 제정신인가? 한마디로 좌충우돌이 아닐 수 없었다.

채 총장의 일방적인 지휘권 행사에 뭔가 석연찮은 점이 한두 가지 아니었다. 서울의 관문인 의정부 방어를 위해 전투력을 총집결시켜도 시원찮을 판국에 반격작전이라는 명분으로 병력까지 분산시키려 들다니 글쎄 왜 그랬을까? 상식 밖의 명령에 견디다 못한 이형근 사단장은 그러한 명령의 부당성을 지적하고 나섰다.

"소수단위 병력을 닥치는 대로 무질서하게 계속 투입해 희생만 늘어나는 수차遂次 투입은 결국 병력손실을 자초하는 자살행위와 다름이 없습니다. 현재 대전에서 이동 중인 16, 25연대 등 사단의 주력이 도착할 때까지 기다렸다가 병력을 집중운용하는 게 타당할 것 같습니다."

그러나 채 총장은 요지부동이었다. 오히려 이 장군에게 버럭 고함을 지르며 역정을 내기까지 했다.

"선발대로 도착한 2개 대대가 있다 않아. 그걸루다 포천을 탈환하라우. 이거이 통당(총장) 명령이야."

숫제 막무가내였다. 이 장군이 선발대로 인솔해온 2개 대대 병력으로 무조건 반격작전에 나서 포천을 탈환하라고 강권을 발동하다니 말이 되는 소리인가? 한마디로 즉흥적이고 무모한 전략이었다. 때문에, 대전에서 선발대로 도착한 2개 대대 병력은 적의 총알받이로 내몰려야 했다.

육군참모총장은 직책상 이 시점의 중대한 포지션인 육군본부 상황실을 장악하고 전 전선에 걸친 방어 및 공격작전을 총괄 지휘하는 것이 당연한 임무가 아닌가 말이다. 그럼에도 채 총장은 아예 자리를 비워두고 치열한 방어전을 전개 중인 최일선에 나타나 사단장의 지휘권마저 침해했다. 게다가 방어전략에 대한 견해 차이로 일선 사단장과 적전 내분까지 일으켰다. 실로 어이가 없었다. 물밀듯이 밀려오는 적의 파상공세로 미뤄볼 때 의정부뿐만 아니라 수도 서울 함락도 시간문제였다. 이런 긴박한 상황에서 군 수뇌부 간의 의견 충돌로 감정의 골만 깊어가고 있었다.

따지고 보면 채병덕 참모총장과 이형근 사단장의 갈등은 3년 전부터 싹트기 시작해 사사건건 의견 충돌을 일으키기 일쑤였다. 한마디로 앙숙인 셈이다. 이형근 장군이 8사단장으로 동해안 지구에서 공비소탕에 나서고 있을 무렵이던 1949년 8월 6일 남로당 출신 빨치산 두목 이호제가 300여 명의 공비를 이끌고 남파돼 강원도 양구를 거쳐 태백산으로 침투해 왔다. 이호제는 8·15 광복 직후 자진 월북해 북한의 빨치산 양성소인 강동정치학원장까지 지낸 남로당 출신의 거물급 공비였다.

이때 이성가李成佳 대령이 지휘하는 태백산지구전투사령부가 이들의 침투경로를 면밀히 추적해 토벌작전에서 모두 궤멸시켜버렸다. 대단한 전과였다. 이형근 사단장은 이 토벌작전에서 생포된 빨치산 두목 이호제의 목을 베어 육군본부로 보냈으나 채 총장이 이 사실을 전혀 받아들이지 않았다.

이후 이형근 장군은 동해안에 계속 침투해오는 공비들을 소탕하고 조만간 적의 대규모 남침이 예상된다고 육군본부에 여러 차례 경고 보고를 올렸으나 역시 채 총장으로부터 아무런 반응이 없었다. 이에 화가 난 이 장군은 "더 이상 동해지구를 책임질 수 없다"며 사의를 표명하고 말았다. 뒤늦게 자신의 과오를 인정한 채 총장이 설득하는 바람에 이 사단장의 사의는 반려 되었지만 이들 두 지휘관 사이에는 결코 풀릴 수 없는 응어리가 계속 이어지고 있었다.

그들에게 보이지 않은 또 다른 라이벌 의식을 내면에 지니고 있는 것도 숨길 수 없는 사실이었다. 창군 멤버인 그들 중 이형근 장군이 군번 1번이었고 채병덕 총장이 2번, 유재흥 장군이 3번이었다. 따지고 보면 군번 서열은 별 의미가 없지만 이 장군은 자신이 대한민국 국군 장교 군번 1번임을 대단한 긍지로 여기고 있었다. 하지만 후임 군번인 참모총장의 지휘를 받는 사단장에 불과했다. 어쨌든 공교롭게도 군번 1 · 2 · 3번인 세 장군이 적의 파상공세를 받고있는 의정부 최전선에서 전략상의 문제로 내분을 일으키고 있는 것은 분명한 사실이었다.

그러나 국운이 풍전등화에 놓여 있는 상황에서 국군 최고 지휘관인 채 총장은 의정부 전선에서 머뭇거리고 있을 때가 아니었다. 의정부 전선은 관할 지휘관에게 맡기고 육군본부를 장악해 전체 방위선을 한강 이남으로 이동시키거나 서울시민의 안전한 피란을 지원하는 것이 무엇보다 시급했다. 그럼에도 그는 이미 적의 수중에 떨어진 동두천과 포천을 탈환하는 데에만 정신을 팔고 있었다.

유재흥 장군은 이 같은 위기상황에서 채 총장의 명령에 썩 마음이 내키지 않았지만 이형근 장군의 반발을 의식해 자신마저 거부반응을 보일 수 없었다. 그래서 그는 '명령에 살고 명령에 죽는다'는 엄격한 군령軍令에 복종하여 26일 오전, 7사단의 일부 병력을 빼돌려 동두천 탈환작전에 나섰지만 예측했던 대로 괴물같은 40여 대의 적 탱크에 압도당하고 말았다.

유 장군은 결국 채 총장이 전투병력의 수차투입을 고집하는 바람에 엄청난 손실만 입고 같은 날 저녁 의정부마저 포기하는 비운을 맞게 된다. 채 총장의 고집대로 수차 투입한 병력으로만 따진다면 적이 이 방면의 공격에 18개 대대를 투입한 데 비해 아군은 6월 27일까지 불과 이틀 동안 도합 27개 대대를 쓸고 넣고도 패퇴하고 만 것이다. 때문에 서울사수를 위한 최후의 방위선인 미아리 전선에선 8개 대대 병력밖에 남지 않았다.

이형근 장군도 만약 이의를 제기하지 않고 채 총장의 명령에 따라 2개 대대에 불과한 소수병력으로 무조건 반격작전을 강행했더라면 병력 손실만 초래하고 실패했을 게 불을 보듯 뻔했다. 그러나 채 총장은 적의 서울 침공을 바로 눈앞에 두고 전 전투병력이 최후의 방어전에 돌입해야 할 시점에 명령 불복종을 이유로 이형근 사단장을 해임해 버렸다. 그러고는 이 장군이 지휘하던 2사단을 7사단에 배속시켜 의정부지구전투사령부로 개편한 뒤 유재흥 장군을 전투사령관으로 임명했다.

위기상황을 도외시하고 적전 내분을 일으킨 참모총장의 즉흥적인 인사조치와 전투부대 재편이었다. 여기에다 설상가상으로 의정부지구 전투사령부가 서울 북방 창동 저지선까지 밀려나게 되자 채 총장은 장병들의 사기를 북돋운답시고 허위사실까지 유포하기에 이른다. 오지도 않는 미 공군의 B-29 폭격기 100대가 6월 27일 정오 한국군을 지원하기 위해 출격한다는 내용의 허위사실을 공식 발표한다.

전투사령부 정훈장교는 물론 국방부 정훈장교들까지 총동원해 아군의 각 진지를 돌며 "미 공군의 B-29 폭격기 100대가 오늘 낮 12시에 서울 상공에 출격한다"고 마이크 방송을 해대며 병사들의 사기를 북돋웠다. 하지만 정오를 넘겨 오후 2시가 되어도 B-29는커녕 적의 포탄만 비 오듯이 쏟아지는 거였다.

적의 122밀리 직사포탄은 이미 서울 시내에도 떨어지고 있었다. 그럼에도 채 총장은 26일 밤 의정부 방어전에서부터 "내일이면 B-29 폭격기가 날아온다"며 독전했던 것이다. 하지만 채 총장의 호언장담이 거짓으로 드러나면서 실망과 분노에 치민 병사들의 사기가 극도로 저하돼 결국 전의를 상실하고 만다. 때문에, 아군 7사단은 6월 27일 아침 최후의 보루로 삼았던 의정부를 빼앗기고 함준호 대령의 1연대로 하여금 서울 북방 창동에서 마지막 저지선을 구축토록 했으나 이마저 무너진 둑이 되고 만다.

함 대령은 최일선에서 전의를 상실한 연대 병사들을 다독거리며 방어전을 진두지휘하던 중 적의 탱크 포화를 맞고 온몸이 으깨져 피투성이로 산산 조각나 버렸다. 함 대령의 죽음은 6 · 25 전쟁에서 연대장급 고위지휘관으로서는 첫 전사를 기록했다. 이 때문에 창동 저지선이 얼마 버티지 못하고 어이없게 무너지는 비운을 맞아야 했다.

22. 유비무환

중서부 전선이 북괴군의 대대적인 공세로 녹아나고 있을 때 중동부 전선의 아군 제6사단과 8사단은 개전 초부터 적의 공격을 효과적으로 차단하며 막심한 타격을 가하고 있었다.

　특히 6사단은 6·25 남침 발발 이전부터 적과 자주 맞닥뜨린 국지전에서 충분한 전투역량을 쌓아왔다. 자그마치 67회의 교전을 통해 평소에도 적의 동태를 훤히 꿰고 있었다. 이 때문에 무모하게 공격 해오던 적의 대병력은 마치 독안에 든 쥐처럼 오도 가도 못 하고 묶이면서 막대한 손실을 입고 고전을 면치 못했다. 북괴군 최고사령관인 김일성이 제2집단군 사령관과 사단장을 모두 갈아치울 정도로 엄청난 타격을 입힌 것이다.

　아군 6사단장 김종오 장군은 적침을 앞두고 원주에 사단지휘소를 설치한 뒤 임부택 중령의 7연대를 춘천 북방에, 함병선 대령의 2연대를 홍천 북방 인제 방면에 각각 포진시켰다. 그리고 민병권 대령의 19연대를 예비연대로 사단본부에 주둔시켜 종심방위선을 구축하는 등 적의 기습공격에 철저히 대비해 왔다.

　그는 이 무렵 피아간에 국지적인 충돌이 잇따르는 데다 적의 귀순병을 통해 입수한 적정이 심상치 않다고 짐작하고 있었다. 그래서 육군본부의 지시에도 아랑곳하지 않고 전 장병들에게 주말 외출·외박을 일절 금지시키고 비상경계령까지 강화했다. 때문에, 개전 직전까지 휘하 장병들의 불평불만이 많았으나 아니나 다를까, 적은 국군 6사단 전면에 자그마치 2개 사단이나 투입, 파상공격을 감행해온 것이다.

전면 남침을 개시한 적 2사단은 애초 6월 25일 중으로 춘천을 점령하고 7사단은 홍천을 제압하여 국군 6사단 본부가 주둔해 있는 원주를 격파할 계획이었다. 여기에다 적 7사단에는 남로당 출신의 빨치산부대 1개 대대가 전면 남침과 동시에 후방 교란의 임무를 띠고 배속돼 있었다. 적의 작전계획은 이 빨치산부대의 후방 교란작전과 함께 춘천과 원주를 동시에 점령하는 것이 목적이었다.

그러나 아군 6사단의 방어전략은 그렇게 호락호락하지 않았다. 김종오 사단장은 장병들의 불평불만에도 불구하고 비상경계령 강화로 완벽한 임전태세를 갖추고 있었다. 춘천에 방위선을 구축하고 있던 7연대는 적의 곡사포가 맹렬한 기세로 포격을 가해 전초기지가 어이없게 무너지자 사단본부의 종심방어계획에 따라 제2방어진지로 철수했다. 후퇴가 아닌 전략상의 철수작전이었다.

그 무렵 적의 서머호트 10대가 자주포를 연달아 쏴대며 공격해 오는 것을 아군의 대전차포 중대가 가장 가까운 근접지점에서 대기하고 있다가 57밀리 대전차포로 명중시켰으나 꿈쩍도 하지 않았다. 이를 보다 못한 특공대원들이 달려가 수류탄과 화염병으로 서머호트 두 대를 격파하자 나머지 8대는 지레 겁을 먹고 퇴각해 버렸다. 이에 사기가 충천한 아군은 상부의 철수명령을 거부하고 백병전까지 벌이며 적을 격퇴했다.

특히 김용배 소령이 지휘하는 7연대 1대대의 치밀하고 조직적인 방어전은 아군을 우습게 알고 쳐들어오던 적의 간담을 서늘하게 하고도 남음이 있었다. 1대대 병사들은 적의 기습에 대비해 미리 소양강을 건너 지내리池內里에 방어진지를 구축하고 만반의 전투태세를 갖추고 적이 나타나기만을 기다렸다. 아니나 다를까, 예측했던 대로 적 1개 중대 병력이 짙은 안개 속에서 아군을 뒤따라 소양강을 건너오는 거였다. 하지만 섣불리 공격하지 않고 숨을 죽이며 적을 유인했다. 마침내적이 200여 미터 사정거리까지 접근해 왔을 때 대대장 김 소령의 사격개시 명령이 떨어지고 집중사격으로 순식간에 적을 전멸시키는 전과를올린 것이다.

김종오 사단장은 이를 계기로 승기를 잡게 되자 예하 16포병대대가보유 중인 12문의 105밀리 박격포 중 7문을 춘천의 7연대, 5문은 홍천의 2연대에 각각 배치했다. 아군 포병대는 엄호사격으로 효과적인대응에 나서는 한편 대거 남진해 오던 적 2사단의 밀집부대를 강타해주력을 침묵시켰다. 이 과정에서 춘천사범학교 학생들이 위험을 무릅쓰고 포탄을 날라다 주는 등 아군의 반격작전에 크게 기여했다.

아군의 주도면밀한 반격작전으로 적 2사단은 단 하루 동안의 전투에서 40% 이상의 병력과 장비손실을 입고 전열이 흐트러지고 말았다. 6·25 남침 이래 우리 국군이 최초로 대승을 거둔 이른바 '소양강 섬멸작전'의 서곡이었다. 소양강 북방에서 기습공격 해오던 적 2사단은 전력면에서 3분의 1에 불과한 아군 7연대의 반격전과 포병대대의 집중적인 포사격으로 극심한 타격을 입었다. 이 때문에 적은 작전 계획상 공격전열의 균형이 깨져서 만 이틀이나 공격이 저지되는 바람에 북괴군전체의 남침작전에 엄청난 차질을 빚고 말았다.

강원도 화천 북방에 지휘부를 두고 중동부 전선의 전반적인 작전을지휘하던 북괴군 제2집단군 사령관 김광협 중장은 당황한 나머지 홍천으로 주 공격로를 정해 기습작전에 나섰던 7사단의 주력 2개 연대를 급히 빼돌려 소양강 전투에 투입했다.

이에 따라 애초 홍천을 공격하려던 적 7사단은 춘천 공격에 나섰다가 지리멸렬해버린 2사단을 지원하기 위해 공격 방향을 춘천으로 돌리는 바람에 홍천 공격에도 큰 차질을 빚게 된다. 적은 27일 새벽 5시를 기해 자그마치 4개 연대의 대병력으로 맹렬한 포격과 함께 기어이 소양강 도하작전을 감행했다. 그러나 적은 춘천 시내에 단 한 발짝도 들여놓지 못했다.

아군 7연대가 견고한 방어진지를 구축해 둔 데다 원주에서 경춘선을 타고 증원된 19예비연대와 합동작전으로 화력을 집중하여 적의 공격을 완벽하게 저지했기 때문이다. 여기에다 사기충천한 병사들이 서로 육탄용사를 지원해 적 탱크를 4대나 파괴하고 7대를 노획하는 등 적의 기세를 단단히 꺾어놓은 것도 대단한 전과였다.

이후 적은 다시 1개 연대를 증원해 도합 5개 연대의 대병력으로 필사적인 도하작전을 감행해 공격개시 13시간 만인 이날 오후 6시쯤 가까스로 춘천 시내에 진입하게 된다. 그러나 아군이 춘천에서 퇴각한 것은 결코 적의 공격에 밀려난 것이 아니라 중서부 전선의 국군이 모두 한강 이남으로 철수하는 바람에 전체 전선의 균형유지를 위해 육군본부에서 철수명령을 내렸기 때문이다. 따라서 아군 6사단은 중서부 전선의 여느 사단과는 달리 체계적이고 조직적으로 병력과 장비를 완벽하게 철수시킬 수 있었다. 아군 6사단의 전투상황은 일선 지휘관들이 교과서로 삼아야 할 만큼 유비무환有備無患의 모델케이스가 아닐 수 없다.

이 사흘간의 대규모 전투에서 적 2개 사단은 사상자 6572명, 실종(포로) 122명의 손실을 입었으나 아군 6사단은 전사 200명, 부상 353명에 불과했다. 아군이 중서부 전선에서 북괴군에 어이없게 당한 것을 중동부 전선에서 철저하게 갚아준 셈이다. 북괴군이 중동부 전선에서 개전 초부터 처참하게 무너지면서 속전속결로 치닫던 남침작전에 중대한 차질이 빚어지자 적화통일의 야욕에 부풀어 있던 김일성으로서는 여간 통탄할 일이 아니었다. 어떻게 준비해온 남침작전인데 중무장한 2개 공격사단이 제대로 된 공격작전 한 번 펴보지 못하고 국방군의 1개 방어사단에 무참하게 깨진단 말인가. 이럴 수가… 보고를 접한 김일성은 책상을 치며 대로大怒했다고 한다.

김일성은 중동부 전선의 작전 실패를 반역으로 몰아 제2집단군 지휘부의 책임을 묻지 않을 수 없었다. 아니 그보다도 전선사령관을 비롯한 인민군대 전체 지휘부의 작전미스부터 추궁하고 넘어가야 했다. 그래서 개전 3일 만에 군 지휘부를 당장 갈아치우고 만다. 음흉한 통수권자 김일성다운 결단이었다. 전쟁 수행 중에 전격적으로 단행한 군 수뇌부의 경질엔 군의 원로로 고개 숙일 줄 모르는 최용건 전선사령관을 눈엣가시처럼 여겼던 소련 군사고문단장 스티코프 대장의 입김이 작용한 것도 큰 영향을 끼쳤다고 했다.

때문에, 스티코프의 꼭두각시에 불과한 김일성은 전선사령관을 겸하고 있던 최용건을 전선사령관직에서 해임하고 허울뿐인 민족보위상으로 복귀시키면서 소련파의 핵심인 부사령관 김책을 대장으로 승진시켜 그 후임에 앉혔다. 그러고 나서 제2집단군사령관 김광협을 중동부 전선의 패전에 대한 책임을 물어 해임과 동시에 대기령(대기발령)을 내렸다. 그 후임에는 평소 꼴도 보기 싫다던 김무정을 임명했다.

뛰어난 전략가인 김무정은 마침내 자신이 원하던 자리를 찾아가게 되었으나 그것은 김일성이가 파놓은 함정에 불과했다. 그는 제2집단군 사령관으로 부임하자마자 흐트러진 지휘체계와 전력을 제대로 수습하지 못한 채 내처 남진하다가 불과 3개월 만에 낙동강 전선에서 대패하고 만다. 그러다가 평양방위사령관을 지낸 후 패전의 책임을 지고 숙청당하는 비운을 맞게 된다. 그 자리가 김일성의 독약이 되어 돌아올 줄을 미처 상상도 하지 못한 것이다.

김일성은 또 2사단장 이청송과 7사단장 전우 소장(남한의 준장)을 각각 해임하고 후임에 보천보 전투의 영웅이던 최현과 최충국 소장을 임명했다. 일제강점기 동북항일연군과 비야츠크 88국제정찰여단에서 김일성과 생사고락을 같이해 온 이청송과 전우는 가혹하게도 반역죄로 몰려 정치교화소로 보내졌다. 정치교화소란 당과 군과 내각의 고위간부들이 반역이나 반동, 반당 행위를 했을 때 일정기간 가둬 놓고 자아비판으로 교화하는 곳을 말한다. 이들은 작전실패의 책임을 지고 하루 아침에 지옥으로 떨어진 것이다.

하지만 대기령을 받은 2집단군사령관 김광협은 정직과 다름없는 직권정지령으로 비록 무보직 상태이긴 하나 다행히 재등용(재임명)의 기회를 바라볼 수 있게 되었다. 그 와중에 애초 계획대로 순조롭게 공격전선을 유지하고 있던 부대는 동해안을 따라 남침해 온 북괴군 김창덕 소장의 제5보병사단이었다. 김창덕 역시 항일연군 시절부터 김일성 휘하에서 소대장, 중대장을 거친 인물이며 그는 예정대로 육로를 통해 아군 8사단이 포진하고 있던 강릉으로 공격해와 그나마도 김일성의 체면을 살려주었다.

여기에다 특수유격대인 766군 부대와 육전대(해병대) 1개 대대병력은 동해안 깊숙이 침투, 강릉 정동진과 삼척 임원진에 각각 기습상륙을 감행함으로써 김일성의 노여움이 다소 풀어지게 된다. 766군 부대는 애초 남한의 후방을 교란하던 빨치산부대장 남도부가 지휘했으나 남침작전이 전개되면서 정규 인민군의 오진우 총좌가 지휘권을 넘겨받게 된다.

766군 부대는 6 · 25 남침전쟁의 전위부대로 이 유격부대의 모체는 조선인민군 제3군관학교였다. 여느 남로당 출신 빨치산들과는 달리 애초부터 1개 연대 규모의 정규 인민군으로 조직된 특수부대로 고도의 유격전 훈련을 쌓아왔다. 그들은 1949년 말 중국 국공내전에서 패한 국부군이 대만으로 쫓겨가면서 남기고 간 미제 무기와 장비를 중공으로부터 지원받아 철저하게 국군으로 위장하고 있었다.

특히 이 부대의 대대장인 표무원 · 강태무 중좌는 1년여 전 춘천과 홍천에서 부대원들을 이끌고 집단월북한 국군 소령 출신들이 아닌가. 그들은 각각 6월 25일 새벽 북괴군 제424대대와 200대대를 지휘하여 삼척 임원진으로 기습 상륙해 온 것이다. 아군의 입장에서는 어제까지만 해도 국군의 영관급 장교로 복무했던 자들의 남침이 한마디로 충격적이었다. 그런 자들이 이번에는 자신들이 끌고 간 대원들을 북에서 훈련시켜 다시 남으로 역공해 왔으니 기가 막히다 못해 기절초풍하고도 남음이 있었다.

북한 공산집단은 애초부터 치밀한 계획아래 중서부 및 중동부 전선에서 정석대로 감행해온 보전포 침공과는 달리 동해안은 순전히 게릴라 전법으로 침공을 개시했다. 남로당 공비들의 주요 활동거점이던 태백산과 오대산의 지형 조건을 충분히 고려했기 때문이다.

그들은 이미 전면 남침 이전부터 남한의 후방을 교란하고 공비들을 지원하기 위해 오대산과 태백산 일대에 유격대를 침투시켜 현지 적응 능력을 키워 왔다. 북한 공산집단은 1948년 여순반란사건을 전후해서 시작된 제1차 남파 유격대를 시발로 남침 3개월 전인 3월 28일까지 10여 차례에 걸친 남파에 이르기까지 도합 2000여 명의 유격대원을 주로 동해안을 통해 침투시켜 왔다고 했다.

그러나 국군 태백산지구전투사령부의 토벌작전도 만만치 않았다. 특히 1949년 8월 6일 제7차로 남파된 남로당 출신 빨치산 이호제(전 강동정치학원장)부대 300여 명을 궤멸시킨 것은 이형근 장군이 지휘한 국군의 주도면밀한 군관민 합동 소탕작전의 주효한 결과였다. 북괴는 이때의 실패를 거울삼아 역시 남로당 출신들로만 조직된 제10차 남파 유격대 700여 명에 대해서는 아예 국군 전투복을 착용시켜 토벌군으로 가장하기까지 했다. 게다가 병력과 장비도 여느 남파 유격대보다 강력하게 갖추고 오대산을 거점으로 은신해오면서 북괴군의 전면 남침을 기다리고 있은 것이다.

그들은 하나같이 해방공간에서부터 남로당 공비로 활동하다가 월북하여 강동정치학원에서 본격적인 빨치산 교육을 받고 남하한 자들이었다. 하지만 그들 역시 이호제부대처럼 국군과 경찰의 토벌작전에 의해 거의 소탕되고 말았다. 그러자 북괴는 잔존병력을 5~7명씩 총 20개 분조로 쪼개 소규모의 민심교란작전에 나서도록 했다. 참으로 집요했다. 하지만 그것이 그들의 마지막 남파공작이었다.

그 무렵 삼척에 주둔해 있던 아군 제8사단 예하 21연대는 동해안에서 범선을 타고 속속 임원진으로 상륙하는 적 766군 부대를 발견, 즉각 소탕전에 나서 105밀리 박격포로 상륙을 서두르던 범선을 두 척이나 침몰시켰다. 하지만 적은 아예 접전을 피한 채 태백산으로 숨어들어 먼저 도착해 대기하고 있던 빨치산부대와 합류했다.

또 다른 수송선 한 척은 공해상을 따라 계속 남하하여 6월 25일 오후 8시 30분쯤엔 야음을 틈타 부산 북동쪽 해상 54킬로까지 접근해왔다. 1000톤급인 이 수송선에는 국군병사로 위장한 북괴군 766군 부대와 육전대 병력 600여 명이 완전무장으로 승선해 있었다. 그들은 부산 청사포로 기습 상륙하여 후방을 교란할 계획이었다. 그러나 그들은 부산 앞바다를 초계 중이던 우리 해군 PC-701 백두산함(450톤급)에 포착되어 교전 끝에 격침되고 말았다.

만약 이 무장수송선을 조기에 격침하지 못했더라면 부산 시내는 적 게릴라들의 침투로 인해 일대 혼란에 빠졌을 것이다. 실로 간담을 서늘하게 했던 적의 기습작전이었으나 우리 해군의 신속한 대응으로 격퇴할 수 있었다.

한편 동해안의 육로에서는 이미 적 5사단이 공비 소탕작전에 나선 아군 8사단의 전력 열세를 틈타 팔로군의 전형적인 인해전술로 밀어내면서 해안선을 따라 남하하고 있었다. 아군 8사단은 동해안에 상륙한 적 유격대를 소탕하는 한편 적 5사단과 치열한 접전을 벌였으나 결국 육군본부의 작전계획에 따라 철수하지 않을 수 없었다.

아군 8사단은 그동안 남파 유격대와 남로당의 공비소탕전을 통해 전투역량을 충분히 쌓아왔다. 때문에, 조직적인 연락망을 통해 강릉시민과 군경가족들을 미리 제천으로 철수시키는 등 질서정연한 퇴각작전으로 별다른 피해를 입지 않았다.

23. 대통령의 피란길

6월 25일 이른 아침부터 서울 시내 곳곳에서는 북괴군이 38선을 뚫고 전면 남침했다는 소문이 파다하게 번지고 오후가 되면서 가당찮은 일이 벌어지고 있었다. 피란민들이 남부여대하고 미아리고개를 넘어 물밀 듯이 밀려오고 있었고 그들 피란민 행렬 속에는 카빈총을 거꾸로 멘 의정부 형무소 형무관(교도관)들의 모습도 보였다. 재소자들을 다 어디로 보내고 빠져나왔는지 몰라도 그들은 완전히 전의를 상실한 패잔병처럼 고개를 푹 숙인 채 터덜터덜 맥없이 걸어오고 있었다.

피란민 행렬이 서울 중심가를 지날 무렵엔 인근 주민들까지 합세하면서 마치 구름처럼 꾸역꾸역 몰려들어 남쪽으로 향하고 있었다. 피란민들이 기나긴 행렬을 이루며 서울역 앞 동자동과 갈월동으로 이어지는 간선도로를 지나 한강 인도교를 향해 발걸음을 재촉할 때의 모습은 마침내 인구의 대이동 현상을 방불케 했다. 문자 그대로 인산인해였다.

그런 모습이 오갈 데 없어 서울역 염창교 아래에서 풍찬노숙하던 실향민들에겐 일종의 구경거리였다. 그들은 다리 아래에서 우루루 길가로 몰려나와 꾸역꾸역 밀려드는 피란민 행렬을 지켜보는 데 정신이 팔려있었다. 그들은 아무리 큰 난리가 나도 오갈 데가 없었기 때문이다. 그러나 그들은 무엇보다 피란민 행렬 속에서 카빈총을 거꾸로 멘 형무관들을 발견한 순간 섬뜩함을 느끼고 가슴이 철렁 내려앉는 것을 의식했다.

'아뿔싸, 이거 큰일 났구나.'

재소자들을 관리하는 형무관들이 형무소를 지키기는커녕 총대를 거꾸로 메고 달아난다면 세상 다된 게 아니냐고. 하룻밤 사이에 빨갱이 천지로 변해버린 세상….

실향민들은 시간이 흐를수록 불안하고 초조해진 나머지 도저히 그대로 피란민 행렬을 구경이나 하고 있을 때가 아니었다. 그들은 이미 북한에서는 반당분자, 아니 반역자가 되어버린 게 아닌가. 남한에서도 제대로 자리를 못 잡고 있는 처지에 여차하면 용공 분자로 낙인찍혀 쥐도 새도 모르게 잡혀갈지도 몰랐다. 별의별 생각이 꼬리를 물고 뇌리를 스쳤으나 아무리 생각해도 살아남기 위한 뾰족한 방법이 떠오르지 않았다.

어디선가 폭음이 울려오는가 했더니 양쪽 날개에 붉은 별도 선명한 북괴군의 야크 전투기가 서울 상공으로 날아와 마치 꽃가루를 날리듯 삐라를 뿌렸다. 삐라 내용은 대저 이러했다.

〈위대한 조선민주주의인민공화국 혁명무력은 남조선 괴뢰도당의 적대행위를 용납치 못할 북침으로 락인(낙인)하고 떨쳐 일어났다. 리승만 력적패당은 벌써 패배하고 수도 서울을 버렸다. 남조선 해방이 드디어 눈앞에 다가오고 있다. 국방군과 남조선 내각 요인들은 더 이상 무모하게 저항하지 말고 항복하라. 공화국은 여러분을 따뜻하게 맞이할 것이다.〉

또 다른 야크기 편대는 중앙청을 향해 기총소사를 가하기도 했다. 항복을 받아내기 위한 북한 공산집단의 심리전이었다.

저녁이 되자 "미아리 전선이 무너졌다"는 풍문이 급속도로 퍼져나가면서 서울은 그야말로 공포의 도가니 속으로 빠져들기 시작했다. 도심지 시민들은 처음엔 서울 북방의 전황이 어떻게 돌아가고 있는지 전혀 알 수 없었다. 하지만 대낮부터 피란민 행렬과 국군 부상병들이 한없이 밀려오는 것을 목격하고 사태가 심각하게 돌아가고 있다는 것을 의식하게 되었다.

그러던 것이 해가 지고 서울 함락이 코앞에 닥쳤다는 유언비어가 난무하자 시민들은 여간 충격을 받지 않을 수 없었다. 그런 가운데 미아리와 청량리 방면에서는 주민들이 피란을 떠난 빈집에 무장한 국군장병들이 틈틈이 박혀 시가전을 벌이고 있다는 고무적인 소식도 전해지고 있었다. 그렇지만 전의를 상실한 채 꾸역꾸역 남쪽으로 밀려드는 낙오병들로 보아 크게 희망을 걸 상황은 아닌 것 같았다.

6월 26일 새벽 2시 경무대

이승만 대통령은 한국에 거류 중인 2000여 명의 미국인 철수계획에 여념이 없는 무초 주한 미국대사에게 전화를 걸어 "10대의 미 공군 수송기에 무기를 가득 실어 대구로 보내 줄 것"을 미국 정부에 즉각 타전하라고 요청했다.

그러고는 곧이어 일본 도쿄의 미 극동군사령관 맥아더 원수에게도 전화를 걸었다. 하지만 전화를 받은 부관이 "원수께서 취침 중이라 연결할 수 없다"고 말하자 이 대통령은 부관에게 버럭 화를 내며 "원수가 잠자리에서 일어나거든 꼭 이 말을 전해 주시오." 하고 전화를 끊었다.

이 대통령이 맥아더 원수의 부관에게 남긴 말은 이랬다.

"오늘 이 사태가 벌어진 것은 결국 누구의 책임이오? 미국이 한국에 대해 좀 더 관심과 성의를 보였던들 이런 사태까지 이르지 않았을 것이

외다. 우리가 여러 차례 경고하지 않았습네까. 누란에 빠진 한국을 빨리 도와주지 않는다면 미국 거류민들을 한국에서 단 한 발짝도 못 나가게 할 것이외다.”

단호한 어조로 말하는 이 대통령의 표정은 결연해 보이기까지 했다.

“이런 비극이 벌어지다니, 다 그자 때문이야. 존 하지!”

이 대통령은 흥분할 때마다 내비치는 특유의 안면근육을 떨며 혼잣말처럼 내뱉었다.

존 하지! 이 대통령의 입에서 이미 한국을 떠난 지 2년이 되는 하지 전 미 군정사령관의 이름이 느닷없이 튀어나오자 비서관들이 어리둥절한 표정으로 대통령을 쳐다봤다. 위기의식을 느낀 이 대통령은 미 군정 당시 미·소공동위원회와 신탁통치 문제로 사사건건 의견 충돌을 일으켜 대한민국 정부수립에 걸림돌이 돼 왔던 하지 전 군정사령관이 갑자기 생각이 난 것이다.

같은 시각

무초 주한 미 대사가 애치슨 국무장관에게 긴급 타전한 전문(2급 비밀) 내용은 이 대통령의 요구사항을 좀 더 구체적으로 밝히고 있다.

〈한국의 이승만 대통령은 아직 서울을 떠나지 않았다. 그는 방금 본 대사에게 전화를 걸어 폭탄이 탑재된 10대의 F-51 전투기와 바주카포를 대구로 보내주라고 요청했으나 아직 이 사실을 맥아더 원수나 그의 참모에게 전달하지 못했다.

이 대통령은 이 장비들이 내일 새벽에 도착하기를 바라고 있다. 그는 F-51 전투기가 그때까지 도착하지 않으면 북한 공산군의 공격에 대처하기 곤란하다고 말했다. 그밖에도 그는 105밀리 곡사포와 75밀리 대전차포를 각각 36문씩 요구하고 있다.〉

이에 앞서 미국 워싱턴에서 국무성 정보조사평가단이 커크 소련주재 미 대사가 모스크바 현지 시각 6월 25일 오후 3시에 1급 비밀로 긴급 타전한 보고서를 참고로 작성한 정보평가에 따르면 북한의 한국 침략 목적은 스탈린의 한반도에 대한 직접 지배에 있다는 판단이었다.

〈북한의 침략적인 군사행동은 명백한 소련의 도전이다. 이는 소련 공산제국주의에 대항하는 자유세계에서 미국의 지도력에 대한 직접적인 위협이기 때문에 미국은 확고하고도 신속하게 대응해야 할 것이다.
한국은 분명 미국의 정책과 미국이 지도하는 유엔 행동의 산물이다. 한국의 붕괴는 일본, 동남아 및 다른 지역에서의 미국에 대한 중대하고도 명백한 도전이다.
우리는 세계에 대해 한국의 독립유지를 지원해달라는 요청에 따라 군사원조와 유엔 안보리 조치를 포함한 모든 가용수단을 동원할 준비가 돼 있음을 즉시 밝혀야 한다.〉

미국무성의 정보조사평가(1급 비밀).

〈북한은 지금 한국의 수도 서울을 점령하여 결정적 승리를 얻으려 한다. 72시간 이내에 북한은 평화 제의를 해올 것이다. 이 제의는 이승만 정부의 항복을 의미하는 내용이지 애초의 목적을 변경시킨 것은 아닐 것이다.

한국군은 북한군보다 열세하며 통일된 무장이나 중포, 항공기가 없기 때문에 국지저항 이상은 고려할 수 없으며 특히 장비가 열세한 데다 탄약 보급 마저 한정돼 있다. 가까운 시일 안에 방어선이 무너져 서울을 빼앗기고 결국 조직적인 저항능력을 상실하고 말 것이다.

따라서 미국으로부터 항공기, 야포 등 우수한 군사장비를 즉각 제공받지 못하면 한국군의 사기에 역효과를 줄 것이며 군사적인 패배가 임박할수록 저항 의지도 꺾여 결과적으로 조직적인 저항이 종결될 것으로 판단된다.

소련은 지금 한국사태에 직접 개입하기를 회피하고 있으며 이것이 소련의 기본전략이다. 소련은 아직 3차 대전을 치를 만한 준비가 안돼 있기 때문이다. 현재 북한은 완전히 크렘린의 통제하에 놓여 있어 모스크바의 사전지령 없이 어떠한 행동도 스스로 감행할 가능성은 없으며 북한의 한국 침략은 소련의 행동으로 간주해야 한다.

소련의 공개적인 한국 침략 결정은 지난 8개월간 전략전술의 특징을 이루어온 호전성의 증가추세와도 일치한다. 그런 면에서 볼 때 북한의 한국 공격은 소련이 미국의 결의를 지상에서 시험하는 가장 좋은 계기라는 점이다. 소련은 이 시험을 통해 북베트남과 버마 및 말레이시아 공산당에 대한 중공의 지지도, 그리고 유고, 동독, 이란에 대해 소련이 취할 수 있는 행동을 알아볼 수 있을 것이다.

게다가 한국에 맹타를 가함으로써 동북아 및 동남아에서 미국의 위신을 떨어뜨리고 미국의 지원에 의해 고무된 반공세력에 심리적 타격을 주며 이 지역 인민들에게 소련의 위력을 과시할 수 있다는 것이 크렘린의 판단이다. 여기에다 소련이 주도한 북한의 남침전쟁이 성공한다면 서구에서 미국의 위신도 크게 손상될 것으로 보고 있다.

그뿐만 아니라 한반도에 대한 소련의 군사적 지배는 장차 미국과 동맹하게 될 일본을 위협할 수 있으며 특히 소련 군부는 전쟁이 발생할 경우, 미국 군사기지인 일본을 중립화 하는데 유리하다고 전망하고 있다. 왜냐하면, 한국의 패배는 태평양전쟁 패배 이후 스스로를 취약하게 보는 일본인들의 감정을 한층 심화하고 미국이 일본을 공산권의 침략으로부터 보호하지 못하리라고 믿게 하기 때문이다.

그러나 미국의 강경한 태도에 직면하면 소련은 언제나 한발 물러서게 마련이다. 한국사태에 미국이 확고한 입장과 효과적인 행동으로 한국을 지원하여 북한 공산군의 침략을 먼저 격퇴한다면 소련은 미국과의 전쟁에 개입하지 않을 것으로 판단된다.〉

같은 시각(미국 워싱턴 현지 시각 6월 25일 오후 7시 45분).

한국사태에 대한 제섭 순회대사의 메모(1급 비밀)는 긴박한 백악관의 상황을 이렇게 전하고 있다.

〈주말 휴가에서 돌아온 트루먼 대통령은 백악관 블레어 하우스에서 애치슨 국무장관을 비롯한 존슨 국방장관, 페이스 육군장관, 매튜 해군장관, 핀렌터 공군장관, 브래들리 합참의장, 콜린스 육군참모총장, 셔먼 해군참모총장, 반덴버그 공군참모총장 등 군 수뇌부를 만찬에 초대했다.

이 자리에서 브래들리 합참의장은 극동군 총사령관 맥아더 원수가 보내온 한국사태에 대한 보고서를 낭독했다. 애치슨 국무장관은 "현재 승인된 분량 이상의 무기와 장비, 탄약을 한국에 제공할 권한을 맥아더 원수에게 부여할 것"을 대통령에게 건의했고 브래들리는 "소련은 아직 직접 개입할 전쟁 준비가 안 돼 있으며 북한의 남침으로 시작된 한국전쟁은 저지선을 긋기 좋게 돼 있다"고 설명했다. 트루먼 대통령은 이를 즉시 승인했다.

콜린스 육군참모총장은 "현재 햄 라디오를 통해 무초 주한 대사와 로버츠 군사고문단장 등과 계속 접촉하며 메시지를 전달하고 있다. 도쿄의 맥아더 원수는 극동군이 보유하고 있는 박격포탄과 각종 야포 및 탄약을 이미 한국에 보냈으며 이 무기는 10일 이내에 한국에 도착할 것"이라고 말했다.

셔먼 해군참모총장은 "소련은 지금 전쟁을 원치 않지만 원한다면 참전할 것"이라고 전제한 다음 "현재의 한국사태는 우리에게 싸우기 좋은 기회를 제공하고 있다. 제7함대는 이미 일본으로 출동하여 맥아더 사령부 휘하에 들어가 있다. 필리핀 수비크만에 정박해 있는 미 함대도 한국으로 이동하는데 2일이면 충분하다. 함포를 쏘지 않아도 북한은 기가 죽을 것"이라고 했다.

반덴버그 공군참모총장은 "북한 공산군의 침략을 반드시 저지시켜야 한다"며 "그러나 이것은 소련이 참전하지 않을 것이라는 가정에서 하는 얘기"라고 덧붙였다. 그는 이어 "소련이 아닌 북한 공군만 개입한다면 미 공군이 북한 탱크를 충분히 격퇴할 수 있을 것"이라고 말했다.

이에 트루먼 대통령은 "만약 소련이 참전한다면 극동에 있는 소련 공군기지를 격퇴할 수 있겠는가"를 물었고 반덴버그는 "시간이 걸리겠지만 원자폭탄을 사용하면 가능할 것"이라고 답했다. 소련은 그때까지 원자폭탄을 개발하지 못하고 있었다.

페이스 육군장관은 미 지상군을 한국에 투입하는 문제에 대해 의문을 제기하며 "맥아더 원수가 신속히 어떤 조치를 해야 한다"고 강조했다. 매튜 해군장관도 신속한 행동의 필요성을 강조하고 "그것은 미합중국 국민의 지지를 얻어야 할 것"이라고 말했다. 핀렌터 공군장관은 "현재 미 극동공군에서는 한국에 거주하고 있는 미국인들의 철수를 위해 최대한의 신속한 조치를 하고 있다"고 밝히고 "소련이 참전치 않으면 극동공군으로도 충분한 상태"라고 말했다.

트루먼 대통령은 최종적으로 군 수뇌부가 건의한 모든 사항을 확인하고 승인했으나 존슨 국방장관은 "극동군의 맥아더 원수가 대통령의 권한을 위임받아 너무 많은 재량권을 갖지 않도록 훈령을 통해 제재할 필요가 있다"고 지적했다. 그는 처음부터 미 지상군의 한국 투입을 반대했다.〉

그러나 그 이튿날 커크 모스크바 주재 미국대사가 타전한 속보는 미 지상군의 조기 투입을 강력하게 주장하고 있다. 커크 대사의 전문(1급 비밀).

〈본 대사관은 북한의 침략사태를 광범위한 의미에서 자유 세계와 미 합중국의 지도력에 대한 소련의 직접적인 도발이라고 평가한다. 때문에, 육 · 해 · 공군, 특히 지상군의 단호한 반격은 세계대전을 각오할 준비가 안 돼 있는 소련을 충분히 견제할 것으로 판단된다.

이 평가가 맞든 틀리든 전략적으로 우리의 공식적인 군사행동은 한국에서의 국지적 상황에 초점을 맞추고 소련이 정식으로 북한 측에 참전하지 못하도록 일을 처리하는 것이 긴요하다.

본 대사관은 한국사태로 직접 소련의 주의를 환기시키고 소련이 북한 정권에 대해 통제력을 가지고 있다는 사실을 기록에 올려야 한다고 판단하고 있다. 소련을 정식으로 침략세력과 결부시켜 결과적으로 유엔을 비롯한 자유 진영의 강력한 반발을 여론으로 확산시켜야 할 것이다.〉

같은 날(한국 시각 6월 26일) 오전

날이 밝아오자 난데없이 적의 야크기 4대가 또다시 편대를 지어 서울 상공에 나타났다. 양쪽 보디와 날개에 붉은 별이 선명한 야크기는 서울 시가지를 공습하고 중앙청을 향해 기관총 소사를 해댔다. 때문에 이승만 대통령은 한때 경무대 방공호로 피신하기도 했다.

그러나 신성모 국방장관과 채병덕 참모총장은 판에 박은 듯 "사태가 호전되고 있다"는 낙관적인 전황 보고만 경무대에 올렸다. 이에 반해 경찰보고는 상당히 구체적으로 위험한 상황을 보고했다. 하지만 이 대통령은 군 수뇌부의 전황 보고를 더 신뢰했다. 그래서 그는 정부의 천도 문제를 전혀 고려하지 않고 있었다.

하지만 이날 밤 9시쯤 의정부가 적의 수중에 떨어지고 최후의 저지선인 서울 북방 창동과 미아리 전선마저 위태로워지자 비서진들의 일시피란 건의를 더 이상 묵살할 수 없었다. 이때 마침 경찰 정보망을 통해, 보다 정확한 전황을 체크하고 있던 김태선 서울시경국장이 경무대로 찾아와 이 대통령과 독대했다.

김 국장과 마주 앉은 이 대통령은 약간 불그스레한 모습이었다. 평소 술을 전혀 입에 대지 않았던 대통령이 오죽했으면 한 모금 마셨을까. 김 국장은 대뜸 그런 생각이 뇌리를 스쳤다고 했다.

"각하! 지금 이러고 있을 때가 아닙니다. 전황이 매우 위급하게 돌아가고 있습니다. 각하께서 일시 안전한 곳으로 피신한 다음 정부 천도부터 결정해야 합니다."

"자네, 그게 무슨 소리인가. 난 안 가. 내가 경무대를 비우면 국민들이 누굴 믿고 서울을 지킨단 말인가?"

이 대통령은 단호했다. 그는 아예 절규에 가까운 김 국장의 건의를 귀담아들으려 하지 않았다.

"각하께서 서울을 떠나시더라도 전쟁은 계속 수행해야 합니다."

"아니야. 그게 아니야. 자네, 그거 모르는 소리야. 나라와 국민을 지키기 위해 국군통수권자인 내가 끝까지 남아 있어야 하네."

이 대통령은 요지부동이었다.

따지고 보면 대통령이 일시적이나마 수도 서울을 비우고 피란길에 나선다는 것 자체가 비통한 일이 아닐 수 없다. 그러나 머뭇거리고 있을 때가 아니었다. 한시가 급했다. 어쨌든 떠나고 볼 일이었다.

"각하! 지금 서대문형무소에는 사상이 불온한 죄수들이 수천 명이나 갇혀 있습니다. 우리 경찰이 철통같은 경비망을 구축하고 있긴 합니다만 자칫 놈들이 탈옥이라도 한다면 먼저 인왕산을 넘어 여기 경무대로 쳐들어올 것입니다. 각하는 우리 대한민국의 상징입니다. 만에 하나라도 일이 잘못되면 나라가 망합니다."

김 국장은 절박한 심정으로 대통령의 피란길을 계속 종용했다.

그의 말마따나 어쩌면 대통령이 일시 안전한 곳으로 옮기고 난 뒤 정부의 기능을 살리는 것이 현명한 판단인지도 모른다. 김 국장이 위급한 전황을 누누이 설명하며 거의 매달리다시피 재촉하자 이윽고 이 대통령의 마음이 조금씩 흔들리기 시작했다.

여기에다 이날 밤 자정을 기해 열린 비상국무회의에서 정부를 한강 이남 수원으로 천도키로 결의한다. 이어 신성모 국방장관과 이기붕 서울시장, 조병옥 내무장관 등이 경무대로 달려와 비상국무회의 결과를 보고하고 전황의 심각성을 지적하며 서둘러 수도 서울을 빠져나갈 것을 건의하기에 이른다. 이 대통령은 신 장관을 보자마자 특유의 안면 근육이 떨리는 노기 띤 표정을 감추지 못했다.

"신 장관!"

"네, 각하!"

"자넨 탯胎덩이야."

탯덩이는 어린애 같이 생각이 깊지 못하다는 뜻이었다.

"자넨 불과 몇 시간 전까지만 하더라도 사태가 호전되고 있다고 나를 안심시키지 않았나? 저런 탯덩이를 국방장관이라고…."

신 장관은 이 대통령의 질타가 이어지자 안절부절 몸 둘 바를 몰라 후들거리며 머리만 조아렸다.

"각하! 면목 없습니다."

그러나 이미 때는 늦었다. 이러고 있을 때가 아니었다.

이 대통령은 조 장관이 "우선 떠나고 봐야 한다"며 재촉하는 바람에 결국 경무대를 떠나 일시 피란길에 오르게 된다. 서울이 함락되기 만 24시간 전인 6월 27일 새벽 3시. 하지만 대통령의 피란길은 너무도 쓸쓸했다. 주룩주룩 비까지 쏟아지고 있었다. 대통령의 피란길에는 황규면 비서관과 경호경찰관 3명만이 수행했다. 극비에 황급히 떠나는 바람에 서울역에 마련된 특별열차마저 증기기관차에다 3등 객차 2량을 연결한 것뿐이었다.

이승만 대통령 일행이 특별열차에 오르기 바쁘게 기적도 울리지 않고 서울역을 미끄러져 나갔다. 정부 수립 이후 2년이 가깝도록 대통령의 전용열차를 마련하지 못하고 필요할 때마다 특별열차를 이용해 왔으나 이번에는 말이 특별열차이지 추레하기 그지없었다. 커버도 씌우지 않은 객차의 시트는 때에 잔뜩 절어 있었고 차창마저 깨져 스산한 비바람이 스며들었다.

이 대통령의 연세 74세. 황 비서관은 경황없이 대통령 내외를 모시고 경무대를 빠져나오느라고 미처 담요 한 장 챙기지 못했다. 노구를 이끌고 피란길에 오른 대통령 내외는 정신적으로 무척 힘들어 했지만 육체적으로도 견디기 힘든 여행을 강행하지 않을 수 없었다.

특별열차는 캄캄한 어둠을 뚫고 일로 남으로 달리고 있었다. 등화관제 때문에 객차 안에도 칠흑같이 어두웠다. 이 대통령과 부인 프란체스카 여사는 얄팍한 코트 하나만 걸치고 때 절은 시트에 기댄 채 팔베개를 베고 잠시 눈을 붙였다. 북한 공산집단의 남침 이후 지난 이틀 동안 노심초사하느라고 눈 한 번 제대로 붙이지 못했다.

날이 밝아오자 노령의 대통령 내외는 토막잠에서 깨어났다. 비가 멎고 화창하게 갠 날씨였다. 이 대통령은 서울을 떠난 이후 백척간두에 선 국운을 걱정하며 이런저런 생각으로 침통한 표정을 감추지 못한 채 내내 무거운 침묵만 지키고 있었다. 하지만 프란체스카 여사는 뜨거운 아침 햇살이 비치자 차창 밖으로 펼쳐지는 철도 연변의 평화로운 농촌 풍경을 바라보며 "오! 아름다운 강산!" 하고 감탄하는 거였다.

특별열차가 유유히 흐르는 낙동강을 끼고 왜관을 지날 무렵이었다. 차창에 비친 낙동강 연변은 한 폭의 풍경화처럼 아름답고 평화로운 장면이 펼쳐졌다. 초여름의 훈훈한 강바람이 불어오고 들판에는 파란 벼 이삭이 돋아나 농민들이 바쁜 일손을 움직이고 있었다. 이 평화로운 고장이 불과 한 달 만에 지옥의 전쟁터로 돌변하게 될 줄은 아무도 예측하지 못했다.

이 대통령은 전쟁이 위급한 상황으로 몰리고 있는 줄도 모르고 평화롭게 농사일에 매달려 있는 농민들의 일상을 물끄러미 바라보다가 마침내 탄식하듯 긴 한숨을 삼키는 거였다. 대통령 내외는 그렇게 덜커덩거리는 특별열차를 타고 대구까지 내려갔다. 특별열차가 대구역에 도착한 시간은 6월 27일 정오. 서울역을 떠난 지 8시간 만이었다. 그러나 이 대통령은 특별열차가 대구역에 도착한 사실을 뒤늦게 깨닫고 무거운 침묵을 깨며 다급하게 황 비서를 불렀다.

"이보게 황 비서! 난 평생 처음으로 판단을 잘 못 했어. 그 자들한테 속았어. 빨리 기관차를 돌리게."

평소와 달리 언성이 높은 것으로 봐 이 대통령의 마음이 매우 착잡한 모양이었다.

특별열차를 되돌리는 동안 대구역에 잠시 머문 이 대통령은 황 비서의 연락을 받고 달려온 조재천 경북지사와 대구에 주둔 중인 유승렬 제3사단장을 만나자마자 이렇게 당부했다.

"나 여기까지 왔다가 다시 올라가네. 자네들은 어서 가서 싸우게."

그러고는 곧장 다시 북상해 같은 날 오후 5시쯤 대전역에 도착했다. 제1차 임시수도가 대전으로 정해진 이유다.

24. 수도 서울을 포기하라

이승만 대통령이 경무대를 떠나기 한 시간 전인 6월 27일 새벽 2시쯤 육군본부에서는 채병덕 육군참모총장과 전투함 도입을 위해 미국에 체류 중인 손원일 해군참모총장을 대리한 김영철 해군참모차장, 김정렬 공군참모총장 등 3군 참모총장이 긴급회동을 가졌다.

이 자리에서 3군 참모총장은 "미국의 직접적인 지원이 없는 한 사태는 절망적"이라는 판단에 의견일치를 보였다. 그러나 김정렬 총장은 "초기 대응전략이 너무 부족했다"고 지적했다. 김 총장은 25일 오전 적침 보고를 받고 즉시 육군본부에 달려가 긴박한 상황에서 우유부단하게 미적거리고 있는 채 총장을 향해 "결전해야 할 거 아니오!" 하고 격한 감정으로 대들었던 기억을 다시 떠올렸다.

그때 김 총장은 "만약 수도 서울을 사수하기 위해 결전한다면 어느 선에 병력을 집중배치 해야 하느냐는 것부터 판단해야 한다"는 조언도 아끼지 않았다. 오죽했으면 공군참모총장이 지상군 전투상황까지 조언해야 했을까. 하지만 이미 지나간 일을 후회해본들 무슨 소용 있겠는가.

"내레, 미 군사고문단으로부터 약속받은 거이 10일간의 탄약 확보가 고작이었시오."

꿀먹은 벙어리처럼 앉아 있던 채 총장은 비로소 긴 한숨을 삼키며 무거운 침묵을 깼다.

그는 "미 공군 B-29 폭격기 100대가 출격한다고 공표한 사실도 알고 보니 미 거류민의 철수를 엄호하기 위해 일부 전폭기 편대가 날아왔을 뿐"이라며 "그 폭격기 편대는 북괴군의 야크기 7대를 격추했지만, 우리 군에 대한 직접적인 지원이 아니었다"고 실토했다. 그럼에도 불구하고 그는 서울 북방 창동 저지선에서 국군 병사들에게 거짓 전황을 알려 혼란만 가중한 것이다. 어쩌자고 그랬는가?

채 총장은 다만 위급한 상황에서 병사들의 사기를 북돋우고 패배의식에서 벗어나기 위한 조치였다고 해명했다. 어쨌든 3군 수뇌부 회동에서 육군은 주력부대를 상실한 후에도 게릴라전으로 끝까지 항전하고 해·공군은 육군의 작전에 적극적으로 협조하되 최후단계에서 망명정부 요인들의 안전한 수송을 담당한다는 원칙을 세웠다.

곧이어 비상국무회의에 참석하고 돌아온 신성모 국방장관이 다시 3군 수뇌부회의를 주재했다. 그는 비상국무회의에서 수도 서울의 수원 천도를 결의한 뒤 경무대에서 이 대통령이 피란길에 나서는 것을 보고 새벽 5시쯤 국방부 청사로 돌아온 것이다. 그는 우선 비서실장 신동우 중령을 시켜 3군 참모총장과 국방부 및 육군본부 각 국장 등 회의 참석자들에게 마치 이별주라도 나누려는 듯 미리 준비한 스카치 위스키를 일일이 캔팅 컵에 한 잔씩 따르게 했다.

그리고는 서울에서 마지막으로 군 수뇌부 회의를 주재하며 비통한 어조로 말문을 열었다. 그는 2차 세계대전 당시 런던에 있었던 폴란드 망명정부를 예로 들면서 이렇게 말했다.

"결국, 전세가 불리하여 수도 서울을 버릴 수밖에 없습니다."

26일 자정까지만 해도 이 대통령에게 거짓 전황 보고를 하는 등 자신만만한 태도로 일관하던 때와는 달리 눈물까지 삼키는 거였다. 어리석고 나약하기 그지없는 국방장관의 민낯이었다. 이 위스키 한 잔이

군 수뇌부가 최후까지 버텨보지도 못하고 수도 서울을 버리는 고별주란 말인가. 긴박한 상황에서 회의장 분위기는 간간이 긴 한숨을 토해내는 소리만 들릴 뿐 찬물을 끼얹은 듯 무거운 침묵이 흐르고 있었다.

바로 이때 국방부 정훈국장 이선근 대령이 책상을 "쾅!" 치면서 침묵을 깨고 분노한 얼굴로 자리를 박차고 일어났다.

"제가 책임자로 있는 국방부 정훈국에서는 적침 이후 촉각을 곤두세우는 불안한 전황에도 불구하고 대국민 담화를 통해 아군이 반격에 나서 해주까지 진격했다, 의정부를 탈환했다, 수도 서울을 사수한다, B-29가 날아온다 등등 온갖 거짓 정보를 사실인 양 발표해 왔습니다.

그런데 이제 와서 마지막으로 시가전도 한 번 안 해 보고 서울을 버리다니 도대체 이게 말이 되는 소립니까. 철수하느니 차라리 백만 학도를 동원해서라도 서울을 사수해야 합니다. 우리 군을 태산같이 믿고 있는 서울시민들을 그냥 버려두고 갈 수 없습니다."

그는 쩌렁쩌렁 울리는 목소리로 논리정연하게 역설했다.

북괴군의 남침 직전까지 서울대학 교수로 강단에 섰던 그는 사학자답게 임진왜란 당시 선조 임금이 서둘러 몽진을 떠났기 때문에 민심이 흐트러져 왜적의 한양 입성을 자초했던 역사까지 들먹였다. 그리고 그는 제1차 세계대전 당시 프랑스의 캠배터 장군이 프러시아군의 공격을 막고 수도 파리를 사수하기 위해 사생결단하고 100일 동안이나 버텼던 예를 들며 서울을 사수해야 한다고 역설했다. 그 결과 3군 수뇌부 회의는 "정부는 비록 천도하지만, 군은 서울을 사수하자"는 결론을 내리고 해산했다.

하지만 그러기엔 너무 늦어버렸다. 군의 수도 서울 포기 결정은 현실적으로 돌이킬 수 없는 상황으로 치닫고 있었다. 지상군 작전을 주도하고 있는 육군본부에서 최종적으로 전황을 진단한 결과 이미 무너지기 시작한 창동과 미아리, 청량리 저지선은 이날 밤을 넘기기 힘들어졌다. 때문에, 군 수뇌부가 서울에서 더 버틴다는 것은 무망한 오기에 불과할 뿐이었다.

그래서 일단 육군본부는 한강 이남 시흥의 육군보병학교로, 해·공군본부는 수원으로 각각 철수토록 최종 결정을 내리게 된다. 이 결정에 따라 우선 시급히 처리해야 할 것은 적의 남침을 저지하고 한강 이남에서 최후의 방어선을 구축하기 위한 한강교 폭파 문제였다.

채 총장은 즉시 공병감 최창식 대령을 불러 한강교 폭파 준비를 명령한다. 그는 결국 수도 서울의 사수가 불가능해지자 적의 탱크가 한강을 도하하는 것만은 막아야 한다는 절박한 심정으로 한강교 폭파를 결심하게 된 것이다. 한강교 폭파는 26일 자정의 비상국무회의에서 정부의 천도를 결의할 때 이미 육군참모총장에게 위임했던 사항이었다.

공병감 최창식 대령은 이날 오전 채 총장의 명령에 따라 공병학교장인 엄홍섭 중령에게 명령해 폭파전담반까지 편성하고 한강 인도교 건너 남한강 파출소에 지휘소를 설치했다. 현장 답사 결과 폭파대상은 복선철교 1개소와 단선철교 2개소, 인도교 등 4개의 교량. 이들 교량의 완전폭파에 필요한 폭약만도 무려 7000파운드에 달했다.

육군공병학교 전문가들로 구성한 폭파전담반은 오전 10시쯤 이 폭약을 제1공병단 창고에서 수령 해와 극비에 한강교 폭파 준비작업에 들어갔다. 폭파작업을 완료한 시각은 폭약 장착에 들어간 지 5시간 30분 만인 오후 3시 30분. 군 수뇌부 중 한강교 폭파계획을 사전에 알고 있는 사람은 채 총장을 비롯해 김백일 참모부장, 공병감 최 대령, 공병학교장 엄 중령 외에 폭파 준비작업에 동원된 전담 요원들뿐이었다. 심지어 수도사단장인 이종찬 장군조차도 이 엄청난 사실을 감쪽같이 모르고 있었다.

폭파 예정시간은 오후 4시. 불과 30분밖에 남지 않았다. 이제 30분 후면 채 총장의 명령 일하에 한강교 4개의 교량이 모두 끊기고 마는 것이다. 채 총장은 애초 공병감 최 대령에게 한강교 폭파 준비를 지시할 때 적이 서울 시내로 진입하면 즉시 폭파하도록 명령했다. 그런데 한강교 폭파시간을 왜 27일 오후 4시로 결정했을까? 그 시간에 북괴군 탱크가 서울로 진입했다고는 하지만 수유리 북방에서 발이 묶여 있었다. 아군의 결사적인 항전 때문이었다.

채 총장은 아마도 적의 남침속도로 보아 그 시간쯤이면 적의 탱크가 서울 시내에 진입할 것이라고 판단했겠지만 그것은 한마디로 오판이었다. 게다가 문산 방면의 아군 1사단과 서울 북방의 7사단에서는 아직도 잔존부대가 철수 중이거나 교전 중인데도 이들에 대한 별다른 조치도 취하지 않았다. 특히 한강 인도교는 남하하는 피란민들과 철수병력이 뒤엉켜 인산인해를 이루고 있었다.

피란민 행렬은 6월 27일 오전 6시 "정부가 수원으로 천도한다"는 중앙방송(KBS) 라디오의 첫 뉴스가 나간 직후부터 이어지기 시작했다. 중대한 국가기밀사항이 라디오 뉴스로 공개된 것도 신성모 국방장관의 지시에 따른 긴급조치였다. 왜 그랬을까? 정부 천도 사실이 공개적으로 알려지면 당장 북한 공산집단에 노출되고 국민이 걷잡을 수 없이 동요한다는 것은 불을 보듯 뻔한 일인데 국방을 책임지고 있는 신 장관이 왜 이처럼 경솔한 조치를 했을까?

국방부는 그동안 "북괴군이 남침해 오면 점심은 해주에서, 저녁은

평양에서 먹겠다"며 큰소리쳐 온 데다 개전 초부터는 "국군이 반격에
나서 해주까지 진격했다"는 등의 와전된 과장 보도로 국민을 안심시켜
왔다. 그러다가 갑자기 정부 천도설이 나오자 서울시민들이 당황해하
는 것은 어쩌면 당연한 일인지도 몰랐다.

이 뉴스가 나가자 "이 대통령이 이미 서울을 떠나 피란길에 올랐다"
는 소문이 파다하게 번지고 오후부터는 서울 시내가 온통 공황상태에
빠져들고 말았다. 서울역과 한강 인도교 주변은 남하하려는 피란민들
로 일대 혼잡을 이루고 있었고 전찻길마저 끊겨 대중교통이 마비 상태
에 빠져들었다. 이런 혼란 속에서 극비에 부쳐진 육군본부의 서울 철
수는 사전에 한강교 폭파를 염두에 둔 듯 이날 오후 1시부터 시작되고
있었다.

때문에, 서울 북방에서 최후의 저지선을 사수하고 있던 아군 잔존부
대는 육군본부와 통신 연락마저 두절되고 말았다. 아무리 상황이 긴박
하더라도 그것은 군 수뇌부의 중대한 과오가 아닐 수 없다. 게다가 미
군사고문단에도 사전 통보 없이 자기들만 철수를 서둘렀다. 어쩌면 미
군사고문단이 전쟁 초기부터 자국 거류민의 철수에만 급급하면서 고
립된 한국군의 군사지원을 외면한 데에 대한 분풀이인지도 몰랐다.

하지만 정부가 천도한다는 사실이 이미 알려진 판국에 육군본부의
철수 작전을 극비에 부치는 것도 웃기는 일이 아닌가 말이다. 각종 장
비와 병력을 가득 실은 차량 행렬이 끊임없이 한강 인도교를 통해 남
쪽으로 이어지는 것을 지켜본 서울시민들은 사태가 절망적으로 치닫고
있다는 사실을 직감하고도 남았다.

미처 피란을 떠나지 못한 시민들은 텅 빈 시가지에 고립돼 일시에 공
포의 도가니 속으로 빠져들고 있었다. 이미 서울 도심에는 지하에 숨

어 있던 남로당 골수분자들과 용공분자들이 빨간 완장을 두르고 활개를 치기 시작했다. 그런 광경을 바라보는 시민들은 가슴이 섬뜩해질 수밖에 없었다.

미 군사고문단 참모장 라이트 대령은 채 총장과 육군본부가 자신도 모르게 철수한 사실을 뒤늦게 알고 육군본부의 서울 복귀를 설득하기 위해 통신병을 태우고 부랴부랴 지프를 몰았다. 그는 불과 하루 전인 26일 오후 육군본부 참모들의 움직임이 심상치 않아 채 총장에게 "육군본부가 철수를 준비하는 게 아니냐?"고 확인하려 들자 채 총장은 단 한마디로 "노!"라고 단호히 대답한 것을 기억했다.

그때 채 총장은 라이트 대령에게 "만약 육군본부가 철수를 결정한다면 사전에 통보하겠다"고 다짐한 것이다. 그러나 채 총장은 사전에 통보하기는커녕 말 한마디 없이 떠나고 말았다. 일말의 배신감을 느꼈다. 하지만 어쩌겠는가. 자신과의 약속을 저버린 채 떠난 채 총장의 감정을 이해할 수밖에 없었다. 결과적으로 미 군사고문단이 그들에게 아무런 도움도 주지 못한 탓이었다.

라이트 대령이 이런저런 생각으로 미처 갈피를 잡지 못한 채 가속 페달을 밟으며 막 한강 인도교를 건널 무렵 일본 도쿄의 맥아더 사령부로부터 자신의 지프에 장착된 무전기를 통해 긴급무전이 날아들었다. 한국전쟁에 참전하는 미 해, 공군의 전방지휘소가 수원에 설치되고 미 군사고문단도 맥아더 사령부의 지휘권에 들어갔다는 것이다. 그로부터 얼마 지나지 않아 라이트 대령이 한강 인도교를 지나 시흥의 육군 보병학교에 막 도착할 무렵 "중대결정이 임박했으니 용기를 잃지 말라"는 두 번째 무전 메시지를 받았다.

그는 이때 비로소 미 지상군의 참전을 확신하게 되었다. 그래서 보병학교에 도착하자마자 연병장에 야전 텐트를 설치한 육군본부 임시 상황실로 달려가 채 총장에게 이 같은 사실을 통보했다. 한강교 폭파 시간이 거의 임박한 오후 4시가 가까울 무렵이었다. 채 총장은 라이트 대령의 귀띔을 받는 순간 새파랗게 질렸다. 그는 급히 김백일 참모부장을 공병지휘소로 보내 한강교 폭파를 가까스로 저지시켰다. 실로 손에 땀을 쥐게 하는 순간이었다.

시흥으로 내려갔던 채 총장은 라이트 대령의 미 지상군 참전 소식을 듣고 그 자리에서 서울 복귀를 결심하게 된다. 이때가 27일 오후 6시 경. 채 총장의 독단적인 조치였다. 그 무렵 수원까지 내려간 신성모 국방장관도 역시 미 대사관의 드럼라이트 참사관으로부터 미 지상군의 참전 소식을 전해 듣고 비서실장 신동우 중령을 채 총장에게 보내 "육본을 시흥으로 이동시키고 미 지상군이 본격적으로 참전할 때까지 지구전을 전개하라"는 명령을 하달하려 했으나 이미 육군본부가 다시 서울로 복귀한 후였다.

아무리 다급한 상황이라도 국방장관 따로, 참모총장 따로 결단하다니 위계질서가 엉망이 될 수밖에 없었다. 어쨌든 서울로 복귀한 채 총장은 미 지상군 투입에 앞서 해, 공군의 본격적인 참전으로 전세가 역전될 수 있다는 기대감에 한껏 부풀었다. 이제 한강교를 폭파하지 않아도 된다는 일루의 희망을 얻게 되었다.

그래서 그는 다시 수도 서울의 사수에 집념을 불태우며 직접 미아리 전선으로 달려가 마이크를 들고 "미 해, 공군이 참전한데 이어 지상군의 참전도 결정되었다"며 장병들을 격려했으나 전투병력은 너무도 미약했다. 서울사수에 나선 전투병력이라곤 총 9개 연대의 잔존병력을 모두 합쳐도 5000명 미만의 혼성병력에 불과했다. 거기에다 지휘체계가 제대로 확립되지 않아 조직적인 저항이 힘들어졌고 물밀듯이 밀려오는 피란민 행렬 속에 적 게릴라들까지 뒤섞여 극도의 혼란 속으로 빠져들고 있었다.

이 때문에 전선 유지가 더욱 어렵게 돼가고 있었다. 서울의 최후 방어선인 미아리 전선은 엄폐물이나 방어진지 하나 제대로 구축할 수 없는 사방이 노출된 언덕배기에 불과했다. 게다가 전방에서 후퇴한 잔존부대와 서울에서 새로 투입된 지원부대의 장비와 병력으로 뒤엉켜 그야말로 지휘체계가 엉망이었다. 이런 와중에 피란민들까지 꾸역꾸역 몰려들고 있었으니 혼란이 가중될 수밖에 없었다.

극도의 혼란 속에 빠져든 밤 10시. 중앙방송(KBS)은 긴급 뉴스를 통해 대통령 특별담화문을 발표했다. 이 대통령의 육성으로 녹음된 담화문은 "유엔에서 우리를 도와 싸우기로 작정하고 이 침략을 물리치기 위해 공중으로 병기와 군수물자를 날라와서 도우고 있으니까 국민 여러분은 좀 고생이 되더라도 굳게 참고 견디면 적을 물리칠 수 있을 것이니 안심하기 바란다"는 내용이었다.

담화문은 이 대통령이 직접 작성했다고 한다. 그래서 담화문 내용이 매끄럽지 못했다. 하지만 이 뉴스가 나간 것은 수도 서울이 함락되기 불과 4시간 전이었다. 이날 아침 뉴스에선 정부가 수원으로 천도한다더니 이제 와서 느닷없이 대통령의 특별담화문이 발표되자 방송을 청취한 대다수 서울시민은 헷갈리지 않을 수 없었다. 그래서 대다수 시민은 이 대통령이 피란을 떠난 것이 아니라 아직도 경무대를 지키며 담화문을 육성 녹음한 것으로 착각했다.

때문에, 피란봇짐을 싸던 시민들조차 대통령의 담화를 믿고 그대로 주저앉았다가 나중에 큰 낭패를 당하고 만다. 대통령이 경무대에서 담화문을 발표했다는 얘기가 새빨간 거짓말로 드러났기 때문이다. 이미 대전으로 피란한 이 대통령은 충남지사 관저에서 서울의 KBS와 전화로 연결하여 녹음한 것이다.

북괴군의 6·25 남침 이후 내내 침묵을 지켰던 이 대통령이 적의 서울 침공을 눈앞에 두고 처음으로 "안심하라"는 대국민 담화를 발표한 것이 서울이 아닌 피란지 대전이었다는 사실이 알려지자 피란도 못 가고 발이 묶여버린 서울시민들은 배신감에 치를 떨어야 했다.

그러나 이 대통령도 경황이 없었다. 그 당시 이 대통령이 대구까지 내려갔다가 대전으로 다시 올라온 직후 미 대사관의 드럼라이트 참사관이 달려와 유엔에서 소련 대표가 불참한 가운데 안전보장이사회가 열려 만장일치로 한국전 참전을 결의했다고 알려주었기 때문이다. 이어 오후 7시쯤에는 무초 대사가 수원에서 대전으로 내려와 이 대통령에게 다음과 같은 의미심장한 말을 전했다.

"각하! 하나님이 한국을 버리지 않았습니다. 이 전쟁은 이제부터 각하의 전쟁이 아닌 우리 미합중국의 전쟁이 되었습니다."

이 말에 고무된 이 대통령은 "우선 불안에 떨고 있는 국민을 안심시켜야겠다"며 대국민 담화를 결심했다는 것이다.

무초 대사가 이 대통령에게 전한 유엔 안전보장이사회의 결의문(유엔문서 S/1511호)은 다음과 같다.

〈유엔 안전보장이사회는 북한 공산군의 대한민국에 대한 무력공격은 평화의 파괴라고 결의하고 적대행위의 즉각 중지와 함께 무장 군을

38도선 이북으로 철수시킬 것을 북한 당국에 요구했다.

그러나 유엔 한국위원회UNCOK의 보고에 따르면 북한 당국이 적대행위를 중지했거나 무장 군을 38도선 이북으로 철수하지 않았고 계속 국제평화와 안정을 위협하고 있다. 이에 유엔 안전보장이사회는 군사적인 긴급조치가 필요하다는 사실을 인지, 한국의 평화와 안정을 확보하기 위한 즉각적이고 효과적인 조치로 유엔 회원국들이 무장공격을 격퇴하고 이 지역에서의 국제평화와 안정을 회복하기 위한 원조를 한국에 제공하도록 권고한다.〉

이와 때를 같이한 모스크바 현지 시각 6월 27일 오후 4시. 커크 소련주재 미 대사가 긴급 타전한 전문도 유엔 안전보장이사회의 결의를 뒷받침하고 있다.

〈유엔 안보리 회의와 관련하여 본 대사관은 한국사태에 관한 모스크바의 평가를 다음과 같이 보고한다.

소련이 6월 25일의 유엔 안보리 결의에 따를 것이라는 증거가 아직 없고 북한 공산군도 침략을 포기할 의도가 없는 것 같다. 유엔 한국위원회UNCOK의 즉각적인 중재 제의는 합법적이긴 하나 시기적으로나 북한 공산군의 남침속도로 보아 비현실적이라고 생각한다.

현재 온 세계가 한국사태에 대한 미국의 대응책에 주의를 집중하고 있으며 특히 극동지역과 공산 침략의 위협을 받고 있는 그 밖의 국가들은 미국이 한국의 위기를 처리하는데 확고하게 성공하지 않으면 냉전에 대한 입장을 재고할 필요가 있다고 판단할 것이다.

지금 소련은 한국사태에 직접 개입하기를 회피하고 있으며 이것이 소련의 기본전략이라고 판단된다. 이미 지적한 바와 같이 소련은 아직 3차 대전을 치를 만한 준비가 안 돼 있다. 미 공군은 어디서나 만일의 사태에 대비할 수 있도록 경계태세에 들어가야 한다. 소련은 과거 미국의 강경한 태도에 직면해 물러선 적이 있다.

따라서 본 대사관은 한국사태에서 미국이 확고한 입장과 효과적인 행동으로 한국을 원조하여 북한 공산군의 침략을 먼저 격퇴한다면 소련은 미국과의 전쟁에 개입하지 않을 것이라로 본다.〉

이어 미 국무성은 소련에 대한 경고성의 정책성명을 발표한다.

〈미합중국 공군과 해군이 한국군을 긴급히 보호, 지원하기 위해 개입키로 한 결정은 소련이 한국전쟁에 개입한다 해도 소련과의 직접적인 전쟁을 수행하려는 것이 아니다.

그러나 한국에 관한 결정은 소련과의 전쟁이 될 수 있다는 위험을 충분히 고려한 것이다. 실제 소련군이 한국에서 미군의 작전을 적극적으로 방해한다면 미군은 자신을 방위할 것이나 현장에서 악화시킬 조치를 하지 않고 이를 워싱턴에 보고, 대통령의 결정을 기다릴 것이다.〉

같은 시각
해리 트루먼 미국 대통령은 백악관 블레어 하우스에서 전 세계를 향해 다음과 같은 성명을 공식 발표한다.

〈국경을 방어하고 국내 안정을 확보하기 위해 무장된 한국 정부군은 북한 침략군의 공격을 받았다. 유엔 안보리는 침략군에 대해 적대행위를 중지하고 38도선 이북으로 후퇴하도록 요구했다. 그러나 그들은 이에 불응하고 반대로 공격을 강화하고 있다. 안보리는 모든 유엔 회원국들에게 유엔이 이 결의를 집행할 수 있도록 전폭적인 지원을 요구했다. 이에 따라 본인은 즉각 미국의 해군과 공군에 대해 한국 정부군을 보호·지원토록 명령했다.

한국에 대한 공산주의가 독립 국가를 정복하기 위해 파괴행위를 자행하는 한도를 넘어 지금 무력침략과 전쟁수단을 사용하고 있다는 것을 명백히 했다. 공산주의는 국제평화와 안정을 유지하기 위해 발동된 유엔 안보리의 명령에 도전했다.

본인은 이러한 환경에서 모든 유엔 회원국이 유엔 헌장에 도전하여 한국을 침략한 공산주의의 불법행위를 신중히 검토하리라고 믿는다. 국제 문제에 있어서 힘의 원칙으로의 복귀는 광범위한 영향을 가져올 것이며 미국은 계속 유엔 헌장과 법률의 원칙을 지켜나갈 것이다.〉

미국이 지상군 투입에 앞서 공군과 해군의 전투병력 및 장비를 한국에 신속히 파견한 명분이다.

25. 서울 함락

이승만 대통령이 대전에서 대국민 담화문을 발표할 무렵 미아리 전선에서는 국군의 원로인 이응준 장군을 비롯해 강문봉, 박기병, 김계원 대령 등이 나와 육군본부의 후퇴명령을 거부하고 백의종군으로 보병 소총수들과 함께 최후의 결전에 나서고 있었다. 하지만 괴물처럼 달려드는 적의 탱크를 감당할 수 없어 내내 쫓기기만 했다.

육탄용사들이 TNT를 안고 적진으로 뛰어들어 자폭하는 극단적인 항전을 벌이기도 했으나 미아리고개를 넘어오는 적 탱크 80여 대 중 겨우 2대만 격파했을 뿐이었다. 중과부적. 6월 27일 자정을 넘기면서 그나마도 최후까지 버티던 아군 혼성부대의 미아리 전선도 사실상 조직적인 저항이 끝나가고 있었다.

먹장구름에 뒤덮여 있는 하늘에서는 서울 함락을 예고라도 하듯 비가 주룩주룩 쏟아지기 시작했다. 육군본부로 돌아와 서울을 사수하겠다던 채병덕 참모총장은 복귀한 지 불과 7시간 만인 28일 새벽 1시 40분쯤 결국 미아리 전선마저 무너지고 말았다는 최종 보고를 접하고 서둘러 빗속을 뚫고 서울을 탈출한다.

미 군사고문단의 스코트 중령은 채 총장이 육군본부를 떠나기 직전 작전국 상황실에 있다가 최후의 미아리 저지선이 무너졌다는 보고가 들어온 것을 확인했다. 그는 즉각 채 총장에게로 달려가 "육군본부가 다시 철수하느냐?"고 물었을 때 채 총장은 라이트 대령에게 말했던 것처럼 역시 "노!"라고 답했다. 이 말에 미 군사고문단 고급장교 10여

명은 안심하고 육군본부 상황실 옆 군사고문단 사무실 소파에서 잠시 휴식을 취했다. 그들도 역시 전쟁 발발 이후 제대로 눈 한 번 붙이지 못해 기진맥진한 상태였다.

그러나 채 총장은 이 틈을 이용해 슬그머니 자취를 감추고 말았다. 채 총장이 자신의 전용 지프에 인사국장 강영훈 대령과 전속부관만 태웠다. 강 대령은 아무 영문도 모르고 채 총장의 명령에 따라 지프에 올랐지만 뭔가 잘못되어가고 있다고 생각하던 나머지 작심하고 말문을 열었다.

"총장님! 지금 백만 시민을 두고 대체 어디로 가시려고 이럽니까?"

"이 판국에 어카갔어(어떻게 하겠어). 내레 포기할 수밖에 없디 않아."

"아니, 포기하다니오?"

"아, 한강을 건너고 봐야디. 한강 이남에서 방위선을 구축하는 거이 시급하단 말이외다."

"그렇지만 이왕 죽을 바엔 잔존병력과 함께 싸우다가 죽어야 합니다. 그게 장수의 도리가 아닙니까."

강영훈 대령이 달리는 지프 안에서 한사코 만류했으나 채 총장은 묵묵부답이었다.

"총장님! 원래 장수는 전장에서 물러나지 않습니다. 끝까지 사선을 지키다가 장렬한 최후를 맞이해야 합니다."

강 대령은 채 총장의 결심을 촉구하듯 비장한 각오로 했던 말을 반복했다. 그제야 채 총장은 결심한 듯 운전병에게 버럭 고함을 질렀다.

"야, 빨리 차를 돌리라우."

그러는 사이 그들이 탄 지프는 이미 한강을 건너고 있었고 피란민들로 가득한 한강 인도교에서 차를 되돌릴 엄두가 나지 않았다. 한강 북단에서는 이미 공병 폭파반이 한강교 폭파를 서두르고 있는 상황이었다.

바로 그 무렵 채 총장이 이미 한강 이남으로 철수했다는 사실을 확인한 미 군사고문단 그린우드 중령이 김백일 참모부장에게 모든 한국군 부대와 장비가 한강 이남으로 이동할 때까지 한강교 폭파를 연기하도록 강력히 요청하고 있었다.

비록 미아리 전선이 무너지긴 했으나 한강 이북에는 아직도 3개 사단의 잔존병력이 계속 저지선을 구축하면서 퇴각하고 있었고 적의 주력이 서울 도심으로 진입하기까지는 적어도 10시간 정도 버틸 여유가 있었다.

전 참모총장 이응준 소장과 유재흥, 이형근 사단장 등 국군 고위지휘관들도 미아리 전선에서 지연 작전으로 적의 공격을 저지하며 철수하던 중 뒤늦게 한강교가 폭파될 것이라는 소식을 전해 들었다. 그들은 즉각 육군본부로 달려가 김백일 참모부장에게 "휘하 부대들이 철수 중에 있으니 이들 병력이 도하한 후 한강 인도교를 끊어도 늦지 않다"며 한강교 폭파 연기를 강력히 주장했다.

참모총장의 최종적인 폭파 명령을 뒤집어야 할 상황이었으나 그 무렵엔 이미 공병지휘소가 있는 남한강 파출소와의 통신도 두절된 상태였다. 채 총장은 한강교 폭파라는 중대한 명령을 내리기 전에 왜 육군본부 상황실과 공병지휘소에 직통전화를 가설하지 않았는가? 도무지 이해할 수 없었다. 하다못해 남한강 파출소에는 경찰 경비전화가 가설돼 있을 텐데 왜 갑자기 통신이 두절되었단 말인가? 이것 또한 미스터리가 아닐 수 없다.

분초를 다투는 다급한 상황에서 작전국장 장창국 대령이 한강교 폭파를 중지시키기 위해 직접 지프를 몰아 빗속을 뚫고 현장으로 달려갔다. 하지만 길이 막혀 더는 빠져나갈 수가 없었다. 용산의 삼각지 일대에는 피란민들과 각종 차량들로 미어터지고 있었기 때문이다. 한강 인도교에도 인산인해를 이루고 있었다. 문자 그대로 혼효混淆의 상황. 이를 어떻게 한다? 때가 늦어도 너무 늦었다.

장 국장이 가까스로 한강 인도교 입구 북한강 파출소에 도착할 무렵 유사이래 전무후무한 한강의 참극이 빚어지고 말았다. 정확하게 새벽 2시 40분. 채 총장이 육군본부를 떠난 지 딱, 한 시간 만이었다. 한강 인도교 북쪽, 북한강파출소 방향에서 느닷없이 벼락치는 소리가 울리는 순간 지축을 뒤흔들며 섬광이 번쩍였다. 그와 동시에 한강교 일대에서 일본 히로시마의 원자폭탄 투하 때처럼 청백색의 인광燐光과 함께 뜨거운 열폭풍이 휘몰아쳤다. 순간, 인도교 북쪽 두 번째 아치가 끊기면서 인산인해를 이루었던 피란민들이며 군 병력과 트럭, 지프 등 각종 차량이 치솟는 불길 속에서 무더기로 허공에 떴다가 그대로 추락해 강물로 사라지고 말았다. 한마디로 아비규환의 생지옥이었다.

끊어진 인도교 바닥에 매달린 사람들이 피투성이가 된 채 서로 떨어지지 않으려고 비명을 지르며 손바닥으로 바닥을 박박 긁으며 발버둥치는 모습은 차라리 지옥계의 연옥煉獄을 방불케 했다. 한순간에 얼마나 많은 사람이 죽었는지 아무도 모른다. 더러는 수천 명이 수장되었을 것이란 추측이 나돌기도 했지만 구름처럼 몰려들어 한강 인도교를 하얗게 덮었던 그 많은 사람과 차량이 순식간에 사라져버린 것이다.

한강 인도교의 조기폭파! 왜 그렇게 서둘러야 했을까? 사전에 아무런 경고도 없었다. 채병덕 참모총장이 공병감 최창식 대령에게 마지막으로 한강교 폭파명령을 내린 것은 육군본부를 떠나기 직전인 새벽 1

시 30분쯤. 소파에 몸을 파묻고 잠시 눈을 붙이던 그는 미아리 전선이 무너진 것을 최종 확인하고 돌아온 강문봉 대령으로부터 적의 탱크가 미아리고개로 진입했다는 보고를 받았다. 그리고 그는 즉시 전화로 최 대령을 불러 한강교 폭파 대기를 명령했다.

곧이어 그는 육군본부를 뒤로 했고 한강 인도교를 건너 폭파지휘소인 남한강 파출소를 지나면서 대기하고 있던 최 대령에게 "적 탱크가 서울 시내로 진입하면 즉시 점화하라"고 명령한 것이다. 참모총장 권한으로 내린 한강교 마지막 폭파 명령이었다. 하지만 채 총장은 폭파 시간을 명확하게 말하지 않았다. 그 무렵 육군본부에서는 정보국과 작전국 요원들이 서둘러 기밀문서를 소각하기 시작했으나 김백일 참모부장을 비롯한 각 참모들과 장병들은 철수준비를 서두르지 않고 있었다.

미아리고개를 넘은 적 탱크는 아직도 돈암동과 청량리 방면에서 한두 대만 발견되었을 뿐이었다. 채 총장이 육군본부를 떠난 직후 김백일 참모부장을 중심으로 각 참모들이 방어전을 준비했으나 이미 지휘계통이 무너져 병력을 장악할 수가 없었다. 육군본부에 남아 있는 병력을 가까스로 불러 모아 삼각지를 비롯한 서울 시내 중심가 몇 군데에 바리케이트를 치는 것이 고작이었다. 그러나 궁여지책으로 바리케이트를 설치했을 뿐 괴물같은 적의 탱크를 막는 데 아무런 도움이 되지 못했다.

애초부터 무모한 지휘권만 남발해 온 채병덕 장군! 그는 북한 평양 출신이다. 평양 공립중학교를 졸업하고 일본 육사를 나와 1935년 일본군 소위(병기장교)로 임관된 이래 10년간 복무하다가 8·15 광복 후 일본군 대위 신분으로 귀국, 국방경비대 창설에 참여했다. 이후 불과 4년 만에 육군참모총장 겸 육·해·공군 총사령관에 임명돼 6·25 남침전쟁을 맞았다.

그러나 전쟁 초기부터 신속하게 전군을 지휘해야 할 그는 육군본부 상황실을 비워둔 채 적의 주력부대와 맞닥뜨린 7사단의 전략요충지인 의정부 방면에 나타나 사단장 유재흥 장군의 작전 재량권을 일일이 간섭하고 거짓 정보로 장병들과 서울시민들을 현혹하는 등 석연찮은 행동으로 일관했다. 그러다가 한강교 조기 폭파까지 강행한다. 그 당시 일부 군 지휘관들과 참모들이 의혹의 눈길로 그를 지켜본 과정에서 나온 이야기다.

6월 28일 새벽 동틀 무렵

멀리서 은은한 포성이 울려왔다. 운명의 아침이 밝았으나 그때까지만 해도 적은 제법 먼 곳에 있었다. 정오가 되자 적의 T-34 탱크가 굉음을 울리며 퇴계로 쪽으로 빠져나와 국군이 설치해둔 바리케이트를 단숨에 부수고 남산을 향해 주포를 쏴대기 시작했다. 충무로 쪽에서도 적의 산발적인 따발총 소리가 요란했다. 탱크를 뒤따르던 북괴군 전사들이 이미 충무로와 명동을 점령한 것이다.

결국, 육군본부에 마지막까지 남아 있던 참모들과 일선 지휘관들은 모든 것을 단념하고 뿔뿔이 흩어지지 않을 수 없었다. 그들은 참담한 심정으로 분루를 삼켰다. 다 부서진 한강교를 처연한 눈빛으로 바라보며 나룻배를 타고 한강을 건너야 했다. 한강교의 조기 폭파로 미아리 전선에서 최후 저지선을 구축하고 있던 5000여 병력을 비롯한 한강 이북의 모든 전선에서 끝까지 저항하던 4만여 명의 병력도 대부분 전사하거나 실종되는 비극을 맞이했다. 중요한 전투장비도 함께 잃었다.

수도 서울을 사수하기 위해 최후까지 지연 작전으로 치열한 전투를 벌였던 유재흥 장군의 7사단은 겨우 1500여 명의 병력과 기관총 4문, 개인화기만 가까스로 한강 이남으로 철수시켰다. 육탄으로 적의 탱크를 쳐부수며 중서부 전선을 지켰던 백선엽 장군의 1사단도 절반 이상 병력과 장비를 잃었고 5000여 명 만이 행주 나루터를 건너 김포로 넘어왔으나 불행하게도 포병부대는 낙오되고 말았다.

아무리 다급했더라도 그 당시 적정상황으로 미뤄봤을 때 한강교 폭파를 그렇게 빨리 서두를 필요가 있었는가 하는 의문을 지울 수 없었다. 적어도 5시간만 연기했더라도 피란민들의 안전한 도하는 물론 3개 전투사단의 병력과 장비를 충분히 철수시킬 수 있었을 것이다. 그럼에도 불구하고 한강교는 너무 일찍 끊어졌다. 군 수뇌부의 전황판단 미스였나? 엄청난 참극을 초래한 한강교의 조기 폭파 이후 책임지는 사람은 아무도 없었다. 국민의 원성이 하늘을 찔렀다.

후일담이지만 그로부터 3개월이 지난 후 아군 전선이 수습되고 정국이 비교적 질서를 잡아갈 무렵 한강교 조기 폭파에 대한 책임추궁이 잇따르고 국민 여론이 요원의 불길처럼 퍼져나갔다. 어떤 형태로든 들끓는 여론을 무마시킬 정치적 수습책이 시급했다. 무엇보다 군 수뇌부의 책임을 면탈하기 위해서는 공병감 최창식 대령을 속죄양으로 삼지 않을 수 없었다. 책임추궁의 대상인 채병덕 장군은 이미 고인이 돼 버렸기 때문이다.

그는 6 · 25 남침전쟁 발발에 대한 모든 책임을 지고 참모총장직에서 물러나 경남지구 계엄사령관으로 있던 중 하동 전선에서 백의종군하다 전사하고 말았다. 이미 유명을 달리한 사람에게 책임을 물을 수도 없었고 결국 공병감 최 대령이 한강교 조기 폭파의 직접적인 책임을 지고 군사재판에 서게 된다.

그러나 한강교 조기 폭파 준비과정에서부터 깊숙이 관여했던 것으로 알려진 신성모 국방장관은 지휘체계상 최 대령의 직속 상관이 아니라는 이유로 조사대상에서 아예 빠져버렸다. 애초 한강교 폭파 임무는 국방장관에게 주어졌으나 6월 26일 자정 비상 국무회의에서 정부 천도가 결정되는 과정에 이 임무가 육군참모총장에게 위임되었기 때문이다.

하여 신 장관은 비록 직접적인 책임은 없다고는 하나 도의적인 책임에서 벗어날 수 없었다. 그럼에도 그는 스스로 자숙하기는커녕 군사재판을 빨리 진행하도록 성화를 부리기까지 했다. 어쩌면 국방장관의 그런 조치는 다분히 빗발치는 국민 여론을 무마하기 위한 정치적 결단인지도 몰랐다.

군사 법정에 선 최창식 대령은 법정 진술을 통해 "참모총장으로부터 정확한 폭파시간에 대해서는 직접적인 명령을 받지 못했으나 다만 적의 탱크가 서울로 진입해 오면 즉시 폭파하라는 명령을 받았다"며 "참모총장이 한강 인도교를 지나갔고 시간을 더 이상 지연시킬 경우 이미 서울 시내에 진입한 적 탱크에 한강교가 점령당할지도 모른다는 판단에 따라 명령을 수행했을 뿐"이라고 그 당시의 긴박했던 상황을 소상히 진술했다.

그는 "기술적인 문제를 제외하고는 작전상의 책임을 지고 적정을 파악할 의무가 없었고 더욱이 재량권을 행사할 권한도 없었다"고 주장했다. 그러나 재판부는 "비록 참모총장의 명령이 있었다 하더라도 적정을 정확하게 확인해 아군이나 피란민들이 완전히 도강한 이후 폭파해야 함에도 불구하고 폭파 임무에만 급급한 나머지 한강교를 조기 폭파했다"고 지적, "이로 인해 아군과 피란민들의 안전을 위태롭게 했으며 무수한 장비와 차량을 적으로 하여금 노획 내지는 파손케 했으므로 그

죄가 적전비행에 해당하는 전시 범죄사실을 인정한다"고 판시했다.

재판부는 결국 그에게 국방경비법 제27조 적전비행죄敵前非行罪를 적용, 사형을 선고하기에 이른다. 최창식 대령은 결국 한강교 조기 폭파와 이에 따른 참화의 모든 책임을 지고 형장의 이슬로 사라지고 만다.

그 무렵 공교롭게도 한때 북괴군의 불법남침 징후를 경고해 신성모 국방장관과 갈등을 빚었던 임영신 의원의 개인비서이자 비밀첩보원이던 김기희가 헌병대에 긴급체포 된다. 그는 민간인 신분임에도 헌병대에 구금돼 있다가 결국 총살형을 당했다. 그에게 엉뚱하게도 간첩 혐의가 씌워졌으나 정당한 재판절차도 밟지 않았다. 이 역시 풀리지 않는 미스터리로 남아 있다.

6월 28일 아침

날이 밝아오자 남쪽으로 밀려갔던 피란민 행렬이 다시 남부여대하고 되돌아오고 있었다. 밤사이 한강 인도교가 끊어지고 말았기 때문이다. 서울시민들은 한강교가 폭파되는 바람에 인도교를 건너던 많은 사람이 한강에 빠져 죽었다는 소식을 전해 듣고 몸서리쳤다. 피란길에 나선 수많은 사람이 한강에 수장되었다고 했다. 피란민들뿐만 아니라 남쪽으로 철수하던 국군 병사들도 엄청 많이 죽었다는 것이다. 그런 소리를 들을 때마다 시민들은 간담이 서늘해지곤 했다.

거리가 온통 공포 분위기에 휩싸이고 있는 가운데 한낮이 되자 설마설마했던 일이 현실로 드러나기 시작했다. 중국인민해방군의 검은 제복을 착용한 팔로군 전사들이 소련제 T-34 탱크를 앞세우고 퇴계로를 지나 서울역 쪽으로 넘어오고 있는 것이 시민들의 눈에 들어왔다. 북괴군 침공부대의 선발대라고 했다.

길거리에 나온 시민들은 처음 그들을 말로만 듣던 조선인민군으로 알았으나 중국에서 귀환한 동포들이 중공의 인민해방군이라고도 하고 팔로군 소속인 조선의용군이라고도 했다. 따지고 보면 그게 그거였다. 그런데 중국대륙에 있어야 할 팔로군이 왜 서울 한복판에 나타났단 말인가? 북에서 넘어온 월남 동포들에 따르면 저들은 원래 중공의 인민해방군 소속 조선의용군이었으나 해방 후 북한으로 들어와 조선인민군에 편입되고 소위 조국해방전선의 선봉으로 서울을 침공한 것이라고 했다.

어쨌든 먼 빛으로 봐도 그들의 모습에서 찬바람이 일고 살기가 등등했다. 이러한 광경을 목격한 시민들은 오도 가도 하지 못하고 긴장과 갈등과 번민 속에 빠져 안절부절못했다. 인민군대가 서울로 진주하자 지하에 숨어 있던 남로당 패거리들과 용공 분자들이 살판난 듯 버젓이 거리를 누비며 활개를 치고 다녔다. 어제까지만 해도 사회의 밑바닥에서 끼니 걱정을 하던 평범한 소시민들까지도 하루아침에 빨간 색깔로 변신해 지하에서 뛰쳐나온 그들과 한통속이 되었다.

마치 대단한 벼슬이나 얻어걸린 것처럼 도처에서 빨간 완장을 차고 죽봉이나 죽창을 휘두르며 화를 치고 다녔다. 자칭 혁명전사들이었다. 거리 곳곳에는 침략군 인민군대를 찬양하는 빨간 현수막이 내걸리고 인공기며 빨간 깃발이 나부끼는 등 서울 시가지는 그야말로 빨간 물결이 넘쳐나는 적색 도시로 변해가고 있었다. 눈에 보이는 것은 온통 절망적인 상황뿐이었다.

중앙청과 서울시청 등 공공건물에는 어느새 빨간 바탕에 흰 글씨로 쓴 〈김일성 최고사령관 만세!〉〈스탈린 대원수 만세!〉〈조선민주주의인민공화국 만세!〉 등의 현수막이 내걸리고 인공기가 나부꼈다. 확성기에서는 적기가가 우렁차게 흘러나오고 거리마다 〈위대한 김일성 장군을 혁명무력으로 옹위하자!〉〈인민들이여! 총궐기하여 조국해방전선의 전위가 되자!〉는 등의 격문이 넓은 벽면을 가득 메웠다. 가는 곳마다 밀려오는 파도처럼 빨간 물결이 춤추듯 했다.

26. 적색도시 서울

6월 28일 오후 2시

조선인민군 최고사령관 김일성으로부터 '서울사단'이라는 명예 칭호를 받은 제4돌격사단의 선두부대가 T-34 탱크를 40대나 앞세우고 창경원을 거쳐 남대문 방향으로 진입, 서울역 앞으로 행군해 왔다. 뒤이어 인민군 제3돌격사단 전투병력이 퇴계로를 넘어와 제4돌격사단의 뒤를 따랐다. 미아리 전선을 돌파한 이후 지리멸렬해버린 대한민국 국군의 조직적인 저항은 전혀 눈에 띄지 않았다.

서울 한복판에 입성한 조선인민군 '서울사단장' 리권무는 의기양양했다. 그는 사실 서울 시내로 침공해 들어올 때까지만 해도 국방군의 저항이 완강해 치열한 시가전이 벌어질 것으로 예상하고 바짝 긴장했지만, 뜻밖에도 무혈입성했고 도심은 너무도 평온해 보였다. 어느결에 붙었는지 인민군대를 환영한다는 현수막이 곳곳에 내걸리고 인공기와 적기가 빨간 물결을 이루며 나부끼고 있었다.

리권무는 붉은군대 기갑장교 출신답게 아예 해치를 열어젖힌 채 선두 탱크에 서서 구름같이 몰려든 거리의 군중을 향해 지휘봉을 흔들며 차가운 미소를 보내곤 했다. 그는 말할 수 없는 감회에 젖어 가슴이 울렁거리기까지 했다. 그러면서도 애써 근엄하고 침착한 표정으로 길가에 늘어선 서울시민들을 바라봤다.

그는 서울 입성의 선두부대장으로서 제법 세련된 소련식 제스처로 극적인 쇼를 연출하고 있었다. 그러나 도로변의 군중은 냉랭하고 생기가 없는 어리둥절한 눈망울을 굴리며 살벌한 분위기를 연출하는 그들을 묵묵히 지켜볼 뿐이었다. 다만 군중 속에 인공기까지 들고나온 남로당원이며 용공분자들이 미친 듯이 인공기를 흔들어 대며 열렬히 환영했다. 지하에서 뛰쳐나온 저들의 발빠른 아첨 행동인지도 몰랐다.

어쨌든 조국해방전쟁이라는 대의명분을 앞세우고 T-34 탱크의 캐터필러로 서울 시가지를 짓밟고 지나가는 저들로서는 일종의 경이요, 감격이 아닐 수 없다. 사실 따지고 보면 그때까지만 해도 대다수 서울시민은 뭐가 뭔지 세상이 어떻게 돌아가고 있는지 분간을 할 수 없어서 눈앞이 아뜩해지기만 했다. 그래선지 일부 시민들은 서울역 앞 간선도로를 꽉 메우고 삼각지 로터리를 향해 저벅저벅 행군해가는 그들이 마치 국군 용사처럼 보이는 일종의 착시현상을 일으키기도 했다.

그러나 그들은 분명 국군이 아닌 북괴군 전사들이었다.

"민중의 기! 붉은 기는 전사의 시체를 두른다. 높이 들어라 붉은 깃발을~."

적기가를 우렁차게 부르는 그들의 목소리에 온몸에 소름이 돋았다. 심지어 "너희들이 누구냐~, 인민의 자식이다~ 자요우加油(힘내라)~ 자요우!" 하고 팔로군가와 구호까지 외치며 우쭐거리기도 했다.

그제야 서울시민들은 저벅저벅, 행군해가는 저들이 국군이 아닌 북괴군이라는 사실을 확인하고 몸서리쳤다. 하여 시민들은 호기심과 공포에 엇갈린 눈망울을 굴리며 어찌할 바를 몰라 전전긍긍하면서도 조심스럽게 당당한 저들의 행군을 말없이 지켜봐야 했다.

북괴군 제3돌격사단은 너무 성급하게 진격하다 보니 선두부대인 제4돌격사단 보다 먼저 서울 땅을 밟았다. 미아리고개를 넘고 수유리를 거쳐 돈암동 전차 종점까지 진출했다. 하지만 리영호 사단장은 뒤따라오는 제4돌격사단을 우선 서울 시내로 진입시키기 위해 잠시 뒤처져 있어야 했다. 김책 전선사령관의 긴급명령을 접수했기 때문이다.

김책은 김일성 최고사령관이 리권무의 제4돌격사단에 '서울사단'이라는 명예칭호까지 내리고 서울에 제일 먼저 입성하도록 배려했는데 이를 어기고 리영호의 3사단을 먼저 들여보낼 수 없었던 것이다. 리권무는 자신과 라이벌인 리영호가 먼저 서울에 입성했다는 소식을 접하고 자존심이 몹시 상했다고 했다. 자신이 지휘하는 제4돌격사단의 서울 입성이 늦어진 것은 개전 초기 동두천에서 뜻밖의 난적을 만나 지체했기 때문이다.

제4돌격사단은 공격개시 이후 섣불리 동두천으로 바로 치고 들어오려다가 국군 7사단의 복병을 만나 고전하는 바람에 부대를 재편성하는 수모까지 겪었다. 동두천에 포진해 있던 아군 7사단 예하 1연대와 포병대대가 105밀리 박격포의 집중반격으로 적 탱크를 8대나 파괴하고 1개 보병대대를 전멸시키는 괴력을 발휘했기 때문이다. 개전 초부터 파죽지세로 침공해오는 북괴군에 밀리기만 하던 국군의 쾌거였다.

거칠 것 없이 일방적으로 침공해오던 리권무는 완전히 체면을 구기고 말았다. 그래서 내내 3돌격사단에 뒤처지던 4돌격사단은 3사단의 양보로 선발대를 먼저 들여보내 대한민국 심장부이던 중앙청부터 접수하게 된다. 이어 본대가 서울역을 거쳐 삼각지 로터리를 돌아 아군의 육군본부를 점령하지만 뒷맛이 영 개운치 않았다. 북괴군 3돌격사단은 4돌격사단의 뒤를 따라 인근의 미 군사고문단을 점령하고 한강 경계에 들어갔다. 사실상 이들 2개 사단이 전쟁 전의 한·미 베이스캠프를 완전히 장악한 것이다.

서울을 점령한 북괴군은 동두천과 의정부 방면에서 침공해온 제3, 4 돌격사단과 105탱크여단 외에 개성에서 수색을 거쳐 쳐들어온 방호산의 6보병사단과 고랑포 방면에서 임진강을 건너온 최광의 1보병사단 등 모두 4개 사단과 1개 탱크여단에 이른다. 이들 전투부대는 서울로 진입한 직후 분산해 경무대와 중앙청, 서울시청, 국회의사당 등 각 정부기관부터 접수하고 마침내 서울 전역을 점령했다.

전선사령관 김책은 서울을 완전히 해방했다는 최종보고를 접하자마자 즉각 김일성 최고사령관에게 무전으로 보고하고 서둘러 서울로 들어와 대한민국의 상징인 경무대를 접수하고 중앙청에 전선사령부 작전상황실을 열었다. 작전통제관인 리학구 총좌의 벙커를 비롯한 전선사령부 각 참모부서도 모두 중앙청에 이동배치 하였다. 여기에다 정치보위부와 내무성, 민청사령부 등 후방지원부대도 함께 수용해 군정을 실시할 준비작업에 들어갔다.

조선인민군 최고사령관 김일성은 김책 전선사령관의 승전보고를 접수하자마자 기다렸다는 듯 〈스탈린 대원수와 약조한 대로 조선인민군이 남침개시 3일 만에 서울을 해방했다.〉는 제1보를 모스크바의 크렘린궁으로 띄웠다. 김일성의 보고를 접한 스탈린과 비밀경찰 두목 베리아, 제1부수상 말렌코프, 몰로토프, 가가노비치, 불가닌, 미코얀, 흐루쇼프 등 크렘린궁의 참모들이 모두 박수를 치며 축전으로 김일성이 주도하고 있는 '조선인민해방전쟁'의 성공을 자축했다.

그러나 조국해방전쟁 개시 이후 당연히 서울시민들이 들고 일어날 것이라던 민중봉기는 전혀 일어나지 않았다. 부수상 겸 외상이자 남로당 당수인 박헌영이 입에 침이 마르도록 장담했고 이 말을 전적으로 신뢰해온 김일성은 스탈린 앞에서 남한에 일격만 가하면 민중봉기가 일어나고 내란을 유발하여 단기간에 공산화가 이루어진다고 호언장담하지 않았던가. 그런데 인민군대가 남조선의 수도 서울을 점령할 때까지도 민중봉기는 아예 낌새도 보이지 않았던 것이다.

흐루쇼프가 제기한 이런 의문점에 대해 스탈린은 음흉한 미소를 띠며 의미심장한 심경의 일단을 드러냈다.

"그건 어디까지나 니첸 킴(김일성) 동무의 일이지 우리 일은 아니야."

김일성의 호언장담을 처음부터 믿지 않았다는 얘기다.

물론 남조선의 공산화를 기획한 스탈린이 김일성의 성급한 남침 주장에 구미가 당겨 맞장구를 쳐주긴 했지만 남조선에서 민중봉기가 일어나든 안 일어나든 그런 것은 별 의미가 없었다. 스탈린은 애초부터 미국의 개입이 두려워 한반도의 적화통일을 위한 투쟁방식을 같은 민족끼리 승부를 가리는 내부 문제로 국한시키고 있었기 때문이다. 얼마나 가증스런 전략인가.

따지고 보면 김일성이 주장해온 남조선 해방전쟁의 명분도 이승만 독재정권의 학대를 받고 있는 노동자·농민의 계급투쟁을 측면지원한다는 거였다. 이는 장차 아시아를 빨갛게 물들여 놓고 말겠다는 스탈린의 원대한 포부에 일조—助하는 것에 불과하지만 한반도의 인민해방전쟁은 분명히 김일성 자신이 앞장서서 도발한 전쟁이라고 스탈린은 미리 못을 박아두고 있었다.

그런 점에서 스탈린은 김일성을 격려하면서 비밀리에 뒤만 밀어주고 빠지면 자연스럽게 국제적인 비난 여론을 피해 갈 수 있다고 판단한 것이다. 어쨌든 이미 전쟁은 시작되었고 김일성이 호언장담했던 대로 개전 3일 만에 남조선의 수도 서울을 해방하지 않았는가. 크렘린궁에서는 김일성이·다짐했던 대로 독자적인 전쟁 수행을 성공리에 마치고 부산에 적기를 꽂는 일만 간절히 바라고 있었다.

북괴군 전선사령부가 중앙청으로 이동 배치되고 군정 준비에 착수하자 최고사령부에서 전문이 날아왔다. 잔뜩 고무된 김일성 최고사령관의 치하와 함께〈보병 제3돌격사단과 105탱크여단에도 '서울사단'이라는 명예 칭호를 내리고 탱크여단을 사단으로 승격시킨다〉는 내용이었다. 김일성은 105탱크사단장 류경수 소장을 각별히 치하했다. 뭐니 뭐니해도 서울 점령에 앞장선 T-34 탱크의 위력이 강했기 때문이다.

북괴군의 수중에 들어간 미 대사관과 미 군사고문단에는 값진 전리품이 산더미처럼 쌓여 있었다. 생판 처음 보는 버드와이저 캔맥주와 켄터키 위스키며 햄, 소시지, 베이컨 등은 말할 것도 없고 미 군사고문단의 창고에는 맛 좋기로 소문난 야전식량 C-레이션이 수많은 박스에 가득 담겨 쌓여 있었다. 게다가 미 대사관의 드럼라이트 정무참사관실에는 다급하게 피란을 떠나면서 미처 파기하지 못한 기밀서류까지 무더기로 발견되었다.

피아간에 한강을 사이에 두고 산발적인 교전이 계속되고 있었지만 북괴군 캠프는 승전의 기쁨에 젖어 완전히 축제 분위기였다. 언제 조직되었는지 몰라도 노동당 서울인민위원회에서 나왔다는 빨간 완장들이 소 잡고 돼지 잡고 닭까지 잡아서 갖다 바쳤다. 여기에다 여성동맹에서는 미처 피란을 떠나지 못한 젊은 여성들까지 기쁨조로 강제동원해 승전축하연의 분위기를 잡아갔다. 북괴군 지휘군관들의 눈에 비친 남한의 기쁨조 여성들은 북한 여성들보다 훨씬 세련된 모습들이었다.

서울 입성에 첫발을 내디딘 제4돌격사단장 리권무는 중앙청에서 열린 전선사령부의 승전축하연에 참석했다가 얼큰하게 취기가 도는 얼굴로 휘하 상급군관들이 파티를 즐기고 있는 전前 남조선 육군본부 장교 클럽에 나타났다. 좌중의 각급 지휘군관과 참모군관들이 일제히 일어나 박수로 그를 맞이했다. 불과 사흘 전까지만 해도 한·미 군 수뇌부가 태평성대를 구가하듯 휘황찬란한 샹들리에 불빛 아래에서 심야 댄스파티를 즐겼던 곳이다.

"위대한 수령 김일성 최고사령관 동지의 혁명사상으로 가일층 무장하자!"

"무장하자! 무장하자!"

"위대한 혁명의 령도자 김일성 원수를 결사옹위하여 북남통일 이룩하자!"

"북남통일! 북남통일!"

"리권무 사단장 동지를 정점으로 조국해방전쟁의 전위가 되자!"

"전위가 되자! 전위가 되자!"

"조선인민군 만세! 서울사단 만세!"

"최고 존엄과 조국해방전쟁을 위하여!"

주지육림 속에 각종 구호를 잇따라 복창하며 축배를 들고 흥청망청 퍼마시며 즐기는 승전축하연은 밤이 깊어갈수록 분위기가 고조돼 갔다. 마치 6·25 남침 전날 밤 아군 수뇌부가 2차까지 뻗치며 심야 파티를 즐겼던 것처럼 말이다.

그 무렵 중앙청의 전선사령부 승전축하연에서는 흥청망청 즐기는 제4돌격사단과는 달리 느닷없이 찬물을 끼얹는 일이 발생하고 말았다. 한강에까지 진출한 107탱크연대에서 부서진 한강교 복구는커녕 아예 부교浮橋도 설치되지 않아 아예 도하할 수 없다는 긴급보고가 들어왔기 때문이다. 아뿔싸, 작전통제관 리학구 총좌는 뒤통수를 한 대 얻어 맞은 듯 충격을 받고 띵한 기분에 사로잡혔다.

이를 어찌한다? 보통 낭패가 아니었다. 보고를 접한 전선사령관 김책은 벌컥벌컥 마시던 술잔을 집어던지며 새파랗게 질린 표정으로 자리를 박차고 일어났다. 대규모 군사작전에는 반드시 부교를 신속히 설치할 도하장비가 필요했다. 그러잖아도 공병부장 박길남 대좌는 남침 준비에 들어갈 때부터 소련 군사원조 품목에 도하장비가 빠져 있어 한 강을 비롯한 임진강, 금강, 낙동강 등 남반부 4대강의 도하장비 4개 조를 신속히 도입해 줄 것을 최고사령부에 요청했었다.

도하장비는 남침 닷새 전인 6월 20일 소련으로부터 반입돼 평양 북 방 조선인민군 최고사령부의 베이스캠프에 도착했으나 일선 전투부대 가 모두 38선으로 이동을 전개한 후여서 그대로 방치돼 있었다. 최고 사령부 류성철 부총참모장 겸 작전국장의 실책이었다. 하지만 류성철 이 누구인가. 최고사령관 김일성 다음의 실세가 아닌가. 감히 누가 그 의 코털을 뽑는단 말인가. 이 때문에 불행하게도 전선사령부에 배속돼 남침 준비상황을 최종 점검한 제2집단군 작전부장 겸 최고사령부 작 전통제관인 리학구 총좌와 공병부장 박길남 대좌가 책임질 수밖에 없 었다.

전선사령관 김책은 당장 작전 지연의 책임을 물어 이들 두 참모와 공병부부장 겸 부교 설치 실무책임자인 주덕근 중좌에게 대기령을 내 렸다. 대기령이란 직권정지와 함께 파면을 예고하는 중징계였다. 큰 별 大星一을 바라보고 있던 리학구 총좌로서는 청천벽력과 같은 충격이 아 닐 수 없었다. 리학구는 대기령이 떨어지자 어깨를 축 늘어뜨리며 맥없 이 고개를 숙이고 말았다. 그 엄청난 실수 앞에 최고사령관 김일성의 복심도 별수 없었다.

　김일성은 바로 이날 아침 작전미스로 중동부 전선에서 국방군 6사단에 녹아난 책임을 물어 인민군 주력인 2사단장과 7사단장은 물론 제2집단군 사령관과 전선사령관까지 모두 갈아치우지 않았던가. 특히 해임된 전선사령관 최용건 대장은 조선인민군 창설에 크게 공을 세운 인물이었다. 그런 군의 원로까지도 하루아침에 목이 댕강 달아나는 판국에 무슨 변명이 필요하단 말인가. 게다가 해임된 일선 사단장 둘은 민청훈련소(정치교화소)로 끌려가는 숙청대상자가 되고 말았다.

　이런 판국에 도하 장비를 확보하지 않아 한강을 건너지 못한다니 말이 되는가. 더욱이 전선사령관으로 이제 갓 부임한 김책으로서는 이 엄청난 과오를 조기에 수습하지 않고 머뭇거리다가 자칫 자신의 목이 달아날지도 몰랐다. 김일성은 그렇게도 악랄하고 무서운 존재였다. 그래서 그는 우선 자신의 휘하 참모에게 단호한 조치를 내리고 대책 마련에 나서기로 한 것이었다. 어쨌거나 예상치 못했던 실책으로 전선사령부에서는 부득이 남침 주 공격로를 개척하지 못한 채 당분간 서울에서 지체할 수밖에 없었다. 파죽지세로 남침을 감행하던 인민군대가 서울을 점령한 뒤 사흘 동안 소강상태에 들어갔던 이유다.

　여기에다 남로당 당수이던 박헌영 부수상 겸 외무상의 말만 믿고 인민군대가 서울을 해방하면 30만 남로당 혁명무력이 떨쳐 일어나 민중봉기를 일으킬 것으로 기대했지만 서울시민들의 표정은 냉랭하기만 했다. 민중봉기는커녕 빨간 완장을 두르고 설쳐대는 남로당원들도 일부에 지나지 않았다. 박헌영이 김일성에게 입에 발린 듯 큰소리를 쳤지만 민중봉기란 말이 오히려 무색할 정도였다

　전선사령관 김책으로부터 보고를 접한 김일성은 적이 당황했다. 스

탈린에게 군사원조를 획득할 때부터 호언장담했던 것이 남조선의 민중봉기가 아니었던가. 전적으로 박헌영의 말만 믿었던 게 잘못이었다. 일종의 배신감마저 들었다. 빨치산들에 의한 남반부의 후방 교란도 잇달아 실패했다는 성시백의 보고가 그대로 적중했다.

다급해진 김일성은 평양에 그대로 눌러앉아 있을 수 없었다. 그는 서울 함락 이틀째인 6월 29일 밤 극비리에 서울로 내려와 텅 빈 경무대에서 최고전략회의를 주재하며 이렇게 강조했다.

"내레 박헌영의 허언虛言(거짓말)만 믿구서리 눈 빠지게 민중봉기를 기다렸다가 한 방 먹었수다레. 동무들은 인차(이제) 남반부 린민들의 민중봉기를 일체 기대하딜 말라우. 어전(이젠) 린민해방전쟁을 혁명무력전쟁으로 바꿨으니까니 기렇게들 알구서리 혁명무력으로 쳐내려 갑세다. 기리구설라무네 어전 더 이상 서울에 머물 필요가 없으니까니 날래 한강을 건너라우."

"넷, 댁각(즉각) 실행에 옮기갔습네다. 최고사령관 동지!"

김책 전선사령관이 자리에서 벌떡 일어나 부동자세를 취했다.

"김택(책) 동무!"

"넷, 최고사령관 동지!"

"가급덕이문(가급적이면) 동무레 던선사령부도 서울에 있디 말구 퇴던방(최전방)으로 이동하라우. 이참에 리승만 력적패당을 벌초하듯이 확 쓸어버려야 하디 않갔어?"

"넷, 최고사령관 동지의 정치명령을 댁각 접수하갔습네다."

김일성은 최고전략회의에서 이같이 남침전쟁의 전략을 수정하고 훗날 박헌영 일파에 패전의 책임을 물어 숙청의 구실로 삼게 된다.

리학구 총좌와 박길남 대좌는 비록 대기령을 받긴 했지만 김일성 최고사령관과 김책 전선사령관의 각별한 총애를 받아온 심복들이었다. 함경북도 북청 출신인 박길남 역시 비야츠크의 88국제정찰여단 밀영시절 김일성 밑에서 소대장을 맡았고 귀국 당시에는 예비수령 김일성의 비서 겸 부관을 잠시 지내다가 최고사령부 공병국장을 거쳐 남침 직전 전선사령부 공병부장으로 배치되었다.

그들은 중동부 전선에서의 작전 실패에 대한 책임을 지고 대기령을 받은 김광협 제2집단 군사령관처럼 조만간에 재등용(원직복귀)의 기회가 주어질 것이다. 그러나 주덕근 중좌는 달랐다. 비당원인 데다 스탈린을 비난한 죄로 정치교화소에까지 다녀온 전력 때문에 재등용은커녕 숙청대상이 될지도 몰랐다. 주덕근으로서는 사실 날벼락을 맞은 셈이었다. 그는 다만 부교 설치에 따른 실무자의 한 사람에 불과했다. 그런데도 그에게까지 책임을 지우다니 해도 너무 한 것 같았다. 그래서 박길남 공병부장은 주덕근 중좌에게 미안한 생각을 지울 수 없었다.

그렇지만 덕근은 자신이 비당원이기 때문에 항상 피해를 보고 있다는 자격지심에서 상부의 명령을 이의 없이 접수한 것이다. 진급심사 때마다 비당원이라는 이유로 누락되는 일이 한두 번이 아니었다. 뜻밖에도 소좌(소령)에서 중좌(중령)로 승진한 입조 당시와는 달리 사상 불온자라는 딱지까지 붙여져 아예 진급심사 대상에서 제외되기도 했다.

하지만 그는 자신에게 돌아오는 가혹한 시련을 언제나 주어진 운명으로 받아들이는 것이 습관처럼 몸에 배어 있었다. 그래서 이번에도 별충격을 받지 않았다. 하지만 할 일은 해야 했다. 결자해지라는 말이 있지 않은가. 대기령 중에도 우선 부서진 한강교를 복구할 방법이 없을까, 궁리하던 끝에 직접 현장을 답사해 보기로 마음먹고 공병부장 박길남 대좌를 찾아갔다.

박길남 역시 대기령을 받은 처지지만 그에겐 재등용의 희망이 있었다. 그를 위해서도 유종의 미를 거두고 싶었다.

"부장 동지! 대기령을 받구서리 근신해야갔디만 기래두 내레 맡은 일은 마무리해야 하디 않갔습네까?"

"아, 고럼 초령(당연히) 그래야 합지비."

박길남은 뜻밖에도 기다리고 있었다는 듯이 주덕근의 제안을 반갑게 받아들였다.

"그럼 직방(당장) 현장조사부터 실시하갔습네다."

"암, 그렇게 하기오."

"무슨 지시사항이라도 있으시문…?"

"지시사항은 무시기 지시사항… 주 동무가 어련히 알아서 함둥."

"네, 잘 알갔습네다."

"주 동무! 오늘날까지 주 동무의 공로에 대해 아무런 보답을 해주지 못해서리 유감으로 생각하오. 내레 주 동무를 처음부터 신임하고 도와주려고 했슴. 하디만 당을 우선시하는 편파적인 인사정책 때문에… 우리 당의 공정치 못한 논공행상을 유감으로 생각하오."

"아니 옳습네다. 부장 동지! 내레 그동안 부장 동지께서 베풀어 주신 배려에 고마움을 느끼고 있단 말입네다."

"그간 주변에서 주 동무한테 불신, 오해, 중상 등이 있었던 거이 내레 잘 알고 있슴. 하디만 누가 뭐래도 내레 주 동무를 믿슴메. 그런 주 동무 하나 건져주지 못해 미안하외다."

박길남은 평안도와 함경도 사투리가 두루 섞인 인민군대 특유의 용어에다 침까지 튕겨가며 주덕근이 억울하게 대기령을 받은 것에 대해

진정으로 위로했다.

"아니 옳습네다. 부장 동지! 참으로 고맙습네다. 그동안 불민한 저를 믿어 주시고 지도해 주신 데 대해 감사의 뜻을 올립네다. 비당원의 신분임에도 불구하고 분에 넘치는 직위, 계급, 대우 등 모두가 부장 동지의 덕분이 옳습네다. 내레 신세를 너무 많이 졌단 말입네다."

사실 그랬다. 물론 리학구의 영향력도 무시할 수 없었지만 박길남은 주덕근이 곤경에 처할 때마다 정상참작을 구신具申하고 뒤를 보살펴 준 자상한 면이 있었다. 특히 주덕근은 동북의용군으로 입조한 이후 조선인민군 최고사령부 공병국에 배치될 때부터 박길남을 상관으로 보좌하면서 정치군관의 사상검토를 받을 때마다 5~6차례 문제가 발생했으나 으레 박길남의 구신으로 위기를 넘기기도 했다.

그런 박길남은 누가 뭐래도 주덕근을 신뢰하고 상좌中星三(남한의 중령과 대령 사이)가 맡아야 할 부부장 자리에 과감히 발탁해주기까지 했다. 이 때문에 주덕근은 더욱 열심히 일하지 않을 수 없었다. 그래서 그는 한동안 인민군대 공병의 발전을 위해 전력을 쏟았다. 공병의 기술향상을 위한 소련의 군사교범 만도 4권이나 번역해 예하 부대에 보급했다. 박길남은 그런 주덕근을 은근한 눈빛으로 신뢰해 왔다.

"주 동무! 너무 상심하지 마오. 주 동무도 나를 끝까지 믿기요. 이번에 임무완수하고 돌아오문 내레 주 동무를 담보(보증)해서라무네 로동당에 입당케 하리다. 아, 주 동무레 리학구 동무도 뒤에서 밀어주겠다, 날래 중성삼中星三으로 승진해야 할 거 아임메(아닌가)."

군사력보다 당이 우선하는 공산주의 세계. 주덕근은 사실 그동안 남들처럼 특권의 상징인 노동당원이 되고 싶었고 황금색 찬란한 중성삼, 즉 상좌 계급장도 달아보고 싶었다. 하지만 일이 그렇게 순탄치 않았다.

애초부터 부르주아 의식이 강한 사상불온자로 낙인찍혀 정치교화소에까지 끌려갔다 온 전력 때문이다. 무엇보다 그것이 큰 걸림돌이었다.

"내레 고저 변함없는 부장 동지의 배려에 감사할 따름입네다."

"간부부에서 주 동무의 승진을 트는 것도 여러 가지 이유가 있겠으나 주 동무도 이번 기회에 전선에서 잘 싸웠다는 기록을 남겨두면 인물 평가에 상당한 도움이 될 거외다. 이번에 잘만 하문 대기령도 해소될 거라구 믿슴. 내레 기회를 봐서 간부부장 리림李林 동지를 한 번 만나 볼 거외다."

정치군관인 리림 대좌는 평소 박길남과 개인적인 친분이 두터운 소련의 고려인 3세 출신으로 류성철 밑에서 최고사령부의 간부부장직에 앉아 상급지휘군관과 군사군관들의 인사를 총괄하고 있었다.

"부장 동지! 괜히 저 때문에 애쓰시다가 부장 동지께 찬 시선이 갈게 아닙네까."

"그런 소리 마오. 내레 강건 총참모장 동지께 연락해서라두 주 동무의 대기령을 취소할 거외다. 그러니까니 추방이라 속단하지 마오."

"잘 알갔습네다. 부장 동지의 모든 배려에 보답하기 위해서라두 임무를 원만히 수행하갔습네다."

소련파의 중견으로 자리를 굳힌 박길남은 나름대로 인맥을 구축하고 있었다. 특히 강건 총참모장의 총애를 받고 있다. 그래서 주덕근은 박길남의 격려를 진심으로 받아들였다.

"물론 주 동무도 잘 알고 있갔디만 우리 린민군대는 거친 세상임메. 생존경쟁에서 자칫 잘못하문 피를 보게 마련이외다. 주 동무는 강한 마음으로 살아가야 함메. 주 동무! 용전분투하기오."

주덕근은 이 같은 박길남의 격려에 힘입어 서울점령 하루 만인 6월

29일 동이 틀 무렵 전선시찰을 핑계로 모터지클(삼륜오토바이)을 타고 한 강으로 내달렸다.

적막 속에 잠긴 한강은 언제 그런 참혹한 비극이 있었더냐는 듯이 유유히 흐르고 강물 위로는 부서진 한강교가 을씨년스런 모습을 드러내고 있었다. 복선철교 하나와 단선 철교 둘에 인도교 하나 등 모두 네 개의 교량, 그 가운데 중간지점의 단선 철교 하나는 제대로 끊어지지 않아 당장이라도 복구가 가능해 보였다.

도하 장비가 제 때에 도착한다면 끊어진 인도교 옆 중지도 방면에 부교를 설치해 단선 철교 복구와 함께 두 개의 다리를 확보할 수 있겠다는 판단이 섰다. 게다가 마포, 합정, 용산, 서빙고, 한남동, 잠실 등지에는 소규모의 병력과 장비를 도하시킬 나루터도 많았다. 비록 대기령을 받은 처지지만 이는 전선사령부 공병부의 명예가 걸린 문제였다.

27. 이데올로기의 광기

주덕근은 우선 도하장비가 도착할 때까지 단선 철교만이라도 복구를 서둘러야겠다고 결심했다. 그에게는 그것이 김일성 최고사령관보다 공화국에 충성을 바칠 수 있는 마지막 기회일지도 모른다고 생각했다.

사실 그는 개인적으로도 한강을 건너는 일이 한시가 급했다. 오래전부터 만나고 싶은 한 여인이 수원 인근 화성에 살고 있었기 때문이다. 아직 생사를 확인할 수 없지만 그는 그 여인을 꼭 찾아야만 했다. 임경옥任慶玉!

그녀와는 아직 일면식도 없지만 그녀의 아버지가 남긴 유서를 꼭 전해주고 싶었다. 어쩌면 그것은 가슴 속에 묻어둔 일종의 사명감이기도 했다. 그녀의 아버지 임호걸任豪傑은 소련파에 숙청당한 공화국의 으뜸가는 혁명이론가이기도 했다. 일제 암흑기에 박헌영과 함께 국제공산주의 코민테른Comintern에 투신한 이후 조선공산당을 창당하고 주로 일본과 남한에서 활동하다가 광복 이후 미 군정이 실시되자 자진 월북했다.

그러나 박헌영이 1947년 남로당과 북로당을 합당해 조선노동당으로 명칭을 바꾸고 당권을 고스란히 김일성에게 넘겨주자 이에 반발해 강대국의 영향력에서 벗어나 자주 독립국가를 수립하는데 뜻을 같이해온 민족주의자 조만식과 손을 잡게 된다. 그 당시 조만식은 연금상태에 놓여 있었다. 하지만 그는 조만식의 조선민주당에 입당하면서 스탈린의 꼭두각시 노릇만 하는 조선노동당에 완전히 등을 돌리려다 체포돼 정치교화소에 구금되고 만다. 숙청의 시발점이었다.

그 무렵 동북조선의용군 출신인 주덕근도 평소 소련파와 연안파의 갈등에 휘말린 비당원으로 정치군관들의 감시를 받아왔다. 그러던 중 공화국 내각 수립을 앞두고 진중한담으로 "스탈린이 중국대륙과 조선반도를 위성국가로 만들기 위해 마오쩌둥과 김일성을 사냥개로 만들었다"고 한 마디 내뱉은 것이 화근이 돼 정치교화소의 나락으로 떨어진 것이었다.

그 당시 조선인민군에 편입된 중공의 팔로군 출신들이나 동북조선의용군 출신들 사이에는 김일성을 맹목적으로 추종하는 소련군 출신 또는 빨치산 출신들인 이른바 갑산파가 걸핏하면 스탈린 대원수를 들먹이며 거들먹거리는 것이 아니꼬워 대개 그런 정도의 농담은 서로 주고받을 수 있는 분위기였다.

그러나 불행하게도 같은 인민해방군 출신 군사군관들 사이에도 염탐꾼이 있어 평소 동북조선의용군에 대한 푸대접을 지적하며 불평불만이 많았던 주덕근이 직방으로 걸려들고 만 것이다. 그는 이 사건으로 정치교화소에서 자아비판을 하며 6개월이나 썩어야 했다. 그 무렵 우연히 반혁명분자로 낙인찍혀 정치교화소에 수용된 노老혁명투사 임호걸과 같은 방에서 함께 지내며 점차 인간적인 정이 들어 친분을 쌓아가게 되었다.

임호걸은 정치교화소 안에서도 김일성을 아예 마르크스나 레닌의 기본이념도 모르는 비적 출신 풋내기 공산주의자로 취급했다. 게다가 박헌영에 대해서는 정판사 위폐사건과 대구 10·1 폭동사건이 실패로 돌아가자 김일성에게 빌붙어 목숨을 구걸하면서 국제공산주의동맹을 배신한 변절자라고 비난했다. 그는 진정한 공산주의란 문자 그대로 평등사회를 이루며 만인이 고루 잘 사는 세계를 추구하는 것이라고 했다. 꿈같은 얘기지만 공산주의 세계는 원래 계급이 없다고 했다. 그런 공산주의자 중 가장 모범적인 혁명 투사가 바로 중국 공산당 부주석인 류사오치劉少奇라고 주장하는 것도 서슴지 않았다.

류사오치는 상하이 노동운동을 주도하면서 마오쩌둥보다 먼저 중국에 공산주의를 뿌리내렸다. 그는 공산주의 종주국인 소련에 유학한 후 냉혹한 스탈린주의보다 중국식 공산주의 이론을 정립하고 공산조직의 지도자로 두각을 나타낸 인물이기도 했다. 그런 의미에서 임호걸은 '조선의 류사오치'라고 해도 과언이 아니었다. 그런 그가 김일성의 눈 밖에 나 정치교화소에 갇혀 있는 신세가 되고 만 것이다.

임호걸은 원래 수원의 유복한 집안에서 태어나 동경 유학생으로 메이지明治대학에서 국제정치학을 전공한 인텔리겐치아였다. 그 당시 대개 지식인들이 그랬듯이 일찍이 신사상新思想(진보사상)에 눈떠 국제공산주의운동에 투신하는 바람에 일시에 집안이 몰락하고 가정도 버렸다고 했다.

아내 혼자 슬하의 삼 남매를 키우다 10년 전 폐병으로 유명을 달리하고 큰 아들은 남한의 국군에 복무하던 중 여순반란사건의 주모자로 몰려 총살당하는 비운을 겪었다. 그리고 막내아들은 이제 18세밖에 안 되는데 남로당에 가입하여 지하에서 활동하고 있다는 것밖에 달리 소식을 알 수 없다고 했다. 집안이 온통 이데올로기에 휘말려 풍비박산이 나버렸다는 것이다.

고명딸인 경옥이 홀로 집을 지키며 가까스로 가계를 꾸려가고 있지만 사는 게 말이 아닐 것이라고 했다. 그 무렵 경옥의 나이 꽃다운 21세. 그럴 때마다 그는 자식에 대한 인간적인 연민에 시달리며 자신도 모르게 땅이 꺼질 듯한 한숨을 삼키곤 했다.

"딸자식 하나 있는 거, 진작에 짝을 지어 혼인이라도 시켰으면 한이 없으련만… 남조선에서 누가 빨갱이 자식을 며느리로 삼겠어?"

얼버무리는 말투로 보아 경옥의 신랑감으로 은근히 주덕근을 마음에 두고 있는 것 같았다.

임호걸은 냉기가 흐르는 겉모습과는 달리 속으로는 뜨거운 혈친의 정에 굶주려 있었다. 그는 정치교화소에서 자아비판과 사상 교양에 혹독하게 시달리면서도 틈틈이 어른을 공경할 줄 알고 살갑게 구는 덕근이가 마치 여순반란사건 때 잃어버린 큰아들 경식이처럼 듬직해 보였다. 정치교화소의 규범을 어기면서까지 자신을 깍듯이 어른으로 모시는 덕근이가 사윗감으로는 안성맞춤이라고 생각했는지도 몰랐다.

입만 열면 동지나 동무밖에 모르는 공산주의 체제에서 이것 또한 자아비판의 대상이긴 하겠지만 그는 주덕근을 언제나 '덕근 동무'라고 부르기보다 그저 만만하게 '덕근 군!' 아니면 '주 군!'이라고 불렀다. 하지만 그는 그런 사사로운 얘기를 전혀 입밖에 드러내지 않았다. 서로 내면에 흐르는 감정을 그렇게 느끼고 있을 뿐이었다.

둘이서 그렇게 한 6개월간 고락을 함께하다가 주덕근이 먼저 풀려나 "조국해방전쟁에 참전하게 되었다"며 작별 인사를 하자 그는 품속에서 편지 한 통을 꺼내 덕근의 손에 꼭 쥐어 주면서 눈시울이 붉어졌다. 역시 혈친의 정이란 냉혹한 이념의 벽도 쉽사리 허물어지게 마련이었다.

"덕근 군! 남으로 내려가거든 꼭 내 딸아이를 한 번 찾아봐 주게나. 어떻게 살고 있는지… 아비를 잘못 만나 핏덩이 때부터 고생하며 성장했지. 참 불쌍한 아이야. 내가 북으로 오기 전에 잠깐 봤네만 곱게 자랐더군."

이심전심이랄까, 멀리 만주의 동북지방에서 떠나와 북반부에 피붙이 하나 없었던 덕근으로서는 비록 교화소의 짧은 영어(囹圄)생활이었지만 돌에도 나무에도 의지할 데가 없어 내심 임호걸을 아버지처럼 모셨던 게 사실이다. 그리고 아쉬운 작별의 정을 나눌 때에도 임호걸의 은근한 눈빛을 통해 자신을 사윗감으로 생각하고 있다는 사실을 알아챌 수 있었다. 덕근은 거대한 파도에 휩쓸리는 듯 조국해방전선에 투입되면서 그것이 항상 마음에 걸렸다. 생판 얼굴 한 번 본 적은 없지만 그날 이후 언제나 경옥에 대한 생각을 지울 수 없었다.

주덕근이 정치교화소에서 풀려난 것은 어쩌면 인민군대에서 기술력이 절대요건인 상급공병군관이 필요했기 때문인지도 몰랐다. 그는 만주 동북공업학교 기계공학과를 나와 기계 공작창에서 엔지니어로 있다가 동북조선의용군에 입대해서도 줄곧 공병군관으로 복무했기 때문이다. 그러나 불행하게도 그는 정치교화소에서 풀려난 지 사흘 만에 임호걸이 쇠창살에 오랏줄로 목을 맨 싸늘한 주검으로 발견되었다는 소식을 뒤늦게 접했다.

어쩌면 자살을 가장한 의도적인 살인인지도 몰랐다. 고명딸 경옥에게 전하라는 안부편지가 유서가 될 줄이야. 어쨌든 그는 이번 조국해방전쟁에 참전해 서울이 해방되는 감격을 체험했고 이제 곧 한강을 건너 수원이 해방되면 당장에 달려가 경옥부터 찾아봐야겠다는 꿈에 부풀어 있었다.

주덕근이 모터지클을 몰고 한강교 일대를 한 바퀴 돌아 전선사령부로 돌아갈 때 서울 시가지를 둘러보니 왠지 거리가 한산하고 쓸쓸했다. 서울에 입성할 때만 해도 그런대로 거리를 오가는 사람들이 많았고 제법 활기가 있어 보였으나 한강 변은 인적이 드물어 을씨년스럽기까지 했다. 이미 서울이 인민군대에 함락되었다는 사실을 알고 지레 겁을 먹은 시민들이 몸을 숨긴 탓일까?

용산을 지나면서 주변을 둘러봐도 가끔 눈에 띄는 행인들의 발걸음마저 어디론가 쫓기듯 종종걸음이었다. 하지만 서울시청 앞을 거쳐 광화문 네거리를 지날 무렵에는 일단의 인파로 들끓었다. '인민재판'이라는 플래카드와 피켓을 들고 빨간 완장을 두른 남로당원들이 오랏줄에 묶인 사람 대여섯 명을 앞세우고 국회의사당 앞으로 몰려가고 있었다.

오랏줄? 주덕근은 순간적으로 북한의 정치교화소에서 목을 매 자진한 임호걸이 생각나 분노를 느꼈다. 국회의사당 앞에는 이미 강제동원된 듯한 사람들이 수십 명이나 모여 있었다. 이른바 인민재판 방청객들이었다. 모두 행색이 추레했다. 인민재판은 광화문 네거리를 비롯해 서울시청 앞 광장, 동숭동의 서울문리대 교정, 명동 국립극장 앞, 돈화문 앞 등 도처에서 벌어지고 있었다. 인민재판의 판결문은 한결같았다. 아예 피고인에게 방어권의 기회도 주지 않고 "인민의 적을 인민의 이름으로 처단한다"는 판에 박힌 간단한 판결문만 낭독했다. 한마디로 즉결처분이었다.

인민재판 대상자는 미처 서울을 빠져나가지 못한 남한의 공직자들이나 사회지도층 인사들이 대부분이었다. 인민재판에서 처형판결이 나기 무섭게 빨간 완장들이 달려들어 무자비하게 철퇴와 몽둥이를 휘두르고 죽창으로 찔러 죽이기 일쑤였다. 그러고는 매타작으로 선혈을 분수처럼 쏟아내는 사람들을 명줄이 끊어질 때까지 개 끌듯 질질 끌고 다니는 잔혹한 학살극도 연출하고 있었다. 그들은 아예 인간이기를 거부했다. 인간의 탈을 쓰고 눈도 한 번 깜짝하지 않고 태연히 학살극을 자행했다.

덕근은 그런 끔찍한 장면이 눈에 들어오는 순간 모터지클의 가속 페달을 밟고 단숨에 광화문 네거리를 거쳐 전선사령부가 있는 중앙청으로 내달리다가 뭔가 생각난 듯 모터지클을 되돌렸다. 불현듯 경옥의 아버지 임호걸의 비참한 최후가 떠올랐기 때문이다. 그는 서행으로 인민재판이 열리고 있는 만행의 현장으로 다가갔다. 그러고는 자신도 모르게 버럭 고함부터 질렀다. 느닷없이 화가 치밀어 견딜 수 없었다.

"동무들! 이거 뭣들 하는 짓이외까. 죽은 사람 시신까지 끌고 다니문서리 피비린내를 풍기다니… 이런 간나들! 바로 저기 조선인민군 전선사령부가 있다는 것도 모르오? 직방 내무서에 인계하고 해산하기오."

이 말 한마디에 기고만장하게 설치던 빨간 완장들이 주춤하며 머쓱한 얼굴로 한 발짝씩 물러서는 거였다.

덕근은 북한에서도 여러 번 목격했지만 볼셰비키 혁명과 스탈린 헌법이 낳은 변태적인 공산주의의 만행을 평소에 증오해 왔다. 남침전쟁을 일으키고 서울까지 침공해온 김일성의 광기가 곳곳에서 활개를 치고 있었다. 숙청과 학살로 일국사회주의—國社會主義 노선을 추구해온 폭군 스탈린 정책을 그대로 답습하고 있는 것이었다.

먼발치에서 불안에 떨며 인민재판을 지켜보던 일부 시민들의 눈에 주덕근의 모습이 유달리 선명하게 보였다. 조선인민군 상급군관의 푸른 제복에다 삼륜오토바이를 몰고 지나다가 잔혹한 인민재판을 발견하고 버럭 고함을 지르며 죽음의 행진을 중지시킨 덕근의 인간적인 모습에 오가던 행인들도 감탄했다. 공포의 대상이던 인민군대에도 더러 저런 휴머니스트가 있다는 사실에 모두 가슴이 뭉클한 것이었다.

평범한 소시민들은 인민군대가 서울에 입성한 후 남쪽 사람들끼리 부딪히기만 해도 소스라치고 북쪽 사람을 보면 아찔한 공포를 느끼며 긴장하기 일쑤였다. 하지만 이날 우연히 한 북괴군 상급군관의 인간적인 모습을 발견하고 한결 마음이 가벼워지는 것 같았다. 시민들이 거리마다 남로당 패거리가 피바람을 일으키는 인민재판을 줄곧 지켜보며 정신적인 갈등을 느껴 왔기 때문이다. 그 무렵 서울 시내에선 인민위원회를 비롯해 청년동맹·직업동맹·농민동맹 등 조선노동당 산하 외곽조직이 다 동원돼 가택수색이며 불심검문 등으로 반동분자들을 색출하는 작업이 끊임없이 반복되고 있었다.

조선인민군 전선사령부 정보부와 작전부에 속속 접수되는 적정보고는 서울이 함락된 이후 한강 이남 시흥의 육군보병학교와 영등포 일대에는 국방군 낙오병들이 넘쳐나고 있다는 것이었다. 사실 그랬다. 승전고에 도취 돼 있는 인민군대를 고무시키기에 충분한 정보였다.,

국군병사들은 개전 초부터 중서부 전선에서 패퇴하기 시작해 소속부대를 잃고 뿔뿔이 흩어지는 바람에 조직적으로 철수하지 못하고 삼삼오오 분산, 퇴각했다. 때문에, 모두 파도처럼 밀려오는 북괴군에 쫓기면서도 최종집결지가 한강 이남의 육군보병학교라는 얘기만 전해 듣고 한강을 건너기에 급급한 것이다. 그 과정에서 조직적이고 체계적인 지휘통솔이 제대로 이루어지지 않아 장교와 사병을 구별할 수 없을 만큼 통솔력이 실종된 채 혼란만 가중되고 있었다. 그나마도 부대를 재편해 혼성부대를 편성하고 보니 오합지졸과 다름이 없었다.

특히 북괴군의 주 공격로이던 중부 전선 경원가도의 포천, 동두천, 의정부 등지에서 반격작전을 폈던 국군 7사단을 비롯한 2사단, 5사단, 수도사단 등의 일부 지원부대는 창동, 미아리까지 밀려나면서 최후의 저지선을 구축하고 수도 서울을 사수하려다 막심한 손실만 입었다. 게다가 최후의 국군 잔존부대는 한강교가 조기 폭파되는 바람에 거의 각개약진으로 한강을 건널 수밖에 없었다.

때문에, 한강 이남의 경수가도京水街道에는 소속부대를 이탈한 국군 낙오병들로 들끓었고 시흥에서 다시 수원으로 이동한 육군본부는 전체적인 낙오병 수습에 미처 정신을 못 차릴 지경이었다. 군 수뇌부로서는 당장 시급한 문제가 낙오병 수습과 전투부대를 재편성해 한강 방위선을 구축하고 지연 작전을 펴는 일이었다. 서울에 머무르고 있는 북괴군이 한강을 도하하면 경수가도를 주 공격로로 삼아 남진한다는 것은 불을 보듯 뻔한 일이기 때문이다.

하여 군 수뇌부는 낙오병들의 최종집결지인 국군 보병학교에 시흥지구전투사령부를 신설하고 광복군 출신인 보병학교장 김홍일 소장을 전투사령관으로 임명했다. 시흥지구전투사령부에서는 우선 낙오병들의 허기진 배를 채우기 위해 주먹밥을 만들어 쌓아놓고 낙오병들이 도착하는 대로 밥부터 먼저 먹였다. 모든 병사가 개전 이래 하나같이 사흘을 꼬박 굶어 기진맥진한 상태였다.

주먹구구식으로 재편성된 전투부대도 한마디로 기강이 엉망이었다. 장교가 사병에게 명령을 해도 제대로 듣지 않고 그냥 달아나버리는가 하면 소속부대를 찾아간다며 무단이탈하기 일쑤였다. 때문에, 전투사령부 헌병대에서는 고육지책으로 무단이탈자들을 전 장병이 지켜보는 가운데 공개 처형하는 극단적인 즉결처분을 선택하기도 했다.

이때 비로소 "전시 무단이탈은 무조건 즉결처분한다"는 사실이 전 장병들에게 알려지면서 마침내 군기를 바로 잡을 수 있었다. 이러한 과정을 거치면서 서울이 함락되던 6월 28일에는 500여 명, 29일엔

3000여 명의 낙오병들을 모아 한강방위선에 집중배치하는 등 가까스로 10개 대대의 혼성부대를 재편성할 수 있었다.

그 무렵 한강 이남 노량진과 흑석동 방면에는 한강 북방의 북괴군 포대에서 122밀리 곡사포와 105밀리 박격포탄이 날아오고 서울 상공엔 야크 전투기 편대가 기총소사를 가해오기도 했다. 이런 와중에 야크기와 공중전을 벌이던 미 공군의 F-51 전폭기가 국군 방어진지를 오폭하는 바람에 한때 국군의 한강방위선이 큰 혼란에 빠지기도 했다.

미 공군은 한반도의 지형에 어두워 전쟁 초기부터 예상외의 잦은 오폭으로 한국군에게 많은 피해를 주었다. 여기에다 한강 방위선에 배치된 아군은 각 부대에서 흩어진 낙오병들을 수습해 혼성부대를 편성하다 보니 조직적인 지휘체계가 확립되지 않아 전투력을 제대로 발휘할 수도 없었다. 그러던 중 서부전선에서 비교적 조직적으로 철수한 백선엽 장군의 제1사단과 15연대가 행주 나루터를 통해 합류하자 일시 공황상태에 빠졌던 병사들의 얼굴에 비로소 생기가 돌기 시작했다.

특히 미 해, 공군이 참전한 데 이어 조만간에 지상군(육군)도 투입될 것이라는 소식에 고무돼 복수심에 불타는 아군 병사들의 사기는 한층 높아가기 시작했다. 그러나 불행하게도 서부전선 옹진반도와 개성을 집중공략 해 온 북괴군 6사단과 38경비여단이 국군의 철수부대를 바짝 뒤쫓으며 임진강과 행주 나루터를 건너 김포반도로 진격해 오고 있었다.

이들 북괴군 주력은 중공 팔로군 산하 조선의용군 출신들로 일부 병력이 남진의 교두보를 확보하기 위해 이미 김포비행장까지 공격해 왔다. 적은 김포비행장 망루에 서둘러 중기관총을 거치해 놓고 마침 철수 중이던 아군 수도사단 18연대 2대대를 향해 기관총을 난사하기 시작했다. 그러나 즉각 반격에 나선 아군 1사단 2대대장 장춘권 소령은 자신이 직접 로켓포를 메고 뛰어나가 2개의 망루에 거치된 북괴군의 기관총 좌를 침묵시켰다.

이와 때를 같이해 미 공군의 B-29 중폭격기 편대가 나타나 김포비행장 활주로와 적진을 공습해 풍비박산을 내버렸다. 장 소령의 2대대가 적을 격퇴하고 보니 자그마치 2500여 명의 아군 낙오병이 김포비행장 격납고에 포로로 갇혀 있었다. 실로 참담한 장면이 아닐 수 없었다. 개전 초기 퇴각하는 과정에서 실종된 병사들이 대부분이었다.

장 소령은 그들을 모두 석방해 시흥지구전투사령부로 향하던 중 영등포 네거리에서 또다시 북괴군 1개 연대와 조우했다. 적은 이미 오류동 북방에까지 진출해 있었다. 만약 이를 그대로 두고 철수할 경우 영등포 일대의 방위선이 무너지는 것은 시간문제였다. 장 소령은 1개 대대 병력의 열세에도 불구하고 김포비행장에 억류돼 있던 병사들과 함께 81밀리 박격포로 선제공격을 가했다. 6문의 박격포로 쉴새 없이 3000여 발이나 발사하다 보니 포신이 벌겋게 달아올라 휘어지기까지 했다.

아군은 3차례나 진퇴를 거듭하며 치열한 교전 끝에 가까스로 적을 물리칠 수 있었다. 여의도 방면에서는 한강 남안에 대한 지연 작전을 펴고 있던 서종철 대령의 제8연대가 적과 치열한 공방전을 벌이고 있었다. 8연대는 원래 가평에서 서빙고로 철수했으나 한강교가 폭파되는 바람에 나룻배로 도강할 수밖에 없었다. 그럼에도 1개 대대의 완전한 조직과 81밀리 박격포 3문, 60밀리 박격포 12문, 중기관총 4정 등 전투장비와 1200여 명의 병력이 모두 무사히 도강해 여의도를 중심으로 방어선을 구축한 것이다.

때문에, 강북 마포 나루터에서 도하로가 막혀버린 북괴군은 28일 밤, 강남에 위치한 아군 방어진지를 향해 스탈린포(76밀리 직사포)와 T-34 탱크포를 마구잡이로 쏴대기 시작했다. 북괴군 특공대는 이 틈을 이용해 마포 나루터에서 새우잡이 어선을 타고 한강을 건너 여의도에 상륙했다. 이를 포착한 아군 8연대에서 선제공격을 가해 피아간에 치열한 교전이 벌어졌다.

한강 인도교와 철교가 폭파되었다고는 하나 적이 우회하여 한강을 건널 수 있는 전략적 나루터가 많았다. 때문에, 적의 군사력은 계속 증강되고 피아간의 혈투가 계속되는 동안 하루에도 여의도의 주인이 5~6차례나 바뀌기도 했다. 시간이 흐를수록 피아간에 전사자가 속출하고 피투성이 주검들이 곳곳에 널브러지는 끔찍한 상황이 반복되었다.

28. 한강 방위선의 맥아더

6월 29일 이른 아침

부슬비가 내리고 있었다. 개성지구전투에서 패퇴한 아군 제1사단 12연대 1대대를 따라 임진강을 건너온 한상준 대위와 조동식 중위는 하염없이 내리는 부슬비를 맞으며 낙오병들 틈에 뒤섞여 시흥지구전투사령부를 찾아가고 있었다.

그들은 육군본부가 수원으로 이동했다는 소식을 전해 듣고 어차피 소속부대를 찾아가기 위해 도중에 헤어져야 했다. 한 대위는 강문봉 대령을 찾아 수원으로 가야했고 조 중위는 잔존부대가 한강 방위선에 배치된 제1사단 12연대 본부를 찾아가야 하기 때문이다. 그래서 둘은 경수국도에서 서로 무운을 빌며 작별 인사를 나누었다.

"선배님 덕분에 이렇게 살아남았습니다. 특히 저의 대원들을 보살펴 주셔서 감사드립니다."

"아니야. 난 조 중위 덕분에 이렇게 살아난 거라고. 감사는 외려 내가 해야지."

"아, 아닙니다. 선배님께서 그렇게 서두르지 않았더라면 저희들은 아직도 포위망을 뚫지 못했을 겁니다."

"자넨 정말 용감한 대원들을 두었어. 어쨌든 잘된 일이야."

"이렇게 헤어지면 언제 또 뵙게 될지 모르겠습니다만 아름다운 추억으로 간직하겠습니다."

"그래, 우린 정말 멋있게 싸웠어. 우린 죽지 않아. 불사신이니까."

"네, 부디 무운을 빕니다."

"그래, 조 중위도 몸조심하고….“

둘은 비로소 소속부대로 복귀하게 되었다. 조 중위는 수원 방면으로 가는 차편을 얻어 타려고 길가에 서 있는 한 대위를 배웅하기 위해 한 사코 떠나지 않고 함께 기다려 주었다. 한 대위는 트럭이든 드리쿼터든, 민간차량이든 닥치는 대로 손을 흔들어 세울 심산이었다. 그런데 저 멀리서 국군 낙오병들과 피란민들의 행렬을 비집고 빗속을 질주해 오는 지프가 한 대 눈에 들어왔다.

"혹시 저 지프가 수원으로 가는 건지도 모르겠군요."

조 중위가 먼저 길을 막고 두 손을 흔들었다.

"그렇다면 좀 좋겠어."

한 대위도 덩달아 손을 흔들었다.

지프는 휘장도 씌우지 않은 무개 차량이었다. 그들 앞으로 다가오던 지프가 갑자기 비상 라이트를 켜며 그대로 지나치려 했다. 운전대 옆에는 짙은 녹색 래이밴Ray Ban을 콧잔등에 걸친 육군 대령이 판쵸우의도 걸치지 않은 채 비에 흠뻑 젖은 모습으로 오른손에 짧은 지휘봉을 들고 근엄하게 앉아 있었다. 손을 흔들던 둘은 얼떨결에 동작을 멈추고 부동자세를 취하며 거수경례부터 올려붙였다. 대령이 답례를 취했으나 지프는 흙탕물을 튕기며 그들 앞을 그대로 지나쳐 버렸다.

감히 겁도 없이 높은 사람의 지프를 세우다니 둘은 머쓱한 표정으로 쓴웃음을 지으며 사라지는 지프를 바라봤다. 그런데 그대로 질주하던 지프가 느닷없이 급정거를 하자마자 다시 흙탕물을 튕기며 후진하는 게 아닌가. 그러고는 눈 깜짝할 사이에 지프는 그들 앞에 다가와 멈춰 서는 거였다.

비 오는 날 격에 맞지 않게 래이밴을 쓴 주인공은 뜻밖에도 제17독립연대장 백인엽 대령이었다. 그의 친형은 백선엽 제1사단장. 진중陣中에서는 널리 알려진 그들 형제를 가리켜 "형제는 용감하다"라는 말이 나돌 정도로 유명한 지휘관이었다. 둘은 바짝 긴장된 표정으로 부동자세부터 취했다.

"야, 귀관들! 예서 뭐하고 있는 게야?"

"넷, 소속부대로 귀대하는 중입니다."

한 대위가 먼저 답했다.

"꼴 좋구먼. 명색이 장교가 낙오돼 개지구서리."

백 대령은 평양 인근 평남 강서가 고향이다. 그래서 가끔 대화 중에 자신도 모르게 서북 사투리가 튀어나오곤 했다.

"아닙니다."

"아니긴 뭐가 아니야. 귀관들 얼굴을 보니까니 기렇게 씌어 있는 걸… 기래 소속이 어디야?"

"전 육군본부 작전국입니다."

"육군본부 작전장교가 패잔병처럼 여긴 웬일이야?"

"실은 강문봉 대령님의 지시로 제1사단 12연대의 방어진지 구축현황을 살피러 갔다가 그만 적침을 당했습니다."

"으음, 강 대령은 원래 부하장교를 패잔병으로 두지 않는데…."

"죄송합니다."

"기럼 귀관은…?"

이번에는 백 대령의 날카로운 질문이 조 중위에게로 향했다.

"넷, 전 제1사단 12연대 소속입니다."

"12연대가 엄청 깨졌두만."

"네, 그렇습니다."

"귀관들은 지금 이 시간부터 제17독립연대 소속이야. 빨리 타라우."

더 이상 할 말이 없었다. 모든 전투부대가 큰 손실을 입었으므로 한창 여기저기서 낙오병들을 모아 혼성부대를 편성했기 때문에 어디서든 병력을 수습해 전투에 임하는 것이 급선무였다.

그 무렵 백인엽 대령의 17독립연대는 육군본부 특명에 따라 수원으로 철수해 전투태세에 돌입해 있었다. 비행장이 있는 수원은 수도권 방위의 전략적 요충지였다. 그렇게 하여 둘은 백인엽 대령에게 징발돼 17연대 본부가 있는 수원으로 가게 된 것이다. 한 대위는 어쨌든 수원까지만 가면 강문봉 대령에게 연락을 취할 수 있을 것이란 기대감에서 어쩌면 백 대령의 징발이 다행한 일인지도 모른다.

백 대령은 시흥지구전투사령부에서 열린 한강 이남 방위전략회의에 참석했다가 미 극동군 총사령관인 맥아더 원수가 아군의 전선시찰을 위해 일본 도쿄에서 날아온다는 전갈을 받고 급히 수원으로 가던 길이었다. 그는 맥아더 원수가 수원비행장에 도착하기 전 6·25 남침전쟁 개전 초기의 적정상황을 상세하게 파악하고 싶다는 존 H·처치 준장을 만나러 가는 길이었다.

처치 장군은 수원농업시험장에 미 극동군 전방지휘소를 설치하고 그곳에 머무르고 있었다. 처치 장군은 6·25 남침전쟁 개전 당시의 적정상황을 상세하게 파악하지 못해 전적으로 한국군의 부정확한 정보에 의존해 왔으나 백 대령을 통해 보다 명확한 실전 상황을 알고 싶어 했다.

이날 오전 수원비행장에 계류 중이던 C-54 미 공군 수송기 한 대가 적 야크기의 공습을 받아 불에 타고 있었다. 소방대가 출동해 진화

작업을 벌이고 사태수습에 나섰으나 어째 심상치 않은 조짐이 나타나고 있는 것 같았다. 개전 초기부터 38선 북방 신막과 평강기지에서 발진하는 적 야크 전투기가 아무런 거리낌 없이 출몰해 중앙청을 비롯한 김포비행장, 수원비행장 등 닥치는 대로 공습을 감행하는 바람에 한국군과 미 군사고문단에 적잖은 피해를 입히고 있었다.

미 극동공군이 6·25 남침전쟁 발발 3일 만에 참전하긴 했으나 B-29 중폭격기 외에 야크 킬러인 미 공군의 F-51 머스탱 전투기가 본격적으로 투입되지 않은 상황에서 적 야크기가 서울 상공과 수도권 상공을 누비며 제멋대로 공습을 감행해도 속수무책이었다. 한국 공군은 아예 전투기 한 대 확보하지 못한 채 비무장 경비행기만 보유하고 있었기 때문이다.

맥아더 원수는 일본에서 전용기 바탄호號를 타고 한국으로 날아오는 기내에서 수원비행장이 또 공습을 당했다는 전문을 받고 중대한 결정을 내리게 된다. 그는 즉각 미 극동공군에 38선을 넘어 적도 평양을 폭격하도록 명령한다. 트루먼 대통령은 미 해군과 공군을 한국전쟁에 참전시키면서 미군의 참전 범위를 38도선 이남으로 국한했으나 맥아더 원수는 이 같은 대통령의 명령을 어기고 38선 이북까지 폭격하도록 미 극동공군사령관 스트레이트 메이어 중장에게 명령한 것이다.

트루먼 대통령의 지시대로 38선 이남에 국한된 제한적인 폭격을 가한다면 병력과 보급을 마음대로 이동하는 적의 군사목표를 효과적으로 꺾을 수 없다고 판단했기 때문이다. 그래서 그는 주요 공격 목표를 적도 평양으로 못을 박았다. 적의 최고사령부 베이스캠프가 있고 모든 남침지령이 그곳에서 발령되고 있었다. 한국에 효과적인 지원을 하기 위해 북한의 군사목표에 대한 공격 여부는 현지 유엔군 총사령관의 재량에 속한다는 유엔 안보리의 결의에 그 근거를 두고 있었다.

6월 29일 정오.

마침내 맥아더 원수의 전용비행기 바탄호가 적의 야크기가 출몰하는 불길한 징조에도 아랑곳없이 수원 상공에 나타나 한 바퀴 선회한 뒤 한쪽 계류장에서 불타고 있는 C-54 수송기의 화염을 뚫고 착륙했다. 극적인 장면이었다. 그런 모험은 맥아더 원수이기에 가능했다. 그의 한국 방문은 1948년 8월 15일 대한민국 건국일에 이어 이번이 두 번째다.

임시수도인 대전에 머무르고 있던 이승만 대통령과 임병직 외무장관, 무초 주한 미 대사, 드럼라이트 정무참사관 등이 맥아더 원수를 영접하기 위해 수원비행장에 나와 있었다. 15명의 참모를 대동하고 트랩을 내려온 맥아더 원수는 반갑게 맞이하는 이승만 대통령을 포옹하며 반가운 인사를 나누었다. 바로 이때 또 적의 야크기 편대가 공습해 왔으나 맥아더 원수가 급히 이 대통령의 등을 감싸며 땅에 엎드리는 바람에 순간적으로 위기를 모면했다. 두 사람은 개인적으로도 우의가 두터웠다.

이런 혼란 속에 간단한 환영 행사와 비밀회담을 마치고 이 대통령은 대전으로 돌아갔다. 그리고 맥아더 원수는 휘장도 없는 무개 지프를 타고 한국군 헌병이 4명씩 탄 콘보이가 앞뒤에서 호위하는 가운데 국군의 한강 방위선 시찰에 나섰다.

맥아더 원수가 한강 둑에 올라서서 망원경으로 바라본 서울 시가지는 화염 속에 파묻힌 지옥과도 같았다. 한강 남안에서는 한국군이 방어전을 펴고 있긴 했으나 그 남쪽으로는 무거운 발걸음을 옮겨 놓는 피란민의 행렬이 끊임없이 이어지고 있었다. 그의 눈에 비친 한국은 불행하게도 극도의 혼란 상태에 빠져들고 있었다.

그러나 이런 악조건 속에서도 한강 방어전에 집중하고 있는 한국군 병사들의 사기는 높았다. 그들은 미 해, 공군이 이미 참전한 데다 뜻밖에도 말로만 듣던 전설적인 전쟁 영웅 맥아더 원수가 한강 변에 모습을 드러내자 일제히 함성을 지르며 열렬히 환영했다. 일부 병사들은 맥아더 원수의 늠름한 모습을 가까이서 지켜보며 감격의 눈물을 삼키기도 했다.

맥아더 원수의 표정은 심각했고 어떤 결의에 차 있었다. 비록 미 해, 공군이 참전했다고는 하나 한국 지상군의 방어능력은 이미 한계점에 와 있다고 판단했다. 만약 이 상황이 계속된다면 적은 탱크를 앞세워 한강을 건너 내처 부산까지 쳐 내려갈 것이고 그렇게 된다면 한반도의 적화는 시간문제였다. 그래서 그는 북괴군의 남진을 저지하기 위해 전략적인 미 지상군의 투입이 불가피하다는 판단을 내리게 된다.

우선 위급한 상황에서 벗어나기 위해서는 무엇보다 아군의 전력을 정비할 시간을 벌어야 했다. 불과 두 시간 남짓한 한국전선 시찰에서 그가 얻은 최종적인 결론은 바로 그것이었다.

맥아더 원수가 국군의 한강 방위선을 시찰하고 돌아간 바로 그 이튿날인 6월 30일, 이승만 대통령은 마침 미 육군참모학교 유학 중 급히 귀국한 정일권丁一權 소장을 육, 해, 공군 총사령관 겸 육군참모총장으로 임명하는 군 수뇌부 인사를 단행한다. 이와 함께 채병덕 참모총장은 한직인 경남지구 계엄사령관으로 전보조치했다. 적침 사흘 만에 수도 서울이 함락된 것과 한강교 조기 폭파에 따른 책임을 묻는 문책 인사였다.

그러나 이 인사에서 이승만 대통령으로부터 팻덩어리라는 핀잔까지 들었던 신성모 국방장관은 제외되었다. 이에 대해 임시국회에서는 "국민을 기만한 책임을 물어야 한다"며 신 장관의 해임을 강력히 주장했다. 하지만 이 대통령은 "강을 건너다 말을 갈아탈 수 없다"며 국회의 요청을 단호히 거부한 것이었다.

정일권 총장이 취임한 후 처음으로 단행한 육군본부 수뇌부 인사는 보직해임 중이던 강문봉 대령을 다시 작전국장으로 복귀시키는 일 외에 달라진 것은 아무것도 없었다. 미 극동군의 전방지휘소가 설치되긴 했으나 맥아더 원수가 약속한 지상군의 투입은 지연되고 있었다. 우선 다급한 대로 일본 전역에 분산, 배치되어 있는 미 육군 제24사단의 주력이 공수될 것이라는 소문만 파다할 뿐 무장한 지아이GI(미군병사)의 모습은 좀체 나타나지 않았다. 한강 공방전도 점차 불리한 방향으로 밀리고 있었다.

7월 1일(모스크바 시각)

커크 소련주재 미국대사가 애치슨 국무장관에게 1급 비밀로 타전한 소련 정치국의 동향분석은 미 지상군의 급속한 투입을 거듭 촉구했다.

〈북한 공산군의 한국에 대한 침략 이후 지속해 온 크렘린 정치국의 태도는 두 가지로 분석된다. 그중 하나는 북한의 침략이 저지되고 서방세계, 특히 미국이 단호한 태도로 나온다면 크렘린 당국은 한국전쟁을 '유감스런 내란'으로 규정하면서 전쟁의 책임을 부인하고 초연한 자세를 고수할 것이다. 또 다른 하나는 서방세계의 어떤 세력이 개입하려고 할지라도 북한에 전황이 유리하게 전개되거나 불확실한 상태로 지구전화持久戰化할 경우 크렘린 당국은 공공연하게 혹은 암암리에 스페인 내란 때처럼 북한 공산집단을 지원하는 태세를 점점 강화해 나갈 것이다.

따라서 미국이 한국에서 이른 시일 내에 군사적 승리를 거두는 것이 정세의 요체라고 판단된다. 세계는 이 전쟁의 결과를 주시하고 있고 소련 정치국도 그 결과에 냉엄한 지배를 받을 것이다. 북한 공산군의 전진을 저지시키는 것이 늦어지면 늦어질수록 미국은 더 많은 난제를 안게 될 것이고 아시아와 유럽의 맹방들에 미국의 위신은 크게 훼손될 것이다. 한국에서 군사적 패배를 당해서는 절대 안 된다는 명제가 바로 여기에 있다.〉

같은 날 대한민국 임시수도 대전에서는 새벽부터 난데없이 "북괴군의 T-34 탱크가 대전으로 쳐들어오고 있다"는 유언비어가 나돌고 피란소동이 일어나 민심이 흉흉해지고 있었다. 이날 현재의 전황은 육군본부가 여전히 수원에서 종합상황실을 운영하고 있었고 김홍일 장군의 시흥지구전투사령부 역시 한강 남안에서 지연 작전을 전개하고 있었다. 현시점에서 정부가 대전을 버리고 다시 피란해야 할 아무런 이유가 없었다.

그런데 왜 느닷없이 이런 소동이 벌어진 것일까? 대전에 침투한 북괴 첩자들과 남로당의 선전 선동에 휘말린 탓일까? 석연찮은 의문이 꼬리를 물고 있었으나 명쾌하게 해명하는 정부 당국자는 아무도 없었다. 그 전날, 즉 6월 30일 밤 수원 농업시험장에 본부를 두고 있던 처치 장군의 미 극동군사령부 전방지휘소에서 적의 대부대가 한강을 건너 수원으로 쳐내려오고 있다는 미확인 정보를 입수하고 큰 혼란에 빠진 일이 있었기 때문이다.

이때 전방지휘소의 통신병들이 당황한 나머지 통신장비를 파괴하다가 불이 나 본부 건물을 고스란히 태우고 말았다. 게다가 수원비행장에 주둔해 있던 미 방공포 요원들마저 주요장비와 통신 기자재를 파괴하고 대전으로 후퇴하는 소동까지 벌어진 것이다. 아마도 북한 공산집단의 오열五列이 개입된 고도의 심리전인지도 몰랐다.

이날도 대전에서는 비가 주룩주룩 내리고 있었다. 공교롭게도 6월 25일 새벽 북괴군이 전면 남침을 감행했을 때도 비가 내렸고 28일 수도 서울이 함락될 때에도 억수 비가 내렸다. 비극적인 국운 앞에 그야말로 하늘도 울고 땅도 우는 형국이 아닐 수 없었다.

29. 대통령의 2차 피란길

폭우가 쏟아지고 있는 임시수도 대전이 느닷없는 뜬소문으로 공황 속에 빠져든 것은 여러 정황으로 미루어 볼 때 이승만 대통령의 2차 피란길이 원인인 것 같았다. 이 대통령은 6월 27일 서울을 떠나 대구까지 내려갔다가 "측근들에게 속아서 판단을 잘못했다"며 기관차를 돌려 대전으로 올라온 후 줄곧 충남지사 관저에 머물러 왔다.

그런 대통령이 불과 나흘 만에 또다시 피란길에 나선 이유는 무엇일까? 미 극동군사령부 전방지휘소의 처치 장군이 작전상의 이유를 들어 대통령의 부산 피란을 강력히 권고했기 때문이다. 미 공군이 본격적으로 적도 평양 공습에 나선 데다 지상군의 투입이 결정된 상황에서 만약 소련이 개입한다면 한국의 임시수도인 대전이 소련의 공습목표가 돼 위험에 빠질 수 있다는 것이 그 이유다.

게다가 윌리엄 F. 딘 소장이 지휘하는 미 제24사단이 대전으로 들어와 지휘부를 설치하고 본격적인 반격작전에 돌입하게 된다면 대전이 격전지가 될 우려도 없지 않았다. 간단히 말해 여차하면 대전도 포기할 수밖에 없을 만큼 다급한 상황이 예견된다는 판단이었다. 그러잖아도 대전은 상당히 취약한 상태에 놓여 있었다.

대전을 지키고 있던 이형근 장군의 제2사단이 개전 초부터 의정부 전선에 투입된 이후 지금은 시흥지구전투사령부에 배속돼 한강 방어전에 나서고 있지 않은가 말이다. 게다가 대전 형무소에는 여순 군사반란에 연루된 좌익수들이 자그마치 2000여 명이나 수감 돼 있다. 만약 이들이 치안 공백을 틈타 탈출할 경우 대전은 걷잡을 수 없는 혼란 상태에 직면할지도 모른다.

이승만 대통령은 썩 마음이 내키지 않았지만 이번에는 전략상의 이유를 들어 피란을 종용하는 처치 장군의 권유를 뿌리치기 어려웠다. 그래서 고민하던 끝에 고집을 꺾고 피란길에 오른 것이 7월 1일 새벽 3시. 이 대통령이 경무대를 버리고 서울역에서 1차 피란길에 오른 시각도 역시 같은 새벽 3시였다. 공교롭게도 대통령의 1, 2차 피란길 시각이 똑같은 것도 묘한 일이 아닐 수 없다.

대전역에서 특별열차를 타고 경부선을 이용하면 대구를 거쳐 부산까지 아무리 늦어도 네댓 시간이면 충분히 갈 수 있었다. 그럼에도 대통령의 피란길은 엉뚱하게 목포를 거쳐 해군함정 편으로 뱃멀미에 시달리며 부산까지 가는 험난한 코스를 선택했다. 왜 그랬을까? 이것 또한 미스터리가 아닐 수 없다.

대구 팔공산에 공비들이 준동하고 있기 때문에 대구지역 치안이 불안해 이를 피해가려 했다는 것이 훗날 경무대 비서관들의 주장이었다. 하지만 그 당시 대구역을 중심으로 도심지는 육군 제3사단 헌병대와 경찰이 삼엄한 경계를 펴고 있었다. 공비 준동은 영남 쪽의 팔공산보다 호남 쪽의 지리산이 더 위태로웠다는 것은 주지의 사실이 아닌가 말이다.

이 때문에 이 대통령 내외는 이철원 공보처장과 김장흥 경무대 경찰서장, 황규면 비서관 등 극히 제한된 수행원만 데리고 승용차편으로 빗길을 달려 이리역에 도착했으나 미처 특별열차가 마련되지 않아 발이 묶이고 말았다. 사전에 교통부 장관에게조차 대통령의 피란길을 알리지 않았으니 특별열차가 마련되지 않은 것은 어쩌면 당연한 일인지도 몰랐다.

대합실 한쪽 귀퉁이에서 김장흥 총경 혼자서 조마조마하게 경호를 서고 있는 가운데 이 대통령은 바바리코트에 중절모를 푹 눌러 쓴 채 딱딱한 나무 벤치에 등을 기대고 앉아 있었다. 게다가 남의 눈에 띄기 쉬운 파란 눈의 부인 프란체스카 여사는 얼굴을 가리기 위해 중동의 무슬림 여성들이 흔히 쓰는 히잡처럼 두 눈만 빼고 얼굴 전체를 스카프로 가려야 했다. 이같이 신분을 숨긴 채 특별열차를 기다리고 있는 동안 대통령 내외의 겉모습은 얼핏 보기에 한낱 볼품없는 촌로에 불과했다.

명색이 대한민국 대통령의 행색이 너무도 초라했다. 아무리 전시라지만 대통령의 미복잠행微服潛行길이 사전에 아무런 계획과 준비도 없이 무작정 떠나는 바람에 신변의 위험까지 감수해야 한 것이다. 황 비서가 이리역에서 대전에 있는 김석관 교통장관에게 연락을 취해 특별열차가 도착하기까지 장장 8시간이나 기다려야 했다. 뒤늦게 특별열차가 도착하긴 했으나 서울역에서 떠날 때와 마찬가지로 기관차에 3등 객차가 2량이 달려 있을 뿐이었다. 대통령 일행은 이 열차를 타고 호남선을 달려 이날 오후 2시쯤 목포역에 도착했다. 대전을 떠난 지 11시간 만이었다.

이후 해군 목포 기지사령관인 정극모 대령과 연락이 닿아 500톤급인 제514함 소해정으로 옮겨 탔다. 목포 해역에는 비바람이 치고 파고가 2미터나 돼 앞뒤, 좌우로 배의 요동이 심했다. 대통령 일행이 탄 소해정은 문자 그대로 망망대해에 떠 있는 조각배와 다름이 없었다. 350톤급인 제307함의 호위를 받으며 목포항을 떠난 대통령 내외는 산더미 같은 파도를 헤치며 장장 19시간의 긴 항해 끝에 7월 2일 오전 11

시쯤 부산항 제1부두에 도착했다.

그러나 그 무렵까지만 해도 적의 105탱크사단은 한강을 건너지 못하고 한강 북단에서 전차포만 쏴대고 있었다. 이 대통령은 부산에 도착한 지 일주일 만인 7월 9일 다시 대구로 올라가 경북지사 관저에 머물며 전시정부를 통치하기 시작한다.

대전에서는 이 대통령의 2차 피란 소식이 알려지자 성남장 호텔에 머무르고 있던 국회의원을 비롯한 정부 각료들과 고위공직자, 각계의 지도급 인사 등 300여 명이 제일 먼저 술렁이기 시작했다. 그들 중 국회의원과 일부 각료들은 어디선가 걸려오는 전화를 받고 보리방귀 새듯 슬그머니 한두 명씩 사라지더니 순식간에 호텔 내에서 "대전이 소련의 집중공습 목표가 되었다"는 뜬소문이 공공연히 나돌기 시작했다.

모두 강박관념에 사로잡혀 안절부절못하고 들먹거리는 거였다. 이 방, 저 방에서 삼삼오오 모여 좀 더 안전한 곳으로 피란 갈 궁리나 하고 있고 일부 인사들은 걸려온 전화를 받고 다리를 후둘거리며 어디론가 떠나거나 열차 편을 이용하기 위해 대전역으로 집결하는 추태까지 보였다.

그러나 한나절이 지나자 그 정보가 거짓임이 밝혀져 서둘러 호텔을 떠났던 자들이 되돌아왔다. 배신감에 치를 떨던 일부 인사들과 호텔 측에서는 "당신들 하는 짓이 고작 그 따위냐"며 투숙을 거부하는 바람에 또 한바탕 소동이 벌어지기도 했다. 이런 사람들에게 국정을 맡겨 놨으니 국민들이 몽유병자처럼 방황할 수밖에 없었던 것이다.

날이 밝아오자 대전 시내 전역에서 대통령과 정부 요인들이 모두 피란을 떠났다는 소문이 나돌면서 발칵 뒤집히고 만다. 세상에 이럴 수가… 그러잖아도 서울시민들이 정부의 거짓방송만 믿고 있다가 제 때에 피란을 떠나지 못하고 갇혀버린 것이 엊그제 같은데 똑같은 상황이 대전에서 반복되다니, 시민들은 하나같이 치를 떨었다. 금방이라도 무슨 일이 터질 것만 같았다.

무엇보다 대전 형무소에 수감 중인 좌익수 2000여 명의 움직임이 심상치 않았다. 그들은 모두 여순반란사건에 가담한 군 죄수들이었다. 만약 그들이 외부의 공산주의자들과 연락이 닿아 조직적인 폭동이라도 일으킨다면 사태는 걷잡을 수 없는 위기로 치닫게 될지도 몰랐다. 얼핏 민란에 가까운 대구 10·1 폭동사건을 상기시켰다. 무슨 일이 있어도 그것만은 막아야 했다.

충남지사 관저에는 신성모 국방장관과 백성욱 내무장관 등 일부 각료들이 남아 있었으나 속수무책이었다. 결국, 군이 출동해 치안을 확보하는 일이 시급했지만 대전의 위수사령부이던 국군 2사단은 현재 한강 남안에서 지연 작전 중이어서 도저히 군병력을 뺄 수 없었다.

명색이 이 나라의 국방을 책임지고 있는 신 장관이 어떤 단호한 결단력을 보이기는커녕 이선근 정훈국장만 바라보며 소요사태가 벌어지기 직전의 민심수습에 관한 대책 마련을 촉구하고 있었다. 그는 이 국장의 건의에 따라 옹진반도에서 철수해 수원과 대전에 분산, 배치돼 있다가 육군본부의 특명에 따라 오산으로 이동 중이던 백인엽 대령의 제17독립연대에 긴급출동 명령을 하달했다.

하지만 오산에서 조만간 도착하게 될 미 지상군의 선발대 스미스 기동부대와 한, 미 합동으로 새로운 저지선을 구축해야 할 17연대도 본대의 병력을 빼낼 수가 없었다. 하여 백 대령은 우선 급한 대로 한상준 대위가 지휘하는 1개 중대 규모의 예비대를 뽑아 대전에 투입했다. 이 예비대 역시 한 대위를 비롯한 낙오병들로 재편성한 혼성부대였으나 선임 장교인 조동식 중위가 군기를 잘 잡아 여느 예비대보다 조직적이고 체계적으로 기동했다.

한편 이선근 국장은 국방부 정훈국의 전 병력을 동원하여 가두방송으로 대민 선무공작에 나서도록 하고 자신은 KBS 대전방송국으로 달려갔다. 정부 일부가 전략적인 방침에 따라 철수했지만 "국방, 내무 등 주요 부처와 장관은 대전에 그대로 남아 있고 군도 대전에 새로 투입돼 치안을 확보하고 있다"는 요지의 방송을 하기 위해서였다.

미리 아나운서의 멘트를 통해 예고방송을 내보내고 곧이어 이 같은 내용의 방송이 나가자 술렁거리던 대전시민과 피란민들의 동요가 다소 진정되는 기미를 보이기 시작했다. 이와 때를 같이해 중무장한 17연대 예비병력을 가득 태운 GMC 트럭 행렬이 빗속을 뚫고 대전 시가지를 한바퀴 돌아 시민들을 안심시키고 대전 형무소로 직행했다.

다행히도 이번에는 방송 내용과 현실이 딱 맞아떨어졌다. 이 예비대는 대전 시내에 진입하자마자 삼엄한 경계망부터 펴기 시작했다. 지휘관인 한상준 대위는 기관총이 거치된 무개 지프를 타고 비를 흠뻑 맞은 채 차량 행렬의 선두에서 늠름한 모습으로 뒤따르는 차량 행렬을 콘보이했다.

제17독립연대 예비대가 막 대전 형무소 정문에 도착할 무렵 육중한 철문이 열리면서 수감자들이 구름처럼 몰려나오는 거였다. 실로 아찔한 순간이 아닐 수 없었다. 선두의 콘보이 지프에서 기관총 좌를 지키고 있던 한 대위가 아연실색했다. 잠시도 머뭇거릴 겨를이 없었다. 정문에 몰려있는 인파가 모두 대전 형무소에 수감 중인 군 좌익수들이라는 순간적인 판단이 서는 순간 그는 지체 없이 기관총의 방아쇠부터 당겼다.

"드르륵…."

앞줄에 몰려있던 좌익수들이 한 대위의 기관총 세례를 받고 단말마적인 비명을 지르며 무더기로 나뒹굴었다. 이를 신호로 즉각 트럭에서 뛰어내린 병사들이 전투상황에 돌입했다. 그들은 정문으로 달려 나오는 좌익수들을 향해 무차별 사격을 가했다. 총탄을 피해 땅바닥에 엎드렸던 좌익수들이 일제히 일어나 형무소 연병장을 거쳐 감방으로 달아나기 바빴다.

아군이 좌익수들을 평정한 다음 형무소 안으로 들어가 보니 교도관은 단 한 명도 보이지 않았고 감방마다 문이 열려 있었다. 실로 아찔한 순간이었다. 자칫 한 대위의 예비대 출동이 조금이라도 지체되었더라면 그야말로 엄청난 사태가 벌어질 뻔했다. 참으로 아슬아슬한 순간에 간발의 차이를 두고 아군이 도착했고 때맞춰 탈출하려던 좌익수들을 진압할 수 있었던 게 얼마나 다행한 일인지 몰랐다. 주동자를 가릴 겨를도 없이 닥치는 대로 즉결처분하는 바람에 많은 희생자가 발생했으나 어쩔 수 없는 상황에서 내린 지휘관의 결단이었다.

전시상황에서 그렇게 과감한 조치를 하지 않았더라면 탈옥한 좌익수들이 폭동을 일으켜 대전 시가지가 피바다로 변하고 말았을 것이기 때문이다. 저들은 무기고를 탈취하고 반란을 일으켜 여수, 순천을 해방구로 만든 국군 14연대 소속 골수 빨갱이들이 아닌가. 만약 대전이 탈옥수들의 수중에 들어갔을 경우 한강 남안에서 지연 작전을 펴고 있는 시흥지구전투사령부의 퇴로가 막혀 철수에 막대한 지장을 받는 등 전체적인 전황에 엄청난 파탄을 초래했을지도 모른다. 생각할수록 끔찍했다. 한상준 대위는 대전 형무소를 중심으로 병력을 집중배치하여 신속히 경계태세에 들어갔다.

이후 알려진 사실이지만 대통령을 비롯한 각료와 정부의 고위공직자들이 대전을 버리고 피란길에 올랐다는 소문이 파다해지면서 대전 형무소에서 좌익수들이 소란을 일으키기 시작했다고 한다. 형무소 정문 앞에는 남로당 패거리들이 몰려와 수감 중인 좌익수들을 석방하라고 위협을 가하고 공포에 질린 교도관들은 감방문을 걸어 잠근 채 모두 달아나 버렸다는 것이었다. 뒤늦게 알고 보니 대전 형무소의 좌익수 탈옥 사건은 사실 사전에 치밀하게 계획된 시나리오였던 것이었다.

북한 공산집단은 서울 다음의 주요 공격 목표를 대한민국 임시수도인 대전으로 삼고 있었다. 그래서 서울을 점령한 북괴군 제3·4돌격사단과 105탱크사단이 한강을 건너기 전에 남파된 남로당 출신 유격대원 200여 명을 국군으로 가장해 먼저 대전으로 침투시킨 뒤 지하에 숨어 있던 남로당원들과 민중봉기를 일으킬 계획이었다.

그러나 북괴집단의 유격대원들이 미처 기동력을 확보하지 못해 도보로 침투해오는 데다 행군 코스를 잘못 잡아 그 무렵까지 대전에 도착하지 못하고 있었다. 이 때문에 한상준 대위의 17연대 예비대 병력이 먼저 도착해 대전 형무소 폭동을 진압하고 피란을 떠났던 일부 각료들과 고위공직자들이 다시 돌아와 정부 기능이 되살아나면서 비로소 안도의 한숨을 내쉴 수 있었다.

국군이 한강 남안을 포기하고 퇴각하기 불과 이틀 전에 대전에서 벌어진 사태였다. 하지만 아직도 희망의 끈을 놓을 단계는 아니었다. 워싱턴에서 해리 트루먼 대통령이 미 지상군 투입과 동시에 한반도에 대한 해상봉쇄령을 내렸기 때문이다.

7월 2일(미국 워싱턴 시각 7월 1일)

미 합참의장 오머 브래들리 원수가 유엔 안보리 결의에 따라 유엔군 총사령관으로 임명된 미 극동군사령관 맥아더 원수에게 긴급 타전한 트루먼 대통령의 명령은 다음과 같다.(1급 비밀)

〈유엔군 총사령관 더글러스 맥아더 원수 귀하.

트루먼 대통령은 유엔 안보리의 결의에 부응하기 위해 모든 한국 해안에 대한 해상봉쇄를 명령하였다.

따라서 귀관에게는 이 명령을 즉시 이행하기 위하여 한국 해안에 유엔군의 허가를 받지 않고 드나드는 모든 선박의 행위를 국적 불문하고 통제할 수단과 병력을 사용할 권한이 부여되었다.

그 주목적은 북한으로 드나드는 해상화물의 출입을 통제하고 북한 공산군이 남한에 대한 작전에 사용할 해상병력과 물자의 이동을 방지하고 격퇴하는데 있다.〉

이날 밤, 한국군 수도사단 병사들은 한강 방위선을 사수하기 위해 김포와 영등포 일원에서 적 1개 연대를 거의 섬멸하다시피 승리했지만 난데없이 적의 T-34 탱크가 야음을 타고 나타나 맹 포격을 가하는 바람에 철수를 서두르지 않을 수 없었다.

제8연대의 여의도 공방전에서도 마찬가지 상황이 벌어지고 있었다. 연대장 서종철 대령은 적 탱크가 나타났다는 보고를 접하고 지프를 몰고 현장으로 달려가다가 적의 기관총 사격에 부상을 당하고 말았다. 뒤따르던 부연대장 이현진 중령이 급히 서 대령을 구출해 빠져나오는 바람에 아슬아슬하게 위기에서 벗어날 수 있었으나 서 대령은 중상이었다.

여의도 공방전에서 아군은 400여 명의 사상자가 발생했다. 하지만 적은 자그마치 3000여 명의 사상자를 내고도 무모하게 공격을 반복하다가 마침내 T-34 탱크의 지원으로 아군 진지를 유린하기 시작한 것이다. 적은 한강 남안에서 쏴대는 아군의 81밀리 박격포의 집중포격에도 아랑곳하지 않고 서둘러 부교를 설치하고 한강 중간의 단선 철교 복구가 완료되자 105탱크사단과 제4돌격사단은 본격적인 도하작전을 감행했다.

한강 남안의 저지선에서 밀리기 시작한 아군은 7월 3일 영등포에서 집결해 제2방위선을 구축했으나 중과부적이었다. 특히 비운의 7사단 1연대와 9연대는 적과 백병전까지 전개하며 저지선을 사수했지만 적의 122밀리 곡사포탄이 비 오듯이 쏟아지는 바람에 관악산을 거쳐 안양으로 퇴각할 수밖에 없었다. 탱크 콤플렉스일까. 아군은 개전 초부터 적의 탱크가 밀고 들어오면 꼼짝없이 당하기만 했고 이번에도 서울을 점령한 적의 105탱크사단이 한강을 도하하자마자 전황이 극도로 악화하기 시작했다.

시흥지구전투사령부는 그나마도 혼성부대를 편성해 한강 남안에서 최후의 마지노선을 구축하고 6일 동안이나 지구전으로 버텼다. 하지만 예하 전투부대가 모두 한강 남안을 포기하고 줄줄이 퇴각하는 바람에 김홍일 전투사령관은 어쩔 수 없이 전 예하 부대의 퇴각을 명령했다.

그 무렵 수원에서 평택으로 철수한 국군전투사령부는 예하에 수도사단과 제1, 2, 5, 7사단 등 5개 사단을 두고 있었으나 실 병력은 정원의 절반에도 미치지 못한 상태였다. 전투병력을 다 합쳐도 2개 사단

규모에 불과했다.

이에 따라 육군본부는 이들 야전사단을 통폐합해 수도사단과 제1, 2사단 등 3개 사단으로 축소, 재편하여 제1군단을 창설했다. 건군 이래 처음으로 생긴 집단군이었으나 그 규모는 너무도 초라했다. 군단장에는 시흥지구 전투사령관으로 한강 남안의 방어전을 지휘했던 김홍일 소장이 임명되고 제1사단장도 백선엽 장군이 그대로 유임되었으나 수도사단장과 제2사단장에는 김석원, 이한림 장군이 각각 임명되었다.

그러나 국군 제6사단과 8사단은 각각 개전 초부터 중동부 전선에서 승전고를 울리고 질서정연한 철수작전으로 비교적 안정된 편제를 계속 유지하고 있었다. 하여 아군은 1개 군단 2개 독립사단의 전투병력으로 충북 진천, 충주, 제천선線과 동해안의 울진군 평해선線에서 전선을 재정비하고 대전을 방어하기 위한 금강선線을 중심으로 유엔군과 연합작전을 모색하게 되었다.

30. 스미스 기동부대

7월 1일 토요일 새벽 5시(일본 시각)

소리 없이 내리는 부슬비 속에 희읍스름히 여명이 밝아올 무렵 일본 기타큐슈北九州 고쿠라小倉에 주둔 중이던 미 극동군 산하 육군 제24사단 예하 21연대 1대대 캠프에서 난데없이 비상 나팔이 울렸다. 평소 같으면 기상 시간이 아직도 한 시간이나 남아 있을 때였다.

그런데도 비상 나팔은 깊은 잠에 빠진 지아이GI(미군병사)들의 귀청을 찢을 듯 계속 울리고 있었다. 그것도 5분 간격으로 세 차례나 요란하게 울려 퍼졌다. 평소의 기상나팔과는 감이 전혀 다른 비상 나팔이었다. 하지만 잠결에 야전침대에서 벌떡 몸을 일으킨 지아이들은 그 누구도 이 나팔소리를 심각하게 받아들이지 않았다.

"당직사관의 심술이 또 발동했구먼. 주말만 되면 한바탕 소동을 벌여야 속이 풀리니 말이야."

모두 급한 손놀림으로 군장을 챙기면서도 아마 당직사관이 로드마치(무장행군)를 실시하기 위해 비상을 걸었을 것이라고 대수롭지 않게 생각했다. 역전의 용사로 자처해온 B중대 선임하사관 스티브 A·마르코Steve A·Marco 중사도 그중 한 사람이었다. 물론 자신도 가끔 구실을 붙여 대원들을 못살게 굴 때 곧잘 비상을 거는 나쁜 버릇이 있긴 하지만 으레 주말이 되면 짓궂은 당직사관이 외출·외박을 내보내기 전에 통과의례로 한 차례씩 비상을 걸어왔기 때문이다.

마르코 중사는 25세의 득의양양한 젊은이로 세상에 두려울 것 없이 살고 싶은 욕망에 넘치는 미 육군의 고급하사관이었다. 2차 세계대전 막바지에 18세의 어린 나이로 육군에 자원입대해 종전까지 2년 남짓 태평양전쟁에 투입돼 일본군을 주적으로 맞서 싸우면서 생사의 갈림길을 수없이 맞이하곤 했었다. 그 아슬아슬했던 과정에서 운 좋게 살아남은 경험 때문인지 그는 이른바 황군皇軍이나 황국신민으로 불리는 일본군과 일본인들의 속성에 대해 나름대로 잘 아는 축에 들었다.

그래서 그는 종전 무렵부터 특히 일본인들에게 매우 오만한 지아이 중의 한 사람으로 제법 거드름을 피우기 일쑤였다. 게다가 종전 후 줄곧 점령군의 일원으로 일본에서 살아가다 보니 교만하기 이를 데 없었고 안하무인 격으로 변해 있었다. 그러나 아무도 예측할 수 없었던 일… 완전무장을 꾸리고 연병장에 집결하면서 부대 내에서 돌아가는 분위기를 지켜보니 뭔가 심상치 않은 움직임이 감지되었다.

여느 때와는 달리 팽팽한 긴장감이 감돌고 허겁지겁 바쁘게 움직이는 각급 지휘관들의 표정으로 보아 어떤 긴박한 상황이 진행되고 있다는 사실을 직감할 수 있었다. 그 뭐랄까, 직업군인 특유의 상상력과 전쟁을 의식하는 이상야릇한 예감이 순간적으로 뇌리를 스치고 지나갔다. 어쩌면 그것은 긴장감이 반복되는 군대 생활의 경험을 통해 터득한 나름대로 동물적인 감각인지도 모른다. 소리 없이 내리는 부슬비를 고스란히 맞으며 대오를 정렬시키는 각급 지휘관들의 구령소리와 그 구령에 맞춰 저벅거리는 지아이들의 군홧발 소리만 요란할 뿐 모두 무거운 침묵으로 빠져들었다.

이윽고 병참중대에서 각종 장비와 보급품을 트럭째 실어다 나르는 것을 보고 단순한 로드마치가 아니라는 사실을 확연히 알 수 있었다. 2차 세계대전 당시 사용하던 공용화기 등 낡은 보급품이 대부분이었으나 겉보기에는 말짱했다. 완전무장으로 도열 해 있는 400여 명의 지아이에게 일일이 나눠 준 것은 훈련용이 아닌 실전용 라이플과 실탄 120발, 양쪽 가슴에 휴대할 수 있는 수류탄 2발, 그리고 각각 2일분의 C-레이션(비상식량)이었다.

이때 지아이들은 비로소 실제상황이 벌어진 어디론가 출동하게 되었다는 사실을 감지할 수 있었고 팽팽한 긴장감이 가슴을 조여오는 충격에 하나같이 전율했다. 뭔가 묻고 싶은 의문점이 많았지만 모두 묵묵히 공용화기와 개인화기 등 각종 전투장비와 보급품 수령을 완료한 후 대대장 찰즈 B·스미스 중령의 지휘에 따라 대기 중이던 GMC 트럭에 올라 곧장 인근 극동공군기지로 이동하여 대기 중인 C-54 수송기 앞에 도열했다.

부슬비는 그칠 줄 모르고 계속 내리고 있었다. 시간은 그렇게 후딱 지나가 오전 8시가 되자 마침내 전형적인 보병형으로 갈색 머리를 짧게 깎고 유달리 키가 큰 사단장 윌리엄 F. 딘 소장이 모습을 드러냈다. 그는 빨간 바탕에 흰색 별이 두 개가 새겨진 조그만 장군기가 펄럭이는 지프를 타고 근엄한 표정으로 지아이들이 도열 해 있는 활주로 앞으로 다가왔다.

딘 장군은 잔뜩 기합든 자세로 출동부대의 신고를 마친 스미스 중령과 굳은 악수를 하고 그에게 무언가 진지하고도 짧게 작전 지시를 내리며 개인적인 격려도 하는 등 가볍게 등을 토닥여주는 모습을 보였다. 하지만 질서정연하게 도열 해 있는 지아이들은 거리가 너무 멀어 두 지휘관의 대화를 알아듣지 못했다. 때문에, 대대장 스미스 중령을 비롯한 몇몇 지휘관들과 참모들을 제외하고는 모두 어디로 출동하는지 아는 사람은 아무도 없었다.

스미스 중령은 딘 장군에게 거수경례를 붙이고 출동 신고를 마친 다음 휘하의 지아이들에게 대기 중인 C-54 수송기에 탑승을 명령했다. 지아이들이 수송기에 탑승하는 동안 딘 장군은 트랩 아래에 서서 부슬비를 흠뻑 맞으면서 트랩을 오르는 장병들에게 일일이 악수하고 등을 토닥이며 "행운을 빈다. 신의 가호가 있기를…." 하고 격려의 말을 반복하는 거였다.

마침내 지아이들을 태운 미 극동공군의 C-54 수송기 12대로 편성된 3개 편대가 비 내리는 활주로를 미끄러지듯 이륙한 직후 지아이들은 비로소 전쟁에 참전하기 위해 한국으로 이동하고 있다는 사실을 알게 되었다. 바야흐로 지아이들의 개떡 같은 인생은 이렇게 시작된 것이다.

하지만 전투경험도 없는 20세 전후의 지아이들은 전혀 실감이 나지 않는 모양이었다. 두려움은커녕 뭐가 뭔지 상황이 어떻게 돌아가고 있는지 그런 것에 별 관심이 없어 보였다. 전쟁이 얼마나 끔찍한 것인가를 전혀 경험해보지 못한 신병들이었기 때문이다.

그러나 마르코 중사를 비롯한 전투경험이 있는 몇몇 고참 하사관들은 솔직히 말해 또다시 전쟁의 소용돌이에 휩쓸리게 되었다는 사실만으로도 바짝 긴장하지 않을 수 없었다. 그들은 2차 세계대전이 금세기의 마지막 전쟁으로 믿고 있었고 지난 6월 25일 한국에서 일어난 내전은 공산주의자들의 불장난 정도로 생각했으나 뜻밖에도 한국전쟁에 참전하게 되었다니 한마디로 어이가 없었다.

"제기랄… 아무리 국익에 관한 정책이라 할지라도 조그만 남의 나라 내전에 미합중국 병사들을 개입시키다니 이럴 수가…."

마르코 중사는 국방성의 정책입안자들을 비난하는데 조금도 주저하지 않았다. 왜냐하면, 그는 조국을 사랑하고 조국에 충성을 바치는 미

합중국의 병사일 뿐 한국이라는 조그만 나라의 내전에 뛰어들어 목숨까지 바쳐야 하는 어리석은 군인이 아니라는 소신 때문이었다.

그는 그때까지만 해도 한국에 대해 아는 것이 별로 없었다. 다만 일본의 식민지배를 받아오다가 불과 5년 전 일본이 태평양전쟁에서 패망함으로써 연합국에 의해 해방된 작은 나라라는 정도로만 기억하고 있을 뿐이었다. 따라서 그는 한국에서 공산군이 침공전쟁을 일으켰다는 사실조차 아무런 의미가 없어 의식적으로 외면했던 게 사실이었다.

어쩌면 아일랜드계 특유의 우월감과 이기심 때문인지도 몰랐다. 그러기에 그는 개인적으로 한국을 이해하고 도와야겠다는 생각은 애초부터 상상도 하지 않았다. 다만 그의 신분이 명령에 살고 명령에 죽어야 한다는 군인이었던 탓에 어쩔 수 없이 군 통수계통의 명령에 따라 더러운 전쟁에 뛰어들게 되었을 뿐이었다.

그는 불행하게도 낯선 한국전선의 지긋지긋한 포화 속에서 마치 어릿광대가 줄타기하듯 아슬아슬한 삶과 죽음의 갈림길에서 헤매게 될지도 모른다는 생각을 지울 수 없었다. 특히 사전에 아무 준비도 없이 다급하게 비상을 걸어 제1진으로 출동하는 전투병력에 상당한 문제가 있다고 생각하니 갑자기 맥이 풀렸다. 2차 대전에 참전한 경험이 있거나 이른바 훈련된 병사는 몇몇 장교와 일부 하사관에 불과했고 절대다수의 지아이는 전쟁터에서 총소리 한 번 들어본 적이 없는 전투 무경험자에다 신병들이었기 때문이다.

게다가 세계대전이 끝난 지 5년이라는 세월이 흘렀고 그동안 대부분의 지아이는 승전국 병사라는 우월감과 일본에서의 교만하고 나태한 생활습관으로 인해 군기가 빠질 대로 빠져 있었다. 이런 자들이 막상 전쟁터에 뛰어들게 된다면 총소리만 들어도 아예 질겁을 할 게 불을 보듯 뻔한 일이 아닌가. 또 어쩌면 전쟁상황에 익숙하지 못해 적과 교전하는 과정에서 라이플의 방아쇠 한 번 당겨보지 못하고 적탄에 맞아 죽거나 부상을 입고 야전병원으로 후송될 것이라는 불길한 예감도 뇌리를 스쳤다.

전쟁의 양상이 어떻게 전개되고 있는지 직접 눈으로 확인해 보지 않아 전혀 알 수 없지만 일단 전투상황에 돌입한다면 으레 사상자가 속출하게 마련이다. 군인이란 누구나 운명적으로 전투에 나서야 하고 필요하다면 초개와 같이 목숨을 버려야 하는 소모성 용품에 불과했다. 하지만 극한 상황에서 용케 살아남을 수 있는 병사와 그렇지 못한 병사의 삶과 죽음의 차이는 엄청난 것이다. 대부분의 자아이는 불행하게도 그동안 실전과 다름없는 고된 훈련을 한 번도 받아보지 못했다. 인구가 조밀한 일본 열도에서 실전을 방불케 하는 훈련지역을 확보하기란 사실상 불가능했기 때문이다.

게다가 승전국의 우월감과 안이한 사고에 젖어 있던 지휘관들도 그런 것에 별로 신경을 쓰지 않았다. 그동안 일본에서의 생활은 매우 평온하고 손쉬운 일뿐이었다. 그래서 그들은 평소 훈련이 비위에 거슬렸고 의도적으로 어려운 일을 기피하면서 편안한 생활에 젖다 보니 몸만 비대해졌다. 때문에, 그들은 기본적으로 전투병의 기능이 고난을 겪는 일이며 경우에 따라 기꺼이 목숨까지 바쳐야 한다는 현실을 전혀 의식하지 못하고 있었다.

사단장 딘 장군도 막상 스미스 중령과 그의 부하들을 긴급히 한국으로 출동시키긴 했지만 실은 이 점에 대해 깊이 우려하고 있었다. 그는 한국의 실정에 대해 누구보다 잘 알고 있었고 특히 목적 달성을 위해 수단과 방법을 가리지 않는 공산주의자들의 악랄한 행태에 대해서도 자신이 직접 겪어본 경험이 있었다. 그는 1947년부터 10월부터 대한민국 정부가 수립되던 48년 8월까지 10개월 동안 한국에서 미 군정 장관을 지냈다.

그래서 그는 공산주의자들의 터무니없는 선전 선동과 무자비한 학살, 테러 등을 직접 목격하고 이를 처단하기 위해 각고의 노력을 기울이기도 했었다. 북한 공산집단은 이미 남북이 38도선으로 갈라진 8·15 광복 직후부터 남한에서 전선없는 전쟁에 돌입해 있었던 것이다.

딘 장군은 공교롭게도 한국전쟁이 일어나기 하루 전날 밤 주한 미 군사고문단이 그랬던 것처럼 자신도 고쿠라의 제24사단 장교클럽에서 성대한 가장무도회를 열었다. 그는 이 파티에서 한국의 양반들이 즐겨 입는 고유의상에다 대나무로 만든 긴 담뱃대 죽장長竹을 들고 양반 행세를 하며 아주 즐겁게 시간을 보냈었다. 그리고 그 이튿날 아침 잠자리에서 깨어나 북한 공산집단의 전면 남침이 개시되었다는 소식을 접했다. 여간 큰 충격이 아닐 수 없었다.

그래서 그는 아마도 한국 실정에 밝은 자신이 지휘하는 24사단 병력이 가장 먼저 한국전선에 투입될지도 모른다는 생각이 얼핏 뇌리를 스치는 것을 의식했다. 그렇게 된다면 타격은 크겠지만 자신의 부하들은 용감하게 싸울 것이라는 기대도 잊지 않았다.

그로부터 닷새가 지난 6월 30일. 그는 마침내 한국전선을 시찰하고 돌아온 맥아더 원수로부터 "24사단 전 병력을 한국으로 이동시키라"는 명령과 함께 "우선 기동타격대부터 즉시 선발대로 투입하라"는 명령을 받았다. 하여 그는 태평양전쟁에서 용맹을 떨친 찰즈 B·스미스 중령의 1개 대대 병력을 차출했다. 그는 지휘관인 스미스 중령의 명예와 사기를 북돋워 주기 위해 이 선발대의 명칭을 '스미스 기동부대'라고 붙여 야포대와 함께 한국으로 출동시킨 것이다.

"저들이 모두 임무를 마치고 무사히 돌아와야 할 텐데…"

딘 장군은 하염없이 내리는 부슬비 속에서 활주로를 미끄러져 이륙하는 C-54 수송기를 바라보며 혼잣말처럼 중얼거렸다. 스미스 기동부대는 그의 기원대로 한국에 도착한 직후부터 좋은 징조를 보이고 있었다.

스미스 기동부대는 부산 수영비행장에 무사히 착륙한 뒤 임시열차로 갈아타기 위해 가까운 해운대역으로 이동했다. 이때 플랫폼에서 취주악의 연주가 울려 퍼지고 수많은 한국인이 성조기와 태극기를 흔들며 몰려와 지아이들을 열광적으로 환영했다. 지아이들은 한국인들의 평화로운 모습에서 전쟁의 공포를 전혀 느낄 수 없었다. 대다수의 지아이들은 비로소 안도의 한숨을 내쉴 수 있었다.

플랫폼에서 어린 남녀 화동花童으로부터 레이스 꽃다발을 두 개나 받아 목에 건 스미스 중령은 즉석 코멘트를 통해 이렇게 말했다.

"우리는 평화의 사도다. 한국과 한국민을 돕기 위해 여기에 왔다."

환영 군중은 "웰컴 유에스 아미!"를 목이 터지도록 외쳤고 스미스 중령을 비롯한 모든 지아이들은 그들의 진정한 환영에 고무되어 가슴 뿌듯한 자긍심을 가질 수 있었다.

특히 이번 출동은 어디까지나 "유엔에 의한 국제경찰 임무를 수행하는 것"이라는 각급 지휘관들의 안이한 판단과 설득에 지아이들은 점차 정신적인 안정을 되찾으면서 각자의 얼굴에 드리워졌던 두려움이 말끔히 사라졌다. 마르코 중사 역시 부산에 도착한 직후의 분위기로 봐 한국전쟁을 북한 공산군의 불장난 정도로 우습게 생각한 것이 사실이었다.

스미스 중령을 비롯한 일부 지휘관과 참모들도 이러한 선입견 때문인지 일본에서 한국으로의 출동명령이 떨어졌을 때부터 너무도 안이한 생각에 사로잡혀 긴장감이라곤 전혀 찾아볼 수 없었다. 그들은 하나같이 가공할 원자폭탄으로 대일본제국을 무조건 항복시키고 2차 세계대전을 승리로 이끈 미합중국 병사의 우월감에 도취하여 있었다.

그래서 그들은 지아이들이 한국전선에 참전한 사실을 북한 공산군이 알게 된다면 지레 겁을 먹고 철수해버릴 것이라는 어리석은 판단을 하고 있던 것이다. 이 같은 지휘관들의 경솔한 판단은 한국으로 날아가는 수송기 안에서 공개적으로 전해졌고 각급 지휘관들은 불과 며칠만에 모든 임무를 마치고 일본으로 되돌아간다는 환상에 사로잡혀 있었다.

미 육군 역사상 한국전쟁에 처음으로 투입되어 북한 공산군과 치열한 교전을 벌이다가 엄청난 패퇴의 쓴맛을 보게 된 이른바 '스미스 기동부대'는 지휘관인 스미스 중령의 너무도 안이한 대처와 적정상황에 대한 판단착오 속에서 이렇게 탄생한 것이다.

7월 3일 오전. 한국전쟁에 투입된 지 이틀째 되던 날 한국 제일의 항구도시인 부산을 떠나 북상하던 열차가 대전에 도착했다. 종착역이었다. 철길이 막혀 더 이상 북상할 수 없다는 것이었다. 북한 공산군이 이미 한강을 건너 남진하는 중이었기 때문이다.

대전역에서도 거의 열광적으로 환영하는 시민들로 들끓었다. 그들은 남진하는 북한 공산군과의 거리가 점차 좁혀지고 있는 상황에서 오로지 스미스 기동부대의 도착만을 애타게 기다렸다고 했다. 대전시민들은 '인디펜던스 데이Independance Day!'라는 서툰 영문으로 된 플래카드를 앞세우고 조그만 성조기를 흔들며 "웰컴! 웰컴!"을 외쳤다.

아, 그러고 보니 바로 내일(7월 4일)은 미합중국의 독립기념일이 아닌가. 그러나 그들이 외치는 인디펜던스 데이는 미국의 독립기념일을 상기시키면서 아마도 자신들의 나라, 대한민국의 진정한 독립을 외치고 있었는지도 모른다.

"제기랄, 하필이면 독립기념일을 하루 앞두고 지옥의 전선으로 뛰어들다니…."

마르코 중사는 플랫폼에 첫발을 내디디면서 혼잣말로 투덜거렸다.

착잡한 심정에 사로잡혀 모든 일이 손에 잡히지 않았다. 여느 때 같았으면 독립기념일 전야의 특식으로 레드 와인을 곁들인 두툼한 안심 스테이크에 버드와이저를 맘껏 마셨는데… 하지만 그것은 환상에 불과했다. 어젯밤에 마지막 남은 C-레이션을 까먹고 오늘 아침부터는 아예 굶고 있기 때문이다. 그들은 궂은 장맛비를 고스란히 맞으며 도보 행군으로 북상할 수밖에 없었다.

"그곳에서 약간의 전투상황이 벌어질지도 몰라. 적의 탱크를 보고도 달아나지 않을 만큼 용감한 병사들을 약간만 전방에 배치하면 될 거야. 세계 최대강국인 미합중국의 지상군이 참전했다는 사실을 적에게 알려주는 게 우리의 목적이니까."

대전역에서 스미스 중령을 맞이한 맥아더 사령부 전방지휘소의 처치 장군은 북쪽의 상황을 대수롭지 않게 브리핑하면서 지아이들의 사기를 북돋워 주라고 격려하는 것이었다.

이 말에 고무된 스미스 중령은 자신만만한 태도로 말했다.

"북한 공산군이 싸우는 상대가 한국군이 아닌 미합중국 지상군으로 바뀌었다는 사실을 알면 당장 철수할 것입니다."

오후 늦게 경기도 오산에 도착하자 지원부대로 미리 포진해 경계 중이던 한국군 제17독립연대가 "웰컴 유에스 아미!" 하고 함성을 지르며 그들을 맞아 주었다.

스미스 중령은 한국군 지휘관인 백인엽 대령과 첫 대면으로 "함께 잘 싸워보자"며 간단한 악수를 하고 적정상황을 브리핑받았다. 그러고 나서 그는 한국군과 수원~오산 간의 국도를 사이에 두고 서정리西井里 북방 117고지인 죽미령竹美嶺에 포진하기로 결정했다.

그러나 한국군 지휘관인 백인엽 대령은 스미스 중령과 작전계획을 상의하는 자리에서 뭔가 미심쩍다는 투로 불쑥 이런 질문부터 던지는 거였다.

"스미스 중령! 문제는 적의 탱크요. 당신이 이 문제를 해결해 줄 수 있겠소?"

"대전차 로켓포를 가져 왔소. 이거 한 방이면 적 탱크 따위는 문제 될 게 없을 거요."

"당신이 적 탱크만 처치해 준다면 우리 힘만으로도 충분히 적을 물리칠 수 있을 것이요. 하지만 적의 탱크는 여간해서는 꿈쩍도 하지 않는 철갑 괴물이란 사실을 잊지 마시오."

백 대령은 미 지상군이 가지고 온 대전차 로켓포의 성능에 대해 미심쩍어하는 것 같았다. 그는 스미스 중령이 나눠준 2.36인치 로켓포 6문과 탄약 60발을 고맙게 받아갔으나 그의 생각처럼 이 로켓포로는 적 탱크를 침묵시킬 수 없었다.

그런데도 태평양전쟁 당시 보병지휘관으로 일본군을 섬멸한 경험이 많은 스미스 중령은 그런 자신의 경륜을 자랑하며 한사코 "북한 공산군 따위는 문제도 안된다"고 큰소리를 쳤다. 그는 "여기서 전열을 정비하여 수원으로 진격하겠다"며 자신만만한 태도로 서둘러 죽미령에 포진했다. 그것은 어쩌면 보병 전술전략에 뛰어난 자신의 자존심을 꺾지 않겠다는 오기에서 나온 행동인지도 몰랐다.

대부분의 지아이들은 자신감에 넘치는 그의 말을 전적으로 신뢰하고 있었다. 그렇지만 마르코 중사는 처음부터 너무 덤비는 스미스 중령보다 용맹스런 한국군 제17독립연대와 합동작전을 펴게 돼 있다는 얘기에 다소 안도감을 느낄 수 있었다. 미 지상군의 첫 반격전이 독자적인 전투가 아니라 한국군과 연합으로 비교적 유리한 조건에서 전개될 것이라는 기대감 때문이다.

한국군 지휘관인 백 대령도 스미스 중령이 아직 접전도 해 보지 않은 상황에서 입버릇처럼 수원으로 진격한다는 말만 되풀이하는 것을 보고 한마디 경고하는 것을 잊지 않았다.

"오늘 밤 상황이 어떻게 돌아갈지 모르겠지만 적은 야간 위주의 전투에 훈련이 잘돼 있소."

"…?"

"지금 상황으로는 수많은 적이 이미 수원을 점령하고 있고 특히 야간에 북진하는 것은 위험하니까 우선 여기서 유리한 고지에 포진하고 주의 깊게 적의 동향부터 살펴보는 것이 순서일 것 같소."

이 같은 백 대령의 충고에 스미스 중령은 벌컥 화를 내며 고함을 질렀다.

"갓 댐 유!"

한마디로 예의도 모르는 폭언이었다. 비록 국적이 다르긴 하지만 계급의 존엄성을 무시하고 자신보다 한 계급 높은 우방의 지휘관에게 일종의 모멸감을 느끼게 하는 폭언이었다. 그는 그것으로 자신의 우월감을 표시했으나 결국 적정에 밝은 백 대령의 의견을 따르지 않을 수 없었다. 상황이 그만큼 긴박했기 때문이다. 그러면서도 그는 백 대령을 겁많은 지휘관이라고 서슴없이 폄하하기까지 했다.

그러나 그는 백전노장 백 대령을 몰라도 너무 몰랐다. 백 대령이 누구인가? 북한 공산군의 전면 남침이 개시되기 전 옹진반도에서 수십 차례나 벌어진 국지전에서 적을 무찌르고 해주까지 진격하려는 것을 소련을 의식한 미 군사고문단이 "북침"이라며 애써 막았던 인물이다. 비록 신생 약소국가의 군 지휘관이긴 하지만 북한 공산군과의 전투에서 산전수전 다 겪은 우방의 용장을 겁많은 지휘관으로 폄하하다니 스미스 중령의 교만함이 도를 넘은 것 같았다.

하지만 그의 오만함은 그리 오래 가지 않았다. 백 대령의 충고처럼 시간이 흐를수록 전황은 영 딴판으로 전개되고 있었기 때문이다. 우스꽝스럽게도 한국군의 정보를 무시한 스미스 중령은 도무지 적정파악을 제대로 할 수가 없었다. 처음부터 한국군에서 제공하는 정보의 신뢰성에 의문을 제기하면서 독자적으로 최전방에 배치한 청음초나 소총수들을 통해 적의 동향을 파악하려고 고집을 부렸던 탓이었다.

북한 공산군과 부딪혀 보지도 않고 약간의 전투상황이라는 처치 장군의 말만 믿고 기고만장했는지도 모른다. 스미스 중령을 비롯한 각급 지휘관들은 한국에 첫발을 내디딘 지 사흘이 지나고 나서야 이 전쟁이 예사로운 전쟁이 아니라 추악한 전쟁이라는 사실을 깨닫게 되었다.

스미스 중령은 애초 북한 공산군을 아주 미개한 농민군 정도로 우습게 본 것이다. 하지만 그들은 고도로 훈련돼 있었고 태평양전쟁 당시의 일본군보다 더 악랄하고 끈질긴 전사들로 조직된 정예군이었다. 일제 식민지 시절 중국대륙에서 일본군을 상대로 싸운 전투경험이 풍부한 고참병들이 전면에 배치돼 있다는 사실도 충격적이었다.

스미스 중령은 낯선 한국전선에 배치된 이후 비로소 적의 실상을 두 눈으로 똑똑히 확인하고 자신의 판단이 완전히 잘못되었다는 사실을 깨닫게 되었으나 이미 엎질러진 물이었다. 며칠 만에 국제경찰의 임무를 마치고 일본으로 돌아가 호화판 파티를 열자던 약속이 한낱 환상에 지나지 않았다는 사실이 확연하게 현실로 드러나고 있었다.

'그렇다 치더라도 우리가 세계 최대강국인 미합중국의 지상군이 아닌가. 적은 그 사실을 안다면 함부로 쳐들어오지 못할 것이다. 적이 그들의 우방인 붉은군대(소련군)를 두려워하듯이 미합중국의 군대도 두려워할 것이다.'

스미스는 그렇게 자위하고 싶었다.

한국군 지휘관인 백인엽 대령은 스미스 중령으로부터 면전에서 수모를 당하고도 한국의 지형에 어두운 그를 지원해야 한다는 일념에서 조금도 벗어나지 않았다. 백 대령은 서정리 북방 능선에 포진한 스미스 기동부대와 수원~오산 간 국도를 낀 오른쪽 고지에 포진, 자신이 지휘하는 1800여 명의 병력을 분산, 배치했다. 대전의 위수지역을 지키고 있는 한상준 대위의 예비대를 제외한 전 병력이었다. 그러나 시간은 그리 오래 걸리지 않았다. 백 대령이 우려했던 대로 마침내 올 것이 오고야 말았다.

〈2권으로 이어짐〉